ullstein

Das Buch

Vigo und Sylvain sind seit Monaten arbeitslos, nun lassen sie ihrer Wut freien Lauf, mit vollem Risiko. Sie steigen ins Auto und rasen ohne Scheinwerfer über ein nächtliches Feld voller Windräder – bis es plötzlich kracht. Sie haben einen Mann überfahren. Neben der Leiche entdecken sie einen Koffer, in dem sich zwei Millionen Euro befinden. Vigo, der Mutigere der beiden, überredet seinen zögernden Freund, die Leiche im Moor verschwinden zu lassen. Das Geld verstecken sie, um es später, wenn Gras über die Sache gewachsen ist, an sich nehmen zu können. Was sie nicht ahnen: Der Tote war der Vater eines entführten Mädchens, der sein Kind freikaufen wollte.
Lucie Henebelle, eine ehrgeizige junge Polizistin, ermittelt in einer grausigen Mordserie. Kinder werden getötet und wie Puppen zurecht gemacht, offenbar ist ein psychopathischer Serientäter unterwegs. Da findet man im Hals einer dieser Leichen ein Wolfshaar. Ist das die Spur, die zum Täter führt?

Der Autor

Franck Thilliez ist Ingenieur und auf neue Technologien spezialisiert. Er hat in Frankreich bereits zwei Thriller veröffentlicht, *Die Kammer der toten Kinder* ist sein dritter Roman.

Von Franck Thilliez ist in unserem Hause bereits erschienen:

Im Zeichen des Blutes

Franck Thilliez

Die Kammer der toten Kinder

Thriller

Aus dem Französischen
von Ingrid Kalbhen

Ullstein

Besuchen Sie uns im Internet:
www.ullstein-taschenbuch.de

Umwelthinweis:
Dieses Buch wurde auf chlor- und säurefreiem Papier gedruckt.

Sonderausgabe im Ullstein Taschenbuch
Juni 2009

Titel der französischen Originalausgabe: *La chambre des morts*
(Le Passage, Paris)
Umschlaggestaltung: HildenDesign, München
Titelabbildung: HildenDesign, München,
unter Verwendung eines Motivs von © Nebojsa I / shutterstock
Satz: Pinkuin Satz und Datentechnik, Berlin
Gesetzt aus der Sabon
Druck und Bindearbeiten: CPI – Ebner & Spiegel, Ulm
Printed in Germany
ISBN 978-3-548-28104-9

Für Valérie,
die mich jeden Tag anspornt …

Wach auf, du Schläfer,
und steh auf von den Toten ...

Brief an die Epheser (5,14)

Dieses Leid, wie ihr sagt,
wird auch Glück nach sich ziehen,
aus dem blutigen Leib
neues Leben entstehen.

Voltaire, Gedicht über das Erdbeben
von Lissabon

Prolog

August 1987 – Nordfrankreich

Seit der vergangenen Nacht war der Geruch noch schlimmer geworden. Der Gestank hing nicht mehr nur in den Bettlaken und Kissenbezügen, er erfüllte nun das ganze Zimmer, beharrlich und ekelerregend. Das kleine Mädchen hatte sein T-Shirt ausgezogen, Mund und Nase damit bedeckt und die Arme um den Kopf geschlungen. Vergeblich. Durch den Stoff hindurch verströmten die Geruchspartikel ihr unsichtbares Gift. Manchmal kam man gegen die allerkleinsten Teilchen nicht an.

Durch die verriegelten Fenster drang die drückende Schwüle des Sommers, die Fliegen summten, schwärmten in einer smaragdgrünen Wolke um einen verfaulten Apfelrest. Angesichts der geflügelten Horden fühlte sich das Kind immer hilfloser. Die Insekten vermehrten sich mit ungeheurer Geschwindigkeit, und jedes Mal, wenn die Aufmerksamkeit des Mädchens nachließ, stürzten sie sich mit vorgestrecktem Saugrüssel auf das Bett. Bald würde sie vor Erschöpfung und Hunger aufgeben müssen.

Nicht einmal neun Jahre alt, und schon wollte sie sterben.

Ihre Kehle brannte, die Zunge war geschwollen, ihr schmerzhaft verkrümmter Körper hatte sich gegen sie verschworen. Sie musste unbedingt etwas trinken. Dafür müsste sie aber die schützende Stoffschicht ablegen, das Zimmer verlassen und ins Badezimmer rennen.

O nein!

Dutzende Facettenaugen betrachteten sie gebannt, Flügel breiteten sich aus, startklar, um die kleinen behaarten Körper vom Boden abheben zu lassen.

Es dauert nur eine Minute! Eine einzige Minute! Diese Drecksviecher werden keine Zeit haben …

Das kleine Mädchen ließ eine Hand die Bettdecke entlangwandern, ohne den Blick von ihren widerwärtigen Feinden abzuwenden. Seit Stunden schon quälte sie der Drang, Wasser zu lassen. Im Badezimmer konnte sie sich ins Waschbecken erleichtern, so wie sie es seit drei Tagen tat. Auf keinen Fall würde sie ins Erdgeschoss hinabgehen.

Ihre Stirn und die mit blauen Flecken übersäten Gliedmaßen glänzten vor Schweiß. Nicht ein Windhauch schenkte Kühlung. Die Luft war glühend heiß, die Hitze unerträglich, selbst hier, in der düsteren Mitte des Waldes. Bei jedem Atemzug hatte sie das Gefühl, Rasierklingen einzuatmen. Wann hatte dieses Martyrium ein Ende?

Das verängstigte Mädchen umklammerte sein Stofftier, einen kleinen Affen, und stellte die Füße auf den Teppich, bereit loszurennen. Ein Knarren der Treppe ließ sie innehalten. Das war's. Nun kam sie an die Reihe.

Sie stürzte zur Tür, schob den Riegel vor, sprang auf die Matratze und umklammerte ihren kostbaren Körper.

Sie kriegen dich nicht, das verspreche ich dir. Niemals!

Schläge prasselten gegen das alte Holz. So heftig, dass die Kleine ihren Kopf einzog, sich so weit wie möglich zusammenrollte. Ihre Blase löste sich und verströmte zwischen ihren Schenkeln eine goldene Wärme.

Der uniformierte Mann konnte seinen Magen gerade noch beherrschen, als er in den Verwesungsgeruch trat, um die Bettdecke anzuheben. Nur zwei Worte kamen über seine Lippen:

»Mein Gott!«

Siebzehn Jahre später

1

»Gib mir noch 'ne Spraydose!«

Vorsichtig zog Vigo die Dose aus seiner Sporttasche.

»Das ist die letzte. Beeil dich! Ich frier mich zu Tode!«

Sylvain ging um den Westflügel von Vignys Industries. Krankhaftes Vergnügen und gärender Hass tobten in seinem Körper. In dieser dunklen Nacht schlug endlich die Stunde der Rache!

Sein steifer Daumen drückte auf das Ventil. Fast wie von selbst entstanden die Schimpftiraden an der Wand. Kurz darauf trat Vigo neben ihn.

»Und? Bist du fertig?«

»Ja. Diese Dreckskerle haben erst mal genug zu tun, um das hier wieder sauberzumachen. Böse Sprüche und Gewerkschaftsparolen, wie du gesagt hast.«

»Wunderbar! Wenn man bedenkt, dass es drinnen nur so wimmelt vor Alarmanlagen, und dann muss man nur eine erbärmliche Absperrung überwinden, um das Firmenimage im Mark zu treffen!«

»Sie sollen es büßen! Von wegen ›Wir werden uns um Ihre berufliche Wiedereingliederung kümmern.‹ Schweinehunde! Seit sechs Monaten sind wir jetzt arbeitslos!«

Im Schein seiner Taschenlampe bewunderte Vigo ein letztes Mal ihr Werk. Die Geschäftsräume eines Stahlwerks vollgesprüht wie ein Bushäuschen. Ein moralischer Angriff auf die leicht ergrauten Herren mit ihren manikürten Fingernägeln und den sechsstelligen Gehältern.

Sein Atem stockte, als der Lichtkegel den Notausgang streifte.

»*Boidin, du bist ein toter Mann!* Sylvain! Da hättest du genauso gut unterschreiben können! Du machst den IT-Direktor persönlich verantwortlich. Damit lenkst du den Verdacht direkt auf uns!«

»Hör auf, wir wohnen neunzig Kilometer von Dunkerque entfernt! Bei all den Entlassungen werden sie …«

»Mach das weg, und zwar schnell!«

»Du bist echt paranoid! Ich hab keine Farbe mehr!«

»Geh weg da!«

Die Reste in den Spraydosen reichten, um die kompromittierenden Worte auszulöschen.

»In Ordnung!«, keuchte Vigo. »Bist du so wütend, dass du dich nicht zurückhalten kannst?«

»Ich hasse den Typen! Am liebsten würde ich ihm die Krawatte ins Maul stopfen! Ich hab die Schnauze voll von den Bewerbungsgesprächen. Jedes Mal stürzen sich zwanzig Haie auf eine einzige Stelle! Das klappt doch nie!«

»Wir werden auch wieder bessere Tage erleben, aber bis dahin müssen wir durchhalten. Los! Hauen wir ab!«

Mit einem Satz hatten sie das Eingangstor überwunden. Als sie in ihrem Peugeot 306 saßen, öffnete Vigo zwei Bierflaschen.

»Traurig, wie weit es mit uns gekommen ist! Aber was soll's, stoßen wir an auf diesen bescheidenen Sieg …«

Tiefes Schweigen, das bittere Erinnerungen in ihnen wachrief. Aus wirtschaftlichen Gründen entlassen, mit einer minimalen Abfindung. Den Raubtieren ausgeliefert, in einer Welt, die jegliche Farbe verloren hatte. Ein trübes Weihnachtsfest stand ihnen dieses Jahr bevor, mit nachgemachtem Schmuck und billigen Zigarren. In der Not frisst der Teufel …

Nachdem er tief durchgeatmet hatte, schlug Vigo vor:

»Hör mal! Was hältst du davon, wenn wir uns drüben bei den Windrädern ein letztes Mal austoben? Einfach nur so, damit wir den Kopf wieder freikriegen und um der guten alten Zeiten willen?«

»Finde ich nicht so toll … Hab ich noch nie gern gemacht …«

»Los! Beweisen wir uns, dass wir mit siebenundzwanzig noch nicht tot sind! Lass mich ans Steuer! Ich will zuerst!«

Unter der Kuppel der Nacht breitete das Industriegebiet von Dunkerque seine leuchtenden Tentakel aus, so weit das Auge reichte. Entlang der verlassenen Wege streckten die Raffinerieschornsteine ihre schwärzlichen Mäuler in die winterliche Dunkelheit.

»Sieht beinah aus wie der Todesstern in *Krieg der Sterne*«, stellte Sylvain beklommen fest. »Nicht eine Menschenseele auf all diesen Kilometern aus Blech und Beton. Und dieses ständige Dröhnen. Selbst nach so vielen Jahren macht mir dieses metallene Monster noch Angst.«

»Dunkerque in seiner ganzen Pracht, Friedhof der festgeschraubten Bolzen und verschweißten Platten. Da sind wir …«

Das Fahrzeug bog ab in Richtung der Fabrik von Air Liquide und fuhr dann in eine Sackgasse, die am Boden von grünen und gelben Nachtlichtern gesäumt war. Vigo schaltete die Scheinwerfer aus. Ringsum standen Dutzende riesiger Rotoren, die unter den Attacken des Windes heulten …

»Unsere Rennstrecke! Zum Teufel mit der Geschwindigkeitsbegrenzung! Weg mit unseren formatierten, vorgefertigten Leben! Ich pfeif' auf die Gesetze und Regeln dieser Welt! Wie viel? Sagst du mir an der letzten Lampe wie viel?«

»Mir gefällt das alles nicht! Mach die Scheinwerfer an!«

»Alle Lichter aus für einen höllischen Nervenkitzel! Ich wette mit dir auf hundertsechzig! Verdammte hundertsechzig! Meinst du, dein Herz macht das mit? Halt dich fest!«

Der Motor heulte auf. Bald wurden die Reihen der Nachtlichter von der Geschwindigkeit geschluckt und verschwammen zu zwei Linien. Es gab nur noch das Gefühl zu fliegen, den Kick des Adrenalins.

Die Wucht des Zusammenpralls war ungeheuerlich ...

2

Bei den Papuas gibt es Papuas und Nicht-Papuas. Bei den Papuas gibt es Papua-Papas und Papuas, die keine Papas sind ...

Mélodie murmelte ihren Lieblingsreim immer wieder vor sich hin. Wenn sie sang, vertrieben die heiteren Töne ihre schlimmen Gedanken. Auch ihr Bauch schien nicht mehr so wehzutun. Wenn sie nicht mehr weinte, so hatte das Monster ihr versprochen, dann käme sie zurück zu Papa und Mama, und zu Claquette, ihrer stets gut gelaunten Hündin. Sie presste ihre Puppe an ihr kleines Herz, während sie weitersummte.

Denk nicht an das Knurren ... Es ist nicht da ... Mir ist kalt ... Ich habe Hunger ... Der stechende Schmerz in ihrem Hals wollte nicht weggehen. Ein seltsames

Kratzen brachte sie zum Husten und reizte sie so, dass sie sich am liebsten den Gaumen aufgerissen hätte. Sie konnte noch so viel trinken und ausspucken, es kamen nur Feuerwalzen hervor.

Seit sie in der feuchten Höhle angekommen waren, raste das Monster vor Wut. An der Art, wie es mit den Füßen aufstampfte, erkannte Mélodie seine Boshaftigkeit. Gelegentlich schlich die Bestie um sie herum, und der warme Atem streifte in ekelhaften Schüben ihr kleines Gesicht. Sie hatte dennoch gehorcht. Reglos hatte sie alles mit sich machen lassen. Wieso kam ihr Papa trotzdem nicht? Warum hielt das Monster sein Versprechen nicht?

Weil Monster böse sind. Monster sagen nie die Wahrheit.

Das völlig verfrorene Mädchen fühlte die Spannung in der dicken Luft, als ob ein Gewitter heraufzöge. Mehr als andere Kinder besaß sie ein besonderes Gespür für Menschen, sie konnte ihnen ins Herz zu schauen, ihre warme Aura spüren oder ihr rasendes Temperament. Und was sie in der Seele des Monsters erblickte, ließ sie erzittern. Sie unterdrückte ein Schluchzen und wischte schnell eine Träne von ihrer Wange, während sie die Beine an die Brust zog. Zu spät. Eine Ohrfeige warf sie um.

»Hör auf rumzujammern! Und mach deine Puppe nicht kaputt! Mach sie bloß nicht kaputt!«

Ein beißender Schmerz durchfuhr sie, sie schmeckte kupferrotes Blut auf ihren Lippen, und ihr Atem ging nur noch stoßweise.

Der Reim, der sie eben noch beruhigt hatte, fand nicht mehr den Weg zu ihr. Mélodie kniff die Augen zusammen, suchte in ihrem Innern nach warmen Düften, lautem Gelächter, dem fröhlichen Wiehern von Pastille, ihrem kleinen Pony. Nichts. In ihrem Kopf herrschte ewige Nacht, die sie bald vollständig umhüllen würde. Für immer.

Wenn sie erst im Arm ihres Papas lag, würde sie ihm alles erzählen. Ihm sagen, dass das Monster ihr an den Händen wehgetan und ihr ein Pflaster auf den Mund geklebt hatte, damit sie nicht schrie. Es hatte sie gezwungen zu lächeln und reglos in diesem Ledergestank zu verharren, während es ihr das Haar bürstete. So kräftig und so lange, dass sie das Gefühl hatte, ihr Kopf blute.

Ja, sie würde ihm alles sagen, kein Detail vergessen. Diesen widerlichen Geruch, das unmenschliche Gebrüll, die weichen, knirschenden Teile, die zu Hunderten, zu Tausenden aufgehäuft auf dem Boden lagen.

Jetzt fuhr der ranzige Atem des Raubtiers über ihren Nacken. Eine warme, durchdringende Woge, der Geruch der Savanne. So nah! Die klappernden Schritte – *Hufe*, musste Mélodie denken – waren nun nicht mehr zu hören. Es musste also direkt über ihr sein, sie sorgfältig mustern. Wie es wohl aussah? Bestimmt hatte es spitze Zähne, Haarbüschel auf der Schnauze und riesige Augen.

Seine Gestalt hatte sie nicht sehen können, auch die der anderen nicht, die noch seltsamer waren. Wie sollte sie das Monster also präzise beschreiben? Sie würde ihren Klassenkameraden auf der Sonderschule ihre Geschichte erzählen, doch niemand würde ihr zuhören. Obwohl sie noch so klein war, wusste sie bereits, dass die meisten Menschen nur glaubten, was sie sahen. Doch diese Art der Wahrnehmung machte für sie keinen Sinn.

Aus der Wärme ihres Körpers zog Mélodie die Kraft, nicht zu schreien. Ihre Finger, ihre Arme und Beine waren vor Kälte ganz steif. Ihre Zähne klapperten, ihr Körper war erstarrt. Warum hatte die Bestie ihr die Jacke ausgezogen? Sie befahl ihren Stimmbändern zu schwingen und um eine Decke zu bitten, ein Nest aus Federn, in das sie sich verkriechen konnte. Doch auch in ihr drin machte sich Verwirrung breit. Ihr Körper gehorchte ihr nicht mehr.

Sie hörte ein leises Klicken neben ihrem Ohr und spürte dann, wie ein eisiger Hauch über ihre Wange strich. Das Monster wetzte seine Klauen aus Stahl.

Da wusste sie, dass bald alles zu Ende sein würde.

Plötzlich hörte man draußen Reifen quietschen. Die Bestie sprang auf und presste die Stirn gegen eine Fensterscheibe, die unter der Wucht der Berührung erbebte.

Draußen herrschte Aufregung. Vielleicht war ihr Papa endlich gekommen ...

3

Der Peugeot hinterließ eine Bremsspur, als er stoppte.

»Mein Gott, Vigo! Was war das?«

Vigo antwortete nicht sofort, er saß völlig erstarrt in seinem Parka. Mit zitternder Hand schaltete er die Scheinwerfer wieder ein und starrte in den Rückspiegel.

»Ich ... Ich weiß nicht! Man hätte meinen können ... ein Tier!«

Sylvain Coutteure packte ihn am Arm.

»Nein! Das war kein Tier! Da ... da ist etwas gegen die Scheinwerfer geknallt, dann auf die Motorhaube und die Windschutzscheibe! Ein Tier ... wäre nach vorn geschleudert oder zerquetscht worden! Fahr ... fahr zurück!«

Vigos Mund verzerrte sich. Er schwitzte, seine Kehle war trocken und die Haare standen ihm zu Berge – sein

Körper drückte aus, was sein Verstand nicht wahrhaben wollte: Sie hatten eine schmale, hochgewachsene Gestalt umgefahren, ein Wesen aus Fleisch und Blut. Sie waren mitten in der Nacht, in einer Wüste aus brummenden Rotoren, gegen den weichen Körper eines Menschen geprallt.

Im Schein der Rücklichter tauchte eine dunkle, reglose Masse auf.

»Schau … schau nach«, schrie Vigo.

»Wir … wir müssen einen Krankenwagen rufen! Den Notarzt!«

»Schau zuerst nach! Beeil dich, verdammt noch mal!«

Sylvain gehorchte. Die Windräder heulten wie Motoren, der Nordwind spie Eisnadeln. Hinter ihnen auf dem Asphalt zeichnete sich eine weiche Gestalt ab. Ein Mann … schwarz gekleidet … sein Schädel leuchtete im roten Schein der Rücklichter.

Mit zusammengepressten Lippen drehte Sylvain den Körper um. Das unbekannte Gesicht unterschied sich durch nichts mehr von einem Lavastrom. Die Augen waren ins Leere gerichtet, die Beine beschrieben unglaubliche Verrenkungen.

»Vi… Vigo! Komm her! Ich glaube, der … der Typ ist … tot! Er ist tot, verflucht noch mal!«

Vigo schaltete die Scheinwerfer aus – verblüffend, wie der Instinkt Prioritäten setzt –, nahm die Taschenlampe und sprang auf den Asphalt. Hastig suchte er mit Zeige- und Mittelfinger nach dem Pulsschlag, nach einem Hauch von Leben auf dem reglosen Hals.

»Scheiße! Das darf nicht wahr sein!«

»Vigo … Wir müssen … die Bullen …«

Vigo fühlte die Halsschlagader, das Handgelenk, presste ein Ohr an die Brust. Kein einziger Laut, nur in seiner Fantasie vernahm er heulende Sirenen und das Klappern von Handschellen.

Plötzlich stand er auf. Ringsumher gab es nur rasende Windräder, eine verlassene Lagerhalle. Darüber die starre Dunkelheit, durchbrochen nur von phosphoreszierenden Bläschen. Die Anonymität der Nacht. Keine Zeugen. Ein Tritt aufs Gaspedal, und der Albtraum wäre zu Ende.

»Warte! Wir müssen alle Möglichkeiten in Betracht ziehen!«

»Was für Möglichkeiten? Der Typ ist tot! Wir müssen die Polizei rufen! Gib mir dein Handy!«

Vigo ging zu einer Sporttasche, die zwei Meter entfernt von dem Hampelmann auf dem Boden stand. Als er sie öffnete, verschlug es ihm die Sprache.

Geldscheine. Haufenweise Geldscheine.

Diesmal zögerte er nicht. Er wurde zu einer Marionette, die nur noch den Befehlen seines Gehirns gehorchte. Er schaltete die Taschenlampe aus.

»Warum machst du sie aus? Mach die verdammte Lampe wieder an!«

»In … in der Tasche! Da ist … eine Art Dolch und …«

»Und was?«

»Und … Tausende von Geldscheinen! Hundert-Euro-Noten!«

Alles ging viel zu schnell. Sylvain konnte nur einen einzigen Gedanken fassen.

»Wir übergeben die Tasche der Polizei … Sie muss verständigt …«

»Denk doch mal nach! Wir haben mindestens vier Bier getrunken! Wir sind ohne Licht gefahren, mit hundertzwanzig Sachen, obwohl hier nur fünfzig erlaubt sind! Die Bremsspuren werden die Bullen auf die richtige

Fährte bringen! Mein Bruder ist bei der Spurensicherung, ich weiß Bescheid, verdammte Scheiße! Wir werden den Rest unseres Lebens hinter Gittern verbringen, kapierst du das?«

»Wir können nicht einfach abhauen! Das mache ich nicht mit, ist das klar?!«

Ihre unterschiedlichen Proportionen – bei gleicher Größe wog Vigo sechsundsechzig Kilo, Sylvain dagegen siebenundneunzig – hinderten den Ingenieur nicht daran, seinen Kumpel kräftig zu schütteln.

»Du hast ja nicht hinterm Steuer gesessen! Dann sagen wir halt, du bist gefahren! Okay?«

Sie rangen miteinander. Nervenstärke gegen Kraft. Sylvain gelang es, das Handy zu ergreifen und Vigo zu Boden zu schleudern.

»Sylvain! Ich bitte dich! Ruf nicht an! Sie bringen uns in den Knast!«

Handeln! Die eigene Haut retten! Koste es, was es wolle! Vigo rannte zum Auto, sprang auf den Beifahrersitz, schloss die Tür, hielt den Atem an und stieß mit voller Wucht die rechte Augenbraue gegen das Fenster. Die Scheibe erzitterte.

Sylvain eilte herbei.

»Bist du bescheuert, oder was?«

Vigo massierte sich die Schläfe. Unter der Haut bildete sich bereits eine Blutblase.

»Das tut weh! Nach ... autsch ... der Vollbremsung ist mein Kopf gegen die rechte Scheibe geprallt. Wenn sie hier aufkreuzen, werden sie zu dem Schluss kommen ... dass du gefahren bist!«

»Du dreckiger ...«

Vigo riss ihm das Handy aus der Hand.

»Ich versuche nur, uns zu schützen, kapierst du das nicht? Niemand weiß, dass wir hier sind, neunzig Kilometer von zu Hause entfernt. Eigentlich spielen wir gerade im Internet Schach. Wir haben ein ganzes Stück entfernt von hier eine Firma mit Graffiti vollgesprüht, diese Verbindung stellen sie nie her. Wir ... wir nehmen das Geld und lassen die Leiche verschwinden!«

Sylvain rieb sich mit der flachen Hand über die Stirn.

»Das ... Das kann ich nicht ... Du bist krank! Echt krank!«

»Los! Hilf mir, ihn wegzuschaffen! Denk an deine Frau und deine Tochter! Sie warten auf dich! Noch kannst du als freier Mann zu ihnen zurück! Danach ist es zu spät!«

Eine Horrorvorstellung für Sylvain. Aneinandergekettete Männer in grünen Overalls. Innenhöfe mit Wachtürmen. Feuchte Körper unter der Dusche.

Nein! Lieber den Albtraum so schnell wie möglich beenden. Im Schutz der Dunkelheit verschwinden.

»Ich ... ich will ja tun, was du sagst, aber ... ich mach mir ... nicht die Hände mit Blut dreckig ... Wir lassen ihn hier ...«

»Ja klar! Und was ist mit unseren Fingerabdrücken auf seinen Klamotten? Und den Splittern von den Scheinwerfern, den Reifenspuren? Wir lassen ihn hier liegen und morgen tauchen sämtliche Bullen der Gegend auf. Bei den heutigen Untersuchungstechniken brauchst du nur ein Haar zu verlieren oder einen Tropfen Schweiß, und schon haben sie dein genetisches Profil! Keine Leiche, keine Ermittlungen. Wir schmeißen ihn einfach in den Sumpf bei Saint-Omer!«

Sylvain raufte sich die Haare. Um ihn herum drehte sich alles.

»Vierzig Kilometer mit einem Toten im Kofferraum! Hör auf mit dem Wahnsinn! Wasser gibt es auch hier genug! Wir werfen ihn einfach in ... in die Meeresbucht!«

»Nein! Wir dürfen kein Risiko eingehen. Wenn man sein Verschwinden meldet, werden Taucher die nähere Umgebung absuchen. Dann finden sie ihn, und wir sind erledigt! Hör zu, wir sind die Straße hier schon tausendmal runtergerast. Nach neunzehn Uhr sind wir noch nie einem Bullen begegnet. Wir fahren über die Landstraße, durch die abgelegenen Käffer. Wir schaffen uns diesen … diesen Verbrecher vom Hals, und das Geld gehört uns! Stell dir vor! Stell dir unsere Zukunft vor mit einem solchen Vermögen! Das ist göttliche Vorsehung! Ein unverhofftes Glück! Nie wieder Bewerbungsgespräche, keine unbezahlten Rechnungen mehr, wir müssen uns nicht länger einschränken! Denk doch mal daran!«

Eine eisige Windböe ließ Sylvain erstarren. Das unheilvolle Geld stellte alles auf den Kopf. Warum sollten sie sich opfern? Ihr Gewissen kümmerte die Bullen doch einen Dreck. Vigo hatte recht, sie mussten das Schicksal akzeptieren, den wahren Schuldigen.

Nicht weiter nachdenken. Zum eigenen Nutzen handeln. Abhauen.

»Es gibt wohl keinen anderen Ausweg … Ich habe eine Familie, die ich über alles liebe … Ich … ich will meine Tochter nicht durch Gitterstäbe hindurch aufwachsen sehen.«

»Dann beeilen wir uns!«

Vigo beugte sich über die Leiche.

»Er hat an der Augenbraue geblutet. Wir packen seinen Kopf in Plastiktüten.«

Aus dem Unfall wurde ein Verbrechen. Die Komplizen verstauten die eingeschnürte Leiche neben dem Geld im Kofferraum.

Immer noch niemand zu sehen. Kein Auto, kein Flackern von Licht. Plötzlich ließ ein Geräusch Sylvain aufhorchen.

»Hast ... hast du das gehört?«

»Was?«

Sylvain zeigte auf einen Blechschuppen.

»Es klang wie ... ein Metallgeräusch! Es ... es kam von dort!«

Im Schein seiner Taschenlampe untersuchte Vigo die Fenster einer Lagerhalle, die ein paar Meter entfernt im hohen Gras stand. Die Fensterscheiben waren dreckig, die Wände wackelig.

»Du spinnst! Der Schuppen ist seit Ewigkeiten verlassen und stürzt bald ein! Merkst du nicht, was für einen Lärm der Wind und die Rotoren machen? Du siehst Gespenster! Los, steig ins Auto! Ich komme sofort!«

Vigo untersuchte rasch den Boden rings um den Wagen. Er sammelte die Splitter vom Scheinwerfer ein, wischte das Blut mit einem Stofffetzen auf, verzog beim Anblick der Motorhaube das Gesicht und sprang in den Wagen.

Das Auto wurde von der Dunkelheit verschluckt.

Vigo rang nach Worten, dann stammelte er:

»Meine Drohung eben, den Bullen zu erzählen, du hättest am Steuer gesessen ... Ich musste doch verhindern, dass du eine Dummheit begehst, und deine Familie schützen ...«

Ohne eine Antwort wandte Sylvain den Kopf zum Fenster und umfasste fest ein kleines Medaillon mit dem Foto seiner Frau. Um sie herum schmückten leuchtende Säulen die metallene Stadt und zwinkerten heftig. Wie Wachposten, die Zeugen einer abscheulichen Tat geworden sind ...

4 Blaulichter. Blaue Blitze erleuchteten die Dunkelheit. Polizei. Handschellen, die zuschnappen …

Verrückt, wie das Böse den Verstand derjenigen beherrscht, die sich in seine Macht begeben, wie es die Wirklichkeit verfälscht, bis die Täter schließlich paranoid werden. Man hat die Menschen im Verdacht, am Fenster zu stehen, einen zu beobachten, die Leiche im Kofferraum zu erahnen. Man glaubt, die Autofahrer, die einem zufällig in der Nacht begegnen, notierten das eigene Kennzeichen. Jeder Meter wird zu einem furchtbaren Leidensweg. Überall sieht man die Polizei, hinter einer Kurve, im Wald oder mitten auf dem Feld, selbst bei eisiger Kälte, in der Dunkelheit und in völliger Abgeschiedenheit.

Unter dichtbelaubten Bäumen streckten die Sümpfe von Clairmarais ihre langen Zungen aus Seerosen und fauligem Wasser aus. Die Stadt mit ihren Wasseradern, den schlammigen Flächen und den Buchten ringsum erinnerte an ein kleines Louisiana des Nordens. Normalerweise dachte Vigo beim Anblick der Sümpfe an die Froschjagden seiner Kindheit. Heute Nacht würden sie als Grabstätte dienen.

Der Peugeot fuhr über eine asphaltierte Straße, die bald in unwegsames Gelände überging. Diese Höhle aus Chlorophyll machte als Kulisse einem Horrorfilm alle Ehre. Als Sylvain die Gerippe aus Rinde überall sah, musste er an den geheimnisvollen Wald in *Kettensägen-Massaker* denken.

Nachdem die beiden Informatiker das Abblendlicht ausgeschaltet und die Türen zugeschlagen hatten, widmeten sie ihre Aufmerksamkeit dem Inhalt des Kofferraums.

»Der Boden ist gefroren, das heißt, wir werden keine Spuren hinterlassen«, murmelte Vigo. »Außerdem scheint der Mond nicht … Das ist Wahnsinn, die Elemente helfen uns noch. Wir schmeißen die Leiche in den Sumpf, nur zweihundert Meter von hier. Nimm den leeren Kanister mit.«

»Man kann die Hand nicht vor Augen sehen. Ich habe Schiss! Bist du sicher, dass …«

»Das Schlimmste haben wir bereits überstanden! Los, auf geht's.«

Das Licht der Taschenlampe durchdrang den Vorhang aus dicht stehenden Erlen und wilden Gräsern. Sylvain hatte die Leiche an den Beinen gepackt, Vigo an den Handgelenken. Der linke Unterschenkel hing schlaff von dem erkalteten Knochengerüst herab, als sei er froh, endlich befreit zu sein.

Ein Barbapapa, dachte Sylvain. *Red dir ein, du trägst einen Barbapapa …*

»Seine Muskeln sind schon ganz steif«, sagte er schließlich, um die Stille zu durchbrechen.

»Die Totenstarre setzt ein. Bald wird er so biegsam sein wie ein Hampelmann und hart wie Holz …«

»Ich … ich kann seinen Blick nicht vergessen. Als ich ihn umgedreht habe, hat er mir tief in die Augen geschaut. Ich habe den Tod gesehen. Jetzt weiß ich, wie er aussieht. Ich fürchte, dass ich nie wieder ruhig schlafen kann.«

»Vergiss nicht, es war ein Unfall, eine Verkettung unglücklicher Umstände. Was hätten wir denn machen sollen? Oder kannst du dir etwa vorstellen, wie ein Bulle bei deiner Frau anruft und ihr mitteilt, du hättest jemanden überfahren? Und kämst nie wieder nach Hause?«

»Nein …«

Ein Sumpf zeigte ihnen sein fauliges Maul.

»Ich kann mich allein darum kümmern«, schlug ihm Vigo vor. »Du brauchst nicht …«

»Ich bleibe … Ich will sichergehen, dass er unser Geheimnis mitnimmt …«

Nichts zeugte hier mehr von Leben, weder Pflanzen noch Tiere. Alles war erstarrt.

»Wir sollten in seiner Brieftasche nachsehen ... seine Identität überprüfen ... Das ist das Mindeste, was er verdient ...«

Vigo steckte eine Hand in die Jacke der Leiche.

»Wozu? Kein Name, keine Identität. Eine Last weniger. Ein leeres Gesicht vergisst man leichter als einen Namen. Ich nehme seine Papiere mit und verbrenne sie zu Hause. Füll den Kanister mit Wasser ... Und reiß ein Schilfrohr heraus ... Die meisten Menschen, die eines gewaltsamen Todes sterben und ins Wasser geworfen werden, schwimmen obenauf – die Frauen mit dem Bauch nach unten, die Männer nach oben –, wegen des sogenannten anhaltenden Kehlkopfkrampfes. Der Kehldeckel – das ist ein Ventil aus Knorpel – schließt sich beim letzten Atemzug reflexartig und verhindert, dass Wasser in die Lunge eindringt. Soll die Leiche untergehen, muss man ›nachhelfen‹, damit die Flüssigkeit in die Luftwege gelangt.«

Vigo war seinem Bruder dankbar, dass er ständig sein Wissen zur Schau stellte. Stanislas Nowak arbeitete im Regionallabor der Spurensicherung von Lille. Vigo zerriss die Plastiktüten, brachte ein zerkratztes Kinn und aufgeplatzte Lippen voller Blutgerinnsel zum Vorschein. Sylvain wandte sich ab.

»Tut mir leid ... Ich kann nicht ...«

»Ich komm schon klar ...«

Der verkrampfte Mund ließ sich nur mit Gewalt öffnen. Vigo brauchte beide Hände, um die Kiefer auseinander zu biegen. Knochen krachten. Der leblose Hals wurde auf das Schilfrohr gespießt.

»Auf diese Weise wird sein Kehldeckel zerstört und die Stimmritze gelöst. Dann kann Wasser eindringen.«

»Behalt deine Kommentare für dich! Man könnte meinen, du wässerst eine Forelle! Bringen wir die Sache zu Ende, und zwar schnell!«

Es raschelte, als ein verdammter Nachtvogel aufflog. Sylvain glaubte, sein Herz bliebe stehen. Wie konnte sein Kumpel bei dieser unmöglichen Arbeit nur so gelassen bleiben und noch ein solches Organisationstalent an den Tag legen?

Vigo schüttete das Brackwasser in den Hals der Leiche, bis – sieben Liter später – die weit geöffnete Kehlkopfhöhle die überschüssige Flüssigkeit wieder von sich gab.

»Fertig! Die Leiche wird im Wasser ganz schnell verwesen. Fast so effizient wie eine Einäscherung. In zwei Monaten wird er nur noch anhand des Gebisses oder der DNA zu identifizieren sein.«

Vigo wischte sich die Hände an seiner Jeans ab. Die Illusion einer Reinigung, einer Absolution.

»Und jetzt werfen wir ihn möglichst weit ins Wasser. Du nimmst seine Beine, ich die Arme. Ich zähle bis drei ...«

Der Körper schlug im Wasser auf, die Wasseroberfläche glättete sich langsam wieder. Der Tod verkroch sich in die Tiefe und nahm ein Geheimnis mit, das besiegelt wurde von Angst, Überdruss ... und Geld ...

An der Oberfläche zerplatzten die letzten Luftbläschen. Das letzte Blinzeln eines Familienvaters. Ein Abschied im Wasser. Dann gab es nichts mehr ...

Das Auto fuhr davon, zu den flimmernden Lichtkegeln der Nationalstraße.

Ein kaum wahrnehmbares Zucken umspielte Vigos Lippen, es sollte ein Lächeln andeuten.

»Die Kohle! Die Kohle gehört uns, Sylvain! Kannst du dir das vorstellen?«

»Nein, noch nicht ...«

»Hör mir jetzt mal gut zu. An das Geld können wir noch nicht sofort ran. So lange, bis sich die Sache wieder eingerenkt hat und wir wieder klar sehen. Deine Frau darf nichts davon erfahren. Keine Andeutungen, keinerlei Anspielungen, die ihren Verdacht wecken könnten, okay?«

Sylvain fuhr mit der Hand übers Gesicht, als wollte er eine Maske des Schreckens abstreifen.

»Glaubst du, ich will, dass sie Bescheid weiß?«

»Wir konnten nicht anders handeln, klar?«

Sylvain nickte, nicht besonders überzeugt.

»Ändere nichts an deinen Gewohnheiten. Mach weiter mit deiner Arbeitssuche und kümmere dich um deine Familie. Ich habe morgen ein Bewerbungsgespräch, ich werde hingehen, als sei nichts geschehen. Wir sind diese Nacht *nicht* in Dunkerque gewesen. Wir haben bei mir im Internet Schach gespielt, so wie jeden Donnerstagabend.«

»Und meine demolierte Motorhaube und der kaputte Scheinwerfer?«

»Du kaufst bei einem Autohändler einen neuen Scheinwerfer und wechselst ihn selber aus. Bezahl bar. Kennst du einen Karosserieschlosser, der deinen Wagen schwarz repariert?«

»Ich fahr oft zu dem Schrotthändler in Lens. Dort habe ich Beziehungen.«

»Auf den ersten Blick ist das Blech nicht verzogen. Es müsste zu reparieren sein, ohne dass viele Spuren zurückbleiben. Wie du deiner Frau den Schaden erklärst, da verlass ich mich ganz auf dich. Ruf jedenfalls bloß nicht bei deiner Versicherung an!«

»Und die Kohle?«

»Ich bringe sie bei mir im Speicher unter. Dort besteht keine Gef...«

»Kommt nicht in Frage! Warum sollte ich sie nicht mit zu mir nehmen?«

»Damit deine Frau drüberstolpert? Ich lebe allein! In meinem Speicher schnüffelt niemand herum!«

»Dann verstecken wir sie weder bei dir noch bei mir. Ich habe da schon eine hübsche Idee ... Außerdem will ich das Geld mit dir zusammen zählen ...«

»Vertrauen über alles! Wenn man dich anhört, könnte man meinen, wir kennen uns erst seit gestern!«

»Darum geht es nicht, sondern ... Ich will nicht, dass wir die ganze Sache umsonst gemacht haben ... Der Typ in den Sümpfen ...«

Er bewegte die Finger, als taste er die Luft ab.

»Wir müssen das Geld beseitigen, falls es brenzlig wird. Versprich mir, dass wir die Scheine verbrennen, sobald die Bullen von der Sache Wind bekommen. Ich werde das jedenfalls tun, das garantier' ich dir, ob du einverstanden bist oder nicht!«

Vigo bemühte sich, überzeugend zu klingen.

»Ich schwöre es. Wenn irgendetwas schiefläuft, vernichten wir die Beweise. Aber es wird keine Probleme geben. Alles war zu ... perfekt ...«

»Wie kannst du so was sagen?«

»Nun! Weil wir nichts geplant haben! Kein Motiv, keine Zeugen! Nicht mal eine Leiche!«

Vigo packte Sylvain am linken Arm.

»Du kannst dir gar nicht vorstellen, wie sehr ich davon geträumt habe! Geld, das vom Himmel fällt! Warum wohl war ich überzeugt davon, dass so etwas irgendwann mal passiert? Warum? Bald werden wir für niemanden mehr schuften!«

In Sylvains Schädel schwirrte es. Ein Wort, ein einziges Wort, schoss ihm immer wieder durch den Kopf.

Verbrecher.

5 Drei Uhr morgens. Diffuses Licht erhellte das Wohnzimmer des kleinen Bauernhauses. Knisternde Nebengeräusche kamen aus einer alten Kathodenstrahlröhre, die Trägheit einer Welt aus Träumen. Und eine Kondenswolke bei jedem Atemzug.

Der defekte Heizkessel ... Sylvain biss sich in die Wange.

Eine blonde Mähne schlängelte sich unter die Bettdecke, man hörte nur klackende Geräusche. Nathalie döste in Embryonalstellung, der angeborene Reflex eines Körpers auf der Suche nach Wärme. Sylvain schaltete den Fernseher aus, berührte seine Frau zärtlich mit den Fingerspitzen und verschwand im Zimmer von Éloïse. Das Baby schlief, sein Gesicht wurde von der gedämpften Hitze eines Heizgeräts angestrahlt.

Auf das Gesicht des jungen Vaters fiel ein Schatten der Besorgnis. Dieses Glück konnte von nun an jeden Moment zu Ende sein. Eines Tages, vielleicht schon morgen, tauchten die Bullen auf, fielen über ihn her und drückten ihm eine Pistole an die Schläfe. Man brächte ihn weg von seinen Lieben, für eine Ewigkeit voller Reue.

Die verborgene Seele des Monsters war voll von widersprüchlichen Spannungen und unerklärbaren Stimmungen. Eine tiefgreifende Veränderung hatte seinen Körper erschüttert und emporgehoben, auf himmlische Oasen getragen. Es ging ihm gut, sehr gut. Besser als je zuvor. Als wäre eine Luftblase nach einem endlosen Aufstieg aus der Tiefe des Wassers an der Oberfläche zerplatzt.

Vor einer Ampel trat es mit voller Wucht auf die Bremse, noch wie im Rausch von dem kleinen pulsierenden Hals, von seinen Fingern, die ein Leben beendeten, von dem allerletzten Murmeln.

Im Schein der roten Ampel betrachtete es seine Hände, die drangsalierten, fast bis auf die Knochen zerfressenen Glieder. Dieselben Gedanken wie immer bestürmten es. Der Schmerz der Säure, der es Abend für Abend quälte ... Das Kreischen der elektrischen Säge auf dem Fleisch ... Die Vögel, die immer wieder zu fliehen versuchten ... Der Affe, der wie versteinert auf einem Baum kauerte ... Die bedrohliche Wölfin mit ihrer nach oben gereckten Schnauze ...

Dieser Alltag war so schwer zu ertragen ...

Die Bestie schüttelte den Kopf. Die Ampel wurde wieder gelb, dann rot. Im Rückspiegel war niemand zu sehen. Die Stadt schlief. Bei Grün fuhr sie vorsichtig los, bog auf eine Landstraße und verließ die metallene Stadt.

Sie dachte jetzt nur noch an eins: ein Neuanfang ...

»Es ist der Heizkessel, Liebling«, flüsterte Nathalie Coutteure verschlafen. »Diesmal ist er endgültig hinüber, ausgerechnet jetzt, wo es kalt wird. So ein Mist! Ich komme mir vor wie in einem Gefrierschrank!«

Sie schlang eine Decke um ihre Schultern und schmiegte sich an ihren Mann. Das Herz schlug langsamer in ihrer anmutigen Brust, sie strahlte eine Liebe aus, die Sylvain die Tränen in die Augen trieb.

»Ich habe versucht, auf Vigos Handy anzurufen, damit du früher nach Hause kommst«, erzählte ihm die junge Frau zitternd. »Niemand hat abgenommen, nur die Mailbox ...«

»Er hatte es bestimmt ausgeschaltet. Weißt du, wenn wir Schach spielen ...«

Die Lüge schlängelte sich wie ein Reptil zwischen seine Worte, begleitet von unterschwelligen Bildern. Das Krachen der Kiefer, das Schilf in der Luftröhre, der Körper, der im Wasser versank.

»Morgen früh rufe ich bei Depann'gaz an«, erklärte Sylvain, während er im Wohnzimmer auf und ab ging. »So geht das nicht weiter. Wenn dieser verfluchte Heizkessel ausgetauscht werden muss, dann wird er eben ausgetauscht!«

»Ich werde meine Eltern um Geld bitten. Diesmal müssen wir ihre Hilfe annehmen. Im Moment sind wir wirklich vom Unglück verfolgt, unsere finanzielle Misere wird immer größer ...«

Sylvain riss sich zusammen. Noch hatte er seinen Stolz. Wenn er jetzt nachgab, würde er dastehen wie ein völlig unfähiger Familienvater, ein Nichtsnutz, der nicht mal mehr seine monatlichen Raten begleichen konnte.

Seine Muskeln entspannten sich. Zwei Millionen Euro, die sie unter sich aufteilen würden. Er sah noch die unendlich vielen Nullen vor sich, die duftende Konsistenz der Scheine. Eine Ewigkeit harter Arbeit, komprimiert in einer königsblauen Sporttasche.

Er legte seiner Frau einen Finger auf die Lippen.

»Psst ... Zieh deine Eltern da nicht hinein. Wir haben eine Pechsträhne, aber ich bin überzeugt, dass sich das Blatt bald wendet.«

»Eine Pechsträhne? Wir leben jetzt seit über vier Monaten von der Hand in den Mund, und jede unerwartete Ausgabe belastet uns bis zum Monatsende! Was glaubst du, wie lange wir noch durchhalten mit meinem Lehrergehalt und deinem dürftigen Arbeitslosengeld? Wir müssen einen Kredit über fünfundzwanzig Jahre abbezahlen!«

Sylvain ergriff ihr Handgelenk und drehte sie zu sich. Am liebsten hätte er sie zu Vigo geschleift und mit dem grünen Opium konfrontiert.

»Hab Vertrauen zu mir! Ich habe mir mit Vigo heute Stellenangebote im Internet angeschaut. Der IT-Markt kommt wieder in Gang, in Lille entstehen neue Arbeitsplätze, es wird wieder mehr Bewerbungsgespräche geben. Sag deinen Eltern nichts, okay? Wir werden den Kohleofen wieder anmachen, bis ich die Sache geregelt habe.«

»Er funktioniert nicht mehr. Das Abluftrohr hat einen Riss. Das ist zu gefährlich! Und außerdem, was ändert das? Das ist ein Tropfen auf den heißen Stein! So löst man keine Probleme!«

»Hör zu, morgen ist Heiligabend und der Geburtstag unserer kleinen Tochter … Wir lassen uns diesen Tag nicht verderben! Dieses Mal nicht!«

Nathalie floh in die Arme ihres Mannes. Eine Lösung finden? Aber wie? Vor zwei Jahren hatten sie gerade eben einen Kredit aufbringen können, um ihr Traumhaus auf dem Land zu bezahlen, in der Nähe von Lens. Großer Garten, Nebengebäude, großzügige Räume. Damals hatte die IT-Blase Informatiker in den Rang von Halbgöttern gehoben. Sie sah Sylvain noch vor sich, wie er im Büro der Bank saß, mit der Krawatte in der Hand. *Arbeitslosenversicherung? Sehe ich so aus? Die EDV kontrolliert Ihre Computer, öffnet und schließt Ihren Kofferraum. Das ist erst der Anfang. Wenn wir arbeitslos werden, hört die Welt auf, sich zu drehen!*

Aber irgendwann platzt jede Blase. Heutzutage machte stündlich irgendwo auf der Welt ein Start-up-Unternehmen dicht. Aus Angst vor Verlusten trennten sich die großen Industriekonzerne von ihren regionalen Geschäftsstellen und konzentrierten ihre Aktivitäten in Paris. Air Littoral, Alcatel, France Télécom … Die Taiwanesen, die gestern noch Kleider hergestellt hatten, programmierten nun Software zu niedrigsten Preisen.

Was blieb? Monatliche Raten in Höhe von tausendvierhundert Euro mussten zurückgezahlt werden. Zwei Drittel ihrer Einkünfte. Sechsundsechzig Prozent Belastung.

Sylvain unterdrückte einen Schluchzer. Ein rauer Wind fegte all seine Überzeugungen hinweg, seine Rechtschaffenheit, all die Eigenschaften, die ihn zu einem Herdentier gemacht hatten.

Nun begann sein wirkliches Leben.

Es spielte keine Rolle, was er getan hatte. Allein das Geld zählte.

Diese Nacht fand Sylvain keinen Schlaf. Träume und Wirklichkeit vermischten sich in seinem Kopf. Türkisfarbenes Meer, eine rote Sonne, weißer Sand.

In ein paar Tagen hätten die samtweichen Geldscheine die Leiche einbalsamiert und das Gesicht ausgelöscht. Die Narbe würde verblassen.

Davon war er überzeugt …

Das Monster hielt aufmerksam Ausschau nach irgendeinem Anzeichen von Licht, während es durch die endlose Agrarlandschaft fuhr und dann schließlich im dunklen Laubwerk verschwand.

Ein dichter, tiefschwarzer Wald.

Es wusste genau, was eben im Industriegebiet passiert war. Ein zufälliges Zusammentreffen von Ereignissen, die sein Leben verändern sollten, endlich den Abszess aufbrechen würden, der schon seit Jahren in seinem Gehirn faulte.

Dieser ganze Schmerz, der Hass, das Leiden. Diese unbezwingbare Leidenschaft.

Die zwei Typen im Peugeot beschleunigten nur einen Prozess, der nicht aufzuhalten war.

Aus dem Wagen ertönte ein Schrei, in dem sich Instinkt und Freude mischten.

Die Bestie dachte nicht mehr an das Lösegeld, obwohl sie überzeugt war, es bald zurückzubekommen. Mit einem Mal waren ihre Ideale ins Gegenteil verkehrt worden. Sie begriff plötzlich, warum sie diese letzte Aufgabe erledigt hatte.

Es war nicht das Geld. Nicht die Unterwerfung. Nicht die Liebe.

Sondern das Unvorstellbare.

Der Wagen fuhr in einen Schuppen aus rostigem Blech und morschen Balken. Weit weg von den Lichtern der Welt, in eine Schlucht, in die sich nicht einmal ein Verrückter wagen würde. Der Motor hörte auf zu brummen, vor der Wand hob sich ein Schatten ab, setzte einen Fuß auf den Boden und betrat den Raum aus der Vorkriegszeit, der an den Schuppen grenzte. Unter dem kalten Stein lag ein verschlungenes Kellergeschoss, feuchte Gewölbe, in denen sich seine Werkstätten befanden. Die Schmieden der Hölle ...

Die Gestalt zündete den Kamin an. Bläuliche Küsse, gierig lodernde Teufelszungen tanzten ein höllisches Ballett. Ringsumher saßen lauter alte Puppen, *Beauty Eaton* oder *Helen Kish*, deren intrigante Gesichter von dem rötlich schimmernden Licht geglättet wurden. In ihren weit aufgerissenen Augen spiegelte sich nur noch ein leichter Schrecken ...

Das Monster ging in den hinteren Teil des Zimmers, in eine permanente Dunkelheit, wo sich Latexmasken türmten, Kiefer mit herausgerissenen Zähnen und durchbohrte Schädel. Es öffnete eine Tür, machte Licht, stieg eine Wendeltreppe hinab und bog dann in einen Tunnel mit mehreren Türen, die durch ein Vorhängeschloss gesichert waren.

Hinter dem alten Holz waren kratzende Geräusche zu hören ... Seine Weibchen hatten Hunger. Die Bestie öffnete die Tür einen Spalt weit. Kleine Hände schossen hervor und entrissen ihr die verfaulten Salatblätter, die sie ihnen hinhielt. Jenseits der Wand stieg ein verzweifelter Schrei aus Zorn, Angst und Wut empor. Es wurde Zeit, die Tür wieder zu schließen ...

Das Monster ging zu einem anderen Keller. Zufrieden leckte es seine Lippen. Die vermoderte, vor Feuchtigkeit ganz aufgequollene Matratze, die in einer Ecke lag, war genau richtig. Sein nächstes Opfer würde nicht lang genug leben, um sich zu beklagen.

Dieses Gewölbe war perfekt. Man musste nur die Klinke auf der Innenseite der Tür entfernen, denn als Erstes würde das neue Rohmaterial morgen versuchen zu fliehen. Natürlich ...

Dann schloss sich die Bestie in einer unterirdischen Werkstatt ein, aus der bis zum Morgengrauen das Ächzen elektrischer Geräte zu hören war. Es galt zu üben, Fortschritte zu machen, weiter und weiter ...

Die Nacht im tiefen Wald war furchtbar. Viel schlimmer, als es sich die krankesten Hirne ausmalen können ...

6

Ein Albtraum. Eine kaum zu bewältigende Aufgabe. Über zwanzig Stunden am Stück arbeiten, und das nach zwei schlaflosen Nächten ...

Vor dem Hauptkommissariat von Dunkerque warf

die Brigadierin Henebelle einen Blick zum Himmel und stieg dann eilig die Stufen hinauf. Heute Morgen würde es schneien. Sie seufzte. Dieses Jahr fiel Heiligabend aus. Stattdessen wartete ein endloser Nachtdienst auf sie, an dem Abend, an dem nur die Privilegien zählten. Dieser Strafe entging kein Polizist im untersten Rang. Aber mit welchem Recht brachte man eine junge Mutter um das erste Weihnachtsfest mit ihren Babys?

Lucie knöpfte ihren Dreiviertelmantel auf, während sie das Gebäude am Quai des Hollandais betrat. Sie grüßte den jungen Mann am Empfang und zwei, drei Kollegen von der Sitte. Verlassene Flure, die Ruhe einer postnuklearen Katastrophe. Als die Feiertage näherrückten, hatten sich die meisten Büros geleert, Schulferien und Brückentage verpflichten. Am Dienstschalter stand eine Frau, die eine Anzeige erstattete. Jung, enge Hose, übertriebenes Make-up. Auf der Etage der Kriminalpolizei nahm Lucie ihre Mütze ab und befreite eine Flut blonder, kaum frisierter Haare. Dank der auf Hochtouren laufenden Heizung wirkten ihre eingefallenen Wangen nicht mehr ganz so leichenblass.

Sie setzte sich an ihren Computer und sah sich dem leeren Stuhl eines Kollegen im Urlaub gegenüber.

Hallo Stuhl! Wie geht's? Mir? Etwas angeschlagen. Oder besser gesagt, völlig erledigt!

Die Zwillinge überschlugen sich gegenseitig in ihrem Einfallsreichtum, Lucie den Schlaf zu rauben, und gönnten ihr lediglich die zum Überleben notwendige minimale Erholung. Ein gegenläufiger Schlaf, der bis zu einem Jahr andauern könne, hatte ihr der Kinderarzt bedeutet. Eine Qual. Dazu verurteilt, tagsüber vor sich hin zu dösen, um nachts die Gier der Neugeborenen nach Leben zu ertragen.

Ohne einen Mann, der sie unterstützte.

Nachdem sie vor einer Woche wieder angefangen hatte zu arbeiten, stellte sich ihr *die* brennende Frage, die sie seit der Geburt bedrängte: Wie sollte sie das alles vereinbaren? Die Zwillinge, das Haus, die Arbeit? Und die Erholung? Wann könnte sie sich wieder um sich selbst kümmern, sich schminken, die überzähligen Pfunde beim Joggen abtrainieren?

Wann würden die Frauen dieses Gespenst vertreiben?

Lucie war in ihre Dateien vertieft, als Leutnant Pierre Norman das Zimmer betrat. Sein Gesicht wurde von einem roten Haarschopf umrahmt, seine elfenbeinfarbene Haut war von roten Flecken übersät. Er war nicht gerade hübsch, dieser Norman, aber anziehend, was bestimmt an seinen großen, blassblauen Augen lag, die ein unermessliches Geheimnis zu bergen schienen.

Sein ausgezeichnetes Abschneiden bei dem staatlichen Auswahlverfahren zum Polizeileutnant hatte ihm die Türen der Kripo in Versailles geöffnet, doch er schlug die Gelegenheit aus, um hier im hohen Norden zu bleiben. Ihn lockte der Geruch des feuchten Straßenpflasters, die verdächtigen Gestalten im Hafen, die Verfolgungsjagden an einer der Drehscheiben des Drogenhandels zwischen England, den Niederlanden und Frankreich. Der ideale Alltag für einen Polizisten der Tat.

»Ich habe von deinem Dienst heute Abend gehört«, bemerkte er. »Tut mir leid.«

»Man muss ein Schaf opfern, um die Herde durchzubringen …«

Norman stützte seine Hände – jeder einzelne Knochen schien sich unter der gesprenkelten Haut abzuzeichnen – auf den Schreibtisch. Er wies mit dem Kinn auf ein Buch von Pierre Leclair, *Fünf Profile*.

»Immer noch bei deinen Psychologiebüchern? Geht es darin um *Profiler*?«

»Man sagt jetzt Fallanalytiker …«

Die schwarzen Seelen in Aktion, das Adrenalin am Tatort, der Reiz des Blutes … Solche Bücher verschlang Lucie seit ihrer Jugend, allein in ihrem Zimmer, zur Zeit der Diskos und der ersten Zigaretten.

»Ich wäre gerne Verbrechensanalytikerin geworden«, gestand sie, während sie über das Buch strich. »Sich in die Haut eines Mörders zu versetzen, die Ursache seines Traumas zu verstehen.«

»Du bist erst neunundzwanzig, wenn das wirklich dein Ding ist, kannst du noch dorthin überwechseln.«

Lucie deutete ein Lächeln an.

»In diesem verdammten Land ist es einfacher, Präsident zu werden als Kriminalpsychologe!«

Norman zuckte mit der Schulter.

»Ohne Fleiß kein Preis. Bereite dich auf das Auswahlverfahren zum Leutnant vor, das ist ein guter Anfang.«

Die junge Frau blickte zur Decke.

»Auswahlverfahren! Die Zwillinge brauchen meine ganze Energie auf! Und sie haben Priorität. Vielleicht später mal … Wer weiß?«

»Hast du ihn nie wieder gesehen?«

Kloß im Hals.

»Das Kapitel ist beendet, ja? Ich vermute, du bist nicht gekommen, um mit mir darüber zu sprechen.«

»Nein … Wir haben da eine üble Sache reinbekommen. Die Frau von Professor Cunar, einem renommierten Unfallchirurgen, hat heute Nacht angerufen. Ihre kleine Tochter wurde vor vier Tagen entführt. Sie haben nicht sofort die Polizei eingeschaltet …«

Lucie rückte auf ihrem Stuhl nach hinten und hörte aufmerksam zu.

»Es ist nie leicht zu sagen, was in einer solchen Situation am besten für das Leben des Kindes ist.«

»In der Tat sehr heikel. Cunar ist gegen Mitternacht aufgebrochen, um das Lösegeld zu übergeben, zwei Millionen Euro ...«

»Wow!«

»Der Mann ist eine Koryphäe. Er wohnt in Le Touquet und operiert regelmäßig in den großen Kliniken Englands. Ist nur selten zu Hause. Und seine Frau handelt mit Unternehmen. Hat eine eiserne Faust, wie es scheint. Die beiden müssen in einem Monat so viel verdienen wie wir in unserem ganzen Leben ... Kurz und gut, Cunar ist nicht zurückgekommen. Spurlos verschwunden ...«

»Und das Mädchen?«

»Wurde ermordet aufgefunden, in einer Lagerhalle unweit des Windparks von Grande-Synthe. Der Kommissar und Kapitän Raviez sind seit vier Uhr früh vor Ort.«

Lucie erschauderte und musste an Clara und Juliette denken. Ihre vollen, runden Münder, die schelmischen Blicke. Bei einer Geburt findet zugleich ein Übergang statt, eine Art geistige Entbindung, die das Kind in ein heiliges Wesen verwandelt. Davor fühlt man mit den Müttern der Opfer, doch danach wird man selbst zu einer dieser Mütter, und der Schmerz um das verlorene Wesen, selbst wenn man es nicht kennt, brennt einem in der Kehle und zerreißt einem das Herz ...

»Lucie?«

Die junge Frau schüttelte den Kopf und presste die Lippen zusammen. Sie nickte immer häufiger ein, egal zu welcher Tageszeit. Daran änderten auch die Vitamin-C-Tabletten nichts. Wie lange würde sie diesen Rhythmus noch durchhalten?

»Ich ... Ja ... Entschuldige. Ich habe diese Nacht ziemlich schlecht geschlafen, ganz so wie es die Tradition vorsieht ...«

Norman trommelte mit den Fingerspitzen auf den Computer. Seine dürren Finger sahen aus wie Spinnenbeine.

»Valet will ein Team zusammenstellen. Er will dich dabeihaben. Da so viele Polizisten im Urlaub sind, greift er auf alle verfügbaren Kräfte zurück, bevor er die Männer zurückholt. Was hältst du davon? Ich meine ... du bist gerade Mutter geworden und nicht topfit, da passt dir die Gelegenheit vielleicht nicht so gut ... Ich kann mich dafür einsetzen, dass ...«

Lucie sprang von ihrem Stuhl auf.

»Bitte mach dir um mich keine Gedanken! Ich weiß ganz genau, dass sich bei dem ganzen Papierkram hier meine Tage in die Länge ziehen werden wie Kaugummi! Aber wenn der Kommissar mir sein Vertrauen schenkt, kann ich mir nicht erlauben, ihn zu enttäuschen. Auch wenn ich im Moment gewisse Prioritäten habe, so will ich doch nicht mein ganzes Leben lang ein Schattendasein fristen. Verstehst du das?«

Norman legte ihr eine Hand auf die Schulter.

»Ich bin völlig einer Meinung mit dir ... Begleitest du mich unterdessen? Ein Unternehmen hat Anzeige erstattet, und wir müssen den Tatbestand aufnehmen. Die Wände sind mit Graffiti beschmiert worden.«

»Wie spannend ... Aber ... hast du nicht bald Urlaub?«

»Übermorgen fahre ich in die Alpen ... Eigentlich ...«

»Eigentlich, ganz genau! Ich wette zehn zu eins, dass du noch absagen wirst!«

Sie biss in ein Stück Schokolade.

»Eine Angewohnheit schwangerer Frauen, von der ich nicht mehr loskomme ... Ich kann nicht mehr ohne meine Tafel Schokolade aus dem Haus gehen ... Kannst du dir den vertrottelten Polizisten vorstellen? Dienstmarke, Beretta und Schokolade?«

»Denk an die Nikotinpflaster, wenn du aufhören willst …«

Draußen fielen feine, weiche Tupfen vom Himmel. Der Dezember blies seine ersten Flocken.

7

Die fünf Kandidaten litten stumm. Man hatte sie in einem Raum zusammengepfercht und fügte ihnen fast schon unmenschliche Qualen zu.

Siebzehnter Stock, Turm Lille-Europe, Nordflügel. Punkt neun Uhr.

Dreißig Minuten geistiges Martyrium in einem Zimmer ohne Fenster. Und das war erst der Anfang.

Männer im Sonntagsstaat mühten sich mit ihren Stiften ab, während die Minen über das Papier kratzten. Vor ihnen lagen die hundertsechsundzwanzig unerbittlichen Fragen des PAPI-N, des beliebtesten Persönlichkeitstests der Personalabteilungen.

Einer von ihnen war Vigo, bei dem die durchgemachte Nacht Spuren hinterlassen hatte. Auch ausgiebiges Duschen hatte weder den Bluterguss über seiner Augenbraue noch die dicken Ringe unter seinen haselnussbraunen Augen mindern können. Seine schwarzen, nach hinten gekämmten Haare verstärkten noch den Kontrast zu seiner von Natur aus matten Haut und hoben schonungslos die Fältchen hervor, die an Tagen wie diesen zu deutlich sichtbaren Runzeln wurden. Für ein Bewerbungsgespräch befand er sich nicht gerade in der besten Verfassung. Und doch war er äußerst guter Dinge.

Nach zwanzig Minuten hatte er nicht einmal ein Drittel der Fragen beantwortet. Wie sollte er sich nach dem genialen Coup vom Vorabend konzentrieren? In Gedanken war er bei dem Geld, das sie in seinem Kohleschuppen versteckt hatten. Das Knistern der Scheine beeinträchtigte seinen Verstand wie ein heimtückischer Virus. Zum Glück gab es gegen diese Art von Infektion keinen Impfstoff.

Auf dem Weg nach Lille hatte er France Bleue Nord eingeschaltet, um die Lokalnachrichten zu hören. Es war weder die Rede von Graffiti noch von einem Unfall oder dem Verschwinden eines Mannes. Das war schon einmal ein gutes Zeichen.

Er drückte den Stift fest aufs Papier und machte wahllos Kreuze, um sein Körnchen Glück anzuspornen und vom Gesetz der Serie zu profitieren, dem ständigen Auf und Ab des Schicksals.

Das Quartett der Arbeitslosen vor ihm zerfleischte sich gegenseitig mit Blicken. Die armen Kerle kämpften um ihre Zukunft, das Versprechen besserer Tage. Stiefel lecken, um die Familie zu ernähren. Heute spuckte Vigo vor diesen Stiefeln aus.

Er lockerte den Knoten seiner Krawatte, da er ins Schwitzen geriet. Nicht vor Angst, sondern weil er vor Freude hätte platzen können, am liebsten laut geschrien, sich nackt im Schnee gewälzt hätte. Er schüttelte den Kopf. Was machte er in diesem Aquarium, warum bemühte er sich um eine Stelle, die nicht der Mühe wert war? Wie viel? Fünfunddreißigtausend Euro im Jahr? Fliegendreck! In einem Sack versteckt hatte er mehr als das Gehalt eines Lebens! Netto und nicht zu versteuern!

Wie sollte er auch nur einen Augenblick lang erwägen, weiterhin den Sklaven zu spielen?

Er wollte sich gerade aus dem Staub machen, als ein

Mann hereinkam, der in etwa so vergnügt aussah wie ein Totenkopf, die Tests einsammelte und ihn bat, ihm zu folgen. Ein Glatzkopf mit Brille, dem vor lauter Stress und Besprechungen die Haare ausgegangen waren, eine Maschine, die Menschen zermalmte. Die Logik des jungen Informatikers, sein fester Wille, sich nichts anmerken zu lassen, befahlen ihm zu gehorchen.

Tür 12. Großes Büro, eingerichtet wie ein Leichenschauhaus. Nicht ein Blatt Papier lag herum. Leere Mülleimer. Kein Füller ohne Kappe. Die Illusion des Erfolgs.

Der Leiter der Personalabteilung bat Vigo, Platz zu nehmen, stutzte beim Anblick der bläulichen Kugel über seiner Augenbraue und teilte ihm kühl mit:

»Ich komme sofort wieder, ich lasse nur Ihren Test durch den Rechner auswerten.«

Er kam schon zurück, bevor er überhaupt verschwunden war. Die Zauberkunst eiliger Menschen.

»Ihre Resultate sind recht beeindruckend, aber jetzt erklären Sie mir, wieso wir ausgerechnet Sie einstellen sollten von den zwanzig Bewerbern, die wir eingeladen haben.«

Vigo, den seine Glückssträhne amüsierte, legte seinen Lebenslauf vor sich hin und begann, seinen Werdegang zu schildern. Der Mann mit dem Eierkopf unterbrach ihn sofort.

»Kein guter Anfang, Monsieur Nowak! Stecken Sie Ihren Lebenslauf wieder ein! Ich hoffe, Sie können sich noch gut genug an Ihre Laufbahn erinnern!«

Vigo zögerte und kam dann der Aufforderung nach. Er hatte Sylvain darauf hingewiesen: Das Geld durfte auf keinen Fall ihre Gewohnheiten verändern. Aber er spürte, dass in jedem Augenblick brennend heißes Wachs aus seinem Mund hervorsprudeln und den Eierkopf besudeln konnte.

Nach einem übertriebenen Atemzug tauchte er ein in ein Meer aus Lügen und Wahrheit, leierte die üblichen Phrasen herunter zu seiner Motivation, dem Willen zum Erfolg, dem *Management*. Die drei Stärken, die drei Schwächen ... Eine Kunst, die er nach so vielen Bewerbungsgesprächen glänzend beherrschte.

»Sehr interessant, Monsieur Nowak. Welche beruflichen Ziele haben Sie? Wo sehen Sie sich in zehn Jahren?«

Und so weiter und so fort ... Wo ich mich sehe? Reich, du Arschloch!

Seine Standardantworten schienen dem Roboter zu gefallen. Der Mann hatte ein Gebiss, neben dem ein Weißer Hai vor Neid erblasst wäre.

»Sie haben auf dem Bewerbungsbogen ein Gehalt von ungefähr vierzigtausend Euro brutto im Jahr angegeben«, fuhr der Raubvogel fort. »Wie viel haben Sie in Ihrem alten Unternehmen verdient?«

»Achtunddreißigtausend«, log Vigo.

Immer um fünfzehn Prozent übertreiben. Aus Prinzip, um die systematische Absenkung vorwegzunehmen.

»Das erscheint mir sehr viel im Hinblick auf Ihre Qualifikation. Der Markt ist im Moment sehr angespannt. Ich denke, das ist Ihnen bewusst.«

Ja klar, sonst wäre ich nicht hier, in deinem Laden voller Schwachköpfe!

Weißzahn gab ein maliziöses Lachen von sich.

»Unsere Kunden drücken ständig die Preise für unsere Leistungen. Wer Preissenkung sagt, muss auch Gehaltskürzung sagen. Bei uns bekommen Sie zweiunddreißigtausend Euro und nicht mehr ... Darüber verhandeln wir nicht ...«

Das Messer an der Kehle. Die Krise als Vorwand, um ihm ein jämmerliches Einkommen anzubieten. Der Personalchef thronte siegesgewiss, mit verschränkten Armen, in seinem Bürostuhl.

»Nun?«, fragte er ungeduldig.

Vigo bluffte.

»Es ... Ich habe diese Woche noch weitere Gespräche. Ich muss darüber nachdenken.«

»Bei MediaTech handeln wir nicht! Sie bekommen keinen Cent mehr. Bei der momentanen angespannten Wirtschaftslage brauchen Sie nicht auf ein Wunder zu hoffen, weder hier noch anderswo. Es ist traurig, dies zu sagen, aber die Personalabteilungen wissen das.«

»Aber Sie bieten mir das Gehalt eines Anfängers! Ich habe über vier Jahre Erfahrung!«

»Sie bekommen überall dasselbe. Wir können uns die Leute aussuchen. Wenn einer ablehnt, akzeptiert der nächste. In Kriegszeiten mangelt es nicht an Munition!«

Vigo konnte seine Wut nicht mehr im Zaun halten. Gestern hätte er das Angebot angenommen. Aber heute ...

»Und wenn man Ihr Gehalt kürzen würde? Morgen sage ich Ihnen: Charles (Sie sehen nicht aus, als würden Sie Charles heißen, aber tun wir mal so als ob), Charles, wir müssen Ihr Gehalt um dreißig Prozent kürzen! Das ist entscheidend für den Fortbestand des Unternehmens!«

Der Mann bäumte sich auf. Ein Leguan, der seinen Ringkragen entfaltet, um seine Gegner zu erschrecken.

»Wie bitte?«

»Ja, Charles, Sie haben mich ganz richtig verstanden. Dreißig Prozent. Sie werden auf Ihren Mercedes der unteren Preisklasse verzichten müssen, ebenso wie auf Ihre imitierten Markenanzüge und die falschen Lacoste-Hemden.«

Vigo stand auf und ging zu dem großen Fenster, die Hände auf dem Rücken wie ein Generaldirektor. Endlich fühlte er sich wohl. Der Boulevard unten füllte sich mit Gummi und Metall. Die Achsen in Richtung Dunkerque und Paris waren nur noch ein weiß glühender Mischmasch. Vigo setzte seine Tirade fort. Der Personalchef tobte.

»Charles, Sie sind vorprogrammiert, konditioniert, ein reines Produkt unserer Konsumgesellschaft. Zu Beginn des Jahrhunderts kamen die Pferde, die man in die Bergwerke hinabließ, nur tot wieder hoch ans Tageslicht. Man zerstach ihnen die Augen, damit sie vergaßen, in welcher Hölle sie sich befanden. Heute macht man das Gleiche mit den Menschen. Es hat sich nichts weiterentwickelt. Ihr Leben besteht aus Arbeiten und Schlafen, sonst nichts, vermute ich? Frau, zwei Kinder, ein Hund? Ein Labrador, vielleicht heißt er Médor? Wenn Sie nach Hause kommen, sehen Sie Ihre Kinder nicht mehr, und Ihre Frau schläft auf dem Sofa, weil sie es satt hat, auf Sie zu warten. Sie leben im Licht Ihres Unternehmens und im Schatten Ihrer Familie. Die ständigen Fahrten nach Paris machen Sie fertig, doch Sie sagen nichts, Sie erdulden alles! Hab ich recht?«

Der Eierkopf verfärbte sich. Die Äderchen auf seinem Hals traten hervor.

»Sie sind … Raus!«

Vigo jubelte. Dieses Gefühl von Macht trug ihn ins Paradies.

»Aber gerne, mein lieber Charles! Spielen Sie weiterhin den Hanswurst in Ihren gläsernen Katakomben. Diese zwanzig Quadratmeter hier sind Ihr Sarg, Sie sind lebendig begraben und merken es nicht einmal. Ich werde von der Gesellschaft und dem Arbeitslosengeld profitieren. Indirekt stehle ich Ihnen Ihr Geld. Das reinste Glück!«

Eine Faust schlug auf den Schreibtisch. Die Wangen

des Personalchefs zitterten. Seine Stimme überschlug sich.

»Sie sind erledigt, Nowak! Mein Arm reicht weit! Kein einziges Unternehmen der Region wird Sie mehr einstellen! Lassen Sie sich hier nie wieder blicken!«

Vigo kehrte ihm den Rücken zu.

»Keine Sorge. Diese lebendigen Leichen, die hier vor meinen Augen verwesen, widern mich an ... Ha! Übrigens, Charles, in puncto Kleidung müssen Sie sich ein bisschen mehr Mühe geben. Ihre Krawatte ist ausgesprochen hässlich. Die würde ich nicht mal nehmen, um mich aufzuhängen.«

Schachmatt. Der König ist tot.

Vigo ließ die Alte Börse und die Oper hinter sich und begab sich in Richtung Grand' Place, die Hände in den Taschen seines Regenmantels vergraben. Seine Krawatte vermoderte irgendwo in einem Mülleimer. Er fühlte sich erleichtert, unbeschwert, endlich frei. Vorbei die Befehle, die Forderungen, nur um einen Fliegenschiss zu verdienen. Von heute an hatte er das Ruder in der Hand. Hoch die Segel!

Er stieß einen Schrei à la Mick Jagger aus und brachte damit ein paar Griesgrame zum Lachen.

Er kaufte zwei Croissants und setzte sich auf die Stufen vor dem Firmensitz der *Voix du Nord*. Um diese Uhrzeit eilten bereits zahlreiche unter Kapuzen versteckte Gestalten in die Rue de Béthune, um in letzter Minute auf Geschenkejagd zu gehen. In der Mitte des Platzes, vor dem Théâtre du Nord, beförderte ein Riesenrad unter sanftem Surren eine Handvoll englischer Touristen gen Himmel. Die europäische Kulturhauptstadt schäumte vor Leben.

Vigo knüllte die leere Papiertüte zusammen, warf

sie die Stufen hinab und beobachtete dann, wie die Passanten dem winzigen Hindernis auswichen. Witzig, wie man ohne die geringste Anstrengung das Leben anderer Menschen beeinflussen konnte. Da, die Frau mit der roten Tasche. Hoppla! Ein Schritt zur Seite, weil dort eine Papierkugel lag. Eine halbe Sekunde, die ihrem Vormittag geraubt wurde. Die Handlung würde sich auf Tausende von Leuten, Milliarden von Atomen auswirken. Die Frau träfe auf andere Menschen als ursprünglich vorgesehen – vorgesehen von wem? –, nähme unbewusst Einfluss auf deren Rhythmus und Verhalten. Dadurch veränderten sich die Luftbewegungen, ebenso die Gerüche. Zaghafte Geruchsmoleküle machten dem Tabakhändler an der Ecke plötzlich Lust auf eine Zigarette, weshalb er einen Kunden fünf Sekunden später bediente. Dieser war in Eile, nervös, und fuhr darum auf dem Rückweg ein kleines bisschen schneller. Nicht viel, vielleicht einen Stundenkilometer mehr. Sein Verhalten hatte Auswirkungen auf eine Unmenge von Flugbahnen, Verhaltensweisen, die ihrerseits … Es war so unbedeutend. Ein Kinderball prallte sanft gegen sein Auto, er würde bremsen, doch zu spät. Er hätte einen Tod verursacht. Tränen, Beerdigung. Vielleicht Selbstmorde. Und so weiter.

Und die Ursache? Ein Papierkügelchen …

Vigo rettete Leben und nahm es, ohne dass dies irgendjemandem auffiel. Die verborgene Macht intelligenter Wesen.

Als er weiterspazierte, schaute er begierig auf die girlandengeschmückten Fassaden und die verlockenden Schaufenster. Im Grunde genommen gehörte das alles ihm. Was hinderte ihn daran hineinzugehen, in rauen Mengen einzukaufen und ein paar geblümte Scheinchen aus seinem Zauberhut hervorzuziehen?

Er wollte ein harmloses Experiment machen. Wollte seinen Reichtum spüren. Er überquerte die Place du Général de Gaulle und bog in die Rue Nationale ein. Er betrat die Hausnummer 107. Dort glaubte er sich nach Kuba versetzt, in ein einziges, riesiges Tabakfeld. Über zweihundert Zigarrenmuster lagen dort in ihren Kisten aus massivem Zedernholz oder Erle. Amerinos, Regalias, Coronas und andere Panatelas, eingehüllt in ihr dunkles Deckblatt. Vigo kannte nur die José L. Piédra, die günstig zu fünfundzwanzig Stück angeboten wurde, so schenkt man den Armen die Illusion von Reichtum.

Er ließ sich zu der kleinen dunklen Galerie begleiten, in eine Höhle voller Aromen und verschiedener Geschmackssorten, wo es nach Geschichte und Exotik duftete. Man kümmerte sich um ihn, und das gefiel ihm.

»Ich möchte etwas ganz Besonderes«, sagte er mit Tenorstimme. »Es soll mir denselben Kitzel bereiten wie das Streichholz in der Hand des Pyromanen.«

Die Augen des Verkäufers nahmen die braunrote Färbung von Tabakblättern an.

»Da empfehle ich Ihnen die Salomon. Kubas Ex-Diktator Batista ließ sie herstellen, um sie hohen Gästen anzubieten, Präsidenten, Ministern und Botschaftern.«

»Nun ... Vielleicht ist sie es wert, dass ich sie probiere! Aber ... enttäuschen Sie mich nicht ...«

Der Mann leierte seine für die Wohlhabenden bestimmten Sprüche herunter, sprach von Einlage, Umblatt und Vitola.

Fünfundvierzig Euro das Stück. Der reinste Nepp. Vigo zog fünf Scheine aus seiner Tasche.

Fünf Hundert-Euro-Scheine.

Er verabschiedete sich und verschwand in den engen Gassen der Altstadt. Es hatte aufgehört zu schneien, auf dem Straßenpflaster blieb nur rutschiger Matsch zurück.

Falscher Alarm, dachte er und nahm sein Handy. Nach zweimaligem Klingeln antwortete Sylvain.

»Ist Nathalie in deiner Nähe?«, fragte Vigo als Erstes.

»Nein, sie zieht Éloïse an. Dir auch einen guten Tag …«

»Und der Wagen?«

»Ich habe den Scheinwerfer ausgewechselt. Und auf die Karosserie wird der Schrotthändler einen Blick werfen, allerdings erst in drei Tagen.«

»Hat Nathalie was gesehen?«

»Natürlich!«

»Was hast du ihr erzählt?«

»Alles in Ordnung, keine Sorge. Irgendwas von einem Mofafahrer, der gestern Abend, als ich bei dir war, gegen meine Stoßstange gerast und dann abgehauen ist. Weil das Auto nur haftpflichtversichert ist, brauche ich bei der Versicherung erst gar nicht anzurufen …«

»Sehr gut. Hältst du durch?«

»Ich habe diese Nacht kein Auge zugemacht. Ich habe Schiss! Heute Morgen hat dreimal das Telefon geklingelt, und jedes Mal dachte ich …«

Er senkte die Stimme.

»Es ist blöde, aber ich dachte, es wären die Bullen! Ich habe Angst, dass sie hier auftauchen!«

Vigo ballte die Faust. Er hatte recht gehabt.

»Hör auf mit dem Quatsch, sonst bekommt Nathalie noch was mit! Reiß dich zusammen! Unbedingt, hörst du? Die Bullen werden nicht aufkreuzen, wie sollen sie denn auf uns kommen? Wir sind in Sicherheit, verstanden?«

»Ja …«

Sylvain räusperte sich.

»Hör mal, ich hab da ein großes Problem. Heute war

ein Techniker von Depann'gaz bei uns. Unser Heizkessel ist hinüber, und wir müssen den alten Kohleofen benutzen, bei dem ich das Abluftrohr mit Klebeband geflickt habe. Ich brauche dir nicht zu sagen, wie riskant das ist! Die Sache kostet dreitausend Euro. Ich brauche Geld. Ich hatte gedacht, ich könnte …«

»Kommt nicht in Frage! Wir rühren das Geld im Augenblick nicht an! Himmel Herrgott, bist du nicht bei Trost?«

Da einige Passanten ihn erstaunt ansahen, hüllte sich Vigo noch tiefer in seinen Regenmantel und bog in eine enge Gasse voller Esoterikläden und Antiquitätenhändler.

»Nimm ein Darlehen auf! Sie pumpen jedem was. So lange, bis wir nachgedacht haben …«

»Unmöglich bei unserer Verschuldung! Das ist doch Schwachsinn! Das Geld muss doch zu etwas nutze sein! Ich stecke wirklich bis zum Hals im Dreck!«

In Vigos Augen blitzte etwas auf.

»Warte! Ich glaube, mir ist was eingefallen. Gib mir etwas Zeit, ich kaufe einen Hartschalenkoffer für die Scheine und komme anschließend bei dir vorbei, okay?«

»Was hast du vor?«

»Du wirst schon sehen! Bist du immer noch dagegen, dass wir den Schatz bei mir verstecken? Er wäre besser …«

»Auf keinen Fall! Er gehört uns beiden. Nicht, dass ich kein Vertrauen in dich hätte, aber mir ist es lieber, wenn ich ihn an einem neutralen Ort weiß. Stell dir vor, dein Haus brennt ab. Ich kenne ein geniales Versteck. Ich erwarte dich heute Abend mit der Kohle …«

Idiot, dachte Vigo.

Als er sein Handy wieder einsteckte, lächelte er hämisch. Einem so unorganisierten Typen wie Sylvain zu gehorchen schmälerte sein Selbstwertgefühl.

Bevor er zu seinem Auto zurückkehrte, betrat er einen Spiele-Shop in Euralille und kaufte bar den neuesten Schachcomputer und vier Videospiele. Kaufen, kaufen und noch mal kaufen. Anonym und göttlich.

Außerdem besorgte er sich in einer Apotheke eine Packung Schlafmittel, Donormyl.

Als er am Steuer seines Wagens saß, mit der Salomon im Mund wie ein arabischer Prinz, war ihm klar, dass aus dem Traum jeden Augenblick ein Albtraum werden konnte.

Wenn er Sylvain nicht beruhigen konnte.

Wenn er ihr Geheimnis nicht unter Kontrolle hatte …

8

Lucie Henebelle fotografierte mit einer Digitalkamera die beschmierten Fassaden des Unternehmens. Vor dem Eingang standen ein paar Männer – ihren Anzügen und dicken Limousinen nach zu urteilen hochrangige Persönlichkeiten –, die lebhaft gestikulierten und sich in rauem Tonfall mit Leutnant Pierre Norman unterhielten. Zwischen all den dunklen Anzügen blitzte das Haar des Polizisten feuerrot auf.

Lucie fluchte insgeheim über ihre sinnlose Arbeit. Sie träumte schon seit langem von Ermittlungen in düsteren Kellern und von intelligenten Mördern, doch immer erntete sie nur die Brosamen. Warum war den Kindern gewöhnlicher Eltern – Mutter ohne Job, Vater Arbeiter – immer ein gewöhnliches Schicksal beschieden?

Norman trat zu ihr.

»Nicht gerade zimperlich, die Krawattenträger.

Wenn man sie so reden hört, ist das alles unser Fehler! Und?«

»Nichts Besonderes. Zwei unterschiedliche Schriften, also zwei Sprayer. Jedenfalls keine besonders glorreichen Sprüche.«

»Das Ganze passiert ausgerechnet an dem Tag, an dem die Leitung aus Paris dem Stahlwerk einen Besuch abstattet. Du kannst dir siebenundzwanzig Personen notieren, die vor sechs Monaten entlassen worden sind. Arbeiter und Informatiker. Ein sauberer und geregelter Stellenabbau. Wir haben es wohl mit einer dummen Racheaktion zu tun. Wenn wir weiter nachforschen sollen, können wir uns gleich an die Arbeiter halten. Den Krawatten zufolge haben die Informatiker keine ›Gewerkschaftsmentalität‹, die Sprüche passen nicht zu ihnen …«

Norman ließ die Schlüssel in seiner Tasche klirren.

»Fahren wir los. Die kleine Cunar ist nicht mal zehn Kilometer von hier ermordet worden, und ich würde mir das gerne mal aus der Nähe ansehen.«

»Willst du nicht die Liste der entlassenen Beschäftigten mitnehmen?«

»Sie wird uns zugefaxt. Außerdem haben wir Dringenderes zu tun, als uns um diesen Unfug zu kümmern!«

»Seltsam«, meinte Lucie, als sie einen Blick auf den Notausgang warf. »Auf dieser Tür ist der Schriftzug wieder entfernt worden. Als hätte jemand den Satz unbedingt wieder auslöschen müssen.«

Norman strich mit der Hand über die Graffiti.

»Eine Unterschrift, die keiner sehen sollte? Ein lichter Moment? Los, lass uns fahren!«

Skeptisch schloss die junge Brigadierin ihr Notizheft. Die übermalten Stellen machten sie stutzig.

Lucie spürte eine ihr bisher unbekannte Form von Erregung, als sie ihr Ziel erreichten. Da die meisten Beamten im Urlaub waren, erhielt sie endlich die Möglichkeit, einen Tatort persönlich in Augenschein zu nehmen, und nicht nur anhand von Fotos. Kapitän Raviez würde es nicht gerne sehen, wenn sie dort auftauchte, doch schließlich gehorchte sie nur ihrem direkten Vorgesetzten Norman.

Das Auto blieb hinter einem Mégane und einem Scénic stehen, mitten auf einem Schrottplatz voller riesiger Rotorblätter. Aus den Schornsteinen der Fabriken ringsum qualmte das Schwarz junger Braunkohle.

Lucie grüßte kurz einen Brigadier, den man als Wachtposten abgestellt hatte, und begleitete Norman dann zu einem Techniker der Spurensicherung. Kein weißer Kittel, kein Mundschutz aus Baumwolle, nicht einmal ein Parka mit der Aufschrift »Spurensicherung«. Nur ein Mann mit einer fluoreszierenden Armbinde und violett angelaufenen Händen, dem das Atmen schwerfiel, weil die Kälte eines vierundzwanzigsten Dezembers an ihm zehrte.

»Passt auf, wo ihr hintretet!«, riet er ihnen und streckte den Arm aus. »Noch ein paar Minuten, dann bin ich mit den Reifenspuren hier fertig!«

Norman wies mit dem Kinn auf einen Blechquader, der in etwa zehn Meter Entfernung inmitten langgestreckter Brachfelder stand. Der Hinrichtungssaal …

»Gibt es eine Verbindung zu dem Verbrechen an dem kleinen Mädchen?«

Der Techniker deutete auf ein paar durchsichtige Tütchen, die auf der Rückseite eines Handkoffers lagen.

»Ich würde sagen, ja. Diese Splitter hier, die wir fünf Meter vom Anfang der Bremsspur entfernt sichergestellt haben, stammen von einem linken Scheinwerfer und beweisen, dass ein Zusammenstoß stattgefunden hat. Ich habe auch eine völlig demolierte Brille gefunden, die Cunars Frau als die seine identifiziert hat.«

»Er ist also überfahren worden?«

»Überfahren und weggeschafft, da seine Leiche verschwunden ist. Mit Hilfe von Luminol haben wir über neun Meter von der Aufschlagstelle entfernt, dort hinter Ihnen, noch Blutreste entdeckt.«

Lucie drehte sich um und kniff die Augen zusammen. *Neun Meter? Ganz schöner Gleitflug.*

»Das Merkwürdigste an der Sache ist, dass jemand versucht hat, diese Blutspuren zu beseitigen! Sie wurden weggewischt, das belegen winzige Fasern, die wir auf dem rauen Asphalt gefunden haben.«

»Weggewischt? Bei ... bei welcher Geschwindigkeit hat sich der Aufprall ereignet?«

Der Techniker stand auf, zog die Latexhandschuhe aus und welche aus Wolle über.

»Es gibt drei gut sichtbare Reifenspuren, daraus lässt sich schließen, dass nur drei der vier Bremsen funktioniert haben. Über den Daumen gepeilt, aber das muss ich noch im Labor überprüfen, komme ich bei dieser Reifenbreite auf eine ungefähre Geschwindigkeit von hundert Stundenkilometern. Dabei deutet die anfängliche Abweichung der Spuren auf eine nicht vorsätzlich begangene Tat hin. Der Raser hat noch versucht, dem Hindernis auszuweichen, aber leider zu spät.«

Norman ging neben den Reifenspuren in die Hocke, während Lucie ihr Heft hervorholte und sich Notizen machte.

»Ein Fahrzeug, das bei dieser Geschwindigkeit mit einem Menschen zusammenstößt, weist keine größeren Schäden auf?«, fragte sie, den Stift in der Hand. »Eine zersplitterte Windschutzscheibe oder etwas in der Art?«

»Keineswegs. Der Fußgänger wurde wie ein Grashalm umgeknickt. Jemand von der Größe und dem Gewicht Cunars prallt zunächst mit dem Körper oben auf die Motorhaube. Der Kopf schlägt gegen das Blech, das den Zusammenstoß zu einem großen Teil auffängt, dann rollt der Körper über die Windschutzscheibe und wird nach hinten geschleudert, manchmal mehrere Meter hoch. Anders als man gemeinhin annimmt, sind bei dieser Art von Frontalzusammenstoß die Schäden am Fahrzeug minimal. Der Mensch dagegen ist auf der Stelle tot.«

Norman drehte sich einmal um die eigene Achse und breitete die Arme aus.

»Ich verstehe nicht, wieso Cunar nicht versucht hat, dem Wagen auszuweichen. Die Straße ist doch völlig gerade. Wie kann es sein, dass er den herankommenden Rennwagen nicht bemerkt hat?«

Der Techniker hob den Finger.

»Ganz einfach, das Auto fuhr mit ausgeschalteten Scheinwerfern. Und dafür habe ich Beweise!«

Er stellte sich neben die Straße, dorthin, wo winzige Glassplitter auf dem Boden glänzten.

»Cunars Wagen hat man auf der anderen Seite des Windparks gefunden, auf einer verlängerten Gerade von der Lagerhalle und der Stelle, wo wir uns befinden. Er hat also das Gelände überquert, um zu seinem Treffpunkt zu gelangen, und wurde genau hier seitlich erfasst.«

»Seitlich?«

»Der rechte Brillenbügel ist vollständig nach innen gebogen, und an der Schraube, die den Bügel mit dem Gestell verbindet, befanden sich Hautfetzen. Sein Kopf ist also seitlich gegen das Blech geprallt, auf Höhe der rechten Schläfe. Cunar war mit dem Rücken zum Fahrzeug unterwegs. Er konnte es nicht sehen.«

»Ja, aber das Motorgeräusch?«, fragte Lucie.

»Letzte Nacht wehte ein starker Wind. Die Aufzeichnung der Geräuschpegel, die uns die Betreiber der Windräder geliefert haben, zeigt Spitzenwerte bis zu siebzig Dezibel an. Zusammen mit dem Wind kann man dies mit dem Brummen eines Motors, der auf Hochtouren läuft, verwechseln. Cunar ließ sich von Augen und Gehör täuschen, dazu kam eine gehörige Portion Pech ...«

Der Mann, dessen Jugend sich in Form einer hartnäckigen Akne zeigte, räumte die Tütchen behutsam in seinen Koffer.

»Meinen ausführlichen Bericht und die Voruntersuchung für die gentechnische Analyse hat der Kapitän bis heute Abend auf seinem Schreibtisch liegen. Außerdem sollten Sie noch wissen, dass vier Fünftel der Scheinwerferscherben verschwunden sind. Ich habe hier auf zwanzig Metern alles abgesucht und nur diese lächerlichen Reste gefunden.«

»Vielleicht ist der Scheinwerfer nur zum Teil zerbrochen?«, folgerte Lucie vorschnell.

»Nein! Das Muster und die Krümmung der Scherben sprechen dafür, dass sie von unterschiedlichen Rändern eines linken Scheinwerfers stammen. Die Stücke sind tatsächlich verschwunden! Ein Raser, der sich die Mühe macht, so aufmerksam alle Spuren seines Unfalls zu beseitigen, und die Leiche wegschafft, finden Sie das nicht ziemlich ungewöhnlich?«

Er sah auf die Uhr.

»Gut! Und nun entschuldigen Sie mich, aber ich haue jetzt ab! Ich habe noch achtzig Kilometer vor mir, bevor ich den Bericht schreiben kann. Und wie jeder andere würde auch ich heute Abend gerne Weihnachten feiern.«

Zwanzig Sekunden später fuhr er mit quietschenden Reifen davon, während Kapitän Raviez gerade aus der

Lagerhalle kam. Dunkler Schnurrbart und ausdrucksloses Gesicht.

»Gehen wir rüber zum Chef«, schlug Norman vor.

Lucie zögerte.

»Er wird nicht gerade begeistert sein, wenn er mich sieht. Meinst du nicht, ich sollte lieber brav im Wagen sitzen bleiben?«

Norman zuckte die Achseln und verschwand, eingehüllt in seine Lederjacke. Unsichtbare Wirbelstürme schlugen auf die Windräder ein und entlockten ihnen unheilvolle Schreie ...

9

Kapitän Raviez' Markenzeichen war sein enormer Schnurrbart. Dieses haarige grau-braune Gesamtkunstwerk zierte seine ganze Oberlippe und lief an den Seiten zu zwei gezwirbelten Enden zusammen, die mit einem speziellen Spray in Form gebracht wurden. Die Eleganz eines Hercule Poirot auf dem Körper eines Clint Eastwood.

Raviez war ein überzeugter Bewohner von Dunkerque, ganz versessen auf Bier und Karneval. Doch wenn seine hundert Kilo erst einmal in seiner Polizeiuniform steckten, wirkte er kalt wie eine Felswand. Die Sorte Mensch, der man besser aus dem Weg geht.

Er stand im Eingang zu dem isolierten Raum, in dem der Tod gehaust hatte, und paffte eine selbstgedrehte Zigarette. Wie gewöhnlich glänzte er mit seiner Eloquenz.

»Ich habe gesehen, dass ihr den Mann aus Lille befragt habt. Was treibst du hier, Henebelle?«

»Ich habe sie mitgebracht, Kapitän. Keine zehn Kilometer von hier ist ein Stahlwerk mit Graffiti beschmiert worden, da haben wir einen kleinen Umweg gemacht … Sind Sie allein?«

»Ich warte auf die Kollegen von der Hundestaffel. Der Kommissar kümmert sich um die Obduktion des Mädchens, und Colin befragt die Mutter. Wir haben mit der Untersuchung der näheren Umgebung begonnen. Üble Sache an einem Heiligabend!«

Er drückte seine kaum gerauchte Zigarette mit seinem Lederstiefel aus. Seine Finger zitterten. Vor Kälte oder Nervosität?

»Was haben wir?«, wagte Norman zu fragen. »Dem Techniker der Spurensicherung zufolge ist Cunar überfahren worden?«

Der Kapitän zögerte, schlug den Kragen seiner Polarjacke hoch und sagte:

»Bleib draußen, Henebelle! Norman und ich gehen …«

»Kapitän! Ich hab sie nicht mitgebracht, damit sie dumm rumsteht. Sie wird an dem Fall mitarbeiten.«

Raviez zog Lucie mit Blicken aus.

»Du weißt, dass der Zutritt zum Tatort den Kriminalbeamten vorbehalten ist, nicht wahr, Henebelle?«

»Ja, aber ich weiß auch, dass drei Köpfe besser arbeiten als zwei …«

Raviez bewegte die Lippen von rechts nach links, als wolle er den Mund ausspülen.

»Ein Glück für dich, dass nicht mehr Kollegen da sind. Gut, kommt mit! Die Leute aus Lille sind seit den frühen Morgenstunden mit der Kartographie und der Spurensicherung fertig, aber seht trotzdem zu, dass ihr nur auf die Bretter tretet.«

Henebelle und Norman wechselten einen genervten Blick, als sie vom Licht einer Halogenlampe geblendet wurden. Staubdiamanten vibrierten in der Luft wie ein wilder Regenschauer. Das Gebäude hallte wider wie ein geschundener Körper, ein stummes Grab, das man den Verheerungen der Zeit ausgesetzt hat. Norman zitterte, ganz im Gegensatz zu Lucie, die innerlich kochte.

»Wir haben die Leiche der Kleinen hier unter diesem Fenster gefunden«, erklärte der Kapitän.

Er stellte sich neben einen Umriss aus Kreide. Die Skizze eines ausgelöschten Menschenlebens.

»Kaum sichtbare Spuren von Erdrosselung. Kein Hinweis auf eine Vergewaltigung oder irgendeine Misshandlung. Aufgrund der nächtlichen Temperaturschwankungen hatte der Gerichtsmediziner Schwierigkeiten, die genaue Todeszeit zu bestimmen. Seines Erachtens lag sie zwischen Mitternacht und drei Uhr morgens. Die Eingangstür war nicht verschlossen. Das Gebäude soll abgerissen werden, es diente zur Lagerung von Kabeltrommeln. Die Mutter hat um drei Uhr morgens auf dem Kommissariat angerufen, sie war beunruhigt, weil ihr Mann sich nicht meldete. Das Ehepaar sollte zwei Stunden zuvor, an diesem Ort hier, ein Lösegeld abliefern.«

Raviez beugte sich zum Fenster. In dem gleichmäßigen Licht wirkten seine Gesichtszüge verzerrt.

»Cunars Frau handelt mit Unternehmen der Textilbranche, sie hat in weniger als einem Jahr über hundertzehn Mitarbeiter entlassen. Sie gilt als kalt wie der Tod, erbarmungslos ihren Angestellten gegenüber. Sie und ihr Mann erhalten ständig Drohbriefe, werden zu jeder Tages- und Nachtzeit angerufen. Männer, Frauen, sogar Kinder! Ein wichtiger Anhaltspunkt, das liefert uns eine erste Spur für unsere Ermittlungen.«

»Was ergeben die Proben der Spurensicherung?«, fragte Norman.

Raviez verzog den Mund.

»Das ist völlig dubios, so was habe ich noch nie gesehen. Massenhaft Fingerabdrücke, aber kein einziger ist verwertbar.«

»Wie das?«

»Die Spuren auf der Fensterscheibe, dem Boden und dem Türgriff wurden mit Methylcyanoacrylat besprüht. Dieser fluoreszierende Farbstoff hat reagiert, das heißt, Fett ist vorhanden, der Mörder trug also keine Handschuhe. Trotzdem besitzt der Abdruck keine Papillarlinien. Überall sind nur ... die Umrisse der Fingerglieder zu sehen. Wie Spuren eines Phantoms.«

Bestürzt trat Norman an das dreckige Fenster.

»Wie kann das sein? Soviel ich weiß, hat jeder Mensch Hautleisten. Von Geburt an bis lange nach dem Tod! Es sei denn ...«

»Der Mörder hat verbrannte Hände oder etwas in der Art«, ergänzte Lucie.

Raviez nickte.

»Das ist nicht die einzige Ungereimtheit«, fügte er hinzu. »Es ist reiner Wahnsinn ...«

Durch die Staubwölkchen hindurch verständigten sich Henebelle und Norman: Der Kapitän war nicht in Form ...

»Die Leiche lag ... wie soll ich sagen ... auf sehr seltsame Art da. Das Mädchen saß auf dem Boden, mit leicht gespreizten Beinen, die Hände zwischen den Schenkeln. Die Haare waren perfekt frisiert, in der Mitte gescheitelt. Trotz der Kälte hatte sie keine Jacke an, nur einen dünnen Morgenrock wie aus Cellophan ... Ihre Haut und die Kleider stanken nach Leder. Ein hartnäckiger Geruch, der sich überall festgesetzt hatte. Als ich hier ankam ...«

Ihn durchlief ein Schauder, den man ohne weiteres auf die Kälte zurückführen konnte, dann fuhr Raviez fort:

»... hatte ich den Eindruck, dass die Kleine lebte!

Sie … sie lächelte, die Augen waren weit aufgerissen und der Kopf in meine Richtung gewandt … wie ein unheimlicher Hampelmann!«

Lucies Herz schlug heftig. An diesem Tatort gab es eine Dimension, die sich nicht in Büchern fand: die Empfindungen, dieses Gefühl extremer Kälte, das einem die Kehle zuschnürt. Und vor allen Dingen der schmerzliche Eindruck, zu spät gekommen zu sein.

Sie schlug die Augenlider nieder.

Das Lächeln, Scheitel … Du hast dir also die Mühe gemacht, eine starke Wirkung zu erzielen. Es hat dir nicht gereicht zu töten, du musstest auch noch deine kleine persönliche Note hinzufügen. Du …

»Wissen Sie, dass das Kind von Geburt an blind war?«, fuhr Raviez fort. »Septooptische Dysplasie … Dem Gerichtsmediziner zufolge gibt es weltweit nicht einmal vierhundert Fälle. Eine seltene bösartige Erkrankung …«

Die junge Frau vergrub ihr Kinn unter dem Kragen ihres Parkas, während Norman explodierte.

»Ein behindertes Kind! Er hat sich ein behindertes Kind geschnappt! Es hätte ihn doch niemals identifizieren können! Das ist völlig absurd, verdammt noch mal!«

Kapitän Raviez fuhr mit den Fingerspitzen über seinen Schnurrbart, um die kondensierten Wassertropfen abzustreifen.

»Wut und Rache, das sind die Gründe für diese Tat! Cunar gegenüber, weil dieses Monster einen Fehlschlag erlitten hat! Stellen Sie sich das einmal vor. Sie sind kurz vor dem Ziel. Sie halten dieses Geld bereits in Händen. Und da geschieht das Unmögliche: der Mann, der Ihnen das Lösegeld übergeben soll, wird überfahren. Den Rest kann man sich leicht ausmalen. Was ist deine Meinung, Henebelle?«

Lucie stellte sich zwischen die beiden Männer.

»Der Raser hat zwei Möglichkeiten ... Abhauen oder anhalten ... Sein Gewissen gebietet ihm, auszusteigen ... Der Typ, der da auf dem Boden liegt, ist übel zugerichtet, vielleicht tot ... Selbst wenn der Fahrer sich entschließt, den Notarzt oder die Polizei zu rufen, gibt es einen Punkt, der seine Überlegungen in Frage stellt: das Geld, das er neben der Leiche findet ... Damit sind die Würfel gefallen, es gibt kein Zögern mehr: Er verständigt nicht die Polizei und ergreift die Flucht ... Da sieht der Entführer rot, mit einem Schlag zerplatzen all seine Träume ... Keine Zukunft mehr ... Also geht er zu der Kleinen und drückt ihr die Kehle zu ...«

»Und wie erklärst du dir das Verschwinden von Cunars Leiche?«

»Ich ... weiß nicht ... Wer hat ihn weggeschafft? Der Mörder? Der Raser? Zu riskant. In einer solchen Situation nimmt man das Geld und flieht so weit wie möglich, ohne sich noch einmal umzudrehen ...«

Norman schaltete sich ein.

»Der Mann von der Spurensicherung ist überzeugt, dass jemand die Scheinwerferscherben entfernt und Cunars Blut weggewischt hat. Heutzutage kann man sogar anhand der Glassplitter den Fahrzeugtyp oder zumindest die Marke bestimmen, und das muss unser Raser gewusst haben. Er wollte das Risiko gering halten und hat deshalb beschlossen, die von ihm hinterlassenen Spuren zu verwischen. Die Leiche nimmt er ebenfalls mit, um sie anderswo zu beseitigen, und das alles vor den Augen des Entführers.«

»Das ist auch meine Meinung«, bekräftigte Raviez. »Die Brille dagegen ist ein ganzes Stück von der Aufschlagstelle entfernt gelandet, und er hat sie nicht gesehen. Ich würde sagen, unser Raser ist besonnen, organisiert und ziemlich dreist. Bei hoher Geschwindigkeit mit ausgeschalteten Scheinwerfern durch eine Sackgasse zu heizen ... Ich kann mir nur ein Verfolgungsrennen vorstellen ...«

»Oder aber jemand, der seine Tussi beeindrucken will und hier die Leistung seines Autos testet«, fügte Lucie hinzu. »Oder ein Fahrer in großer Eile, der mit kaputten Scheinwerfern unterwegs ist und sich im Industriegebiet verfahren hat. Es kann viele Gründe geben.«

»Ganz schön chaotisch jedenfalls!«, rief Raviez.

Man hörte Hundegebell.

»Die Hundestaffel«, bemerkte er, während er schwankend über die Bretter ging. »Sie werden Cunars Weg zurückverfolgen und unsere Theorie von der fortgeschafften Leiche bestätigen. Norman! Wir müssen uns mit der Gendarmerie in Verbindung setzen und die Männer von der Taucherstaffel anfordern. Wenn der Raser die Leiche beseitigen wollte, muss er sie im See von Puythouck oder in der Meeresbucht versenkt haben. Henebelle, du nimmst den Wagen und fährst zurück ins Kommissariat. Ruf alle Versicherungen und Autowerkstätten in der Umgebung an. Stell die Identität derjenigen Personen fest, die vorne am Fahrzeug einen Schaden gemeldet haben. Und bearbeite die Männer von der Spurensicherung, sie sollen mir so schnell wie möglich die ersten Ergebnisse zufaxen, auch wenn sie nur vorläufig sind.«

Er wies auf einen kleinen Lieferwagen, der an einer Querstraße stand.

»Die Presse ist bereits informiert. Kein Wort zu ihnen! Und stellt euch auf Überstunden ein. In weniger als einer Stunde werden Präfekten, Minister und sonstige Gottheiten aus Paris über uns herfallen, weil wir es mit dem Mord an einem Kind zu tun haben! Wir müssen wissen, was Sache ist! Los geht's!«

Lucie grüßte den Kapitän vorschriftsmäßig, nahm

Fahrzeugschlüssel und -papiere und verschwand. In ihr brodelte es. Am selben Tag durfte sie erstmals einen Tatort betreten und zugleich Verantwortung übernehmen. Endlich würde sie von ihrer Lektüre profitieren und ihre theoretischen Kenntnisse anwenden können. Die Verlockung des Blutes. Ein verwickelter Mordfall. Hatte man ihre Gebete erhört?

In Gedanken beschimpfte sie sich. Wie konnte sie Freude empfinden, nachdem ein behindertes Kind ermordet worden war? Und sie gerade den Schauplatz der Hinrichtung verließ?

Während sie in Richtung Dunkerque mit seinem Dauernebel fuhr, konzentrierte sie sich auf den Beginn der Ermittlungen. Sie konnte sich bereits die Schlagzeilen in den Zeitungen ausmalen. »Brutaler Mord an blindem Mädchen ...«; »... erdrosselt aufgefunden«; »Kommissariat von Dunkerque in Aufruhr«.

Die Wut ... Raviez zufolge hatte der Mörder aus Wut gehandelt, seine Hände in aller Entschlossenheit um den zarten Hals gelegt.

Sie lächelte, die Augen waren weit aufgerissen.

Warum hatte er die Leiche an die Wand gelehnt, sie so sorgsam inszeniert? Warum lag dieses Lächeln auf den Lippen eines von Schmerzen gepeinigten Mädchens?

Verbittert umklammerte Lucie das Lenkrad. Noch fehlten die Fotos vom Tatort, der Obduktionsbericht, die gentechnischen und toxikologischen Analysen, die bald eintreffen würden. Wichtige Daten, auf die sie aufgrund ihres niedrigen Dienstgrades keinen Zugriff hätte.

Doch sie war überzeugt, dass Raviez irgendetwas übersehen hatte. Der Mörder hatte nichts Chaotisches an sich. Sie steckte sich ein Stückchen Schokolade in den Mund.

Deine Fantasie geht mit dir durch. Wer würde sich

die Fingerspitzen verstümmeln, nur um keine Fingerabdrücke zu hinterlassen? Aber was hat es mit diesen fehlenden Hautleisten auf sich? Dieser ...

Plötzlich trat sie auf die Bremse und wendete abrupt. Es lief ihr eiskalt den Rücken hinunter. Eiskalt und doch angenehm.

Der Kapitän löste sich gerade aus einer Gruppe von Gendarmen, als er den blonden Torpedo auf sich zurasen sah.

»Henebelle! Was treibst du noch hier?«

Lucie keuchte.

»Sie sagten ... die Kleine lächelte ... nicht wahr? Was war das ... für ein Lächeln? Ein leichtes? War der Mund ... geöffnet? Die Lippen zusammengepresst? Zeigen Sie es mir!«

»Worauf willst du hinaus?«

»Zeigen Sie es mir ... Kapitän!«

»Du gehst mir auf die Nerven, ich sagte doch, es war ein Lächeln. Was willst du?«

»Wenn die zygomatischen Muskeln vom Gehirn nicht mehr kontrolliert werden, zum Beispiel im Schlaf, dann verzieht sich der Mund von alleine ... Wenn man jedoch lächelt, müssen zahlreiche Muskeln eine Zeitlang angespannt sein, was nicht der Fall sein kann, wenn ein Mensch tot ist.«

»Ich weiß! Natürlich hat unser Mörder die Lippen direkt nach dem Tod so geformt, und den Rest hat die Totenstarre erledigt.«

»In diesem Fall lässt sich die Hypothese eines Wutanfalls ausschließen. Wut ist ein kurzer, unkontrollierter Trieb. Ist die Wut erst einmal verflogen, bereuen die Mörder oftmals ihre Tat und versuchen unter allen Umständen zu fliehen und die Bilder der Gewalt, die sie verfolgen, loszuwerden.«

Der Kapitän bedeutete dem Oberleutnant der Gendarmerie zu warten.

»Hör doch auf mit dem Geschwätz aus deinen Büchern! Wut und Rache sage ich! Sonst gar nichts! Nach seinem Wutausbruch wollte er schockieren, anderen wehtun!«

»Was Sie sagen, widerspricht …«

»Es reicht! Fahr zurück ins Kommissariat und tu, was ich dir gesagt habe!«

Lucie ließ sich nicht beeindrucken. Sie musste die Sache zu Ende bringen.

»Zu Befehl, Kapitän. Aber Sie sollten wissen, dass die Totenstarre erst mindestens eine Stunde nach dem Tod einsetzt. Eine Stunde, Kapitän! Er hat ihren Mund eine Stunde lang in aller Seelenruhe gehalten, während draußen ein Autofahrer mit seinem Geld abgehauen ist. Sechzig Minuten neben der Leiche eines Mädchens mit weit aufgerissenen Augen!«

10

Ein altersschwacher Fiat fuhr durch eine Straße, die am Jachthafen von Dunkerque entlangführte, und bremste dann plötzlich ab.

»Entschuldige!«

Zwei helle geflochtene Zöpfe, die unter einer Wollmütze hervorschauten, flatterten in der salzhaltigen Luft. Außer den Haaren sah man nur zwei kleine Augen über dem Schal, den eine schützende Hand sorgsam zugebunden hatte. Die Hand einer liebevollen Mutter.

»Ja, Madame?«

Durch das offene Fenster wies die Fahrerin auf einen Sack voll Spielzeug.

»Ich will diese Geschenke hier den Kindern im Herbeaux-Krankenhaus für ihr Weihnachtsfest bringen, aber ich habe mich in dieser großen Stadt hoffnungslos verfahren. Ich komme von weit her! Könntest du mir nicht den Weg zeigen?«

Die dreizehnjährige Éléonore zog den Riemen ihres Rucksacks fest und trat näher an die Bürgersteigkante. Es war gerade erst sechzehn Uhr zwanzig und wurde schon dunkel. Auf dem Rückweg von der Apotheke würde sie schneller gehen müssen, damit sich zu Hause niemand Sorgen machte.

»Das ist nicht weit von hier, aber ich weiß nicht genau, wie ich es beschreiben soll. Sie müssen zurück in Richtung Zentrum fahren, am Hafen vorbei, und danach ist es, glaube ich, beschildert. Wissen Sie, ich bin oft im Krankenhaus. Die Kinder werden sich über die Spielsachen freuen!«

Das offenherzige Lächeln der Frau verschwand plötzlich hinter einer Karte, als ein eng umschlungenes Paar an dem Auto vorbeilief. Ganz außer Atem, sagte sie:

»Weißt du, mit Straßenkarten kenne ich mich nicht aus! A 25, RN 252, das ist Chinesisch für mich! Und außerdem sind meine Augen nicht mehr die jüngsten! Wie wäre es, wenn wir einen Pakt schließen? Du steigst bei mir ein und zeigst mir den Weg zum Krankenhaus, ich gebe schnell diese schönen Spielsachen am Empfang ab und bringe dich anschließend wohlbehalten nach Hause. Und als Dankeschön bekommst du von mir das große Marsupilami, das ich im Kofferraum habe. Du bist schon ein bisschen zu groß für Plüschtiere, aber vielleicht hast du einen kleinen Bruder oder eine kleine Schwester? Das wäre doch ein nettes Weihnachtsgeschenk für sie!«

Éléonore wich zurück. In der Schule und zu Hause

trichterte man ihnen immer wieder ein, dass sie niemals zu Fremden ins Auto steigen dürften. Dass die Fremden freundlich taten, Bonbons verteilten und die Kinder überredeten. Jedes Jahr zu Karneval durfte sie nicht alleine weggehen. Das Meer trug noch die Narben von vier jungen Mädchen, die vergewaltigt und dann brutal ermordet worden waren. Aber musste sie Angst haben vor dieser runzligen alten Frau mit den grauen Haaren, dem dicken roten Schal und den kaputten Händen? Éléonore zog mit den Zähnen an den Fingerspitzen ihrer Handschuhe.

Mist! Warum muss das ausgerechnet mir passieren!

»Ich kann nicht einsteigen, Madame. Meine Mutter hat es mir verboten!«

Die Frau schwenkte eine Tüte mit knallgelben Schlüsselanhängern. Lauter *Bart Simpsons* im Kleinformat.

»Die sind für die kleinen leukämiekranken Kinder. Ich habe ihnen versprochen, bis sechzehn Uhr dreißig da zu sein, verstehst du? Ich bin nicht die Weihnachtsfrau, aber ich weiß, was ein Versprechen für diese Kinder bedeutet. Man hat mir den Weg schon beschrieben. Aber ich bin nicht besonders pfiffig! Bitte, komm schon! Ich habe nicht mehr viel Zeit! Meine Kinder, meine kleinen Kinder warten mit ihrer Weihnachtsfeier auf mich!«

Éléonore hüpfte mit geschlossenen Beinen auf und ab. Was sollte sie tun? Ihrer Mama ungehorsam sein? Niemals! Ja, aber andererseits ging es um das Wohl von Kindern. Kranken Kindern, wie sie. Außerdem hieß es immer, sie solle nicht mit Männern mitgehen. Von alten Frauen mit einem weichen Herz war nicht die Rede!

»Einverstanden«, antwortete sie. »Aber danach bringen Sie mich zur Apotheke? Ich darf auf keinen Fall zu spät nach Hause kommen! Sonst bringt meine Mama mich um!«

»Abgemacht! Steig hinten ein. Aber pass auf die Puppen auf. Nicht, dass du sie kaputtmachst.«

Das Gesicht des Mädchens war unter einem Schal verborgen, ihr Körper von dicken Kleidern verhüllt, so dass sie kaum zu erkennen war. Sie schlüpfte zu den Puppen auf die Rückbank. Große perlmuttfarbene Augen starrten sie an. Éléonores Nasenflügel bebten, schwerer Ledergeruch erfüllte die Luft.

»Du kannst die Mütze ausziehen, junges Mädchen! Im Auto wird es nicht schneien!«

Das Kind fügte sich. Blonde Haare fielen über ihre Schultern.

Wunderbar ..., dachte die Frau. *Prächtig ... Prächtig ...*

»Ihre Puppen sind sehr schön. Fast wie richtige Gesichter!«

»Ich stelle sie selber her, aus erstklassigem Material. Weißt du, ich brauche über fünfzig Stunden, um eine anzufertigen.«

Éléonore verzog das Gesicht. Der Tonfall der Frau hatte sich plötzlich gewandelt. Er war nicht mehr so einschmeichelnd. Sondern härter. Sehr viel härter. Das Kind legte die Hände auf die Knie und schwieg.

Niemand schenkte dem Vorfall Beachtung. Die Leute in den wenigen Autos, die durch die Straße fuhren, waren zu vertieft in die zauberhafte und einlullende Atmosphäre von Heiligabend.

Genauso einlullend wie der mit Äther getränkte Lappen, der wenig später auf einem einsamen Parkplatz auf Éléonores Nase gedrückt wurde und sie an der verschwommenen Grenze zum Wahnsinn entließ ...

11

Das Klingeln des Faxgeräts riss Lucie aus ihren Träumen. Sie brauchte ein paar Sekunden, um zu begreifen, dass sie im Sitzen eingeschlafen war, mit zur Seite geneigtem Kopf, vor ihrem flimmernden Bildschirm. Die Digitaluhr zeigte sechzehn Uhr dreißig an. Zwanzig Minuten unerbittlicher Schlaf mitten in ihrer Dienstzeit. Sie schluckte und bemerkte dabei, dass die Rollos zu den Nachbarbüros geschlossen waren. Ein synthetischer Schleier hatte sie vor fremden Blicken geschützt.

Wie lange würde sie noch davonkommen, ohne erwischt zu werden?

Sie warf einen Blick in den Gang und beruhigte sich angesichts der leeren Räume und der unbesetzten Büros. Ein paar Kollegen saßen hinten im Großraumbüro, doch niemand schien sie gesehen zu haben.

Wenn das so weitergeht, wirst du noch im Gehen einschlafen!

Lucie schlich zu Raviez' Büro. Hinter der Tür spuckte das Faxgerät des Kapitäns die ersten Ergebnisse der Spurensicherung aus. Nachdem sie nach rechts und links geschaut hatte, drehte die junge Frau den Türgriff …

Die Angeln quietschten, setzten Schübe von Tabakgeruch frei.

Wenn man dich hier überrascht, sagst du, das Faxgerät hätte kein Papier mehr gehabt und deshalb gepiept … Ja, genau. Der Schnauzbart wollte die Berichte auf jeden Fall bei seiner Rückkehr vorfinden, also hast du Papier nachgelegt …

Mit zugeschnürter Kehle griff sie nach den ersten vertraulichen Blättern. Sie zögerte einen Moment, da sie gehörig ins Schwitzen geriet, schob die Tür zu und zog die Rollos ein Stück hoch. In das Zimmer des Kapitäns einzudringen war riskant. Aber sie war von Natur aus neugierig, und die Untersuchung hatte sie gepackt.

Das hier ist kein Roman und auch keins deiner theoretischen Bücher, du Idiot! Es geht um das ausgelöschte Leben eines behinderten Kindes. Zitterst du deshalb so?

Sei still! Lass sie machen! Sie erledigt nur ihren Job!

Da sie sich beeilen musste, las die junge Frau nur die unterstrichenen Wörter, die Schlussfolgerungen am Ende eines Abschnitts und die handschriftlichen Anmerkungen, die erst nach dem Drucken hinzugefügt worden waren, und übersprang das ganze wissenschaftliche Geschwätz.

Die ersten Seiten, die der Techniker Stanislaw Nowak verfasst hatte, betrafen den Unfall und bestätigten die vor Ort gezogenen Schlüsse. Die Scheinwerferscherben ließen nicht auf den Fahrzeugtyp schließen. Die Reifenbreite sowie das sehr gängige Profil schränkten das breite Spektrum der Möglichkeiten kaum ein. Kurz gesagt und wenn man die Kurven und die genauen technischen Begriffe – kinetische Energie, Reibungskoeffizient, Gravitationskonstante – wegließ: ein Auto ohne ABS, mit durchschnittlich abgefahrenen Reifen, dessen rechte hintere Bremse defekt war, hatte ohne Vorsatz bei einer Geschwindigkeit von annähernd hundertzehn Stundenkilometern ein Hindernis umgefahren. Von der Analyse der Blutspuren auf dem Asphalt und den Hautfetzen an der Brille war in dem Bericht nicht die Rede.

Mit feuchten Händen nahm sie die beiden nächsten Blätter. Die gentechnische Analyse würde etwas darüber aussagen, wie der Mord stattgefunden hatte, über die unsichtbaren Spuren, die neben der Leiche übersehen worden waren.

Sie überflog den Abschnitt über die Fußspuren, die man in der Lagerhalle gefunden hatte. Auch hier nichts von Bedeutung. Sie erschrak bei jedem Telefonklingeln oder näher kommenden Stimmen, die durch den Flur drangen.

Wenn das so weitergeht, bekommst du noch einen Herzanfall. Geh zurück in dein Büro und mach mit deiner Routinearbeit weiter!

Das Faxgerät spuckte die mit Wissen vollgepfropften Blätter übertrieben langsam aus. Ab und zu stockte es und setzte seine Arbeit fort, wenn sein Speicher wieder gefüllt war.

Beeil dich, Himmel Herrgott!

Sie zitterte vor Aufregung, als sie das noch warme Blatt herausnahm, sich eine Haarsträhne aus dem Gesicht blies und die Zeilen überflog. Es ging um ein Tierhaar und die DNA-Analyse.

Was für ein Haar?

Zahlreiche Wörter waren unterstrichen, fett oder kursiv gedruckt. Lucie begann die Seite aufmerksamer zu lesen. Das Ticken ihrer Uhr machte sie nervös. Sie konnten jeden Moment aufkreuzen.

»Wir haben das Haar analysiert, das der Gerichtsmediziner in Mélodie Cunars Speiseröhre entdeckt hat.«

Die Brigadierin kniff die Augen zusammen. Das Wort »vertraulich« rief ihr schmerzlich in Erinnerung, dass sie ihre Kompetenzen weit überschritt, doch das stachelte sie nur weiter an.

»Der Anteil an Basalfollikeln, die offene Wurzel und die nach innen gestülpte Zwiebel beweisen, dass dieses Haar von einem lebenden Wesen stammt oder von einem, das vor weniger als fünfzig Tagen gestorben ist ... Die mikroskopische Untersuchung hat eine Markstrangquote von 0,54 ergeben, das ist für einen Menschen viel zu hoch ... mit Salpetersäure behandelt wurden, lässt sich das Vorhandensein von Mark feststellen ... Sequenzbestimmung der mitochondrialen DNA mit Hilfe der genetischen Weiterentwicklung PCR ... Die auf diese Weise entstandene Autoradiographie wurde dem Fachbereich für Tierwissenschaften des Nationalen Landwirtschaftlichen Instituts in Paris übermittelt … Mit Hilfe ihrer genetischen Datenbank aller Tierrassen konnten sie eine vergleichende Untersuchung mit den dort gespeicherten Karyotypen vornehmen …«

Eine Tür schlug zu. Ihr Herz stockte. Falscher Alarm.

»Das Ergebnis wurde uns soeben mitgeteilt, vor knapp einer Stunde, unter … liegen bei 99,99%. Das Haar, das man ihrer Speiseröhre entnommen hat, stammt von einem Hund … *Canis Lupus* … Ein Wolfshaar …«

Lucie zuckte zusammen, las den Abschnitt noch einmal, um die Bedeutung der Worte zu ermessen. Hatte sie richtig gelesen?

Man hatte im Hals des Mädchens ein Wolfshaar gefunden.

Die junge Frau verschlang den restlichen Text, war so vertieft in ihre Lektüre, dass sie das Klappern von Absätzen draußen nicht hörte.

»Die Unterart muss noch bestimmt werden. Das Haar wurde ins Biologielabor der Gebirgsstation von Grenoble geschickt, das am Programm zur Erfassung von Wolfsarten teilnimmt, dem Programm *Trace Loup*, Wolfsfährte … Antwort am Freitag … schwer zu sagen, wie das Haar dorthin gelangte. Wurde es freiwillig oder unfreiwillig eingenommen …«

Ende der Seite. Das Beste musste noch kommen. Lucie kaute an ihren Nägeln, dabei biss sie sich auf die Finger. Das Faxgerät blinkte, die Daten tröpfelten in einem elektronischen Gemurmel durch die Leitung. Wie konnte ein so hochentwickeltes Gerät dermaßen langsam sein?

Jetzt wurden die Stimmen lauter. Die blaue Kavallerie tauchte auf.

Immer noch nichts. Sie konnte unmöglich länger bleiben! Die junge Frau fluchte, schlich vorsichtig in den Flur und schloss kaum die Tür hinter sich. Panisch stürzte sie zu ihrem Drehstuhl. Zu spät. Ihre Wangen glühten feuerrot, als Kapitän Raviez sie fest an den Schultern packte.

12

Nathalie Coutteure empfing Vigo Nowak mit dunklen Ringen unter den Augen. Ihre schlanke Figur, die in einer Cordhose und einem Rollkragenpullover steckte, verstärkte noch den Eindruck von Müdigkeit und Überdruss, der von der jungen Frau ausging. Vigo hatte sich schon immer gefragt, wie dieses zierliche Geschöpf zu Sylvain passte, der fast einen Doppelzentner wog.

»Du siehst schlecht aus, Nathalie!«

»Danke gleichfalls ... Deine Augenbraue ist auch nicht gerade hübsch anzusehen ...«

»Ach! Mir ist eine Tür ins Gesicht geknallt. Ist nicht besonders angenehm.«

In einer Ecke des Wohnzimmers stand ein echter Tannenbaum, der mehr breit als hoch war und vom Weihnachtsschmuck schier erdrückt wurde. Unter dem Gewicht der Kugeln und Plastikengel formten sich die Zweige zu einer bizarren Figur.

Das ist typisch, dachte Vigo amüsiert. *Je weniger Geld, desto überladener der Weihnachtsbaum.*

Er setzte sich auf einen alten Sessel und zeigte auf den glimmenden Kohleofen.

»Ist es nicht ein bisschen riskant, dieses alte Teil zu benutzen? Ich dachte, er entspricht nicht mehr den Vorschriften.«

Er stand auf und betrachtete das Ungetüm genauer.

»Oh! Mit einem Abluftrohr in diesem Zustand solltest du vorsichtig sein! Weißt du, wie viele Leute allein in unserer Gegend an Kohlenmonoxidvergiftung sterben?«

»Das hat mir meine Mutter bereits gesagt, du musst nicht darauf rumreiten. Aber der Heizkessel hat seinen Geist aufgegeben, und die Elektroheizung hilft uns auch nicht weiter. Das ist bloß eine Notlösung, damit wir am Weihnachtsabend nicht erfrieren! Mit dem gutem Scotch-Klebeband hält das Rohr noch eine Weile.«

»Apropos guter Scotch, gießt du mir einen kleinen ein? Ich brauche was zum Aufwärmen.«

Nathalie schenkte ihm ein und fuhr mit der Hand über den Ofen.

»Tut mir leid, dass Sylvain dir von unseren Schwierigkeiten erzählt hat«, gestand sie ihm leise.

»Ich bin nicht nur in den guten Zeiten euer Freund.«

»Diese guten Zeiten sind in den letzten Monaten rar geworden. In weniger als drei Stunden ist Heiligabend, und ich habe mich noch nicht einmal für meinen Mann zurechtgemacht. So, wie die Lage im Moment ist, wird dieses Weihnachtsfest wohl nicht gerade als das schönste in die Geschichte eingehen! Wir sind wirklich vom Pech verfolgt!«

Vigo setzte sich in den kaputten Ledersessel und schlug die Beine übereinander.

»Pech? Kennst du Jean-François Daraud, den Radrennfahrer? Er hatte im Laufe seiner Karriere fünfunddreißig Unfälle, vierzig Knochenbrüche und lag dreimal im Koma, das hat ihm fast zweitausend Tage im Krankenhaus eingebracht. Und es war nie seine Schuld! Er fuhr immer ganz friedlich und wurde dann von anderen Fahrern oder Tieren umgestoßen, als ob sein Schicksal das Unglück magisch angelockt hätte. Willst du noch ein

Beispiel? Ray Sullivan, ein amerikanischer Forsthüter, wurde siebenmal vom Blitz getroffen. Einige Menschen ziehen das Glück an, andere das Unglück. Davon seid ihr noch weit entfernt, Sylvain und du, nicht wahr? Also, warum sprichst du von Pech?«

Als er sah, wie verzweifelt die junge Frau war, strich er sich die Haare nach hinten und fragte:

»War der Techniker da, um nach dem Heizkessel zu schauen?«

»Hm ... Ja, er hat uns einen Kostenvoranschlag gemacht ...«

»Wann will er ihn austauschen?«

»In drei Tagen ...«

Vigo sah, wie sie schluckte.

»Wie viel?«

»Zu viel ... Viel zu viel ...«

Im Durchgang zum Wohnzimmer erschien Sylvain. Unrasiert, im Trainingsanzug. Er setzte ein breites Lächeln auf.

»Die Kleine ist eingeschlafen ... Hallo, Vigo!«

»Sly! Du solltest dich wirklich umziehen! In einer Stunde macht die Bank zu!«

Nathalie hob fragend eine Augenbraue und starrte ihren Mann an.

»Was meint er damit?«

Als Antwort zuckte Sylvain mit der Schulter.

»Ich habe achttausend Euro auf einem Bausparvertrag zurückgelegt«, erklärte Vigo. »Ihr sagt mir, welchen Betrag ihr benötigt, und wir regeln die Sache.«

Noch bevor Nathalie reagieren konnte, sprang er auf und legte ihr den Zeigefinger auf den Mund.

»Du bist still, Nat! Dieses Geld schlummert auf einem Konto, es nützt nur den Investoren und Bankern, die ihre Geschäfte auf unsere Kosten machen. Ich habe keine Lust mehr, das zu unterstützen! Man zwingt uns zu sparen oder in nutzlose finanzielle Projekte zu investieren. Und wenn ich morgen sterbe, was hat mir das ganze Geld dann gebracht? *Carpe diem*, sagte dieser Typ schon damals! Ihr werdet meinen Scheck annehmen!«

Nathalie setzte sich abrupt auf und sah ihren Mann böse an.

»Sag was, du Blödmann, und steh so nicht dumm rum! Das können wir nicht annehmen!«

Doch Sylvain verzog keine Miene. Vigos Plan war raffiniert und schützte sie überdies vor jedem Verdacht. »Man kratzt nicht sein letztes Geld zusammen, wenn man zwei Millionen Euro in der Tasche hat.« So würden die Bullen denken, falls sie ihnen durch irgendein Wunder auf die Spur kommen sollten.

»Ihr verschweigt mir doch etwas!«, sagte Nathalie erbost. »Ich kenne meinen Mann. Wenn seine Augen so funkeln, dann stimmt doch was nicht! Du wusstest doch Bescheid, Sylvain, gib es zu!«

»Wirklich nicht, Liebling! Ich schwöre es!«

Er gab ihr einen Kuss auf den Mund und fügte hinzu, während er in Richtung Badezimmer verschwand:

»Wir machen im Moment eine schwere Zeit durch. Selbst die abgebrühtesten Seefahrer funken um Hilfe, wenn sie sich in Not befinden!«

»Stammt das von dir?«

Während Sylvain sich umzog, bekniete Vigo Nathalie, bis er sie überzeugt hatte, seine Hilfe anzunehmen.

Nachdem die beiden Männer sich auf den Weg gemacht hatten, wollte die junge Frau die Eingangstür abschließen und sich dann umziehen.

Doch der Schlüssel war verschwunden. Dabei war Nathalie überzeugt, dass …

Weil sie genug hatte von all den unbeantworteten

Fragen und der Weihnachtsabend nahte, dachte sie nicht weiter darüber nach, sondern ging ins Badezimmer, um sich fertig zu machen.

An diesem Abend wollte sie das Rad der Zeit zurückdrehen und sich schön machen wie am ersten Tag.

Für einen letzten Tanz ... Ihren allerletzten Tanz ...

13

Glückwünsche von Kapitän Raviez! Lucie, einfache Polizistin, konnte es nicht fassen. Die Obduktion hatte ihre Vermutung bestätigt. Die Totenflecke – dunkle Stellen, die bei Toten dort auftreten, wo der Körper eine Oberfläche berührt – belegten, dass die Leiche mindestens eine Dreiviertelstunde nach dem letzten Atemzug noch bewegt worden war. Der Mörder musste also nach seiner Tat noch sehr lange an dem Ort verblieben sein, um dieses grausame Lächeln auf den Lippen des Kindes zu formen.

Im Einvernehmen mit dem Kommissar setzte der Schnauzbart sie offiziell in die Ermittlungen ein, unter den direkten Befehl von Leutnant Norman. Keine klar abgegrenzte Aufgabe. Eine Art frei schwebendes Element, zugleich Beobachter, Verfasser von Notizen und Telefonistin. Kurzum, ein Paar Hände mehr, um den Personalmangel auszugleichen.

Diese Freiheit erlaubte es ihr wider Erwarten, am ersten *Debriefing* teilzunehmen. Wirkte der Weihnachtszauber auch auf ihre Vorgesetzten?

Einstweilen war ihre Erregung stärker als ihre Müdigkeit. Sich mit den Winkelzügen von kriminalpolizeilichen Ermittlungen zu befassen war eine neue Form der Herausforderung, endlich konnte sie ihren Verstand wieder benutzen nach all den Jahren, die aus Papierkram und langweiliger Routine bestanden hatten.

Endlich konnte sie ihre Leidenschaft ausleben, ihre Kenntnisse über die Erforschung der menschlichen Abgründe in die Tat umsetzen, und das machte sie glücklich.

Dies ist kein Spiel, Lucie, und auch keine Schnitzeljagd. Am Ende des Weges stehen Tod und Verzweiflung. Bist du dir darüber wenigstens im Klaren?

Wenn sie will, nimmt sie es wie ein Spiel. Mit oder ohne Regeln. Wenn sie sich nur über den Weg des Blutes entfalten kann ... Dann soll es so sein!

Während sie zum Besprechungsraum ging, schwand ihr Lächeln bei der Aussicht auf ihren Nachtdienst. Bald schon würde sie sich mit zahlreichen Beschwerden beschäftigen müssen, mit nörgelnden Nachbarn und verrückten Säufern. Das war ihr eigentlicher Beruf. Sie träumte von dem weichen Bett, das im Morgengrauen auf sie wartete. Wie sollte sie die ganze Nacht durchstehen, ohne einzuschlafen?

»*Los!*«, rief Kommissar Valet, als verkünde er den Start eines Pferderennens.

Valet. Eiskalte Miene, brodelnder Körper. Schroffer Tonfall. Jemand, der Menschen und Ideen lenken konnte.

Neben ihm im Besprechungsraum die Leutnants Colin und Norman, Raviez, Henebelle, ein Oberleutnant der Gendarmerie und Clément Marceau, der Leiter der Abteilung für Daktyloskopie. Überall lagen Papiere herum. Karten von der Region. Flandern, Audomarois, Boulonnais, Calaisis. Von Müdigkeit gezeichnete Gesichter, diskretes Gähnen.

»Der hier anwesende Oberleutnant der Gendarmerie Michiels leitet die Suchaktion nach der Leiche von

Bertrand Cunar«, begann der Kommissar. »Aufgrund unserer engen Zusammenarbeit können wir die verschiedenen Ermittlungslinien koordinieren und den Personalmangel ausgleichen. Clément Marceau, unseren Spezialisten für Fingerabdrücke, kennt ihr bereits. Ich habe darauf bestanden, dass er uns zur Seite steht, ihr werdet noch sehen, weshalb. Gut! Raviez, fasst du die Situation zusammen? Bitte kurz!«

Ein Mausklick. Ein Foto des Mädchens, am Tatort aufgenommen. Plötzlich herrschte eine drückende Atmosphäre in dem Raum. Die Gesichter der Anwesenden waren eingefallen. Lucie wagte nicht zu atmen, während Raviez unbewegt die Tatsachen darlegte.

Er führte die Entdeckungen in der Lagerhalle im Einzelnen an, bestätigte, dass das Blut auf dem Asphalt von Cunar stammte und die Hunde seine Fährte bei den Reifenspuren verloren hätten, was darauf hindeutete, dass die Leiche weggeschafft worden war …

»Sehr gut«, sagte der Kommissar. »Jetzt die verschiedenen Komponenten der Ermittlungen. Leutnant Colin? Was hat die Vernehmung der Mutter ergeben?«

Colin. Sah mit seinen zweiundvierzig Jahren aus wie ein Fossil. Von Sorgen zermürbt, bemüht, gute Arbeit zu leisten. Opferte sich für den Job auf.

»Steht unter Schock, schwer zu befragen. Wird im Herbeaux-Krankenhaus betreut. Das Mädchen wurde in der Nacht des neunzehnten Dezember entführt, während der Vater in London operierte und die Mutter Urlaub hatte. Zu dieser Jahreszeit ähnelt Le Touquet einer Geisterstadt. Die Läden sind geschlossen, kaum ein Bewohner, leere Strände. Die meisten leerstehenden Villen sind alarmgesichert, doch die Cunars schalten ihre Anlage nur ein, wenn sie nicht da sind. Der Entführer ist von hinten durch den Garten eingedrungen, er hat eine

Fensterscheibe zerschlagen, die er zuvor mit Klebeband abgeklebt hatte, um keinen Lärm zu machen. Er hat sogar daran gedacht, einen Haufen Kleider und Schuhe für die Kleine mitzunehmen. Als die Mutter aufwachte, fand sie in dem leeren Bett einen Brief, der sie davor warnte, die Polizei einzuschalten, weder vor noch nach der Lösegeldübergabe, da sie sonst mit Vergeltungsmaßnahmen zu rechnen hätten. Der oder die Entführer forderten zwei Millionen Euro ... Ihr Mann ist sofort nach Hause zurückgekehrt. Drei Tage lang folgten weitere Briefe, aufgegeben in Dunkerque, Petite-Synthe oder anderen Käffern der Umgebung, in denen stand, was Cunar zu tun hatte, um Mélodie zurückzubekommen. Er hob Geld von einem Bankkonto in Belgien ab, Hundert-Euro-Scheine, die nicht registriert waren. Den Rest kennen Sie.«

»Wohnen die Cunars das ganze Jahr über in Le Touquet?«, fragte Raviez.

»Es ist bloß ihr Heimathafen. Die Eltern sind häufig unterwegs, der Vater war nur am Wochenende da. Ihre Tochter vertrauten sie Martine Cliquenois an, sie ist Krankenschwester, Putzfrau und zweite Mama zugleich und kümmert sich Tag und Nacht um Mélodie. Zum Zeitpunkt der Entführung war sie in den Alpen zum Skilaufen ... Die Cunars besaßen auch eine Hündin, Claquette, einen Yorkshire ...«

»Wurde sie getötet?«

»Spurlos verschwunden.«

Leutnant Colin nippte an einem brühendheißen Kaffee, bevor er fortfuhr.

»Vor Ort wurden massenhaft Spuren aufgenommen, doch da der Tatort stark verunreinigt ist, sind sie möglicherweise nicht verwertbar. Ich habe die Liste mit den hundertzehn Beschäftigten, die Madame Cunar im

Jahr 2003 entlassen hat, sowie Kopien der Drohbriefe, die sie und ihr Mann bekommen haben. Einige sind handgeschrieben, andere bestehen aus Zeitungsausschnitten. Wir werden unsere Suche vorrangig auf die Entlassungen konzentrieren. Das Labor arbeitet in vollem Umfang an der Analyse der Briefe. Mit den DNA-Proben dieser Beschäftigten und den Spuren auf den Papieren oder Umschlägen wird durch einen Vergleich leicht festzustellen sein, ob sich unser Mörder unter ihnen befindet. Er …«

Kapitän Raviez, der jede Menge lose Blätter in den Händen hielt, unterbrach ihn.

»Ich denke, das können wir abschreiben! Vor einer halben Stunde habe ich die ersten Ergebnisse aus dem Labor bekommen …«

Lucie hielt sich unauffällig eine Hand vors Gesicht, da sie spürte, wie sie errötete. Einen Teil dieser Schlussfolgerungen kannte sie bereits, weil sie sich vertrauliche Informationen angeeignet hatte. Leutnant Norman bemerkte ihre Verlegenheit, bevor er den Kopf abwandte.

Raviez fuhr fort.

»Die Briefmarken auf den Briefen des Entführers wurden mit einem Produkt aus dem Supermarkt aufgeklebt. Der ESDA, das Gerät, mit dem sich auf Papier hinterlassene, für das bloße Auge unsichtbare Abdrücke erkennen und auswerten lassen, hat nichts ergeben. Deshalb fürchte ich, dass die Spur der Briefe nicht sehr weit führt. Es wird aussichtsreicher sein, wenn wir nach den ehemaligen Beschäftigten suchen, die Kontakt zu einem Wolf hatten …«

»Wie bitte?«, fragte Valet verwundert.

»Kommissar, Sie waren bei der Obduktion dabei und wissen, dass der Gerichtsmediziner hinten am Kehlkopf des Mädchens ein Haar gefunden hat, das sofort ins Labor geschickt wurde. Ich habe die Ergebnisse …«

»Und?«, rief der Chef genervt.

»Sie sind eindeutig. Es handelt sich um ein Wolfshaar! Das Tier lebt entweder noch oder ist vor weniger als zwei Monaten gestorben!«

Der Kommissar schlug die Hände vor sein entsetztes Gesicht:

»Das ist doch Wahnsinn! Was ist denn … Machen wir weiter, wir kommen später darauf zurück. Clément, erzähl bitte von den Fingerabdrücken. Das Ganze ist gespenstisch! Sperrt eure Ohren auf!«

Clément Marceau, Monsieur Fingerabdruck. Bürstenschnitt, runde Metallbrille, Augen, deren Blick so durchdringend wie Röntgenstrahlen war.

»Ein seltsamer Fall, in der Tat. Jeder Mensch hinterlässt Fingerabdrücke, weil die Schweißdrüsen an den Spitzen der Hautleisten Öffnungen besitzen, aus denen sich das Hautleistenmuster zusammensetzt. Normalerweise, und ich sage normalerweise, überstehen diese Papillarleisten selbst ungünstigste Bedingungen. Das Abziehen der Haut, starken Druck auf den Finger, Verformungen. Ob man sich oberflächlich verbrennt, sich schneidet, Blasen oder Warzen hat, die Papillarlinien bilden sich unaufhörlich neu, auf identische Art und Weise. Vom Leben in der Gebärmutter an bis lange nach dem Tod haben wir immer dieselben Abdrücke! Und sie sind nicht zu entfernen! Es …«

»Und doch hat unser Individuum keine!«, kürzte der Kommissar ab.

»Genau, jedenfalls zur Tatzeit. Bei Interpol haben auf Daktyloskopie spezialisierte Arbeitsgruppen ein Verzeichnis erstellt, das alle denkbaren Fällen dauerhafter oder zeitweiliger ›digitaler Unsichtbarkeit‹ erfasst. Ich habe hier eine Aufstellung der wichtigsten Chemikalien, die die Lederhaut mehr oder weniger langfristig beschädigen und somit die Identität auslöschen. Säuren, starke Laugen, jede Menge Derivate. Auch Verbrennungen durch Feuer sind möglich, sie haben die zerstörerischste Wirkung. Eine sanftere, auch von Kosmetikern angewandte Methode ist die sogenannte Mikrodermabrasion mit feinsten Mikrokristallen. Hierbei glätten spezielle Apparate die Haut und können bei maximaler Leistung die Hautleisten zeitweilig auslöschen. Alle weiteren Möglichkeiten entspringen der Vorstellungskraft all der krankhaften Hirne auf unserem Planeten. Einige reiben ihre Finger stundenlang über Schleifpapier, andere zerschneiden sich die Haut mit einer Rasierklinge. Das ist alles schon vorgekommen, bei amerikanischen Serienkillern, die über die Techniken der Spurensicherung sehr viel besser informiert sind als die meisten von uns. Wie Sie sehen, gibt es eine große Auswahl an Möglichkeiten!«

Kapitän Raviez zwirbelte die Spitzen seines Schnurrbarts und bemerkte:

»Meiner Meinung nach ist die ›digitale Unsichtbarkeit‹ unseres Entführers unbeabsichtigt. Warum sollte er sich die Finger verstümmeln, wo er doch nur Handschuhe hätte tragen müssen? Außerdem war es letzte Nacht ausgesprochen kalt. Da waren Wollhandschuhe angebracht.«

»Sie haben recht«, antwortete der Techniker. »Die Fälle von freiwilliger Verstümmelung finden sich zu achtundneunzig Prozent bei sehr gewissenhaften Triebtätern, die das Bedürfnis verspüren, ihre Opfer und die sie umgebenden Dinge zu berühren. Das scheint hier nicht der Fall zu sein, da die Kleine nicht missbraucht worden ist.«

»Zudem hätte er auch seine Fußspuren beseitigt, wäre er wirklich so gewissenhaft gewesen«, schaltete sich der

Kommissar ein. »Fassen wir zusammen: Wir suchen also jemanden mit verbrannten oder von Säure zerfressenen Fingern?«

»Fast, allerdings haben wir nur die Abdrücke von Daumen und Zeigefinger«, erwiderte der Experte. »Und die Spuren von Verbrennungen, vor allem chemische, können schwierig festzustellen sein, wenn man an der betreffenden Stelle nicht riechen kann. Kurz gesagt, erwarten Sie nicht, dass wir auf den Elefantenmenschen stoßen. Was die Tatsache angeht, dass er keine Handschuhe trug ... Sind seine Hände möglicherweise unempfindlich gegen Kälte geworden?«

»Hmm ... Jetzt müssen wir nur noch sämtliche Mitarbeiter der umliegenden Chemiefabriken befragen ... Danke für die Informationen, Clément. Du kannst gehen, wenn du willst ...«

Das ließ sich der Mann nicht zweimal sagen. Er verschwand mit einem leisen »Fröhliche Weihnachten« auf den Lippen. Der Kommissar fuhr fort:

»Nun zu dem Raser ... Henebelle, du bist an der Reihe! Hast du die Versicherungen und Werkstätten in der Region angerufen?«

Lucie wandte den Blick von dem Bild auf der Leinwand. Irgendetwas an dem Foto löste ein unbewusstes Kribbeln in ihr aus, ohne dass sie es genauer hätte erklären können. Was genau war es? Die Lage der Leiche? Die Farbe des Morgenrocks? Das furchtbare Lächeln?

Sie schob eine Liste auf die Mitte des Tischs.

»Ähm ... Letzte Nacht wurden den Versicherungen mehrere Unfälle gemeldet, aber die Protokolle sind noch nicht bei den Geschäftsstellen eingetroffen. Ich habe um eine Kopie gebeten, sobald sie vorliegen. Bei den Autowerkstätten in der Umgebung findet sich nichts, was unserer Suche nahekommt. Es wurden zwar beschädigte

Wagen vorbeigebracht, doch die Unfälle haben sich bereits früher ereignet. Außerdem hätte der Raser sich nicht auf diese Weise selbst verraten, wenn er so schlau war, seine Spuren zu verwischen.«

»Egal, sie müssen trotzdem weiterhin angerufen werden! Wir dürfen keine Fährte außer Acht lassen. Du kümmerst dich darum!«

»Gut, Kommissar …«

Gut, Chef. Ja, Chef. Zu Befehl, Chef …

»Meine Herren, jetzt in knapper Form die Ergebnisse der Obduktion. Der Tod durch Erdrosselung setzte gegen Mitternacht ein. Dem Gerichtsmediziner zufolge war der Druck auf die Kehle nur sehr schwach. Es gibt kaum Gefäß- und – ich zitiere – vertebro-medulläre Verletzungen, wobei sich bei Kindern eher Spuren finden als bei Erwachsenen. Der Arzt war sehr überrascht, er sagt, der Mörder hätte nur so viel Kraft aufgewandt, wie nötig war, um das Mädchen zu töten, doch ohne jede Gewalt, das heißt wir können eine Handlung infolge eines Wutanfalls ausschließen. Wie Henebelle ganz richtig festgestellt hat, ist der Mörder noch mindestens eine Dreiviertelstunde nach dem Mord dort geblieben, um das Lächeln zu fixieren und die Leiche so«, er wies mit dem Stift auf das Foto, »zu arrangieren. Dann«, er fiel mit dem Kopf beinah vornüber, »ach ja, das Haar von dem … Wolf … Darauf komme ich nicht noch einmal zu sprechen, da Raviez dies bereits getan hat … Der leere Magen und die leicht zurückgebildeten Ganglien deuten auf einen mehrtägigen Nahrungsmangel hin … Die Kopfhaut weist zahlreiche oberflächliche Verletzungen auf, die offenbar, da die Striemen parallel verlaufen, durch heftiges Bürsten der Haare verursacht wurden … so heftig, dass sie beinah blutig waren …«

»Wies…«, wollte Norman fragen.

»Lasst mich erst ausreden«, unterbrach ihn der Kommissar mit einer Handbewegung. »Der letzte Punkt. Beim Entkleiden der Leiche sind wir auf eine interessante Spur gestoßen. In den Rillen der Schuhsohle befanden sich Mikrofasern. Den Analysen zufolge handelt es sich um Fasern, die aus der Rinde eines Nadelbaums stammen.«

»Das heißt, der Mörder wohnt in der Nähe eines Kiefernwaldes?«, folgerte der Oberleutnant der Gendarmerie.

»Nicht unbedingt. Die Spezialisten haben die Proben mit den Kiefern der Region verglichen, doch die organischen Strukturen stimmen nicht überein. Die Untersuchungen laufen noch.« Er zog eine Schachtel Zigaretten aus seiner Tasche. »Okay! Wir beschäftigen uns eine halbe Stunde lang mit den vorliegenden Komponenten. Überfliegt die Kopien der verschiedenen Gutachten, holt alle Informationen da raus. Formuliert eure Fragen. Danach ziehen wir Bilanz und fassen an der Tafel sämtliche Ideen zusammen. Auf geht's!«

Alle vertieften sich in die Papiere. Sechs Köpfe qualmten bei der Suche nach dem Mörder.

Als Lucie einen letzten Blick auf die Leinwand warf, stockte ihr der Atem. Sie ballte die Faust unter dem Tisch.

Das Bild von dem blinden Mädchen, das sorgfältig frisiert war, lächelte, weiße Söckchen trug und einen beigen, mit einem roten Band verzierten Morgenrock, erschien ihr plötzlich wie ein offenkundiges Symbol.

Ein Symbol, das nur eine Frau entschlüsseln konnte.

Ihr sträubten sich die Haare ...

14

Unter dem nächtlichen Himmelsgewölbe erhoben sich die beiden höchsten Halden Europas – hundertfünfzig Millionen Tonnen Kohle – wie furchterregende Brustwarzen einer teuflischen Brust. Vigo parkte das Auto am Fuß einer verlassenen Brücke, in einer von wilden Gräsern und verwüstetem Schotterbelag verborgenen Senke.

»Die Halden? Das hast du gut ausgesucht«, lobte er ihn.

»Abgesehen von den Jägern im Frühling und ein paar mutigen Botanikern wagt sich niemand hierher. Das Gelände ist völlig überwuchert mit undurchdringlichen Brombeersträuchern und dicht stehenden Baumgruppen. Ich habe mich als Kind auf den Kohlehalden dreckig gemacht, ich kenne die Ecke wie meine Westentasche. Hast du das Werkzeug dabei?«

»Genug, um Godzilla zu vergraben. Los, auf geht's.«

In dem schwachen zitternden Lichtkegel öffnete Vigo den Kofferraum. Decken, Stricke, Schaufeln, jede Menge unnütze Dinge lagen darin. Und mitten in dem Durcheinander die metallene Süße einer blühenden Zukunft.

»Willst du nachsehen?«, fragte Vigo mit einem verschmitzten Augenzwinkern.

»Lass sie mich noch ein letztes Mal betrachten. Weißt du, die Scheinchen sind mir bereits ans Herz gewachsen.«

Vigo öffnete das Vorhängeschloss und enthüllte ein Meer voller Hoffnungen.

»Sie zu vergraben kommt mir vor, als schaufelte ich mir mein eigenes Grab!«, scherzte Sylvain. »Nehmen wir uns ein, zwei Scheine? Los, fünfhundert Euro für jeden! Das fällt doch nicht auf! Für ein schönes Weihnachtsfest!«

»Kommt nicht in Frage! Koste von der verbotenen Frucht, und du wirst der Versuchung erliegen!«

Sylvain verpasste dem Hinterrad einen gehörigen Tritt.

»Hör doch auf mit deinen geschraubten Phrasen! Die Knete gehört mir genauso wie dir! Wenn ich mich bedienen will, kann ich ...«

»Wir rühren es nicht an, habe ich gesagt!«, drohte Vigo und schwenkte die Lampe. »Du scheinst den Schock von gestern Abend ja recht gut verkraftet zu haben!«

Sylvain zog eine Grimasse und schob ein Bündel Scheine zur Seite, so dass darunter ein bläulicher Schimmer aufleuchtete.

»Und das Messer? Willst du es hier drin lassen?«

»Pah! Sagen wir, es bewacht unseren Schatz! Los, auf geht's!«

Mit Schaufel und Hacke beladen tauchte Sylvain ein in den Schleier der angebrochenen Dunkelheit. Vigo folgte ihm, nachdem er die Kofferraumklappe betont leise geschlossen hatte. Sie kletterten über einen Drahtzaun und betraten den Boden der Halden elf und neunzehn.

Am Fuße der dösenden Titanen breitete die Flora sich in grünen Wällen aus. Die beiden Komplizen umrundeten die Halde elf und drangen dann durch dichtes Astwerk. Sylvain blieb einen Moment stehen. Kein einziger Laut ... Nur ihr Keuchen ... Und doch kam es ihm vor, als vernähme er ein knirschendes Geräusch, wie Schläge auf Metall. Spitzte man die Ohren, konnte man hören, wie die Geister sich mit ihren Hacken in die Erzstollen fraßen. Die Seelen der Bergleute führten ihre mühselige Arbeit in nicht enden wollender Finsternis fort ...

Sylvain erschauderte in seiner Jacke.

»Hier in der Nähe gibt es eine Stelle, wo die Bäume weniger dicht stehen«, sagte er. »Dort können wir den Koffer in aller Ruhe vergraben.«

»Ich glaube, ich sehe nicht richtig. Ich wohne vierhundert Meter entfernt und muss gestehen, dass ich noch nie einen Fuß hierher gesetzt habe!«

»Ich mag diesen Ort. Im Sommer komme ich fast jedes Wochenende her, um den Sonnenuntergang zu beobachten. Eine riesige Feuerkugel, die das Meer der Felder glutrot färbt. Weißt du, wenn du hinaufsteigst auf diese Halden, bis auf die Spitze dieser Berge aus Kohle, dann kannst du wirklich ermessen, was unsere Großeltern in den Minen erduldet haben. Nenn mir eine andere Gegend, wo sich das Leid der Geschichte und die Schönheit seiner Geographie so sehr vermischen.«

»Du hättest in *Schatten der Leidenschaft* mitspielen sollen! Gut, beeilen wir uns! Meine Familie wartet mit der Weihnachtsfeier auf mich!«

Die oberste, teilweise gefrorene Schicht des Bodens leistete dem scharfen Stahl erbitterten Widerstand, dann drang die Hacke zu dem darunterliegenden weicheren Lehm vor. Die beiden Männer hoben das Loch tiefer als notwendig aus und vergruben den luftdicht verschlossenen Koffer.

»Diese Böden, in denen unsere Großeltern bestattet liegen, sind nun Zeugen, wie deren Enkel zu neuem Leben erwachen«, rief Vigo aus. »So soll es sein! Los, schütten wir das Loch wieder zu!«

Sie schaufelten Erde auf ihren Schatz, der unter einem braunen Umhang verschwand.

»Fertig«, keuchte Sylvain. »Wir stampfen den Boden mit den Füßen fest, den Rest erledigen ein paar Äste und der Frost. Eine gelungene Schönheitsoperation! Die Narbe ist kaum sichtbar!«

»Und jetzt hauen wir ab! Sonst bekommt deine Frau noch was mit!«

Sylvain bewegte sich nicht. Er malte mit dem Lichtkegel seiner Taschenlampe Achten auf den Boden.

»Du hast es recht eilig ... Warum behältst du eigentlich den Schlüssel für das Vorhängeschloss? Du hast doch bestimmt einen Zweitschlüssel, also kannst du mir den hier geben. Jeder bekommt einen Schlüssel, weshalb sollte ich nicht ...«

Vigo nahm Sylvains Kopf in den Schwitzkasten.

»Sly! Mein lieber Sly! Wer würde dich vor dir selbst beschützen, wenn ich es nicht täte? Ich geb dir den Schlüssel, und morgen kommst du her und bedienst dich aus dem Koffer! Und im nächsten Augenblick weiß deine Frau Bescheid, dann das ganze Viertel und am Ende der Präsident. Hältst du mich für bescheuert oder was? Du solltest dich besser beherrschen!«

Sylvain richtete sich auf und stemmte Vigo in die Höhe.

»Langsam nervt es mich wirklich, dass du kein Vertrauen in mich hast! Wenn ich dir sage, dass ...«

»Lass mich los, verdammt noch mal! Du hast zu viel Kraft!«

Nun presste Sylvain Vigo wie eine Ölsardine an seine Brust.

»Den Schlüssel, habe ich gesagt! Für jeden ein Schlüssel!«

»Armer ... Irrer ... Bedankt man sich so bei einem Freund ... der dir aus der Klemme hilft mit deinem kaputten Heizkessel?«

»Das kommt dir doch nur gelegen! So gerätst du nicht in Verdacht!«

Ein heftiger Stoß beförderte Vigo in die Dornen.

»Ich habe *deinen* Unfall mit dir durchgestanden!«, rief

Sylvain wütend. »Du könntest wenigstens so anständig sein und uns gleich behandeln!«

Vigo machte die Lampe aus und erstarrte zu einem furchterregenden Totempfahl.

»Hier ... nimm den Scheißschlüssel ... Aber du tätest gut daran, dich von dem Geld fernzuhalten, bis wir gemeinsam darüber entschieden haben, sonst ...«

»Was sonst?«

Sylvain nahm den Schlüssel und ging davon, ohne sich noch einmal umzudrehen. Sein Herz schlug ihm bis zum Hals. Die Lichtreflexe hatten Vigo ein teuflisches Aussehen verliehen. Wer konnte wissen, wozu dieser Typ noch fähig war? Der Bluterguss über seiner Augenbraue sagte viel darüber aus, wie gestört Vigo war.

Auf der Rückfahrt sprachen sie kein Wort miteinander. Die Atmosphäre war angespannt. Beide hatten einen Kloß im Hals. Vigos Augen glänzten, als er Sylvain zu Hause absetzte. Nachdem er ausgestiegen war, griff Vigo ins Handschuhfach, nahm den Haustürschlüssel heraus, den er vorhin hatte mitgehen lassen, und steckte ihn in seine Tasche ...

15

Valet drückte seine dritte Zigarette aus und zog dann die Kappe von einem Textmarker. Der Kommissar war so hoch gewachsen wie eine griechische Statue, ein antiker Athlet, der – ein völliger Anachronismus – ständig eine Kippe in der rechten Hand hielt. Das reinste Durcheinander.

Er unterteilte die Tafel mit einer senkrechten Linie und schrieb auf die eine Seite ›Raser‹, auf die andere ›Entführer‹.

»Wir werden alle Ideen auflisten, die uns wichtig erscheinen. Bitte legt auch dar, in welche Richtung die Ermittlungen gehen könnten.«

Trotz seiner Erfahrung wandte Valet noch immer eine auf der Polizeischule erlernte Methode an, die darin bestand, durch die Zusammenarbeit mehrerer Köpfe verschiedene Spuren aufzuzeigen. Alle kannten das Prozedere, abgesehen von Lucie. Kurze prägnante Sätze. Kein unnötiges Geschwafel. Beschränkung auf das Wesentliche.

Der Schnauzbart Raviez war als Erster an der Reihe.

»Der Entführer: Veterinär, Tierreporter oder arbeitet möglicherweise in einem Zoo. Hat Kontakt zu einem Wolf.«

Der Kommissar schrieb ›Wolf → Zoos befragen‹ und ›Aktivitäten der ehemaligen Beschäftigten von Madame Cunar überprüfen‹.

Colin ergriff das Wort.

»Der Entführer: Entführung in Le Touquet, Lösegeldübergabe in Dunkerque. Gibt Briefe von verschiedenen Städten rund um Dunkerque auf. Hat er alleine oder mit einem Komplizen gehandelt?«

»Der Raser: kaltblütig, berechnend«, äußerte der Oberleutnant der Gendarmerie. »Weiß einiges über Techniken zur Identifizierung.«

Raviez hob eifrig den Arm.

»Sachte! Sachte!«, bremste ihn der Kommissar. »Leg los, Raviez …«

»Der Mörder hat sich längere Zeit am Tatort aufgehalten, was darauf hindeutet, dass er weder Schuldgefühle noch Abscheu empfindet. Dazu die Anordnung der Leiche, diese widerwärtige Inszenierung, die er uns zugedacht hat. Ich würde zusammenfassen ›Ritual oder Herausforderung‹.«

Geistiger Diebstahl! dachte Lucie zähneknirschend. *Heute Morgen hast du noch das Gegenteil behauptet!*

Valet zögerte, bevor er die Bemerkung aufschrieb. Er fügte hinzu ›Hat Gefühle unter Kontrolle‹, dann drehte er sich, in Erwartung weiterer Vorschläge, zu dem Team um.

»Hat er keine Fingerabdrücke, weil er mit gefährlichen Chemikalien hantiert hat?«, fragte Colin. »Schreiben wir ›Chemiker/Wissenschaftler/Kosmetiker oder mit Bezug dazu‹ und ›Chemiefabriken im Industriegebiet von Grande-Synthe oder Dunkerque ansehen‹.«

»Sehr gut«, sagte der Kommissar anerkennend. »Fügen wir noch hinzu ›Schuhmacher/Gerber/Lederhändler‹, wegen des starken Ledergeruchs am Opfer. Was noch? Leutnant Norman?«

Von allen Seiten sprudelten die Ideen. Lucie stellte fest, wie effizient die Methode war. Die Stichpunkte an der Tafel ergaben eine Art Profil der vorrangigen Ermittlungslinien. Doch die Brigadierin wagte noch immer nicht, sich zu melden. Was, wenn sie danebenläge? Was für eine Blamage!

»Ja, Kommissar!«, erwiderte Norman. »Schreiben Sie auf, der Mörder ist in der Lage, den Raser zu identifizieren. Aus den Berichten geht hervor, dass die Lagerhalle nur fünfzehn Meter vom Unfallort entfernt ist. Der Unfall hat sich vor den Augen des Mörders ereignet. Im Schutz der Dunkelheit konnte er alles beobachten, ohne entdeckt zu werden, und sich das Kennzeichen notieren, um das Geld später wiederzuerlangen. Meiner Meinung nach werden der oder die Raser möglicherweise bald Schwierigkeiten bekommen.«

»Die Raser?«

»Warum nicht? Der Mörder, der wahrscheinlich eine Waffe besitzt, ist nicht eingeschritten. Warum? Vielleicht fehlte ihm der Mut, da die Männer in der Überzahl waren. Ein wehrloses Mädchen zu töten ist eher sein Ding, als zwei Mannsbildern gegenüberzutreten!«

»Gute Schlussfolgerung. Notieren wir ›mehrere Raser?‹; ›Mörder kennt Nummernschild‹.«

Der Kommissar trat drei Schritte zurück, um das Sammelsurium der Ideen auf der Tafel besser betrachten zu können.

»Nicht schlecht ... Noch weitere Einfälle?«

»Ja, ich habe noch etwas ...«, wagte Lucie mit schüchterner Stimme vorzubringen.

»Wir können es kaum erwarten, dich anzuhören, Henebelle!«

Die junge Frau schluckte und legte dann los.

»Wir haben festgestellt, dass das Opfer in einer sehr ungewöhnlichen Haltung aufgefunden wurde. Könnten Sie noch einmal den Projektor einschalten, Kapitän? Zeigen Sie bitte das Foto, auf dem die Kleine von vorne zu sehen ist.«

Nur sehr zögernd kam Raviez der Aufforderung nach, da er es nicht gewohnt war, Befehle von unten zu erhalten. Lucie wandte sich an Colin.

»Hat die Mutter die Leiche identifiziert?«

»Ja. Ich habe sie ins Institut für Rechtsmedizin begleitet.«

»Und sie hat nur das Gesicht ihrer Tochter gesehen?«

»Sicher! Wir vermeiden es, den ganzen Körper zu zeigen, das werden dir alle Psychologen bestätigen.«

»Ich weiß. Welche Kleider hat der Entführer am Abend der Entführung mitgenommen?«

»Ich habe die Liste. Dieser Morgenrock und die Schuhe, die du auf dem Foto siehst, waren dabei, wenn du das wissen wolltest. Warum diese Fragen?«

Die Brigadierin stand auf.

»Kennen Sie die Puppe *Beauty Eaton*?«

Der Kommissar zuckte mit der Schulter und presste ungeduldig seine Hände auf den Schreibtisch. Lucie schluckte, dann fuhr sie fort.

»Natürlich nicht ... Es handelt sich um Puppen aus Kanada, die in den siebziger und achtziger Jahren sehr beliebt waren. Sie haben meine Kindheit und die der Frauen meiner Generation begleitet. Die Puppen sind aus Vinyl, sorgfältig frisiert, mit einem Scheitel in der Mitte. Hübsches Lächeln, große Augen. Im Abendkleid oder Morgenrock aus Seide. Alle trugen weiße Söckchen, die über dem Knöchel umgeschlagen waren, genau wie bei Mélodie ...«

»Und?«, murrte Kapitän Raviez. »Willst du uns weismachen, der Mörder habe sich von einer Puppe inspirieren lassen, nur weil das Opfer weiße Socken trug und lächelte?«

»Fragen Sie die Mutter, aber ich bin überzeugt davon, dass die Kleine nicht im Morgenrock schlief. Im Winter würde man eher einen dicken Schlafanzug erwarten. Warum hat er ihn gegen diese sommerliche Kleidung getauscht? Warum diese Sorgfalt, während er ihr andererseits drei oder vier Tage lang nichts zu essen gegeben und ihr trotz der eisigen Temperaturen nicht einmal eine Jacke angezogen hat?«

Raviez wedelte ungeduldig mit der Hand. Lucie ließ sich von seinem Fingergetrommel nicht einschüchtern.

»Beachten Sie das kleine rote Band, oben am Kragen ...«

Fünf Köpfe drehten sich zum Foto und wandten sich dann wieder der jungen Frau zu.

»Das ist ein typisches Zeichen. Alle *Beauty-Eaton*-Puppen tragen genau das gleiche Band, das auf die gleiche Art befestigt ist. Ein rotes Band an der Stelle des Herzens …«

Diesmal verstummten die Münder.

Der Kommissar ergriff den schwarzen Marker und notierte, in größerer Schrift als alles andere, auf der Seite des Entführers: ›Opfer = Puppe. *Beauty Eaton!*‹ Er geriet in helle Aufregung:

»Colin, bevor du weggehst, rufst du im Krankenhaus an und überprüfst Henebelles Behauptung! Frag die Mutter oder Tagesmutter, ob die Kleine einen beigen Morgenrock mit rotem Band besaß!«

Colin nickte und zwinkerte Lucie voller Bewunderung zu.

»Wenn du recht hast, Henebelle«, fuhr der Kommissar fort, »sind wir auf einen verdammten Irren gestoßen, jemanden mit abgeschliffenen Fingern, der sich für Wölfe und Puppen interessiert. Ich gebe zu, das macht mir ein bisschen Angst. Je weiter wir vordringen, umso mehr ähnelt das Profil unseres Mörders dem eines … Psychopathen. Über das Geld haben wir noch gar nicht gesprochen, als wäre das nebensächlich für uns … Schaut euch die Spalte des Rasers an, sie ist fast leer!«

Er steckte sich einen neuen Glimmstängel in den Mund, bevor er abschließend bemerkte:

»Gute Ausgangspunkte, interessante Sitzung … Ich werde morgen hier sein und in der zentralen Datenbank nach ähnlichen Verbrechen suchen. Außerdem muss ich einen Vorbericht für den Untersuchungsrichter erstellen. Wer mir helfen möchte, ist jederzeit willkommen. Da es sich um ein Verbrechen an einem Kind handelt, werden wir von allen Seiten Druck bekommen, es darf nichts schiefgehen!«

»Ich habe für die morgigen Untersuchungen ein Team zusammengestellt«, teilte der Gendarm mit. »Ein Teil des

Sees von Puythouck muss noch in Gruppen abgesucht werden. Und für die Meeresbucht können wir wohl bei Tagesanbruch das Sonargerät von einem der Schnellboote der Brigade benutzen. Leichen sind schwieriger aufzuspüren als Fahrzeuge, aber das Gebiet ist flach, und es müsste zu schaffen sein. Wenn die Leiche dagegen aufs offene Meer getrieben wurde, werden wir sie so bald nicht finden.«

Valet nickte. Während Norman seinen Dufflecoat überzog, verkündete er:

»Ich habe meinen Skiurlaub bereits abgesagt und stehe Ihnen morgen zur Verfügung, Kommissar. Ich kann die Akten durchsehen, die Fälle raussuchen, die etwas mit Tieren zu tun haben, wie Schwarzhandel, verschwundene Tiere, diverse Strafanzeigen. Dieses Wolfshaar macht mich wirklich ratlos.«

»Ob wir es eines Tages schaffen werden, dich in den Urlaub zu schicken? Für morgen ist es okay! Henebelle, dir befehle ich, sofort nach deinem Dienst nach Hause zu fahren! Du siehst aus, als hättest du dir eine Tropenkrankheit eingefangen! Nutz das Weihnachtsfest, um dich auszuruhen! Am Freitag werden wir die Pforten zur Hölle weit öffnen. Gute Arbeit!«

Lucie nickte mit einem unterdrückten Lächeln. Colin schien beinah betrübt, als er verkündete:

»Ich werde Ihnen erst übermorgen wieder zur Verfügung stehen. Ich fahre nach Paris zu meinen Eltern. Das ist so abg…«

»Gleiches gilt für mich«, bemerkte Raviez. »Nicht nach Paris, aber …«

»Ihr braucht euch nicht zu rechtfertigen. Der Tag war lang genug, also haut ab! Und ein schönes Weihnachtsfest!«

Lucie mochte den Mann. Er war hart, aber menschlich. Und obendrein attraktiv …

Der Gendarm Michiels zog sich zurück, um einen Anruf entgegenzunehmen, während der Besprechungsraum sich leerte. Kommissar Valet blieb noch lange vor der Tafel stehen, analysierte jede Idee, die Konsequenzen, die sie für ihn bedeuteten, die Fristen. Er stolperte über die unterstrichenen Wörter, wie *Beauty Eaton* und *Ritual*. Das war's ... Sie suchten ... einen Geistesgestörten, der ihnen Schwierigkeiten zu machen drohte. Die fehlenden Fingerabdrücke, das Wolfshaar in der Kehle, der starke Ledergeruch ... Alles Komponenten, die über den üblichen Rahmen der Ermittlungen, die er bisher geleitet hatte, hinausgingen ... Vielleicht konnte er den großen Coup landen? Wenn nichts schiefging. Im Klartext hieß das, ihn schnellstmöglich zu schnappen ...

Er steckte sich eine Zigarette in den Mund, besorgt und zufrieden zugleich.

Am anderen Ende des Raumes telefonierte der Oberleutnant. Plötzlich hielt er inne. Sein Gesicht war verzerrt. Völlig verstört saß er dort, den Telefonhörer in der Hand.

»Stimmt etwas nicht?«, erkundigte sich der Kommissar, während er am Rädchen seines Feuerzeugs drehte.

Der Gendarm nahm eine Zigarette aus Valets Schachtel.

»Ich habe vor einer Woche aufgehört zu rauchen, aber ich habe mir wohl einen schlechten Zeitpunkt ausgesucht ...«

Ein paar Sekunden lang kamen nur dünne Rauchschwaden aus seinem Mund. Dann verkündete er mit belegter Stimme:

»Gerade ist eine in Tränen aufgelöste Frau bei der Gendarmerie erschienen. Sie behauptet, ihre dreizehnjährige Tochter Éléonore sei mitten auf der Straße in Dunkerque verschwunden ...«

16

Vigo Nowak wohnte kaum einen Kilometer von seinen Eltern entfernt am Stadtrand von Lens, in einer Zechensiedlung, wo man Tausende identischer Häuser an endlose parallele Straßen gesetzt hatte. Die meisten Bewohner dieser alten Bergarbeitersiedlungen heizten noch mit Kohle und schlürften abends Suppe. In weniger als zehn Jahren würden die letzten Kumpel, ob Lampenträger oder Steiger, in völliger Anonymität aus dem Leben geschieden sein, mit Blick auf diesen Horizont aus Schweiß und die von der Steinkohle geschwärzten Scheiben, die die Geschichte ihres Lebens so gut zusammenfassten.

Die Gegend mit ihren verlassenen Gleisen, den verschlafenen Halden und den stillgelegten Fördertürmen erinnerte an ein Sterbeheim, doch die lächerliche Miete und die völlige Ruhe des Fleckchens zogen selbst die größten Starrköpfe an. Letztendlich lebte man hier wie an einem Ort außerhalb der Zeit, verschont von den Schrecken der großen Zivilisation.

Mit Päckchen beladen ging Vigo einen Schotterweg hinauf und betrat das Haus seiner Eltern, ohne vorher anzuklopfen. Die Einrichtung war wie der Ort, schlicht und schnörkellos. Hier eine Davysche Sicherheitsgrubenlampe, dort ein Fördergerüst aus Streichhölzern. Über einem Geschirrschrank ein abgenutztes Würfelbrett, ein zusammengerollter Belote-Teppich. Der Bergbau hatte so viele Schäden angerichtet, dass er noch Jahre später die Orte mit seiner quälenden Symbolik vergiftete.

»Wie ich sehe, sind die Kampfhandlungen schon in vollem Gange!«, rief er, während er seine Geschenke unter dem Plastik-Weihnachtsbaum verteilte.

»Du bist spät dran, *Gaillette*!«, sagte France, seine Mutter, lächelnd in Anspielung auf seinen alten Kosenamen, und hielt ihm ein Champagnerglas hin. »Dein

Bruder und dein Vater hängen im *Patio* rum. Sie diskutieren mal wieder über Pferdetoto! Aber ... Was hast du mit deiner Stirn gemacht?«

»Bloß eine Türkante, nichts Schlimmes. Du bist großartig, Mama ... Du siehst hinreißend darin aus!«

France drehte sich elegant um die eigene Achse.

»Dein Vater hat gemeckert, als er mich in dem Kleid gesehen hat. Eines der seltenen Vergnügen, die ich mir im Jahr leiste, und er schafft es, mir noch Vorwürfe zu machen! Was für ein Kerl! Los, geh zu ihnen! Ich bin noch nicht ganz fertig mit meinen Vorbereitungen!«

Vigo warf ihr eine Kusshand zu und ging in den *Patio*. Während er die schlanke Gestalt und die anmutigen Linien seiner Mutter geerbt hatte, glich sein Bruder Stanislas mit seiner kräftigen Gestalt eher dem Patriarchen. Kurze, dicke Knochen, Schultern wie ein Boxer und Hände, die aussahen wie aufgeblasene Gummihandschuhe. Sein Gesicht kämpfte gegen die Zeichen der Zeit und war mit Pickeln übersät.

»Redet ihr immer noch über Pferde?«, fragte Vigo und kniff seinen Vater in die Seite.

»Na klar!«, antwortete Yvan und ließ sein Holzbein auf die Fliesen knallen. »Wir bereiten das Rennen von morgen vor. Aber da gibt's 'ne ganze Menge Favoriten. Wird nich' viel bei rumspringen!«

Sein Vater sprach die Buchstaben so breit aus, als wären sie von einer Straßenwalze platt gerollt worden. Das Ch'timi – wie dieser Dialekt aus der Picardie genannt wurde – verschluckte die »a's« und »o's« und ersetzte sie durch Mischlaute.

»Aha! Das Opium des französischen Volkes! Ihr solltet aufhören mit dem Pferdetoto, das macht einen doch bekloppt!«, riet ihnen Vigo lächelnd.

»Erzähl das wem anders, *Gaillette*!«, erwiderte sein

Bruder Stanislas, mit einem Stapel Wettscheinen und einem Stift vom Wettbüro in den Händen.

»Ihr vertut nur eure Zeit, in Wirklichkeit seid ihr eine gute Melkkuh für den Staat! Leute, die ihr ganzes Leben lang spielen, gewinnen nie einen Cent. Andere versuchen ein einziges Mal ihr Glück und ziehen das große Los. Ich sage euch noch einmal, man fordert sein Glück nicht heraus! Es fordert euch heraus!«

Yvan stieß Stanislas komplizenhaft in die Seite.

»Da kommt *Gaillette* daher und will witzig sein. 'S gibt halt welche, die brauchen ihre Amphetamine, und andere, die brauchen ihre Pferdchen. Was is' dir lieber? Erzähl besser von der Arbeit. Kommst du voran mit der Suche?«

»Absolute Dürre«, räumte Vigo ein. »Die Region gleicht einem abgebrannten Wald, ein verdammter Brandstifter namens Wirtschaftsrezession hat Spaß daran, die Unternehmen zu zerstören …«

Er zupfte seinen Bruder am Kinn.

»Du siehst schlecht aus, Stanislas. Schweren Tag gehabt?«

»Ja. Eine üble Geschichte …«

Vigo kippte seinen Champagner mit einem Schluck hinunter. Angst schnürte ihm die Kehle zu: Das Gespenst einer im Wasser versinkenden Leiche ging ihm durch den Kopf.

»Was für eine Sache?«

»Man hat ein kleines Mädchen ermordet aufgefunden. Hab keine große Lust, darüber zu sprechen. Die Berichte haben mich ziemlich mitgenommen!«

»Nicht gerade schön an einem Weihnachtsabend«, sagte Vater Yvan mitfühlend und nahm ein Päckchen Tabak von einem Stuhl.

Vigo stieß einen Seufzer der Erleichterung aus. Ein ermordetes Mädchen? Das hatte nichts mit ihm zu tun. Er suchte in der Innentasche seiner Jacke und steckte seinem Vater eine Salomon in den Mund.

»Lass deine Glimmstängel und probier diesen Nektar! Du wirst sehen. Hier ist auch eine für dich, Stan.«

»Hübscher Brummer!«, sagte der Vater bewundernd und riss ein Streichholz an. »Gieß mir einen Tropfen Whisky ein, Filius!«

»Wo hast du denn die Zigarren her?«, wunderte sich Stanislas. »Salomon? Die kosten doch ein Vermögen!«

»Ein Freund hat mir eine Handvoll aus Kuba mitgebracht ...«

Eine Rauchwolke stieg langsam empor. Die Gläser klirrten, der bernsteinfarbene Alkohol schwappte in kleinen Wellen gegen das Glas. Nachdem sie ein paar Schlucke getrunken hatten und die Stimmen lauter geworden waren, begann Yvan auf und ab zu gehen, mit erhobenem Haupt, vorgerecktem Kinn, der Zigarre zwischen den Zähnen und einem kleinen Finger in der Luft.

»Es braucht wirklich nicht viel, um auszusehen wie ein Krösus! Ein Whisky, ein gute Zigarre im Mund, eine Krawatte und schwups!«

Yvan nahm den Tonfall eines Jet-Setters aus Saint-Tropez an.

»Wenn sich die Herren bitte bemühen wollen, mir zu folgen! Wir begeben uns nun in den Empfangssaal, nicht wahr, dort warten Kaviar und Champaaaagner auf uns. Ein Chauffeur wird eure Ferrari auf Hochglanz bringen, keine Sorge. Diese ... Zigarre ist eine ausgezeichnete Wahl, lieber Freund!«

Seine mit übertriebenem Akzent gesprochenen Worte gingen in Gelächter unter ...

Nachdem sie Austern und Gänseleber genossen hatten, war es an der Zeit, die Geschenke auszupacken. Der

Alkohol hatte seine zerstörerische Arbeit begonnen, er erhitzte die Körper und benebelte den Verstand. Im Esszimmer tanzten Vigo und Stanislas mit wiegenden Hüften zu einer Melodie von Kubiak, während France ihnen amüsiert zusah. Yvan deklamierte wie jedes Jahr Verse von Jules Mousseron.

Und am Sonntag, früh am Morgen,
tönen fröhlich munt're Klänge,
sind die Kumpel ohne Sorgen,
gibt's nur heitere Gesänge.

France stellte ihre Hi-Fi-Anlage leiser und löste damit lauten Protest aus; dann zog sie zwei Umschläge unter dem Weihnachtsbaum hervor.

»Euer lieber Vater und ich wissen ja kaum noch, was wir euch kaufen sollen«, sagte sie und wurde rot, »deshalb bekommt ihr ein bisschen Geld. Es ist nicht viel, aber macht damit, was ihr wollt. Frohe Weihnachten, meine Jungs!«

Sie drückte sie an ihre Brust. Yvan machte eine zustimmende Geste, während er weiter auf seiner Zigarre kaute. Seine Söhne, sein Stolz!

»Zweihundert Euro für jeden! Das wäre doch nicht nötig, Mama!«, sagte Stanislas vorwurfsvoll. »Ihr habt genug für uns getan. Das Studium, die Opfer und all das andere. Ich weiß, was dieses Geld bed...«

»Sei still!«, erwiderte Yvan. »Wenn wir dir solch 'nen Betrag schenken, dann könn' wir das auch. Steck's lieber ein, bevor's mir wieder leid tut! Ich bin ja vielleicht nur 'n armer Rentner, aber Hunger haben meine Kinder noch nie gelitten ... Darauf sind wir in unsrer Region so stolz, auf dies Herz aus Gold, das jeder von uns hier hat. Wir stammen alle von derselben Kohleader ...«

»Ich hoffe, ich kann mich eines Tages revanchieren«, flüsterte der junge Polizist mit bewegter Stimme. »Bis dahin … Hier, das ist für euch. Und dieses Päckchen für dich, Bruderherz!«

»Ah! Ein Videospiel!«, grinste Vigo, noch bevor er sein Geschenk ausgepackt hatte. »Wo wir gerade dabei sind«, er sammelte die bunten Schachteln ein, die auf dem Boden herumlagen, »es ist dieses Jahr nichts Großartiges, tut mir leid, aber zum Monatsende ist es zur Zeit etwas schwierig für mich … Nächstes Jahr Weihnachten werde ich es wiedergutmachen, versprochen!«

Vigo hatte den ganzen Tag lang geschwankt, ob er seinen Eltern eine Traumreise schenken sollte. Aber er kannte seine Mutter, ihre lockere Zunge. Am nächsten Tag wäre der Klatsch losgegangen. Wie konnte der arbeitslose Sohn sich solch ein Geschenk für die Eltern leisten?

Sein Vater bekam also eine Kiste Zigarren, Coronas, sowie eine kleine Anglerausrüstung, seine Mutter ein Paar Bernsteinohrringe und sein Bruder einen Spezialfilter für seinen Fotoapparat.

Einkäufe für weniger als zweihundert Euro. Das war der Preis, um den Schein zu wahren …

»Und nun lasst uns anstoßen«, schlug Vigo vor und füllte die Gläser mit einem 99er Montbazillac. »Auf das Glück, auf das Schicksal, auf unsere Gesundheit!«

»Ja, auf die Gesundheit!«, rief Yvan, während er den Saum seiner Hose hochzog und das hölzerne Anhängsel entblößte.

Er verdankte sein langes Leben einem Unfall, der ihn das Bein gekostet hatte. Nach drei Wochen unter der Erde hatte ihm eine mit Kohle gefüllte Lore das Schienbein zertrümmert und es ihm erspart, weiterhin in dem unterirdischen Stollen dahinzuvegetieren und mit vierzig Kohlenstaub zu spucken.

Vier Stunden später, als der Morgen bereits graute, war der Hausherr vor dem Fernseher eingeschlafen, niedergestreckt vom *Genièvre de Houlle*. Stanislas lag erschlagen auf dem Tisch, derart mit Alkohol abgefüllt, dass er beinahe Feuer fing, sein Glas stand noch neben ihm. Die zehn grauen Zellen, die bei ihm noch funktionstüchtig waren, bewegten seine Hand, die etwas auf ein Blatt Papier kritzelte. Vigo tanzte allein zu den gedämpften Klängen von Bono und schlug mit dem Fuß den Takt dazu. Sein Hemd war nur noch ein Wulst aus Schweiß und Alkohol, seine pechschwarzen Haare glänzten im flackernden Schein der Lampen. Er trat zu seinem Bruder, in der Absicht, dessen Glas zu leeren, sich zu betrinken, bis er nicht mehr konnte, sich volllaufen zu lassen wie Nicolas Cage in *Leaving Las Vegas*.

In einer Woche würde er nach Paris fahren, um die angesagtesten Diskos der Stadt abzuklappern und sich an Frauen und Champagner zu berauschen. Er würde es sich etwas kosten lassen, um mit dem erlesensten Jetset zu verkehren, ihre Sympathien zu erlangen und ein hübsches Heft mit Adressen zu füllen. Im Laufe der Zeit würde er aufsteigen in diesen glitzernden Mikrokosmos, der im Schatten der Gesellschaft und ihrer armen Herdenschafe existierte.

Dieses Geld war sein Einsatz.

In seinem Kopf dröhnten dumpfe Trommelschläge. Der Alkohol hatte sein Bewusstsein getrübt, und nun fühlte er sich zu allem fähig. Die paar am Vorabend hinuntergekippten Biere hatten ihm geholfen, seine Kaltblütigkeit zu bewahren, sein Gewissen abzustumpfen, während er eine Leiche in seinen Kofferraum gehievt und in einem Sumpf versenkt hatte.

Und schon sehr bald würden sie ihm wieder helfen …

Unmerklich umklammerte er die Packung Schlaftabletten in seiner Tasche …

Beinahe hätte er alles wieder von sich gegeben, als sein Blick auf die Skizze seines Bruders fiel.

Angedeutete Windräder, Lämpchen, die zwei parallele Linien säumten, eine viereckige Lagerhalle. Und auf dem Boden neben einem Auto eine zusammengesackte Gestalt.

Er rang nach Luft, rüttelte seinen Bruder an der Schulter.

»Wo hast du das gesehen? Was soll diese Zeichnung darstellen?«

Stanislas hob den Kopf, keuchend, mit heißem Atem. Er konnte kaum aus den Augen schauen. France kam mit strenger Miene aus der Küche.

»Dein Bruder schläft heute Nacht hier!«, ordnete sie an. »Und das will Polizist sein? Er ist nicht mal mehr in der Lage, nach Lille zurückzufahren. Warum muss das immer so enden? Und hör dir den da an! Schnarcht lauter als ein Walross!«

Murrend verschwand sie wieder, mit vorgebundener Schürze. Vigo packte ihn fester, doch Stanislas schlief seinen Rausch aus.

»Antworte mir, zum Donnerwetter! Was stellt dieses Bild dar?«

»*Confidential! Confidential!*«

»Antworte, verflucht noch mal!«

Der stämmige Polizist unterdrückte ein Rülpsen, hielt seinen Stift auf das Viereck, das die Lagerhalle darstellte, und murmelte:

»Da! Da ist … das kleine Mädchen … umgelegt worden! Weil … so ein Arschloch … brrrrh … mitten in der Nacht … ihren Vater … umgefahren hat … und mit dem Geld … abgehauen ist … Das kleine blinde Mädchen …«

Vigo griff nach der Flasche *Genièvre* und füllte ein Glas bis zum Rand. Sein Körper gehorchte ihm nicht mehr, seine Beine zitterten. Er klammerte sich an die Tischkante und zog bei dem Versuch, sich festzuhalten, beinah die Tischdecke herunter. Stanislas fing wild an zu lachen, die Zähne knirschten wie bei einem unheilvollen Dschinn, sein Gesicht trug Züge von Wahnsinn. Der Stift stieß wieder und wieder auf das Papier, immer auf dieselbe Stelle, bis die Mine schließlich die Oberfläche durchbohrte.

Ein Pfeil verlief quer über die Zeichnung, vom Fenster der Lagerhalle bis zu dem Auto.

»Er hat … alles gesehen!«, rief Stanislas. »Der Mörder … hat alles gesehen! Nicht die Polizei … wird den Raser … finden … sondern der Mörder höchstpersönlich! Du hattest … recht, Bruderherz. Man kann … das Glück nicht … herausfordern! Man kann es nicht!«

Aus seinen Eingeweiden stieg ein teuflisches Gelächter empor.

In diesem Moment musste sich Vigo übergeben …

17

Die dreckige Glühbirne an der Decke wackelte hin und her und warf flüchtige Schatten auf die von dickem Schimmel überzogenen Ziegelsteine. Es stank nach Urin, nach geschlossener Mülltonne, nach verfaulten Organen. Obwohl sich in diesem feuchten Verlies weder Fäkalien noch ein verwesender Körper befanden, hielt sich der Geruch hartnäckig, sickerte wie glitschiger, glänzender Schweiß aus den Mauern.

Éléonore saß zusammengekrümmt auf einer vermoderten Matratze, die übersät war von Härchen und an mehreren Stellen von den Metallfedern durchbohrt wurde, die nur mehr nutzlose, spitze Eisendrähte waren. Ihr Kopf glühte fürchterlich. Vom vielen Weinen brannten ihre Augen, die Tränen hatten eine Spur aus Salz hinterlassen, die sich bis hinunter zu ihren Lippen zog und mit dem Schleim aus der Nase vermischte. Sie spuckte die Tierhaare aus, die ihr an der Zunge und dem Gaumen klebten, und hätte sich beinah übergeben.

Nach und nach hatte sie die in ihrem Unterbewusstsein gespeicherten Bilder geordnet, und nun kehrte die Erinnerung zurück. Das Auto ... Die alte Frau mit den silbergrauen Haaren ... Die Puppen auf der Rückbank ... Das Gemurmel aus dem Radio und dieser ekelhafte Lappen, den man ihr auf die Nase gedrückt hatte.

Diese widerlichen Dämpfe, dann das große schwarze Loch ...

Nachdem Éléonore aus ihrer Erstarrung erwacht war, hatte sie in der Innentasche der Jacke nach ihrem Handy gesucht. Doch ihre Hoffnungen zerplatzten, als sie feststellen musste, dass man es ihr abgenommen und somit ihre einzige Verbindung zur Außenwelt gekappt hatte.

Man hielt sie in einem dunklen Loch gefangen, in dem es nach Leichen roch. Wieder brach sie in Tränen aus.

Vor ihren Augen verschwamm alles zu irrsinnigen Bildfolgen, zu Szenarien, die Stephen King alle Ehre gemacht hätten: Zu welch unglaublicher Einbildungskraft das Gehirn einer Dreizehnjährigen in der Lage ist! Eine leise Stimme, die sie mit zusammengekniffenen Augen zurückzudrängen suchte, wisperte ihr aus tiefster Seele zu, dass ihr Ende bevorstehe, dass sie unter unmenschlichen Qualen sterben werde.

Plötzlich bemerkte sie die perlmuttfarbene Blässe ihrer Finger, das unkontrollierte Zucken ihrer Gliedmaßen und eine große Leere im Kopf. Die Symptome waren eindeutig, der niedrige Blutzuckerspiegel vergiftete langsam ihren Körper. Eine Panikattacke nahm ihr die Luft. Schließlich spuckte sie aus und griff sich an den Hals, wie nach einem unendlich langen Atemstillstand.

Sie versuchte, ihren Atem unter Kontrolle zu bringen, so wie die Ärzte es ihr beigebracht hatten. Durch ihre Krankheit war sie reifer als andere Kinder ihres Alters, mit jedem Sieg über ihre Schwächen hatten sich ihr Charakter und ihre Persönlichkeit gefestigt. Obwohl sie zitterte, hob sie vorsichtig ihren Pullover und das T-Shirt hoch und blickte auf das Display der Pumpe, die mit einem Nylongurt um ihre Taille befestigt war. Die blinkende Anzeige der Insulinrestmenge bedeutete, dass die Ampulle leer war. Dabei hatte, als sie von zu Hause aufbrach, das Insulin noch für acht Stunden gereicht. Wie hatte sie so lange bewusstlos bleiben können? War die Betäubung in einen natürlichen Schlaf übergegangen?

In exakt dreißig Minuten wäre sie nur noch tot aufgefunden worden, weiß wie ein Knochen.

Nach einem Schema, das sie auswendig kannte, entnahm sie ihrem Notfallgürtel eine Schachtel mit sechs Spritzen, die für ihr Gewicht und ihre Art von Diabetes vordosiert waren. Sie suchte nach einer Stelle, wo sie die Nadel unter die Haut stechen konnte – ihr Bauch, die Schenkel und Oberarme waren bereits von roten Schwellungen übersät.

Das schnell wirksame Insulin vertrieb sofort die Totenmaske, zu der ihre Züge bereits erstarrt waren. Durch die Wärme lief ihr Gesicht rot an. Aus einem anderen Ledertäschchen nahm sie ein Stück Traubenzucker und ließ es auf der Zunge zergehen …

Das Leben erblühte unter tausend Blütenblättern, trug den Sieg davon.

Aber für wie lange? Mit den restlichen fünf Dosen, diesen zehn Millilitern, die kostbarer waren als ein Schatz Diamanten, konnte ihr Körper weitere vierzig Stunden lang durchhalten, vielleicht auch weniger, wenn man ihr nichts zu essen gab.

Noch vierzig Stunden, bis sie starb ... Nein ... Noch vierzig Stunden zu leben!

Die Energie des Traubenzuckers spornte ihre Muskeln an und krümmte ihren Körper. Sie stand auf und trommelte gegen eine Holztür. Kein Griff. Er war wohl herausgerissen worden. Nein, man gäbe ihr nicht die Freiheit zurück. Niemals. Man würde sie ...

Sie drehte den Kopf jäh zur Seite, um diesen Gedanken zu verscheuchen. Da fiel ihr Blick auf ein paar unebene Stellen unten an der Wand. Sie kniff die Augen zusammen, wollte nicht glauben, was sie sah. Ihre Zähne knirschten vor Abscheu.

Nein, das ist nicht möglich ... Ein Albtraum. Das kann nur ein böser Albtraum sein ...

Hautabschürfungen. Quer über die bröckeligen Ziegelsteine verliefen purpurrote Streifen. Dazwischen Reste von Fingernägeln, getrocknete Haut.

Jemand hatte sich dort gekratzt. Bis aufs Blut.

Éléonore fiel auf die Knie und presste ihre Fäuste an die Brust.

Man hatte schon andere Menschen hier drinnen eingesperrt, allein auf dieser Matratze zurückgelassen, und ihre Verzweiflung war für alle Ewigkeit durch tiefe Kratzspuren in die Wand geritzt.

Nein, nein ... Beruhige dich ... Das ... waren vielleicht Tiere ... Hunde ... Große Hunde wären dazu durchaus imstande ... Ja, diese Haare auf der Matratze! Es waren Tiere!

Sie durfte nicht weiter nachdenken. Es konnten nur

Tiere gewesen sein, keine Menschen! Wie konnte sie nur so dumm sein?

So beruhigt, wie es jemand sein kann, der lebendig begraben wird, hielt sie ihr Ohr an die Tür. Von Zeit zu Zeit vernahm sie die schleppende Klage eines elektrischen Werkzeugs. Eine Bohrmaschine, Kreissäge oder etwas in der Art. Das Geräusch kam von überall und nirgends zugleich und breitete sich in dem Raum aus. Doch in einem Punkt waren sich Éléonores Sinne einig: Bei jedem Aufheulen des Werkzeugs flackerte die Glühbirne. Das Gerät benötigte, sobald es in Betrieb genommen wurde, ein Maximum an Strom.

Wieder wollte Éléonore um Hilfe rufen. Sie stürzte zu der Matratze und schrie aus Leibeskräften. Dann fing sie erneut an. Wieder ... Wieder ... Und wieder ...

Zu allem Überfluss meldete sich nun auch noch ihre Harnblase. Die heimtückische Krankheit zwang sie, ständig zu trinken und Wasser zu lassen. Sie drückte die Beine zusammen und spannte die Bauchmuskeln an, um den Drang zu beherrschen. Wenn sie sich nass machte, würde die Frau gewiss zornig werden. Dieser Keller, der so düster, so finster und verfallen war, konnte nur die Höhle einer Verrückten sein.

Diese Verrückte mit ihren alten Puppen.

Das Brennen in ihrem Unterleib war so heftig, dass Éléonore aufgab und sich an der Wand gegenüber erleichterte. Der abscheuliche Geruch der warmen Flüssigkeit kam noch zu dem herrschenden Gestank hinzu.

Sie rollte sich auf ihrer Matratze zusammen und starrte auf die rotgetönte Glühbirne. An den Schwankungen der Leuchtstärke konnte sie erkennen, dass ihre Entführerin noch nicht auf dem Weg zu ihr war und sie im Moment nichts zu befürchten hatte. Doch sobald die Schatten aufhörten zu tanzen ... Éléonore verspürte starke Schmerzen im Unterleib, als würden ihre Eingeweide zerfressen. Die Angst ... Die Angst infizierte ihren Körper auf gefährliche Art.

Sie atmete tief ein und richtete die Aufmerksamkeit auf ihre Insulinpumpe. Sie löste den Spanngurt von der Taille, zog den Katheter, der unter der Haut ihrer Brust steckte, vorsichtig ab und steckte den nutzlos gewordenen Apparat in die Tasche.

Zu dem Gefühl der Furcht gesellte sich nun ihr fester Wille zu fliehen.

Nein, gebot ihr eine Stimme. *Wenn du versuchst zu entkommen, machst du sie nur wütend, und sie wird dich töten.*

Du musst es versuchen, widersprach eine andere Stimme. *Wenn du hierbleibst, tötet sie dich sowieso, weil du ihr Gesicht gesehen hast!*

Éléonore stützte den Kopf in die Hände. Sie musste fliehen. Sobald der rote Schleier, den die Glühbirne warf, erstarrte, würde sie hinter die Tür schleichen und warten, bis sie sich öffnete. Sie war dünn und schnell und trotz ihrer Behinderung gut im Sprinten. Die Frau mit den silbergrauen Haaren schien groß und ungeschickt zu sein. Und außerdem alt. Sie würde sie nicht kriegen.

Und wenn die Türen abgeschlossen sind?

Dann kletterst du durch ein Fenster. Du springst. Oder versteckst dich ... Vergiss nicht, vergiss niemals, dass du schneller bist als sie ...

Éléonore zog ihre Jacke aus und formte sie auf der Matratze zu einem Oberkörper. Bei dem trügerischen Licht und den Schattenspielen hätte sie noch den Bruchteil einer Sekunde dazu, bis die Frau ihre List durchschaut hätte.

Sie rannte neben die Tür, um ihre Fluchtchancen einzuschätzen. Sie hockte sich in der Ecke auf den Boden, so dass sie im erstbesten Augenblick aus dem Blickfeld der Verrückten fliehen konnte. Es sei denn, die Frau wäre misstrauisch und horchte zuerst in die Winkel. Nicht sehr wahrscheinlich.

Nein, nein, das kann ich nicht, dachte sie. *Sie wird mich auf der Stelle töten!*

Éléonore biss sich auf die Lippen und versuchte, eine andere Möglichkeit zu ersinnen. Wenn sie nur eine Waffe besäße! Einen Stock oder eine Glasscherbe, um ihre Kraft zu nutzen.

Sie hatte eine Idee! Die Insulinspritzen! Zehn Milliliter schnell wirksames Insulin, auf einmal verabreicht, hätte sekundenlange Schwindelanfälle zur Folge, dann, mit ein wenig Glück, ein diabetisches Koma …

Nachdem sie die Spritze gesetzt hatte, müsste sie losrennen, ohne sich noch einmal umzudrehen, ihr Herz zu Höchstleistungen antreiben. An welchem Ort der Hölle hatte man sie eingekerkert? Bestimmt weit weg von jeder Zivilisation. Die Anstrengung der Flucht würde Zucker verbrennen, Brennstoff, würde ihre anspruchsvollen Muskeln verkrampfen. Außerdem war es bestimmt dunkel draußen. Wie sollte sie sich zurechtfinden? Ohne jede Hilfe, ohne ihre Medizin wäre sie bald verloren. Sehstörungen, Zittern, Bewusstlosigkeit, dann … das Koma …

Sie entschied sich für die vorsichtige Variante und steckte zwei Insulinspritzen unter ihr T-Shirt. Das Pfand zum Überleben.

Blieben noch sechs Milliliter … Genug, um die Alte für eine Weile außer Gefecht zu setzen …

Éléonore hielt den Atem an. Die Schallwellen waren verstummt. Das Licht war zu einer Wintersonne in einem Eiszylinder erstarrt.

Sie ist fertig mit ihrer Arbeit, dachte das Mädchen zitternd. *Und jetzt wird sie sich an mich erinnern. Sie muss die Schläge an die Tür vorhin gehört haben! Sie wird herunterkommen, noch wütender als vorher!*

Éléonore kauerte sich in die Ecke, machte sich so klein wie möglich. Sie umklammerte die drei Spritzen mit der Hand, hielt die stählernen Stachel bereit, damit sie sich in den ersten sich bietenden Quadratzentimeter Fleisch bohren konnten.

Sie wird beim Hereinkommen auf dem Boden nachsehen, sie wird dich sehen und töten, du kleine Idiotin!

Sie stürzte zu ihrer Matratze. Wenn sie brav war, der Frau gehorchte, sie nicht verärgerte, konnte sie vielleicht ... Nein! Nein! Sie stand auf, setzte sich wieder. Es ertragen. Handeln. Es ertragen. Handeln. Es wagen, es hinnehmen. Sterben.

Die Stimmen in ihrem Kopf machten sie verrückt. Sie stürmte auf allen vieren zu ihrer Jacke und wirbelte sie am Ärmel über dem Kopf. Das Kleidungsstück traf die Glühbirne, die zu einem scharfkantigen Regenguss barst. Die Finsternis verschlang den Raum und schluckte alles, was den Menschen mit dem Leben verband.

Den Tränen nahe, tastete sich der Schatten im Dunkeln an der Wand entlang, trat in den Urin und erreichte seinen Schicksalsposten.

Zu allem bereit, um die vierzig Stunden Leben zu verlängern ...

18

Eine Nacht auf dem Kommissariat ähnelt dem EKG eines Patienten mit unregelmäßiger Herztätigkeit, den man mit Hilfe kräftiger Elektroschocks wiederzubeleben versucht. Eine Abfolge von Höhen und Tiefen, genau wie die Kurve von Lucies Wachzustand. Oder besser ihres Dämmerzustandes. Denn trotz der Flut von Ereignissen in den letzten Stunden übermannte sie der Schlaf. Bei jedem Telefonklingeln oder dem Quietschen einer Tür ertappte sie sich dabei, wie sie, ihr Gewicht ausbalancierend, auf dem Stuhl saß, mit dem Kinn auf der Brust und offenem Mund. Zugleich tauchte ein Strudel grauenhafter Bilder vor ihr auf. Wolfsmäuler, Finger ohne Haut, das Lächeln auf der Leiche eines kleinen Mädchens.

Die beiden jungen Leute, die wegen eines Einbruchs Strafanzeige erstatten wollten, mussten sie für einen Zombie halten, einen Junkie, der aus einer psychiatrischen Anstalt entflohen war und sich Haldol gespritzt hatte. Oder aber für das personifizierte Gähnen.

Drei Stunden musste sie noch herumkriegen, bis sie ins Bett fallen konnte. Über zehntausend Sekunden. Verrückt, wie so ein natürlicher Reflex wie der des Schlafes zur Obsession werden kann. Zum Glück blieben die Zwillinge heute bei ihrer Mutter, so lange, bis sie ihre Batterien wieder aufgeladen hatte.

In ihrem Kopf wirbelten die Gedanken durcheinander. Der Kommissar hatte sie, bevor er sich spät in der Nacht auf den Heimweg machte, darüber informiert, dass am frühen Abend ein Mädchen verschwunden war, das an Diabetes litt und aus einer einfachen Familie stammte. Der Gedanke, dass es sich hierbei um eine Entführung handelte, und darüber hinaus in Betracht zu ziehen, dass hinter den Entführungen von Mélodie Cunar und Éléonore Leclerc derselbe Täter stand, war reichlich gewagt. Doch schon bald kamen der Brigadierin Bedenken. Die Anordnung von Mélodies Leiche, die Durchführung eines Rituals, bei dem sich hinter dem Lächeln einer *Beauty Eaton* eine grausame Hinrichtung verbarg – wie Colin überprüft hatte, gehörte der Morgenrock sehr wohl der kleinen Cunar, das rote Band jedoch war hinzugefügt worden –, sprachen dafür, dass ein grausam veranlagter Geist dafür verantwortlich war. Eine schwarze Seele, die irgendwo in den schleichenden Nebeln von Dunkerque frei umherlief.

Woran hatte der Mörder gedacht, als er diesen unschuldigen Hals berührte? Warum hatte er die Haare gebürstet, sich so lange und ohne irgendein Anzeichen von Wut neben der Leiche aufgehalten, während das Geld vor seinen Augen verschwand? Oder hatte es ihm eine Erektion verschafft, mit anzusehen, wie das Kind seine letzten Atemzüge tat?

Er hat versucht, ein Ziel zu erreichen, einer Wahnvorstellung Ausdruck zu verleihen. Zunächst mit den Kleidern, dann durch seine Macht über das kleine Mädchen. Vielleicht hatte dieser Ledergeruch eine besondere Bedeutung. Gerüche und Farben verstärken eine Wahnvorstellung noch, tragen dazu bei, eine fiktive Welt Wirklichkeit werden zu lassen. Dann kam … der Übergang zur konkreten Tat … War das Geld nur ein unbewusster Vorwand für die Entführung, ein Mittel, um diesen Schritt zu wagen? Und jetzt … ist die Grenze überschritten, die Puppe hat sich in eine Hornisse verwandelt und ist begierig darauf, zuzustechen … Deshalb hat er von vorne angefangen …

Lucie verwarf diesen hirnrissigen Gedanken rasch. Wieder einmal ließ sie sich hinreißen von den literarischen Wälzern, den Werken zur Kriminologie, die in den Windungen ihres Gehirns gespeichert waren. Ihre übersteigerte Leidenschaft für Serienmörder, die heimliche Verehrung, die sie ihnen entgegenbrachte, nahm immer weiter zu. Edmund Kemper, Richard Ramirez, Ted Bundy … makabre Idole … Wie konnte man nur irgendeine Art von … Faszination für diese abscheulichen Menschen empfinden?

Ihre Kopfschmerzen wurden stärker, sie nahm eine Packung Aspirin aus der Jacke und warf zwei Tabletten in ein Glas Wasser. Bei der Gelegenheit leerte sie ihre Taschen aus. Kaugummipapiere, Kassenbons, ihr kleines Heft mit den Eselsohren, der Rest einer Tafel Schokolade und ein Taschenspiegel.

Beim Anblick ihres Spiegelbildes wachte sie endgültig auf. Ihre Augen waren verquollen, unter den ausgemergelten Zügen traten die Backenknochen hervor. Nachdem sie unauffällig in Richtung der Verkehrspolizisten geschaut hatte, befühlte sie ihre Brüste. Durch das Abstillen waren sie wie Butter in der Sonne geschmolzen und mussten sich nun mit der Körbchengröße 70 B bescheiden, ganz im Gegensatz zu ihrem Hintern, der keinerlei Einbußen erlitten hatte. Die oben unentbehrlichen Kilos rutschten unerbittlich nach unten.

Ein Stoß beförderte den Spiegel ans Ende des Schalters. Mit diesem Gesicht und ihrem von der Entbindung ruinierten Körper würde so bald kein Mann ein Auge auf sie werfen oder das sexuelle Verlangen stillen, das sie immer stärker empfand.

Du lebst völlig abgekapselt, gehst mit den Mädchen nicht einmal mehr ans Tageslicht, wie willst du da dein Glück finden? Wenn das so weitergeht, werden deinem Kopf Flügelhauben entwachsen wie bei einer Nonne!

Das war also nun ihr Leben? Plackerei am Tage, stürmische Nächte?

Nachdem das Aspirin ihre Kopfschmerzen vertrieben hatte und sie bei einem guten Kaffee auf andere Gedanken gekommen war, begann sie übertrieben langsam ihr Heft durchzublättern, um die Zeit totzuschlagen.

Die beschriebenen Seiten dokumentierten ihr inneres Chaos. Die Anzahl der Liter Milch, die sie kaufen musste, Adressen von Kinderärzten, Windelmarken, das

Datum des ersten Lächelns oder das des letzten Termins beim Gynäkologen. Beim Lesen der Notizen entstand vor ihren Augen ein Bild aus verblassten Erinnerungsfetzen, die ihr bewusstmachten, wie sehr die Zeit verflog.

In dem Heft schilderte sie, mal bewegt, mal wütend, das Durcheinander ihrer Vergangenheit, jedes Wort war begleitet von einer Idee, einer Erinnerung, Gerüchen, Lachen, Tränen. Sie träumte vom einfachen Glück, von ihren Mädchen, von bezahlten Krediten, einem Garten mit Rhabarber, Tomatensträuchern, Himbeeren, doch ihre Wirklichkeit sah vollkommen anders aus. Einsamkeit, schlaflose Nächte, die Suche nach dem Bösen …

Ach! Die habe ich ja völlig vergessen! Diese verrückten Sprayer, diese arbeitslosen Typen, die sich in ihrer Verzweiflung am Blech ausgetobt haben! O nein! Den Bericht muss ich auch noch tippen! Später … Vielleicht vergisst Norman ja, ihn anzufordern … Und außerdem interessiert er sowieso niemanden!

All die Notleidenden auf der Straße waren natürlich bedauernswerter als sie. Mit der Region ging es bergab, man entließ die Leute in großem Umfang. Roubaix, Armentières, Valenciennes verdarben die Statistiken. Die Fachleute, die mit den Zahlen spielten, versicherten, dass die Arbeitslosenzahlen stagnierten, während sie in Wirklichkeit rasch anstiegen. Das sah Lucie sehr wohl. Die allgemeine Unzufriedenheit reichte bis in den Industriehafen von Dunkerque.

Als neben dem Schalter eine Tür zuschlug, hätte die schlaftrunkene Brigadierin beinah einen Herzanfall erlitten. Eine Frau mit Reinigungsmitteln kam herein. Undefinierbares Alter, so stark geschminkt, dass ein Kreidesteinbruch hätte neidisch werden können, gelbe Gummihandschuhe, die bis über die Ärmel eines altmodischen Pullovers reichten. Die Ikone des schlechten Geschmacks war urplötzlich aus tiefster Dunkelheit aufgetaucht.

Die hier ist wirklich zu bedauern! sagte sich Lucie beruhigt. *Obwohl ... Sie hat schöne Augen, eine schlanke Figur. Vielleicht gefällt sie sogar den Männern. Jedenfalls hat sie bestimmt mehr Sex als du. In deiner Verfassung machst du nämlich höchstens einer ägyptischen Mumie Konkurrenz!*

Die Frau zuckte ebenfalls zusammen, als sie sich umdrehte.

»Oh! Ent...schul...digen Sie«, stammelte sie und blickte zu Boden. »Ich ... arbeite erst seit ein paar Tagen hier ... In den Unternehmen, in denen ich sonst geputzt habe, ist man um diese Uhrzeit selten jemandem begegnet ...«

»Hier gibt es keine Nacht«, lächelte Lucie und brach ein Stück Schokolade ab. »Kriminalität kennt keine festen Zeiten.«

»Stört es Sie, wenn ich hinter dem Schalter saubermache? In zwei Stunden muss alles blitzblank sein, sonst ... Ihre Chefs sind alles andere als brave Chorknaben. Zwischen all den Männern haben Sie bestimmt nicht viel zu lachen ...«

Lucie nickte geistesabwesend. Die lichten Momente, die sie noch hatte, konzentrierten sich auf die etwa zehn Quadratzentimeter, auf denen sie ihre letzte Bemerkung notiert hatte, dreifach mit Kugelschreiber unterstrichen: »Die Sprayer sind besonnen ... Sie haben den Fehler behoben, der uns auf die richtige Spur hätte bringen können.«

Es waren zwei Sprayer, erinnerte sie sich. Laurel war vom Eifer geblendet, aber sein Komplize Hardy hatte den Fehler wahrscheinlich mit den Resten der Spraydose beseitigt. Warum hatte er die Nachricht entfernt?

Pah! Das sind doch nur harmlose Typen voller Rachsucht, die ihrer Wut Ausdruck verleihen wollten, dachte sie lächelnd und schloss ihr Heft.

Sie hielt abrupt inne. Ihr drehte sich der Magen um.

Nicht vom Kaffee oder der Schokolade ... Nein, es war etwas anderes ...

Dieser Scharfsinn, einen verdächtigen Schriftzug auszuradieren, mitten in der Nacht, in diesem Auflodern von Hass.

Dieser Scharfsinn, verdächtige Scheinwerfersplitter aufzusammeln, mitten in der Nacht, in größten Schwierigkeiten.

Zwei identische Impulse, in derselben Nacht, wenige Kilometer voneinander entfernt.

Eine beunruhigende Übereinstimmung.

»Alles nur Vermutungen!«, brummelte sie vor sich hin.

»Reden Sie mit mir?«, fragte die Putzfrau.

»Ähm ... Nein ... Ich habe nur laut nachgedacht ...«

»Das passiert mir auch oft. Die Einsamkeit kann einen schon mal verrückt machen.«

Lucie war schon wieder in ihre Schlussfolgerungen vertieft. Norman ... Leutnant Norman hatte davon gesprochen, dass es sich möglicherweise um zwei Raser handelte, weil die Leiche hochgehoben wurde und der Mörder nicht eingegriffen hatte.

Eine weitere Gemeinsamkeit.

Lucie befeuchtete ihre Lippen. Ein Punkt war nicht stimmig. Warum hätten die Sprayer mit ausgeschalteten Scheinwerfern in den Windpark fahren sollen?

Vielleicht hat ihnen jemand Angst eingejagt. Sie sind überrascht worden, haben die Flucht ergriffen und sind in dem Gewirr des Industriegebiets untergetaucht. Ein Verfolgungsrennen, wie Raviez schon angedeutet hat!

Nachdem sie Cunar überfahren hatten, mussten sie das Geld entdeckt haben. Ein Geschenk des Himmels für zwei Arbeitslose. Das Geld hätte nicht gelegener kommen können.

Lucie rutschte auf ihrem Stuhl herum, unbeeindruckt vom Hin und Her des Scheuerlappens unter ihren Füßen und den Mengen billigen Parfums, mit dem sich die Putzfrau eingesprüht hatte. Die Szene lief zum x-ten Mal vor ihren Augen ab. Der Raser, der versucht, Cunar auszuweichen. Der Zusammenprall. Das Verschwinden der Leiche und des Geldes. Alles passte zusammen.

Die Liste mit den Entlassungen! Die Sprayer stehen bestimmt mit darauf! Und das heißt die Raser ebenfalls!

Lucie verließ ihren Posten und stürmte die Stufen zum ersten Stock hinauf. Norman hatte darum gebeten, ihm die Liste mit den entlassenen Personen des Stahlwerks Vignys zuzufaxen, »der Form halber!«, hatte er gescherzt. Wie viele Namen? Etwa hundert, erinnerte sie sich.

Lucie tobte vor Wut. Die Bürotür war abgeschlossen. Die Kollegen mitten in der Nacht zu stören kam nicht in Frage, denn wenn sie sich irrte …

Doch sie irrte sich nicht.

Die Sprayer waren zu gründlich, zu vorsichtig. Hätten sie diese Schrift nicht wieder durchgestrichen oder die Scherben des Scheinwerfers nicht aufgesammelt, der Zusammenhang wäre niemals hergestellt worden.

Ohne sich dessen bewusst zu sein, hatten sie ihre Taten unterschrieben.

Ihre Unterschrift war ihre Perfektion …

19 Mehrmals schon hatten heftige Muskelkrämpfe Éléonore gezwungen, sich hinzulegen. Wie lange versteckte sie sich bereits hinter dieser Tür, die Spritzen fest umklammert? Vier, fünf Stunden?

War es Nacht? Tag? Egal. Nur eine Zahl war wichtig. Fünfunddreißig. Noch fünfunddreißig Stunden zu leben. Höchstens.

Während dieser Phase geistiger Agonie waren blutige Bilder durch ihren Kopf gezogen, brutale Filmsequenzen, Bruchstücke von Nachrichten, in denen es um Entführung, Pädophilie, Todesfälle ging. Erst vor kurzem hatten ihre Eltern sie ermutigt, die Acht-Uhr-Nachrichten anzuschauen, den Prozess um das Monster von Charleroi zu verfolgen, damit ihr bewusst wurde, wie gefährlich es war, sich mit Fremden einzulassen. Nun traf diese Welle des Entsetzens sie mit voller Wucht. Sollte sie überleben, so würde sie aus dieser Erfahrung vor allem eine große Lehre ziehen: »Das passiert nicht nur den anderen.«

Ihr Hals war ganz trocken vor Durst. Noch zweimal hatte Éléonore in die gegenüberliegende Ecke uriniert, doch der Geruch störte sie nicht mehr. In den Händen hielt sie die Kunststofffläschchen mit dem Insulin, dieser unglaublichen Fähigkeit, mit einer einfachen Bewegung des Daumens Leben einzuflößen. Das Spritzen gehörte zu ihrem Alltag, genauso wie das Zähneputzen. Eine Aufgabe wie jede andere, mehr nicht. Abgesehen davon, dass noch niemand gestorben ist, weil er vergessen hat, sich die Zähne zu putzen.

Plötzlich vernahm sie ein leichtes Vibrieren. Dort draußen war etwas in Bewegung! Dann der kurze Übergang von der Wahrnehmung zur Realität: das Geräusch von Schritten! Schwer und furchterregend. Im Dunkeln erahnte sie ein letztes Mal die Matratze. Noch war Zeit, den Plan aufzugeben, ihr Leben nicht zu gefährden. Denn wenn ihr Vorhaben misslang …

Éléonore machte sich so klein wie möglich, presste die Oberschenkel an die Waden, bereit, loszustürzen. Ihre vom langen Warten verkrampften Muskeln taten ihr weh, selbst die Adrenalinströme konnten die Schmerzen nicht verdrängen, das Blut pochte in ihren Schläfen.

Als die Angeln quietschten, konnte sie ihre Blase nicht mehr kontrollieren und besudelte sich bis zu den Schuhsohlen. Ein Spalt in der Tür … Ein schräger roter Lichtkegel … Im Eingang zum Kerker stand ein übergroßer Schatten … Das Monster der Finsternis …

»Tu nicht so, als würdest du schlafen! Ich habe dich gehört, kleines Miststück! Komm her zu mir! Wir haben eine Aufgabe zu erledigen!«

Jetzt oder nie! Éléonore stieß die stählernen Stachel in den rechten Knöchel und drückte voller Hass auf die drei Kolben.

Es gelang ihr nicht, ihre Fluchtpläne in die Tat umzusetzen. Als sie gerade aus ihrem Gefängnis schlüpfen wollte, packten kräftige Finger ihr Haar. Sie wurde mitten im Anlauf abgebremst, glaubte, ihr Schädel würde zerplatzen. Sie schrie aus Leibeskräften.

»Dreckiges Luder!«, schrie die Gestalt noch lauter.

Éléonore versuchte erfolglos, der Ohrfeige auszuweichen, die ihr beinah den Kopf abgerissen hätte. Leuchtende Punkte explodierten unter ihren Augenlidern, als sie mit voller Wucht gegen eine Wand prallte. Die Frau fluchte, während sie die Spritzen auf dem Betonboden zertrümmerte.

»Was hast du mir da gespritzt? Ich schneid dir die Gurgel durch, verdammte Hure! Warte nur!«

Dumpfe Schläge, verzerrte Schreie, das Kratzen einer Klinge. Immer näher. Éléonores Augen waren weit geöffnet, um sich das Bild des Wahnsinns einzuprägen. Das Raubtier richtete sich vor ihr auf, das Gesicht im Schatten, mit ranzigem Atem, ein gezahntes Messer hoch über dem Kopf.

Das war das Ende. Der Arm fuhr bereits nieder.

Éléonores letzter Gedanke galt ihrer Mutter …

Die Waffe traf zehn Zentimeter neben ihrer linken Wange auf. Mit einem langen heiseren Schrei stürzte die Riesin zu Boden.

An allen Knochen zitternd hielt sich Éléonore an einem in die Wand eingelassenen Ring fest und schaffte es kaum, sich aufrecht zu halten. Die rote Glühbirne wurde größer, dann wieder kleiner, im Rhythmus des Blutes, das durch ihre Organe strömte. Verwirrt und völlig verängstigt richtete Éléonore ihre Aufmerksamkeit auf das halb offen stehende hölzerne Rechteck am anderen Ende des Raumes, der genauso aussah wie der Keller, den sie gerade verließ.

Noch eine Tür.

Sie ballte die Fäuste, stieg über die leblose Masse hinweg und rannte auf ihr Ziel zu. Sie keuchte und ihre Lungen drohten zu platzen. Die Angst zerfraß ihre Eingeweide und steigerte ihren Willen zu fliehen. Nachdem sie den hölzernen Schutzwall überwunden hatte, lief sie einen endlosen Gewölbegang entlang, der mit Spinnweben bedeckt war, durchbrochen wurde von schweren Türen, von Glühbirnen durchbohrt, wie blutverschmierte Wirbel eines dämonischen Tieres. Ab und zu waren in die Wände Löcher eingelassen, die ein schwaches Licht erhellte. Éléonore wagte einen Seitenblick. Gläser standen darin … Gefüllt mit einer klebrigen Substanz … Keine Zeit, genauer hinzuschauen, sie waren zu hoch. Sie setzte ihre Flucht fort, ohne sich noch einmal umzusehen.

Plötzlich wurde der Boden weich, es gab ein knirschendes Geräusch. Ihre Füße sanken ein …

Rinde. Tausende von Kiefernrinden bedeckten den Boden, waren aufgetürmt zu bräunlichen Haufen. In diesem Zentrum des Labyrinths roch es nach Leder. Éléonore erinnerte sich … Der penetrante Gestank aus dem Auto hatte seinen Ursprung also hier, mitten in den Katakomben, hinter einer der Türen … Ihr drehte sich der Magen um, sie verlangsamte ihren Schritt. Kratzende Geräusche … Sie vernahm kratzende Geräusche. Dort, überall, ringsum. Jemand musste dort schürfen …

Ihre Hände gruben sich in die Hüften, ihre von den Ausdünstungen des Leders ausgetrocknete Kehle schnappte nach Sauerstoff, der ebenso knapp war wie Licht.

»Ist … Ist da jemand?«

Auf ihr Rufen hin setzte Stille ein. Hinter einer dieser Festungen aus Holz musste man sie gehört haben … Und wenn dort in der Dunkelheit noch andere Kinder festgehalten wurden, die derart verängstigt waren, dass sie beim kleinsten Geräusch einer Stimme verstummten?

»Antwortet! Wer ist da? Antwortet doch!«

Sie zögerte, hüpfte hoch, um den zu weit oben angebrachten Riegel zu erreichen.

»Ich … schaffe … es nicht … Ich schaffe es nicht!«

Völlig außer Atem drehte sie sich um. Immer noch niemand.

»Ich … heiße Éléonore … Ich werde euch helfen!«

Mit dem Fuß schob sie die Rinden vor der Tür zu einem Hügel zusammen, um sich darauf zu stellen. Doch selbst auf Zehenspitzen konnte sie sich nur wenige Zentimeter größer machen. Man sagt, der menschliche Wille könne Mauern einreißen. Hier nicht.

»Es … Es tut mir leid …«

Sie lief nun wieder schneller, ganz auf ihr Ziel konzentriert: das Ende des Tunnels.

Ich ... werde die Polizei ... benachrichtigen ... Sobald ich ... hier ... raus bin. Sie werden ... euch ... retten ...

Endlich liefen alle Wege bei einer gemauerten Wendeltreppe zusammen, die sich in weiteren Tiefen wand oder in die Dunkelheit emporführte. Ohne nachzudenken, kletterte sie so schnell, wie ihr zierlicher Körperbau es zuließ, hinauf, hätte sich dabei ein paarmal beinah den Hals gebrochen, als sie auf den feuchten Steinen ausglitt. Es gab mehrere Stockwerke. Weitere Gänge führten in verbotene Finsternis. Wie viele Türen und Keller? Wozu dienten diese makabren Verliese? In was für einem der Mythologie entlehnten Labyrinth hatte man sie eingesperrt?

Mit stechender Brust kämpfte sie sich mühsam voran, den Blick jetzt auf das helle Quadrat gerichtet, das ein paar Meter über ihr aufgetaucht war. Gleich hätte sie es geschafft!

Noch zehn Stufen bis zur Freiheit!

Der finstere Schatten, der sich plötzlich ins Licht schob und auf ihr tropfnasses Gesicht fiel, nahm ihr jeglichen Lebenswillen. Von dem widerlichen Gemisch aus Lauten, die aus dem fremden Mund drangen, verstand Éléonore nur diese Worte:

»... hab ich's mir doch gedacht ...«

20

Das Klingeln des Telefons erschien zunächst weit weg, aufgelöst im Nebel der Träume, dann kam es immer näher. Lucie blieb noch einen Moment in der Schwerelosigkeit kurz vor dem Erwachen, bis ihr schlagartig bewusst wurde, dass diese schrillen Klänge aus der realen Welt zu ihr drangen. Schlaftrunken stolperte sie zum Telefon. Auf dem Display des Anrufbeantworters blinkte die Ziffer »3«. Wie hatte sie so tief schlafen können, dass sie das Telefon nicht gehört hatte?

Frohe Weihnachten! wollte sie rufen. Sie fühlte sich fit, sprudelte über vor positiver Energie. Wie lange hatte sie geschlafen?

»Lucie? Hier spricht Pierre Norman! Was treibst du?«

»Was ... Pierre? Aber w...«

»Du solltest dich etwas beeilen! Wir fahren in den Zoo von Lille, ich hol' dich in zehn Minuten ab! Hier brennt es! Meinst du, das wird gehen?«

Lucie gähnte herzhaft.

»Hmmm ... Entschuldige, Pierre, aber ich habe geschlafen. Ich verstehe nicht ganz, was du sagen willst. Es ist Weihnachten, und das Kommiss...«

»Weihnachten? Hast du zu viel Champagner getrunken oder was? Das war gestern! Heute ist Freitag, halb zehn Uhr morgens. Zieh dir Zivilkleidung an! Ich komme gleich vorbei!«

Lucie starrte auf das Zifferblatt ihrer Uhr. Die Datumsanzeige stand auf »26. Dezember«.

»Aber ...«

Sie legte auf, als sie merkte, dass Norman nicht mehr in der Leitung war. Siebenundzwanzig Stunden Schlaf an einem Stück ... Darum fühlte sie sich wie neugeboren.

Du verblüffst mich! Im Vergleich zu dir ist jeder Siebenschläfer ein Witz!

Die Gedanken, die ihr gleichzeitig durch den Kopf rasten, explodierten.

Die Zwillinge! Mist!

Sie hörte die Nachrichten ihrer Mutter ab, wählte in Panik ihre Nummer, um sich nach den Mädchen zu erkundigen, versprach, sobald wie möglich vorbeizukommen, sammelte die Post ein, die seit mehreren Tagen im Briefkasten lag, und öffnete die Eingangstür einen Spalt.

Rechnungen … Rechnungen … Rechnungen …

Super! Ihnen ebenfalls Fröhliche Weihnachten …

Sie stellte sich unter die heiße Dusche.

Was bist du nur für eine verantwortungslose Mutter, was für eine unwürdige Tochter! dachte sie lächelnd, während sie in den Dampfschwaden verweilte. *Was Mama wohl denkt? Und so weiter und so fort! Ich kann sie schon hören!*

Die junge Frau ließ ihre Schultern unter den Wasserstrahlen kreisen, schwenkte ihre Brüste hin und her, strich mit der flachen Hand ihren Bauch glatt und deutete eine Beinbewegung à la Marilyn Monroe an. Ein Meter neunundfünfzig in voller Frische, der Star des Badezimmers.

Gar nicht so schlecht, meine Große! Nicht mehr ganz knackig, aber doch beinahe! Noch ein bisschen zu tun, um einen Kerl aufzureißen!

Sie konnte sich nicht von dem belebenden Wasserstrahl lösen, gab sich unbewussten Trieben hin, einem großen Verlangen. Die Tür stand offen, Norman konnte jeden Moment hereinkommen …

Genau …

Bist du bescheuert, was ist in dich gefahren? Du findest diesen Typen nicht gerade attraktiv! Und selbst wenn. Man verguckt sich nicht in seine Vorgesetzten!

Ihr Körper verschwand unter Bergen von Schaum. Ihre Gedanken wurden vom Leutnant magisch angelockt. Der rothaarige Polizist gehörte zu jenen hybriden Wesen, diesen geheimnisvollen Zentauren, von denen man nicht wusste, ob man angezogen oder abgestoßen sein sollte, wenn man sich ihnen näherte, sie berührte, sie streichelte.

Hör auf! Du bist ja völlig verrückt! Jetzt sprichst du schon von Zärtlichkeiten! Schlimmer als eine Rauschgiftabhängige auf dem Trip!

Etwas verschämt zog sie die Plexiglasscheibe vor. Ihr Herz pochte angenehm, ihre Muskeln waren angespannt vor Erregung. Sie dachte an dieses Weihnachtsfest, das sie unter ihrer Daunendecke verbracht hatte. Ein Symbol für das Chaos in ihrem Leben …

Plötzlich vernahm sie durch die Dampfschwaden eine tiefe Stimme, vor der Badezimmertür löste sich eine flüchtige Gestalt in Luft auf.

Das war nicht Normans Schatten. Jemand anders. Sehr viel größer. Ein Riese.

Mit stockendem Atem band sich Lucie eilig ein Handtuch um.

»Ist … Ist da jemand?«

Keine Antwort. Hatte sie geträumt?

Nein! Natürlich nicht! Ein Fremder war bei ihr eingedrungen!

»Bitte … Wer … ist da?«

Sie glitt zum Waschbecken, ging in geduckter Haltung, eingehüllt in ihr Handtuch, an der feuchten Wand entlang.

»Immer noch nicht fertig? Ha! Die Frauen!«

Beim Klang der Stimme, die aus dem Wohnzimmer tönte, erstarrte Lucie. Sie hatte sofort den typischen Tonfall von Kapitän Raviez erkannt.

Nicht möglich! Nein! Er … er kann dich nicht gesehen haben! Wie peinlich!

Die Haare auf ihren Unterarmen sträubten sich.

»Ich … Ich komme, Kapitän! Ich ziehe mich schnell an! Neh… Nehmen Sie sich in der Küche einen Kaffee!«

Was passiert war, war passiert und ließ sich nicht ungeschehen machen. Auch wenn sie so tat, als sei nichts gewesen, so hatte er sie dennoch gesehen. Sie empfand Scham.

»Ich setz dich beim Zoo ab!«, rief der Kapitän aus dem Wohnzimmer.

Lucie kam nur mühsam wieder zu sich. Ein Zoo ... Hatte sie etwas nicht mitbekommen? Raviez fuhr fort:

»Norman war wie besessen von diesem Wolfshaar, also hat er gestern den ganzen Tag lang die Akten durchstöbert. Der Direktor des Zoos in Lille hat zweimal Strafanzeige erstattet! Wegen Diebstahls. Unter anderem wurde ein Wolf gestohlen!«

»Ein ... ein Wolf gestohlen?«

Raviez schaute sich neugierig im Wohnzimmer um. Dunkle Tapeten, unförmige Statuen aus Afrika, doppelte Vorhänge in verblichenen Farben. Überall Bücher. Auf dem Tisch, dem Fernseher, unter den Sofakissen. Auf den Buchdeckeln Blut, haarsträubende Titel. *Geschichte des Kannibalismus. Auf der Schneide des Skalpells. Psychologie der Folter.*

Stutzig geworden ging er zu einem Schrank aus Teakholz, dessen Scheiben durch getönte Gläser ersetzt worden waren. Er presste seine Nase gegen die schwarze Oberfläche und erkannte durch sein eigenes Spiegelbild hindurch eine kompakte, undefinierbare Masse. Seine Neugierde war geweckt, er zog am Griff. Abgeschlossen ...

»Die Experten vom Programm *Trace Loup* haben geantwortet!«, fuhr er fort, während er von verschiedenen Winkeln aus das Möbelstück inspizierte. »Die Unterart des Wolfes lautet *canis lupus albus*, so einer ist auch verschwunden! Und das ist noch nicht alles! Letzten Monat wurden vier Kapuzineraffen gestohlen! Die übrigen hat man abgeschlachtet! Kannst du dir solch einen Wahnsinn vorstellen?«

Lucie dachte eine Weile nach, dann antwortete sie:

»Das ist doch völlig absurd! Erst der Wolf, dann die Affen? Und … ein Gemetzel, sagten Sie? Was halten die Kollegen aus Lille davon?«

Während er die Tür zum Badezimmer im Blick behielt, schaute Raviez in eine halbgeöffnete Schublade. *Manuskript des heiligen Markus.* Darunter ein jahrhundertealtes obskures Schriftstück mit dem Titel *Schwarze Magie, Pakt mit dem Teufel.* Dann eine Originalabbildung der *Schlange Ouroboros*, wie sie sich, den Schwanz im Maul, endlos verschlingt. Als Raviez sich bückte, entdeckte er einen Pappkarton, zog ihn heran und schloss ihn ebenso schnell, wie er ihn geöffnet hatte. Er, der starke Mann vom Dienst, erschauderte.

»Kapitän?«

»Ähm … Nichts … Nichts von Bedeutung! Die Akte ist in ihren Schubladen verlorengegangen … Norman hat die Gelegenheit genutzt, um seine Ermittlungen auf die anderen Zoos im Norden auszudehnen.«

»Und?«

»Die gleiche Vorgehensweise im Zoo von Maubeuge, vor sechs Monaten! Fünf Wallabys wurden abgeschlachtet, zwei gestohlen!«

Lucie zog die Augenbrauen hoch, während sie sich die Haare mit einem Frotteetuch trocknete.

»Wallabys? Diese Zwergkängurus?«

»Genau! Vielleicht versucht irgendein Verrückter, die Arche Noah nachzubilden!«

Lucie rieb sich die Schläfen. Bleierner Schlaf hatte sie von den Ermittlungen ferngehalten, aber jetzt wurde sie unsanft von den Fakten eingeholt. Verschwommen kehrte ihre Erinnerung zurück. Mélodie Cunars Leiche, die der Mörder in sitzender Stellung angeordnet hatte, mit den Händen zwischen den Schenkeln. Die *Beauty Eaton.* Das Wolfshaar im Hals. Sie fragte:

»Gibt's was Neues zu den Nadelbaumfasern, die man unter den Sohlen der Kleinen gefunden hat?«

»Ach! Ja! Die Kollegen vom Labor waren auch nicht untätig! Es handelt sich um Kiefern aus den *Landes*!«

»Den *Landes*? Das bedeutet, dass …«

»Nein, wir glauben nicht, dass der Mörder mit dem Kind dort gewesen ist! Wir denken eher, es handelt sich um Kiefernrinden, wie man sie im Garten ausstreut, um Unkraut zu verhindern! Die gibt es in jedem Gartencenter! Wir vermuten, die kleine Cunar ist darauf getreten, bevor man sie in die Lagerhalle brachte!«

»Aber … ich dachte … Norman würde kommen? Er …«

Raviez war mit seinen Gedanken noch immer bei dem Inhalt des Kartons. Der Weihrauch, die schwarze Kerze, die mit Flechtenmoos gefüllte Stoffpuppe, die durchbohrt von Nähnadeln war. Und diese gelockte Haarsträhne in einem Umschlag.

»Was sagst du?«

»Ich dachte, Norman würde kommen!«

»Ich habe um zehn Uhr dreißig im Büro der Spurensicherung in Lille eine Besprechung, wir wollen versuchen, Licht in die Sache zu bringen! Deshalb nehme ich dich mit! Zufrieden?«

Nachdem sie in eine Jeans und einen Rollkragenpulli geschlüpft war und ihr Haar mit Gel geglättet hatte, hastete Lucie in die Küche und ergriff eine Packung Kekse.

»Ich sterbe vor Hunger! ›Wer schläft, der speist‹, so ein Quatsch!«

Er sieht mich anders an als sonst … Er hat meine Muschi gesehen!

Die Brigadierin erzitterte, als sich eine Hand auf ihre Schulter legte.

»Frohe Weihnachten nachträglich, Henebelle ...«

»Ihnen ebenfalls, Kapitän ...«

Er räusperte sich.

»Du ... du hast bis jetzt gute Arbeit geleistet, nicht schlecht für eine Ermittlungsbeamtin! Ich habe dir oft genug Knüppel zwischen die Beine geworfen, aber du weißt, auf dem Revier kann man nicht ...«

»Sie brauchen sich nicht zu rechtfertigen.«

»Sehr gut. Unser Chef hat einige Einheiten aus dem Urlaub zurückbeordert, aber du bleibst im Team. Weit weg von den mühsamen Aufgaben der Ermittlungen vor Ort. Das ist eine Chance für dich, nicht wahr? Jedenfalls bedaure ich es nicht, dich dabeizuhaben ...«

Seine Stimme wurde süß wie Honig, seine eindeutigen Gesten gefährlich wie ein Stachel. Mit einem Keks im Mund drehte Lucie sich um.

»Ach! Das hätte ich beinah vergessen, Himmel Herrgott! Ich habe zu lange geschlafen! Wir müssen Norman anrufen! Ich glaube, ich habe eine Idee, wie wir den Raser identifizieren können!«

Raviez' Schnurrbart zitterte über dem brühend heißen Kaffee. Sein Ehering schlug gegen das Porzellan.

»Machst du Witze oder was? Wir hängen vollkommen fest in der Sache und du ...«

Sie erklärte ihm, auf welche Parallelen sie im Verlauf ihres nächtlichen Deliriums auf dem Revier gestoßen war. Das von zwei Spaßvögeln beschmierte Unternehmen, das wieder durchgestrichene Graffito, die ungefähre zeitliche und räumliche Übereinstimmung mit Cunars Unfall, der Wille und die Intelligenz, die Spuren wieder zu verwischen.

Raviez trank seinen Kaffee in einem Schluck aus. Seine Stirn lag in tiefen Falten. Pro Falte eine Geliebte, sagte der Volksmund.

»Wie viele Verdächtige stehen auf dieser Liste?«, fragte er, plötzlich interessiert.

»Etwa hundert …«

»Wow! Angenommen, du hättest recht, dann müssten wir eine Nadel in einem Heuhafen suchen.« Er versteckte seinen Bürstenhaarschnitt unter einer Rapperkappe. »Ich empfehle dir, das Gleiche zu tun, wenn du dich nicht in einen Eisberg verwandeln willst …«

Er tippte auf die Tasten seines Handys.

»Gut … Ich rufe Norman an, damit er einen Blick auf diese Liste wirft. Es könnte sich lohnen, die Chefs des Unternehmens zu befragen und die Namen mit ihnen durchzugehen, um die Arbeiter herauszufinden, die gewerkschaftlich besonders engagiert waren, und diejenigen, die zu einer solchen Straftat in der Lage sein könnten. Danach sehen wir weiter, je nach verfügbarem Personal und der Anzahl der zu befragenden Personen. Aber ich bin nach wie vor skeptisch.«

Lucie nickte mit verzerrtem Mund. Nachdem er aufgelegt hatte, fragte sie:

»Und, gibt es Neuigkeiten von der kleinen Éléonore?«

»Nichts. Ihr Handy muss zerstört worden sein, weil es kein Signal mehr sendet, das spricht für eine Entführung. Siebzig Gendarmen durchkämmen seit gestern die Gegend. Das große Problem besteht darin, dass die Kleine Diabetes hat, Typ I, das ist der schlimmste. Der Mutter zufolge reicht das Insulin, das sie bei sich trägt, inklusive Pumpe und Notfallspritzen nur für etwa fünfzig Stunden. Nun sind aber seit ihrem Verschwinden bereits über sechsunddreißig Stunden vergangen. Wir überwachen die umliegenden Krankenhäuser und Apotheken. Bislang ist uns kein verdächtiger Fall gemeldet worden. Der Kommissar ist äußerst angespannt. Die Presse hat sich auf die Sache gestürzt. Diese Idioten präsentieren die Ermittlungen wie eine makabre Krimiserie. Fehlt nur noch, dass sie bei jeder Nachrichtensendung unten auf dem Bildschirm die noch verbleibenden Stunden anzeigen. Weißt du, wie bei Halloween H-20!«

Lucie stellte sich die Leute vor, wie sie vor dem Bildschirm hockten und auf jede neue Ausgabe der Nachrichten warteten, als guckten sie Reality-TV. Es lief ihr kalt den Rücken hinunter. Nach Ablauf des Ultimatums würde vielleicht ein neues Opfer hinter einer Lagerhalle auf sie warten, verziert mit einem Lächeln *post mortem.*

Das würde dir gefallen, nicht wahr? Gib's doch zu! Endlich hättest du ein Gesicht, das geradewegs aus deinen Büchern entstiegen wäre! Ein echtes!

Nein!

Sie stützte den Kopf in die Hände und fragte:

»Bei dem Entführer von Mélodie Cunar und dem zuckerkranken Mädchen handelt es sich um dieselbe Person, nicht wahr?«

Raviez verlor seine scheinbar gute Laune.

»Diese Möglichkeit schließen wir nicht aus. Zwischen den Mädchen bestehen beunruhigende Gemeinsamkeiten. Beide hatten eine schwere Krankheit und verbrachten viel Zeit in Krankenhäusern. Die eine in Dunkerque, die andere in Le Touquet. Vielleicht reiner Zufall, wirst du sagen, aber die Zufälle häufen sich, warum also nicht? Dazu noch der zeitliche Aspekt. Trotz des Altersunterschieds und der unterschiedlichen sozialen Stellung der Kinder musst du zugeben, dass zwei Entführungen in derselben Gegend, so kurz hintereinander, aus jeglicher Statistik fallen.«

Lucie verschlang ihren zweiten Keks und fragte, nachdem sie geräuschvoll die Krümel aus ihrem Gaumen entfernt hatte:

»Was meinen Sie, warum entführt jemand ein schwerkrankes Kind, das ohne Behandlung hoffnungslos dem Tod entgegensieht?«

»*Diese* Frage beschäftigt uns in der Tat ... Du hast den Kommissar ganz schön aufgewühlt mit deiner Geschichte von den Puppen und Ritualen. Er denkt schon so wie du und betet, dass es sich nur um eine kleine Ausreißerin handelt, um eine Laune der Pubertät. Weißt du, warum?«

Lucie stopfte ihre blonde Mähne unter eine schwarze Wollmütze.

»Ich glaube, ja ... Er befürchtet, dass der Entführer von Mélodie Cunar Gefallen an seiner Wahnsinnstat gefunden hat und nun ... Er könnte sich gezwungen sehen, von vorne anzufangen, um ein bestimmtes Ziel zu erreichen, um eine Wahnvorstellung, die mit den Puppen zu tun hat, zu verwirklichen ... Der Zusammenhang zwischen den Entführungen besteht möglicherweise darin, dass sein Trieb immer mächtiger wird. Die Auswahl eines Opfers kann Wochen dauern, bei bestimmten Psychopathen sogar Monate, unser Mörder jedoch hat kurzentschlossen gehandelt. Es gibt also zwei Möglichkeiten: Entweder gehörte das junge Mädchen zu seinem täglichen Umfeld, oder aber er hat zufällig zugeschlagen ... Ich ...«, sie tippte sich mit dem Zeigefinger an die Schläfe, »ich werde Ihnen nicht das ganze Geschwafel um die Tausenden psychiatrischer Fälle ausbreiten, das die Fallanalytiker zusammengetragen haben. Sein Profil muss zuerst in meinem Kopf reifen.«

Raviez zuckte mit seinen eckigen Schultern.

»Sein Profil muss in deinem Kopf reifen? Ha! Ha! Das ist wirklich gut! Du spielst hier die *Profilerin*, ohne ein einziges Diplom in Psychologie in der Tasche! Du sprichst von Profil, dabei hast du überhaupt keine Erfahrung mit kriminalpolizeilichen Ermittlungen, bist noch nie bei einer Obduktion dabei gewesen, geschweige denn einem richtigen Mörder begegnet!«

»Wie Sie meinen …«

Sie ließ die Stille sprechen, wollte größtmögliche Verwirrung stiften.

»Wissen Sie übrigens, dass die meisten Experten ihre Büros überhaupt nicht verlassen. Die Kriminalpsychologie fasziniert mich seit Jahren. Sammelbände, Abhandlungen, Konferenzen, kenne ich alles. Diplome sind doch nur ein Stück Papier!«

»Jeder macht seinen Job! Unserer ist das Terrain, die Indizien und Beweise! Mit Studentengeschwätz wirst du niemanden verhaften!«

Er wies auf ein Regal, in dem Bücher und DVD's in wildem Durcheinander standen.

»*Sieben* … *Acht Millimeter* … *Freitag der 13* … Und das? Bücher über Kannibalismus, Psychopathen. Holst du dir deine Anregungen aus diesem Sammelsurium von Absurditäten?«

Er ging zu der Schublade mit dem kleinen Pappkarton. Lucie versperrte ihm den Weg.

»Zum Teil, ja«, sagte sie kurz angebunden. »Gehen wir?«

»Und was verbirgst du in diesem Schrank mit den getönten Scheiben? Einen abgetrennten Kopf?«

»Ich suche Antworten auf gewisse Fragen, die ich mir seit meiner Kindheit stelle … Und das geht außer mir niemanden etwas an …«

Während die junge Frau in die Eingangshalle ging, mit der Packung Kekse in der Hand und einer Tafel Schokolade in der Tasche, machte Raviez eine letzte Bemerkung. Die sensationellste der letzten sechs Monate …

»Übrigens, Henebelle ... Vorhin im Badezimmer ... Knackiger Hintern ...«

21

Mitten im Dezember glich der Zoo von Lille einer Geisterstadt, einem Pompeji aus Stahl und Beton, das der beißende Frost versteinert hatte. Im Hintergrund ragten die Türmchen der Zitadelle Vauban wie bedrohliche Vulkane in den Himmel, während im Innern des Parks eisige Böen durch die ausgestorbenen Wege fegten und die Gitterstäbe der leeren Käfige mit ihrem tödlichen Hauch verchromten. Man musste die Augen niederschlagen, um auf dem Grund der schmutzigen Gräben dunkle, haarige Flecken zu erkennen, Kugeln aus unbeweglichem Fell, die aussahen wie zusammengerollte Mäntel.

In dem langsamen Tempo, das ihr Begleiter vorgab, umrundete Lucie das Gehege der Gibbons. Die Primaten, die völlig teilnahmslos im Gewirr der Äste saßen, erinnerten an verfaulte Hülsen. Dann lief die Brigadierin an einer tiefen Nische entlang, wo ein gemächlicher Bär saß, der sie am liebsten vernascht hätte. Im wahrsten Sinne des Wortes.

Die Polizistin folgte einem Klappergestell von etwa fünfzig Jahren, einer Plaudertasche, die einem in Erinnerung rief, warum die Gesellschaft von Tieren manchmal der eines Menschen vorzuziehen ist. Zwei seiner scharfen Eckzähne bohrten sich in seine Unterlippe, sobald er den Mund schloss. Ein besonderes Kennzeichen, mit dem er ein Jahrhundert zuvor der Star auf dem Jahrmarkt der Missgeburten gewesen wäre. »Sehen Sie sich den Walross-Mann an!«

Die tiefe Stille wurde durch ein Heulen erschüttert. Lucie zuckte zusammen. Die Wölfe ...

»Deshalb mache ich diesen Job!«, rief Roy Van Boost, der Veterinär des Zoos, erfreut aus. »Man hört sie nur im Winter heulen, nachdem sie wochenlang Abstand von den wimmelnden Menschenmassen hatten. Hören Sie ... Sie rufen ... Sie weinen ... Sie kommunizieren ... Nachts ist es noch eindrucksvoller ... Meine Babys ...«

»Warum, kommen Sie oft nachts hierher?«

»Die Dunkelheit birgt die Geheimnisse der Menschheit ...«

Instinktiv kuschelte Lucie sich noch tiefer in ihre Jacke, vergrub die Hände in den Taschen. Diese schmerzerfüllten Laute erweckten Unbehagen in ihr, brachten alte Ängste zutage. Finstere Wälder, in denen bösartige Elfen hausten. Neben dem Mann mit den Vampirzähnen und seinem Humor, der so schwarz wie seine Kleidung war, fühlte sie sich in eine verwunschene Heidelandschaft versetzt.

Seltsamerweise empfand sie dabei große Erregung.

Als sie sich dem Graben näherten, hörte das Heulen auf. Verwundert über das Fehlen jeglicher Sicherheitsabsperrungen, blieb Lucie in einigem Abstand stehen. Van Boost lief mit schwankenden Schritten den Steilhang hinab, näherte sich dem Abgrund.

»Kommen Sie, junge Frau, keine Angst! Wir nutzen die Winterpause, um ein paar Arbeiten durchzuführen! Es gibt keine Absperrungen! Kommen Sie, kommen Sie, so aus der Nähe werden Sie sie nie wieder beobachten können!«

Lucie blickte sich um. Niemand da, außer diesen haarigen Geschöpfen mit den reglosen Augen. Sie zögerte. Über den Augen des Vampirs lag ein unergründlicher Schleier.

Und wenn er dich … vor ein Wolfsmaul stößt? Hier ist keine Menschenseele … Hör auf mit dem Quatsch! Du spinnst ja!

Sie musterte die Arme des Mannes, die zur Hälfte in den Taschen seines Ledermantels verborgen waren.

Stimmt! Er hat die Hände noch nicht ein einziges Mal aus den Taschen genommen!

»Nun, Mademoiselle!«, brüllte er in einer Wolke kondensierter Atemluft. »Warten Sie darauf, dass es taut?«

Lucie traf eine Entscheidung. Da sie eine Waffe trug, könnte sie sich im Notfall wehren.

Gegen die Wölfe? Du hättest nicht mal Zeit, die Waffe zu ziehen, da hätten die Drecksviecher dir schon den Arm ausgerissen!

Sie wagte sich in die Tiefe, stellte die Füße leicht versetzt, um besseren Halt zu haben. Für den Fall …

»Mademoiselle, hiermit stelle ich Ihnen den *canis lupus albus* vor, den mächtigen Bewohner der eurasischen Tundra. Fünfzig Kilo voller Zorn, ein perfekter Räuber, sein Geruchssinn ist achtzigmal so gut wie der unsrige. Er konnte Sie schon riechen, als Sie den Zoo noch gar nicht betreten hatten.«

Er zog Lucie mit stechenden Blicken aus. Die Augen einer Schlange, umringt von kalten Schuppen.

»Schauen Sie ihnen tief in die Augen. Sie können darin Jahrhunderte voller Hass auf den Menschen erkennen.«

So wie in deinem Blick?

Drei schwarze, gelbumrandete Augenpaare gruppierten sich am Fuße der künstlichen Wand, die silberblauen Mäuler waren nach oben gereckt, die Lefzen umrahmt von rosafarbenem Zahnfleisch. Fangzähne wie Säbel.

Angesichts der Verwirklichung ihrer Albträume blieb Lucie misstrauisch und machte einen Schritt nach hinten, doch der Mann packte sie an der Schulter und führte sie an den Rand des Abgrunds. Seine Hand war so schnell wieder in der Tasche verschwunden, dass sie keine Zeit gehabt hatte, sie auch nur flüchtig zu sehen.

»Was ist los, junge Frau? Wir werden doch nicht etwa Angst haben vor diesen netten Tierchen?«

Lucie bemühte sich, Ruhe zu bewahren. Sie war dem Zusammenbruch nahe.

Wichtigste Überschrift dieser Ausgabe: Polizeibrigadierin von Wölfen verschlungen.

Die zerfetzte Leiche der neunundzwanzigjährigen Frau wurde in einem Wolfsgraben aufgefunden. Trotz fehlender Absperrungen war die leichtsinnige Polizistin an den Abgrund getreten und auf einer vereisten Stelle unglücklich ausgerutscht. Der Veterinär des Zoos, Roy Van Boost, sagt aus …

»Ich … Sie machen mir ein wenig Angst«, gestand Lucie. »Warum hassen sie uns so?«

»In alter Zeit lebten Wölfe und Menschen in vollkommener Harmonie zusammen, so wie Romulus und Remus, die von einer Wölfin großgezogen wurden. Das Mittelalter mit seinen blutrünstigen Horden bedeutete einen Wendepunkt in dieser Eintracht. In der Hölle von Dantes *Göttlicher Komödie* steht der Wolf für Gier, Betrug, das Böse. Seit dieser Zeit hat der Mensch ihn gejagt, gequält, ausgerottet. Es entstanden ungerechtfertigte Mythen, der Wolf als Bestie, der Werwolf, die Verkörperung des Teufels … Auch die folgenden Jahrhunderte kannten kein Erbarmen mit dem *lupus*. Glauben Sie mir, all das Leid, das der Mensch ihm zugefügt hat, ist heute in seine Gene eingegraben, der Wolf ist mutiert und wird nun mit dem Chromosom des Hasses geboren.«

Lucie nickte, plötzliches Interesse vortäuschend.

»Könnten Sie mir jetzt von den verschwundenen Tieren erzählen?«

Der Mann fletschte die Zähne. Seine Eckzähne waren so makellos spitz, dass sie nicht natürlich sein konnten. Bestimmt schliff er sie …

»Seltsam, Ihr plötzliches Interesse für meine Tiere«, maunzte er. »Ihre Kollegen aus Lille waren bereits hier und haben dumm rumgestanden, aber Sie … Sie sind anders«, er schnüffelte in der Luft, rümpfte die Nase, »das spüre ich … Was führt Sie wirklich hierher?«

»Wir ermitteln in … einem Fall von illegalem Tierhandel«, improvisierte Lucie. »Auf welche Weise sind der Wolf und die Kapuzineraffen verschwunden?«

Der Veterinär durchbohrte sie mit seinem schwarzen Blick.

Was für ein Typ! Er zupft sich auch die Augenbrauen!

»Beginnen wir mit dem Wolf«, zischte Van Boost zwischen den Eckzähnen hindurch. »Der Diebstahl fand vor über zwei Monaten statt, Mitte Oktober. Der Verbrecher hat diese Tür hier unten gewaltsam geöffnet. Der Bügel des Vorhängeschlosses war aufgebrochen. In den Flanken der drei übrigen Wölfe habe ich Betäubungspfeile gefunden, als ich nachts spazieren gegangen bin. Er hat achtundvierzig Kilo auf der Schulter weggeschleppt und ist dann durch die hintere Gittertür, hin zum Park Vauban, wieder hinausgegangen. Mitten in der Nacht, ganz ohne Licht, er konnte nicht gesehen werden. Er muss seinen Wagen am Kanal der Deûle geparkt haben. Es ging alles blitzschnell. Dieser Dreckskerl! Ich bin sicher, dass ich ihn nur knapp verfehlt habe! Außerdem hat er mein Lieblingstier mitgenommen! Gute Wahl!«

»Warum?«

»Er hat das *Alpha*-Weibchen mitgenommen.«

»Das *Alpha*-Weibchen? Bitte erklären Sie mir das. Mit Wölfen kenne ich mich nicht besonders gut aus.«

»Schaaaaande über Sie!«

Der Typ ist wirklich völlig bekloppt!

»Innerhalb eines Rudels gibt es eine Hierarchie mit mehreren Stufen der Unterordnung. Die *Alpha*-Tiere sind am mächtigsten und aggressivsten. Sie fressen als Erste, führen die Meute an und haben die Gewalt über Leben und Tod der Nachkommen.«

»Wie hat er den *Alpha*-Wolf erkannt?«

»Sie wollen es wissen?«

Um seine Lippen spielte ein maliziöses Lächeln.

»Kommen Sie ... Kommen Sie näher ... Haben Sie keine Angst. Sie werden nicht gefressen ... es sei denn, ich beschließe es!«

Er ließ ein hämisches Lachen vernehmen.

Er spielt mit dir, mit deinen Ängsten, dachte Lucie, ohne sich von der Stelle zu bewegen. *Er ist intelligent und manipuliert andere ... Ich* muss *wissen, was mit seinen Händen los ist!*

»Ich komme gerne näher, aber dann halte ich mich an Ihnen fest!«, rief die Polizistin. »Mir ist etwas schwindelig! Geben Sie mir die Hand!«

Der Vampir zögerte kurz, doch schließlich reichte er ihr seine behandschuhte Hand. In seinen Augen flackerte eine schwarze Flamme auf.

»Hier«, flüsterte er. »Beugen Sie sich vor und achten Sie auf die Schwänze, ich weiß, dass die Frauen das mögen ...«

Lucie ging nicht darauf ein und krallte sich an seine Hand, um sicherzugehen, dass sie fest mit ihm verbunden war. Wenn sie stürzte, würde er ebenfalls stürzen. Unten im Graben öffneten sich die Mäuler und ließen beeindruckende Gebisse sehen.

Ich muss ja verrückt sein, ihm zu gehorchen. Er braucht nur ...

»Es reicht!«, rief sie und wich zurück. »Ich habe es gesehen!«

»Nun?«

»Nur einer der drei Wölfe hebt den Schwanz.«

»Genau, das *Alpha*-Männchen ... Das *Beta*-Paar senkt Kopf und Schwanz, sobald es in die Nähe eines *Alpha*-Tiers kommt. Das Gleiche gilt für die *Omega*-Tiere und ...«

»Kommt jetzt das ganze griechische Alphabet dran?«

»Nein!«, entgegnete Van Boost schroff. »Die wichtigsten Rudel umfassen lediglich sechs Stufen!«

»Wirklich ... großartig«, antwortete Lucie bemüht. »Kommen wir nun zurück zu den Betäubungspfeilen. Haben Sie eine Idee, welches Mittel verwendet wurde?«

Van Boost zuckte mit der Schulter.

»Natürlich! Sie können sich denken, wie wütend ich war! Erst die Wölfin, dann die Affen! Es handelt sich um Tiletamin, ein in der Tiermedizin sehr verbreitetes Narkotikum.«

Lucie griff zu ihrem Heft, in dem sie ihre Gedanken festhielt.

»Besitzen Sie Tiletamin?«

»Was glauben Sie?«

Lucie beherrschte sich, um nicht zu explodieren.

»Ich vermute mal, die Antwort lautet ja!«, erwiderte sie in schneidendem Tonfall. »Und wie bekommt man es?«

»In der Apotheke, man muss einen Bestellschein vorlegen. Die Abgabe von Veterinärprodukten unterliegt einer strengen Kontrolle, was jedoch nicht verhindert, dass sich in den Nachtclubs Woche für Woche junge Leute Tiletamin oder Ketamin spritzen. Ein guter Trip. Sie sollten es mal probieren ...«

»Benötigt man für den Besitz einer Betäubungspistole einen Waffenschein?«

»Für ein Betäubungsgewehr? Die Veterinäre haben die erforderliche Genehmigung, ebenso wie Feuerwehrleute, Polizisten oder die Mitarbeiter von Tierheimen.«

Lucie hauchte auf ihre steifen Finger, erwärmte die Tinte ihres Füllfederhalters und fuhr dann fort:

»Glauben Sie, dass der Wolf und der Affe von derselben Person gestohlen wurden?«

Van Boost legte zwei Finger an die Schläfe und tat so, als feuere er einen Schuss ab.

»Das habe ich Ihren Kollegen bereits gesagt! Daran besteht kein Zweifel. Dieselbe Methode, um in die Käfige oder Gehege einzudringen, ein aufgebrochenes Vorhängeschloss. Die gleichen Betäubungspfeile, das gleiche Mittel. Wenn das so weitergeht, wird der Direktor einen Wärter einstellen. Einen Menschen, der die Tiere bewacht. Witzig, nicht wahr?«

Lucie kritzelte alle Informationen, die er ihr gab, wild durcheinander in ihr Heft. »Wie hat er die übrigen Affen getötet?«

»Bingo! Sie haben den wunden Punkt getroffen! Gut gemacht, Brigadierin! Raffinierter als die Kollegen! Wie kommt es, dass Sie noch nicht Leutnant sind?«

»Alles zu seiner Zeit. Bitte beantworten Sie meine Frage.«

»Gut, Chef! Er hat sie betäubt, dann … hat er sie ausbluten lassen, indem er die äußeren iliakalen Arterien aufgeschnitten hat. Danach hat er ihnen die Brust und den Herzbeutel aufgeschlitzt und die Aorta an ihrem Abgang unterbunden.«

Lucie erstarrte. Die unbändige Wut, die den Mörder umtrieb, hatte also hier, in der klösterlichen Ruhe des Zoos, ihren Anfang genommen.

Sie kaute an ihrem Füllfederhalter. Warum nahm jemand die Mühe, die Zeit und das Risiko auf sich, die Tiere derart zu verstümmeln? Und warum verstümmelte er sie überhaupt? Meist verstümmelte ein sadistischer Mörder sein Opfer, um ihm die Persönlichkeit zu rauben oder aber seine Macht zu zeigen. Um zu beweisen, dass die Körper, die durch seine Hände gehen, ihm gehören, dass er der Künstler ist und der andere nur ein Objekt, das man nach Gebrauch wegwerfen kann. Aber hier, diese Tiere?

Während seines Wutanfalls hatte der Mörder sein Handeln unter Kontrolle, er verschonte die Hälfte der Tiere und nahm sie mit. Aus welchem Grund? Um sie anderswo zu beseitigen? Oder sie in Gefangenschaft zu halten?

Warum nur die Hälfte der Affen?

Die Hälfte ...

Lucie fragte:

»Haben Sie das Geschlecht der verstümmelten Tiere überprüft?«

Die Augen von Van Boost wurden schmal wie Klingen.

»Sie kommen voran, meine liebe Freundin, Sie kommen voran!«

»Himmel Herrgott! Hören Sie doch auf mit dem Spielchen! Was wissen Sie, was ich nicht weiß? Was haben Sie entdeckt?«

Van Boost zog seine Handschuhe wieder richtig über die Finger. Das Leder knirschte.

Der Ledergeruch ...

»Ich habe nichts entdeckt. Ich habe nur eine einfache Feststellung gemacht, das ist alles. Ihre Arbeit müssen Sie schon selber erledigen.«

»Dann antworten Sie auf meine Fragen!«

»Sie wollen es wissen? Er hat die Weibchen mitgenommen und die Männchen getötet!«

Die Weibchen ... Er tötete die Männchen auf diese hinterhältige Weise. Aber warum hatte er das Gemetzel bei den Wölfen nicht wiederholt, warum hatte er die Männchen lediglich betäubt, ohne ihre Körper in Stücke zu reißen? Aus Zeitmangel! Van Boost behauptete, er sei in dieser Nacht spazieren gegangen, um mit seinen Tieren zu »sprechen«. Der Mörder wurde gewarnt und konnte seine Arbeit nicht zu Ende führen.

Als Van Boost hüstelte, riss Lucie sich von ihrem inneren Film los und konzentrierte sich wieder auf das Gespräch.

»Und ... und haben Sie Fotos von den verstümmelten Affen gemacht?«

»So ein Masochist bin ich nun auch nicht! Obwohl ... niemand hat Fotos gemacht, nicht mal die Bullen ...«

»Braucht man besondere Kenntnisse, um so etwas zu machen? Ein Tier ausbluten zu lassen? Das Herz aufzuschneiden? Ihm ... die Aorta zu unterbinden?«

War das wirklich die gleiche Lucie, die da sprach? Die seit sechs Jahren unter dem Papierkram litt, der Monotonie endloser Stunden? Die auf der Suche war nach dem Unauffindbaren und beim Lesen eines Thrillers mitzitterte? Van Boost erklärte:

»Die Brust und die Arterien waren sehr sauber durchschnitten. Das glich eher einer chirurgischen Operation als einem Massaker aus Spaß. Sie müssen wissen, das Herz eines Kapuzineraffen ist nicht größer als ein Tischtennisball, man braucht Fingerspitzengefühl, um damit umzugehen.«

»Hat es eine besondere Bedeutung, einem Tier die Aorta zu unterbinden?«

»Dies geschieht vor allem beim Sezieren. Venen oder

Arterien werden unterbunden, damit man die Organe isolieren, entnehmen und untersuchen kann. Dieses Verfahren wendet man auch bei chirurgischen Operationen an, die ein Absenken des Blutdrucks erfordern.«

Van Boost sagte nicht alles. Er wählte seine Worte aus, antwortete lediglich auf die Fragen, ohne weiter auszuholen. Er zog eine Tüte unter seiner Jacke hervor und entnahm ihr eine dünne Scheibe Räucherfleisch, die er in den Graben warf.

»Vor der täglichen Essensverteilung bekommen sie ein paar Appetithäppchen. Sehen Sie, wie sich das *Beta*-Pärchen vom *Alpha*-Männchen entfernt! Selbst wenn sie umkämen vor Hunger, würden sie sich unterwerfen. Das liegt in der Natur. Ein perfektes Beispiel für eine Gesellschaft, die sich einer Autorität unterordnet!«

Lucie bewegte sich nicht. Sie bemerkte eine eigenartige Form von Faszination bei Van Boost. Die Gestalt aus der Geisterbahn spielte mit seinen Wölfen wie ein Mädchen mit seinen Puppen.

Er herrscht über sie! Er hält sich für ihren Chef, von dem das Schicksal der Meute abhängt! Der Alpha-Mensch!

Die Raubtiere unten im Graben rochen das Fleisch und fingen an, unruhig zu knurren.

»Ist es möglich, den Käfig der Kapuzineraffen zu besichtigen?«, fragte die junge Frau und zog ihre Mütze gerade.

Sie hatte das starke Bedürfnis, sich zu bewegen, diesen Hort der Dunkelheit zu verlassen.

»Wozu? Er ist leer und wurde außerdem schon gereinigt.«

Da der Veterinär keine Anstalten machte, weiterzugehen, stellte sie noch mehr Fragen.

»Was glauben Sie, was der Entführer mit den Tieren gemacht hat? Insbesondere mit dem *Alpha*-Weibchen?«

»Haben Sie nicht eben von Schwarzhandel gesprochen?«, lachte er hämisch, ohne sich umzudrehen. »Halten Sie mich für blöde? Welcher Schwarzhändler würde sich die Mühe machen, solch eine blutige und sorgfältig ausgearbeitete Unterschrift zu hinterlassen, indem er die Männchen verstümmelt? Wenn Sie mir verraten, aus welchem Grund Sie wirklich hier sind, könnte ich Ihnen vielleicht besser helfen, *Bri-ga-die-rin.*«

Raviez hatte sie gewarnt. Bloß nichts von dem Fall erzählen. Sie biss sich auf die Lippen.

»Tut mir leid, aber ich bin nicht befugt ...«

»Arme Kleine ... Nicht genug Verantwortung? Sehr gut! Mir gefällt Ihre Geheimniskrämerei nicht. Ich weiß nichts darüber!«

Sein Tonfall wurde schriller, mit einer Heftigkeit, als ergreife ihn panische Angst. Durch den Stoff ihrer Taschen hindurch öffnete Lucie unauffällig die Druckknöpfe ihres Holsters. Sie fügte hinzu:

»Würden Sie sich bitte umdrehen, Ihre Handschuhe ausziehen und mir Ihre Hände zeigen?«

Der Vampir mit dem pechschwarzen Haar und bleichen Gesicht machte eine halbe Drehung und kam auf sie zu.

»Na endlich! Ich wusste doch, dass etwas dahintersteckt.«

Er blickte sich um, als wolle er sichergehen, dass ihn niemand beobachtete, und fuhr fort:

»Mit der Wölfin sind seltsame Dinge passiert, nicht wahr? Haben Sie Schafe mit durchschnittener Kehle gefunden? Geschändete, in Stücke gerissene Kälber? Hat man Friedhöfe mit Pentagrammen beschmiert? Oder Leichen seziert? Ja, das ist es! Leichen, deren Aorta unterbunden wurde! Erzählen Sie es mir! Wie viele? Wo?«

Er kam näher, hielt seine behandschuhten Hände deutlich sichtbar vor sich. Lucie wollte ihre Waffe ziehen, doch sie verhedderte sich im Verschluss ihrer Jacke.

Zu spät, er stürzte sich bereits auf sie, streckte die Fangzähne nach vorn …

Er zeigte ihr seine bloßen Hände. Vollkommen sauber, mit glänzenden Hautleisten. An sämtlichen Fingern, außer dem Daumen, steckten okkulte Ringe.

»Nun, Brigadierin … Was ist das Problem? Sind Sie etwas nervös?«

Lucie hatte Mühe, sich wieder zu beruhigen. Aus ihrer Nase bliesen kleine undurchsichtige Wölkchen, im selben Rhythmus wie das Blut, das in ihren Schläfen pochte. Van Boost bemerkte ihre Verzweiflung und schien sich darüber zu freuen. Er verteilte weiter seine Leckereien an die bissigen Mäuler.

Zum Teufel mit den Befehlen! Raviez wird nichts davon erfahren! Ich tue es für die Ermittlungen! Und für ein zuckerkrankes Mädchen!

Um den Veterinär zur Mitarbeit zu bewegen, erklärte Lucie ihm kurz die verschiedenen Komponenten der Ermittlungen. Das Wolfshaar, das man im Hals einer Leiche gefunden hatte, das Fehlen von Fingerabdrücken, der Ledergeruch …

»So! Jetzt hätte ich gerne eine Antwort!«, verlangte sie. »Was kann man mit einer *Alpha*-Wölfin, die man aus einem Zoo entwendet hat, anfangen? Und mit kleinen Kapuzinerweibchen?«

»Was für eine knallharte Frau! Ganz schön dominant, finden Sie nicht? Nun gut … Erstens, illegale Labors für Tierversuche. Die Kranken scheuen sich nicht, für die Tiere, die am schwierigsten zu bekommen sind, ein Vermögen als Schmiergeld zu zahlen, und Affen stehen hoch im Kurs, weil sie dem Menschen am ähnlichsten sind, in genetischer und morphologischer Hinsicht …«

Das hatte Lucie bereits irgendwo gelesen. Affenköpfe, die in stereotaktischen Apparaten steckten, mit aufgeschnittenem Schädel und freiliegendem Gehirn. Hunde, denen man die Stimmbänder mit einem Laser durchtrennte, damit sie nicht mehr bellen konnten.

»Warum hat er dann nur vier Affen gestohlen, während er doch alle acht hätte mitnehmen können?«

Van Boost kniff ein Auge zusammen.

»Sehr scharfsinnig ... Zweitens, wie Sie selbst sagten, der illegale Tierhandel. Schoßhündchen sind out. Die Jugend von heute steht auf Vogelspinnen, Pythonschlangen, Affen, Skorpione. Die meisten dieser Tiere sind nicht geimpft und werden illegal gehalten. Eine Katastrophe!«

»Dabei stellt die Wölfin immer noch ein Problem dar!«

»Nicht unbedingt. Die Affen als Gesellschaft, der Wolf für das Geld. Illegale Hundekämpfe, sagt Ihnen das was?«

»Natürlich.«

»Ein Käufer denkt vielleicht, er könne ein *Alpha*-Tier dressieren, ihm die Fangzähne glattfeilen und ihn als Kampfhund ausgeben. So machten sie es schon vor etwa zwanzig Jahren in den hintersten Winkeln der slawischen Länder. Den Gerüchten zufolge sind diese blutigen Kämpfe in Deutschland und einigen Ländern des Ostens wiederaufgenommen worden.«

Lucie stellte sich vor, wie die Tiere sich im feuchten Laderaum eines Frachters gegenseitig in Stücke rissen, unter dem Gejohle von Barbaren. Wölfe, die von zwei, drei Hunden gleichzeitig attackiert und somit an die Grenzen ihrer Brutalität getrieben wurden.

»Und in Frankreich?«

»Nicht sehr wahrscheinlich ...«

Diese Vermutung war nicht stichhaltig. Wozu sollten

die Wallabys aus dem Zoo von Maubeuge gut sein? Für Boxkämpfe?

»Gibt es noch eine andere Möglichkeit?«, fragte Lucie ungeduldig.

An Van Boosts Hals blitzten Schmuckstücke auf. Keltische Kreuze, ein Rabe, ein Skelett.

Mensch, bist du blöd! Das ist ein Gothic! Ein Opa, der auf Friedhöfen und in düsteren Diskos rumhängt!

»Unser Dieb hat vielleicht, wie jeder von uns, eine verborgene Seite, einen ausgeprägten Geschmack für das Obskure, das Morbide …«

Die Brigadierin konnte kaum an sich halten.

»Das heißt?«

»Ich werde Ihnen die Adresse eines Freundes geben, der in der Altstadt wohnt, und ihn bitten, Sie zu empfangen. Er wird Ihnen sein ›Zimmer‹ zeigen … Das sollte Sie auf die richtige Spur bringen …«

»Mich auf die richtige Spur bringen? Hören Sie doch auf mit Ihren Rätseln, zum Donnerwetter! Das Leben eines jungen Mädchens ist in Gefahr …«

»Das ist ja interessant! Handelt es sich etwa um das zuckerkranke Mädchen, von dem im Fernsehen die Rede war? Sie wohnt in Dunkerque und Sie ebenfalls, sehr seltsam … Tick tack … Tick tack … Wenn ich richtig verstehe, liegt ihr Schicksal in meinen Händen?«

Lucie biss die Zähne zusammen. Sie hatte die Arroganz des Veterinärs satt. Schließlich fragte Van Boost:

»Worin besteht Ihre kleine Schwäche, Mademoiselle, was lässt Sie insgeheim so erzittern? Sobald die Rede von Blut ist, von verstümmelten Leichen, leuchten Ihre Augen auf, und Ihre Züge glätten sich. Erzählen Sie ein wenig … Nichts ohne Gegenleistung …«

Lucie zögerte … Sie brauchte Informationen, irgendetwas Konkretes. Nichts ohne Gegenleistung …

Du hast es so gewollt!

Sie legte ihm einen Teil ihrer geheimen Gedanken offen. Lediglich einen Teil ...

Plötzlich wurde der Gothic sanft und entgegenkommend, war auf einmal voller Bewunderung. Er sagte:

»Sie haben eben von Ledergeruch gesprochen. Ein sehr starker, nicht wahr?«

»Genau.«

»Ich denke, er stammt vom Gerben des Fells ...«

»Vom Gerben des Fells?«

»Sie haben es vielleicht mit einem Taxidermisten zu tun, einem Präparator, der nicht ganz richtig im Kopf ist, liebe Freundin! Gehen Sie zu Léon, Sie werden sofort verstehen, was ich meine ...«

»Sie haben es gewusst! Sie haben es von Anfang an gewusst, nicht wahr?«

Er warf die Zipfel seines Dreiviertelmantels wie einen Umhang über die Schulter.

»Ich denke, wir sollten uns wiedersehen«, sagte er. »Wir haben sehr viele Dinge gemeinsam. Verbotene ... Dinge ...«

»Ich glaube nicht, nein ...«

Van Boost fuhr mit seiner Zunge zwischen den Eckzähnen hin und her und fügte dann hinzu:

»Möchten Sie wissen, was ich denke? Sie haben es mit einer schwarzen Witwe zu tun, die die Männchen tötet, in Stücke reißt und verstümmelt und die Weibchen so verherrlicht, dass sie sie unsterblich machen will!«

Der Walross-Mann hob den Kopf und ahmte das Heulen des Wolfes nach. Das Rudel löste ihn ab.

Einen Moment lang fragte sich Lucie, ob das Blut in ihren Adern je wieder fließen würde ...

22

Durch Vigo Nowaks Luftröhre strömte keine Luft mehr. Ein heftiger Druck auf die Kehle hatte ihn aus seinen Träumen gerissen, und nun glaubte er, seine letzte Stunde sei gekommen.

Er würde sterben.

Die hundert Kilogramm schwere Masse, die sich über ihn beugte, lockerte ihre Umklammerung und ließ sich dann in einen Sessel fallen.

Sylvain Coutteure war in Tränen aufgelöst und schaukelte apathisch vor und zurück. Seine geschwollenen Augen schienen aus ihren Höhlen zu quellen, Wangen und Stirn glänzten vor Schweiß, so dass sein Gesicht aussah wie eine grobe Latexmaske.

Vigo fasste sich an den Hals.

»Bist du krank oder was! Ich hätte … beinah meine Zunge verschluckt! Was … ist in dich gefahren? Wie … wie bist du überhaupt reingekommen?«

»Mit dem Zweitschlüssel unter deinem Blumenkasten, blöder Idiot! Hast du nicht ferngesehen? Die Dreizehn-Uhr-Nachrichten? Nein, natürlich nicht! Monsieur hat ja gepennt!«

»Wo… wovon sprichst du?«

Ein Maschinenhammer mit fünf Fingern krachte auf die Armlehne.

»Wovon ich spreche? Wovon ich spreche! Weißt du, wen wir da überfahren haben? Weißt du, wer das war, der Typ mit der Kohle?«

»Schrei doch nicht so! Und beruhig dich wieder!«

Vigo sprang vom Sofa auf und ging zur Minibar, sein Hals tat ihm weh. Seit Heiligabend wusste er von der kleinen Cunar. Sein Bruder hatte ihm in seinem Rausch alles erzählt. Die Lagerhalle, das Lösegeld, das ermordete Mädchen. Nun ging eine Woge des Entsetzens durch das Land, die vom Fernsehen übertragen wurde. »Was für ein Ungeheuer hat ein kleines blindes Mädchen getötet?«; »Was für ein Monster hat die Situation ausgenutzt und ist mit der Beute von zwei Millionen Euro geflohen?«; »Was macht die Polizei?« Diese Fragen ließen den Franzosen keine Ruhe mehr.

Was macht die Polizei … Mit einem Tag Abstand war Vigo überzeugt, dass sie nicht in der Lage war, die Spuren bis zu ihm zurückzuverfolgen. Welche Indizien hatten die Bullen schon, abgesehen von den Reifenspuren? Seinem Bruder Stanislas zufolge keine. Und die fünfzig Schwachköpfe, die die Meeresbucht und den See von Puythouck absuchten, würden am Ende alle ihre Sauerstoffflaschen verschlucken, weil sie nichts fanden.

Die Gefahr kommt immer von dort, von wo man sie am wenigsten erwartet. Heute drohte sie von zwei Seiten. Zunächst vom Mörder. Der Entführer musste das Kennzeichen gesehen haben und würde Sylvain sicher bald ausfindig machen, rasend vor Wut wie ein Buschfeuer. Und danach würde er auch zu ihm finden.

Zweites Problem: Sylvain selbst.

Die Toten, das Leid, der Schmerz der Familien waren ihm egal. Aber der Gedanke, hinter Gittern zu sitzen, erschien ihm unvorstellbar. Das Glück war so nah!

Seine einzige Sorge betraf letztendlich nur diesen Idioten, der da vor ihm lag.

»Du hast hoffentlich deiner Frau nichts erzählt?«, fragte Vigo schroff.

»So bist du also im Bilde! Wir haben einen Chirurgen plattgemacht! Die Folge davon? Seine blinde Tochter wurde ermordet! Weitere Folge? Ein zuckerkrankes Mädchen ist verschwunden und ringt mit dem Tod, weil sie kein Insulin mehr hat! Und alles, was dir einfällt, ist zu pennen? Was für ein Unmensch bist du eigentlich?«

Vigo hielt ihm einen Whisky mit etwas Wasser hin. Sylvain wurde fuchsteufelswild.

»Und jetzt suchen über hundertfünfzig Gendarmen die Gegend ab! Sie arbeiten mit der Polizei zusammen, alle mit demselben Ziel, nämlich uns zu finden! Hunde, Hubschrauber, die gesamte Kavallerie! Wir sind erledigt, wenn …«

Er schluckte den Alkohol hinunter.

»Los, auf geht's! Bringen wir es hinter uns! Gieß mir noch einen ein! Das wird uns Mut machen!«

Vigo verzog das Gesicht.

»Wovon redest du?«

»Was glaubst du wohl, du Schwachkopf? Wir werden das Geld verbrennen, sämtliche Beweise vernichten! Ich muss mein Gewissen reinwaschen, Vigo, verstehst du das? Ich will diese Scheine nicht mehr sehen, nicht mal mehr als Foto. Wir haben einen Unschuldigen getötet und indirekt auch seine Tochter! Ich liebe meine Frau und mein Kind zu sehr, als dass ich so etwas Furchtbares vor ihnen verheimlichen könnte. Ich sehe keinen anderen Ausweg. Wir müssen alles verbrennen. Die zwei Millionen. Mit dem Rauch löst sich auch unser Geheimnis in Luft auf. Das ist die einzige Lösung …«

Vigo kniete sich vor ihn hin und setzte eine traurige Miene auf.

»Was passiert ist, ist nun einmal passiert! Wir können das Rad nicht zurückdrehen. Lassen wir die Vergangenheit ruhen. Selbst wenn wir in jener Nacht nicht dort gewesen wären, wer sagt dir denn, dass der Entführer nicht Vater und Tochter getötet hätte? Ein Entführer lässt niemals Zeugen zurück! Und wenn er mit dem zuckerkranken Mädchen wieder angefangen hat, was können wir daran ändern? Dieser mörderische Wahnsinn fließt durch seine Adern! Das Geld zu verbrennen nützt doch nichts! Lassen wir die Kohle, wo sie ist! Ich bitte dich, behalten wir sie! Denk doch an deine Tochter, an ihre Zukunft!«

»Ganz genau! Ich hatte es dir gesagt ... noch am selben Abend, im Auto, erinnerst du dich? Sobald es brenzlig wird ... verbrennen wir alles! Es war zu schön, all das ... Nur ein Traum«, er bewegte die Finger durch die Luft wie ein Zauberkünstler. »Pffff ... in nichts aufgelöst ...«

Vigo schlug die Hände vors Gesicht wie ein reuiger Sünder, der um Vergebung bittet.

»Dann überlass mir das Geld! Einverstanden, du verzichtest auf deinen Teil, aber ich, hast du mal daran gedacht? Ich ... kann von hier verschwinden, Tausende von Kilometern weit! Wir werden uns nie wiedersehen! Du wirst mich vergessen!«

Sylvain wollte aus seinem Sessel aufstehen, doch sein Kopf war viel zu schwer.

»Kommt nicht in Frage ... Wir haben ... den Sieg geteilt ... wir teilen auch ... die Niederlage ... Wenn du nicht mitkommst ... mache ich es ... eben allein ... Himmel Herrgott, mein Kopf dreht sich! Was ...«

Vigo machte ein paar Schritte rückwärts, den Mund zu einem Grinsen verzogen. Sein Gesicht tauchte ins Halbdunkel. Er trank seinen zweiten Whisky aus, dann erzählte er:

»Mein Großvater hat im Bergwerk gearbeitet. Jeden Morgen jedes endlosen Tages fuhr er fünfhundert Meter in die Tiefe, mit einem Vogelkäfig unter dem Arm. Nicht um sich an ihrem heiteren Gesang zu erfreuen, denn in einem derart schwarzen Loch singt kein Kanarienvogel. Egal ob er schürfte, trank oder seine magere Ration verzehrte, er ließ seine vier Kanarienvögel nicht aus den Augen. Und weißt du, warum? Ich wette, du weißt es nicht!«

Sylvains Augenlider wurden immer schwerer.

»Jedes Mal wenn die Vögel von ihrer Stange fielen, dann lauerte das geruchlose Monster, das Grubengas, das die Stollen mit seinem todbringenden Atem verschlingen wollte. Mein Großvater opferte die kleinen Kanarienvögel, um sein eigenes Leben zu schützen, um sicherzugehen, dass nichts und niemand an seiner Stelle über die Stunde seines Todes entschied. Er wollte der alleinige Herr über sein Schicksal sein. Verstehst du?«

»Was hast ... du mir ... gegeben?«

In seinem Übelkeit hervorrufenden Rausch hatte Sylvain den Eindruck, Vigos Augen würden ihre Farbe verändern. Schwarz, grau, rot. Die Nuancen des Teufels.

»Ein paar Schlaftabletten, weiter nichts. Donormyl. Weißt du, es wird angeraten, vor ihrer Einnahme keinen Alkohol zu trinken. Du täuschst dich gewaltig, mein Kleiner ... Hör zu ... Ich brauche Zeit zum Nachdenken ... Ich kann nicht zulassen, dass du einen derartigen Fehler begehst. Ich weiß, dass du mir verzeihen wirst! Nicht wahr, Sylvain? Sag mir, dass du mir verzeihen wirst!«

»Du Ar...«

Der mit Medikamenten vollgepumpte Mann schaffte es mit letzter Kraft, von seinem Sessel hochzukommen. Er torkelte gefährlich.

»Ich ... werde dich, du ...«

»Scheiße! Du machst mir die Sache nicht leicht! Konntest du nicht bei dir zu Hause bleiben und den Mund halten? Das wäre so viel einfacher gewesen!«

Mit einem Zischen schlug der schwere Körper auf dem Sofa auf.

Vigo fuhr fort mit seiner tödlichen Mission, die er vom ersten Tag an geplant hatte, und setzte die mörderische Maschinerie in Gang ...

23 Crème fraîche, Speck, Zwiebeln. Und dazu Blanche de Bruges, ein Weißbier. Nachdem Lucie Flammkuchen und Bier verzehrt hatte, beschloss sie, die zwei Stunden, die sie auf Raviez warten musste – sie waren um vierzehn Uhr dreißig in der Rue de la Monnaie vor dem Haus von diesem Léon verabredet –, in der städtischen Bibliothek zu verbringen. Gegen elf Uhr hatte sie den Kapitän über die wichtigen Punkte ihres Gesprächs mit Van Boost informiert. Die verstümmelten Männchen, der Diebstahl der *Alpha*-Wölfin, das Tiletamin, das Gewehr, mit dem die Tiere betäubt worden waren. Mittel und Waffe ließen an einen Veterinär denken. Der Schnauzbart hatte sich auf die Informationen gestürzt und den blauen Horden aufgetragen, Jagd zu machen auf sämtliche Veterinäre aus der Umgebung von Le Touquet und Dunkerque, die vor kurzem dieses Narkotikum gekauft hatten. Höchste Priorität. Eine Spur, die man genau verfolgen konnte.

Die moderne führerlose U-Bahn, die durch die unterirdischen Adern der flandrischen Hauptstadt schoss, brachte Lucie unter die Grundmauern des Bahnhofs Lille-Flandres. Draußen erhob sich der Turm Lille-Europe, der gigantische Bau des Crédit Lyonnais, Euralille. Rundherum gab es nur Jacken, Krawatten, Freizeitkleidung und teilnahmslose Gesichter zu sehen. Und da war noch der Springbrunnen, vor dem sie als Studentin Paul begegnet war, dem biologischen Vater ihrer Zwillinge. In ihre Erinnerung versunken, ging sie daran vorbei, strich über den alten Stein … und konzentrierte sich wieder auf die Ermittlungen. Die Ermittlungen. Das Einzige, was zählte.

Am späten Vormittag hatte sie sich mit dem Zoo von Maubeuge in Verbindung gesetzt, um mehr über den Diebstahl der Wallabys zu erfahren. Ihr war das Blut in den Adern gefroren. Dieselben Methoden: Betäubungspfeile, deren Wirkstoff man leider nicht analysiert hatte, entführte Weibchen, verstümmelte Männchen, aufgeschnittene Herzbeutel und abgebundene Aorten. Eine eindeutige Handschrift.

Die alte Dame am Empfang der Bibliothek wollte sie zunächst nicht einlassen. Sie bräuchte einen Mitgliedsausweis, doch dann überzeugte sie der blauweißrote Ausweis der Polizei.

Lucie hatte nur sehr wenig Zeit, um sämtliche Regale zu durchforsten. Also musste sie sich auf den Zufall und auf ihre Intuition verlassen. Vielleicht existierte ein Buch zum Thema »Tiere, denen das Blut durch die iliakalen Arterien ausgelassen und die Aorta abgebunden wurde«. Träumen kann man ja.

Lucie kannte sich mit Bibliotheken aus, sie waren ihr zweiter Wohnsitz. Sie setzte sich an einen Computer und gab folgende Schlüsselwörter ein: »Affe, Wolf, iliakal, Aorta abbinden, Blut«. Sie fand nichts, was sie nicht weiter verwunderte, also probierte sie andere Kombinationen aus, die ihr einfielen. »Opfer, Ritual, Kapuzineraffe, Verstümmelung, Wolf«. Es erschienen Listen mit eher uninteressanten Titeln, ohne wirklichen Bezug zu dem, was sie suchte – zumindest auf den ersten Blick, aber für eine Überprüfung reichte die Zeit nicht. Selbst die Kombination »Aorta abbinden, Sektion« erbrachte nur ein dürftiges Ergebnis. Der Computer fand nicht einmal den Ausdruck »Aorta abbinden«. Seltsam.

Lucie blickte auf die Uhr. Ihr blieb nur noch eine Stunde.

Van Boost hatte von Chirurgie und von Sektion gesprochen. Die Aorta wurde abgebunden … Eine in der Spitzenmedizin angewandte Technik. Warum spuckte die Kiste nichts aus?

Weil es sich nicht um den korrekten Begriff handelt! Die medizinische Fachliteratur verwendet ein spezielles Vokabular!

Lucie schloss die Augen, presste die Zeigefinger gegen die Schläfen. Binden, abbinden ... Man bindet Eileiter nicht ab, sie werden unterbunden! Ja! Dieses Wort hatte Van Boost benutzt! Sie gab »Unterbinden der Aorta« ein. Der Bildschirm füllte sich mit Buchtiteln.

Bingo!

Doch ihre Freude dauerte nur kurz. Zu viele medizinische Abhandlungen, theoretische Werke, unglaubliche Wälzer, Dissertationen zum Thema. Nichts von Bedeutung. Unmöglich, alles zu lesen. Mit den Büchern hätte man einen Eisberg in Brand stecken können. Was genau suchte sie? Im Grunde genommen wusste sie es nicht ...

Dennoch überflog sie ein paar Werke. Anatomische Fotos, ein Wust von Anmerkungen, unverständliche Begriffe. Truncus coeliacus, Exhärese, Anoplastik.

Weiter unten auf der Liste und in den Regalen stand die übersetzte Biographie des russischen Mediziners Nikolai Ivanovic Pirogov, die ihre Aufmerksamkeit weckte. Der Einband zeigte Hunde und Katzen mit sichtbar gemachtem Venensystem. Und da der Mörder seine Eingriffe an Tieren vorgenommen hatte, war vielleicht ...

Sie schlug das Buch auf. Wie die Suchmaschine angezeigt hatte, trug ein Kapitel die Überschrift: »Unterbindung der Bauchaorta«.

Rasch verschlang Lucie die ersten Seiten des dicken Schmökers. Pirogov. Geboren 1810, Sohn eines Beamten. Mit vierzehn Studium der Medizin, mit siebzehn Arzt. Ein außergewöhnliches Schicksal. Ihm verdanken wir die erste Betäubung mit Äther, er entdeckte eine traditionelle Technik der Fußamputation, die nach ihm benannt wurde, war Mitbegründer des Roten Kreuzes in Russland, veröffentlichte eine bemerkenswerte Dissertation zur Unterbindung der Bauchaorta. Ein Vorbild an Gründlichkeit und Hingabe.

Die Brigadierin vertiefte sich in die für sie interessanten Kapitel. Um seine Technik zur Unterbindung zu vervollkommnen und bevor er das menschliche Modell in Angriff nahm, hatte Pirogov an Hunden und Katzen geübt. Er hatte Tausenden von Tieren die Brust geöffnet, bevor er die berühmte Aorta fand. Lucie verdrehte die Augen. Sie verstand nicht viel, doch wie es schien schnitt der Arzt, anders als der Mörder, nicht den Herzbeutel auf. Und nirgendwo war die Rede von iliakaler Arterie. Ein Reinfall.

Dennoch setzte die junge Frau ihre Lektüre fort, fasziniert von diesem bemerkenswerten Arzt, neugierig geworden auf die blutigen Abbildungen, die ganze Seiten füllten. Der Verfasser der Biographie sprach oft von der unglaublichen Anzahl der von Pirogov sezierten oder obduzierten Leichen. Während der Choleraepidemie von 1848 hatte er über achthundert Leichen obduziert. Die große Kälte in Russland, dieser gigantische natürliche Gefrierschrank, erlaubte es ihm, Rohmaterial aus dem Ersten Weltkrieg einzulagern, so viel er wollte. Genug, um bis ans Ende seiner Tage zu üben.

Vierzehn Uhr zwanzig.

Mist!

Noch zehn Minuten, um ins Labyrinth der Altstadt zu spurten. Lucie steckte das Buch unter ihren Parka – berufsbedingter Notfall – und verschwand, nachdem sie der Frau am Empfang gedankt hatte.

24 Rue de la Monnaie, endlich. In sein Mobiltelefon wetternd stapfte Kapitän Raviez schwer wie ein Büffel über die ältesten Pflastersteine der Altstadt von Lille. Lucie lehnte sich an das Schaufenster einer Antiquitätenhandlung. Wäre die Zeit stehen geblieben, man hätte sie für die im Licht stehende Gestalt auf einem alten flämischen Gemälde halten können, so sehr waren die Sträßchen erfüllt von der Atmosphäre dunkler und vergessener Epochen.

»Das wird kompliziert!«, sagte Raviez erregt und steckte sein Handy wieder ein. »Wir bringen die Männer um ihren Urlaub und verlangen von ihnen, dass sie sich ein Bein ausreißen! Befragung aller Beschäftigten, die von der Witwe Cunar entlassen wurden, Durchsuchung des Industriegebiets, Absuchen der umliegenden Gewässer, zusammen mit der Gendarmerie! Dazu die Ermittlungen basierend auf einer schier unerschöpflichen Quelle elektronischer Dateien sowie die Erstellung einer Liste mit sämtlichen Veterinären, die in den letzten Monaten Tiletamin bestellt haben! Wir bräuchten doppelt so viele Leute!«

»Was hat denn die Spur mit den Veterinären ergeben?«

»Ein einziges Durcheinander! Zurzeit bestellen fast alle erfassten Veterinäre häufig Tiletamin, abgesehen von ein paar wenigen, die Ketamin verwenden. All unsere Ermittlungsstrategien verlieren sich, sie gehen in der Masse unter.«

Lucie sprach ein Thema an, das sie nicht mehr losließ.

»Wie kommt Norman mit der Liste der entlassenen Mitarbeiter von Vignys voran?«

»Er ist dorthin gefahren, um den Direktor der Niederlassung Nord zu befragen. Er hat bei dieser merkwürdigen Übereinstimmung dasselbe Gefühl wie du. Das ist ein eher gutes Zeichen, aber auch da müssen wir noch an die hundert Personen überprüfen. Warum kann denn in unserem Beruf nichts unkompliziert sein?«

Der Kapitän deutete mit dem Kopf auf eine wuchtige Tür.

»Sehen wir uns diesen Léon an ... Wollen wir hoffen, dass die Intuition deines Vampir-Veterinärs uns weiterhilft.«

Als Lucie die schmale Fassade erblickte und dem berühmten Léon, von dem ein muffiger Geruch ausging, gegenüberstand, hatte sie das Gefühl, sie würde gerade in das verborgene Reich einer Ratte am Ende ihrer Tage eindringen.

Der Taxidermist hatte Ähnlichkeit mit dem treuen Diener Nestor aus den *Tim-und-Struppi*-Alben. Steif, mit unbewegtem Gesichtsausdruck, in einem gestreiften Dreiteiler, der ihm mit seiner Eleganz vergangener Tage das stattliche Aussehen eines Reliquienverwalters verlieh.

Durch den ersten Raum, einer Art Ehrenhalle, gelangten sie unter ein gigantisches gläsernes Kuppeldach, das sich mit Hilfe einer komplexen Architektur aus Wölbungen und Erkern zum Himmel hin öffnete. In künstlicher Wärme gedieh dort ein tropischer Dschungel mit fleischfressenden Pflanzen, Palmen, Yuccas und unzähligen exotischen Blumen, die hier jedoch fehl am Platze wirkten.

Amazonien in Lille. Warum nicht Ananas am Nordpol? Dann hätten wir wirklich alles gesehen!

Das grüne Gewölbe verströmte sein Chlorophyll in einen Tunnel, der sich zu einem zweiten Bauwerk bescheidenerer Ausmaße hin verbreiterte, einem Saal, der dekoriert war mit Schleiern, Fayencen, Goldschmiedearbeiten, durchscheinendem Marmor und alten Möbeln, die an einen Königshof denken ließen. Ein Labyrinth aus Korridoren und gemauerten Gängen führte die Polizisten in die Irre.

»Man braucht Erfahrung als Höhlenforscher, um sich in diesem Haus zurechtzufinden!«, scherzte Raviez.

»Ich verstehe, dass dieses ungewöhnliche Bauwerk Sie in Erstaunen versetzt«, bemerkte Léon und schenkte drei Gläser Wein ein. »Erinnern Sie sich, dass Lille einmal eine Insel war, wie der Name uns verrät, eine Insel! Ende des 17. Jahrhunderts wurde die Stadt von Befestigungsmauern umschlossen, und man musste »front à la rue«, mit der Front zur Straßenseite hin, bauen. Also errichtete man schmale, dafür tiefe Häuser, deren Räume sich nach hinten immer weiter ausdehnten, und verband sie mit Gängen. Man nennt dieses System »double parcellaire«, es ist so ähnlich konstruiert wie diese russischen Puppen und typisch für Lille ... Wissen Sie, diese Häuser sind letztendlich wie die Leute hier im Norden. Eine schlichte Fassade, hinter der sich enorme Großzügigkeit verbirgt.«

Raviez kratzte sich am Kinn, Léon hielt ihnen ein Glas Bordeaux hin, das sie nicht abzulehnen wagten. Lucie fragte sich, was für eine eigenartige Beziehung dieser Mann von Welt mit der Fledermaus aus dem Zoo unterhielt. Vielleicht waren es die Gegensätze, die sich anzogen. Oder es verband sie die Liebe zu Tieren. Mit dem Skalpell.

Die junge Frau musterte den Ort mit dem Blick einer Bekehrten, betrachtete neugierig die Glasbausteine an der Decke, die das natürliche Licht in einen Sternenhimmel verwandelten. Am Fuß der Treppe blieb ihr Blick bei einem Paar Stiefel aus Schlangenleder, Typ mexikanische Mafiosi, hängen. Wer konnte so etwas Widerwärtiges tragen?

Als guter Polizist hatte Raviez es übernommen, Léon etwas umständlich den Grund für ihr Kommen zu erläutern.

»Ich teile gerne meinen Wein mit Unbekannten, besonders mit reizenden jungen Frauen«, erklärte dieser und schnalzte mit der Zunge. »Wissen Sie, warum?«

Lucie zog fragend eine Augenbraue hoch. Das war's! Léon, der sich in Schale geschmissen hatte, als diniere er beim Herrn Botschafter, würde seinen Auftritt inszenieren.

»Dieser edle Tropfen ist das Blut meiner eigenen Weinberge, er symbolisiert die Frucht meiner Liebe zur Erde. Wenn mein Wein Ihren Gaumen hinabgleitet und durch Ihre Adern fließt, ist es ein bisschen so, als würde ich in Sie eindringen ... Aber ... pst!«

Auf der Treppe, die vom oberen Stockwerk herabführte, erschien eine Gestalt. Ein von der Schönheitschirurgie gestrafftes Gesicht, an dem die Jahre spurlos vorübergegangen zu sein schienen, die Haut glatt wie ein Kieselstein, wo die kleinste Falte sofort mit Silikon oder dem Skalpell verfolgt wurde. Eine Woge aus Seide schwebte am Geländer entlang, schritt in einer Wolke aus Zigarettenrauch an der Versammlung vorbei und verschwand mit wiegenden Hüften im angrenzenden Zimmer, ein Anblick, der Raviez' Testosteronspiegel in Aufruhr brachte.

»Beachten Sie sie nicht«, entschuldigte sich Léon und zuckte mit den Schultern. »Sie ... – wie soll ich sagen? – verkehrt nur mit der Hautevolee ... Wir beide begegnen uns nur gelegentlich hier ...«

Eine Hure in Samt und Seide!, dachte Lucie. *Nicht ganz der Stil »Schlangenlederstiefel«.*

»Ich würde gerne mal nachmittags vorbeikommen und mit Ihnen einen Wein trinken«, griff Raviez das Gespräch wieder auf, »aber wir sind im Dienst und ...«

»Sie haben es eilig. Warum bewegen sich Polizisten immer wie auf glühenden Kohlen?«

Weil ein zuckerkrankes Mädchen bald sterben wird! Und weil wir über ein Glas Traubensaft in Verzückung geraten!

Der L-förmige Raum grenzte an eine Bibliothek, die von unzähligen unverständlichen Werken über Taxidermie überquoll. Als sie eintraten, begannen die Nasenflügel der Polizisten auch schon zu beben. Kapitän Raviez flüsterte Lucie ins Ohr:

»Der gleiche Ledergestank wie an der Kleidung der kleinen Cunar ... Wir sind auf dem richtigen Weg ...«

Léon bat seine Gäste in das erste Zimmer. Dort sah es aus wie in einer Rumpelkammer: Man hätte meinen können, die Arche Noah sei hier gestrandet und der Finger Gottes hätte die fliehenden Tiere mitten in der Bewegung versteinert. Die erstarrten Tiere richteten bedrohlich ihre Mäuler in die Höhe, ließen die Zungen heraushängen. Im Neonlicht leuchteten ihre Glasaugen, und die spitzen Fangzähne glänzten. Schlichte Stoffbahnen, die von der Decke hingen, fielen auf wuchtige Körper hinab und verstärkten ihr gespenstisches Aussehen. In den dunklen Ecken stapelten sich hohle Gussformen, verstaubte Gestelle, Drähte, ineinander verschachtelte Holzbretter.

»Sehr ... eindrucksvoll«, flüsterte Raviez und rollte mit den Augen. »Man könnte meinen, wir befänden uns ... mitten in einem Dschungel, dessen Herz soeben aufgehört hat zu schlagen.« Er betrachtete die aufgerissene Brust eines Bären aus der Nähe. »Haben diese Tiere ein spezielles Problem, oder weshalb sammeln Sie sie hier?«

»Das sind Abfälle«, erwiderte Léon. »Beschädigte Tiere. Die Museen oder Kunden wollten sie nicht mehr haben, weil beim Präparieren Probleme aufgetreten sind. Manchmal platzt die Haut, das Fell bekommt seine Originalfarbe nicht zurück oder aber fällt nach einem falsch dosierten Säurebad aus. Manchmal schicken sie mir auch Tiere, die bei der Jagd eine Ladung Blei in den Kopf oder in die Brust abbekommen haben. Ich versuche, die Schäden zu beheben, aber der Tod ist ein unerbittlicher Gegner.«

Er sprach mit derselben morbiden Begeisterung wie Van Boost. Lucie war fasziniert von diesem Ort, der nicht mehr der Welt des Lichts angehörte, sondern in die Dunkelheit der Seele getaucht war. Während sie die aus Harz hergestellten Fangzähne eines Fuchses fixierte, fragte sie:

»Wie kommen Sie an diese Tiere?«

Léon machte sich ein Vergnügen daraus, zu antworten.

»Die selteneren Tiere stammen aus Zoos oder Naturschutzgebieten. Sie sind für Museen bestimmt, wie zum Beispiel das Museum für Naturgeschichte in Lille, mein größter Kunde. Die anderen sind Überbleibsel von der Jagd. Wildschweine, Hirsche, Damwild, Füchse, eine endlose Liste.«

»Woher kommt dieser Ledergeruch?«, schaltete sich Raviez ein, der zwischen den Pranken eines mumifizierten Bären stand.

»Aus der Werkstatt. Er entwickelt sich beim Gerben. Ein Bad mit Gerbsäure oder Tannin macht das Fell geschmeidiger, robust und vor allem unverwesbar.«

Raviez erzitterte bis in die Spitzen seines Schnurrbarts. Ein Wort hallte in seinem Kopf wider.

»Haben Sie Tannin gesagt? Das Tannin?«

»Ja doch! Tannin, Tanninbad! Tanninbad, Tannin! So einfach wie Guten Tag, nicht wahr?«

»Das Tannin aus dem Weinstock, das sich im Wein findet?«

»Natürlich! Tannin ist einer der Hauptbestandteile des Rotweins.«

Raviez schlug mit der Faust in die flache Hand. Es war von Anfang an klar gewesen. Er geriet in helle Begeisterung:

»In diesem Fall stammt das Tannin aus der Baumrinde, nicht wahr?«

»Sie haben recht, dies zu betonen«, pflichtete ihm Léon bei. »Die Nostalgiker und Puristen stellen ihr Tannin noch selbst her, indem sie Rinde zerstoßen. Man kann in jedem Fachgeschäft fertige Bäder kaufen, doch das hindert einige passionierte Präparatoren nicht daran, es selbst zu tun ... Wissen Sie, ein Taxidermist ist zugleich Chemiker, Anatom, Chirurg, Modeschöpfer und Bildhauer, vor allem aber ist er mit großer Leidenschaft bei der Sache.«

Raviez und Henebelle wechselten rasch einen Blick. Der Kapitän fragte weiter:

»Wäre die Kiefernrinde aus den *Landes*, wie man sie in Gartencentern kaufen kann, dafür geeignet?«

»Natürlich. Alle Bäume bringen mehr oder weniger große Mengen Tannin hervor. Die Eiche liefert mit am meisten, aber Nadelbäume, wie die Kiefern aus den *Landes*, tun es ebenfalls.«

Alles passte zusammen. Die Fasern, die man unter Mélodie Cunars Schuhsohlen gefunden hatte, stammten von Kiefernrinden, wie man sie zum Gerben von Tierhaut benutzte. Cunars Mörder hatte eine besondere Vorliebe für die Taxidermie, diese Kunst, das Leben der Tiere jenseits vom Tod zu bewahren.

»Gut gemacht, Kapitän«, flüsterte Lucie dem Schnauzbart zu. »Ihre Liebe zum Wein gereicht Ihnen zur Ehre!«

Raviez antwortete mit einem verschwörerischen Augenzwinkern. Jetzt suchten sie nicht mehr nach einem einfachen Veterinär, sondern nach einem Taxidermisten-Veterinär, der Tiere liebte – über den Tod hinaus.

Die Polizisten überhäuften Léon mit Fragen, dann lud er sie ein, ihm in das Labyrinth der Tiere, für die niemand Verwendung hatte, zu folgen. Als Lucie in diesem Wald aus Fell und Mäulern stand, malte sie sich die Welt des Mörders aus, mit ausgestopften Wesen, düsteren Kellern, wo seine ewigen Trophäen lagerten. Wölfe, Affen, Wallabys. Immer nur Weibchen. Warum? Sie dachte an das Buch, das unter ihrer Jacke steckte. Die Biographie von Pirogov, seine Dissertation über die Unterbindung der Aorta. Der Mörder benutzte eine andere Technik, er schnitt den Herzbeutel auf und ließ das Tier durch die iliakalen Arterien ausbluten. Irgendwo musste es ein Buch über dieses Thema, über diese parallel angewandte Methode geben! Sie musste zurück in die Bibliothek, Fachleute befragen, weitersuchen. Sie brauchte mehr Zeit. Genau das, woran es ihnen mangelte … Wie lange noch, Éléonore? Wie lange?

Und wenn der Mörder sich seine eigene Technik zum Unterbinden geschaffen hatte? Ja, aber in beiden Fällen musste er sich sein Wissen irgendwo angeeignet haben. An der medizinischen Fakultät? Auf der Veterinärschule? In der Universität? Aus medizinischen Abhandlungen? Dem Internet? Das alles ging zu weit. Viel zu weit! Grenz dein Untersuchungsfeld ein! Zieh das Netz enger! Greif auf das zurück, was dir zur Verfügung steht, also Léon!

»Sind Kapuzineraffen schwierig zu präparieren?«, fragte sie, während sie sich von ihren Gedanken losriss.

»Kapuzineraffen? Mein Freund Van Boost hat mir von diesem seltsamen Diebstahl erzählt. Denken Sie an einen Taxidermisten?«

»Schon möglich. Könnten Sie meine Frage beantworten?«

»Diese kleinen Äffchen haben ein sehr empfindliches Fell. Außerdem ist ihr Körperbau sehr komplex, vor allem die Form ihres zierlichen Mauls. Machbar, aber in diesem Fall ist Ihr Mann ein Ass. Die Tatsache, dass er sein Tannin selbst herstellt, bekräftigt diese Vermutung.«

Lucie versuchte, sich die Chronologie der Entführungen vor Augen zu führen, da diese oft gleichbedeutend ist mit einem Fortschreiten, einer Weiterentwicklung des Verbrecherhirns.

»Wallabys sind leichter zu präparieren als Wölfe und Wölfe leichter als Kapuzineraffen, ist es das?«

»Nein, alle drei stellen ein spezielles Problem dar. Um einen Wolf zu präparieren, braucht man Geduld und Organisationsfähigkeit, weil er so groß ist. Ein Kapuzineraffe verlangt äußerste Geschicklichkeit und leistungsfähige, sehr scharfe Werkzeuge. Was die Wallabys betrifft ... ich habe noch nie eins präpariert, aber ... der Aufbau ihres Skeletts ist komplex, voller Rupturen. Das Ausnehmen muss sehr schwierig sein ... Sagen wir, jemand, der in der Lage ist, diese drei Tiere zu präparieren, beherrscht unsere Kunst nahezu perfekt.«

Lucie notierte die Bemerkungen in ihr Heft. Sie fragte weiter:

»Wenn unser Mann kein Anfänger mehr ist, wie hat er sich dann seine ersten Tiere verschafft? Wie hat er angefangen? Kurzum, wie bekommt man Erfahrung als Taxidermist?«

Léon antwortete wie aus der Pistole geschossen.

»Möglicherweise hat er zunächst mit Vögeln gearbeitet. Entweder hat er sie gefangen oder in einer Versuchstierzüchterei gekauft. Dann ist er zu einer anderen Art übergewechselt, hat weitergemacht mit kleinen Säugetieren, wie Eichhörnchen, Frettchen, Steinmarder. Wenn er weder Jäger ist noch Beziehungen zu Zoos oder Tierhändlern hat ... Hmm ... dann wird er schwerlich ... noch weiter ...«

Lucie reagierte auf sein Zögern.

»Und gesetzt den Fall, er will weiter gehen? Größere Tiere in Angriff nehmen? Aus einer Leidenschaft heraus oder aus Wahnsinn?«

Léons Mund zog sich zusammen.

»Abgesehen von den Diebstählen im Zoo?«

»Abgesehen von den Diebstählen im Zoo ...«

»Hmm ... Wie überall gibt es auch hier Grenzfälle. Haben Sie in Ihrem Berufsverband nicht auch korrupte Beamte? Auf dem Gebiet der Taxidermie ist das genauso. Ein verschwindend kleiner Prozentsatz bringt unser Berufsbild in Verruf.«

»Wir hören«, schaltete sich Raviez ein.

Léon blickte den Schnauzbart finster an.

»Tiere als Gesellschaft ... Übergeschnappte Katzenliebhaber, die sie zu Hunderten ausstopfen. Perserkatzen, Angorakatzen, Siamkatzen, Birmakatzen. Leute, die verrückt nach Hunden sind, sie jedoch nur im präparierten Zustand mögen. Sie zu kaufen würde ein Vermögen kosten. Woher beschaffen sie sich die Tiere also? Ganz einfach, in den Tierschutzvereinen oder Tierheimen. Gibt es für Tierfreunde einen besseren Lieferanten?«

Lucie saugte die Informationen auf wie ein Schwamm. Aufgrund von Léons offensichtlicher Nervosität stellte sie eine letzte Frage. Die entscheidende.

»Den Tieren das Blut durch die iliakalen Arterien auszulassen und die Aorta direkt am Herzen zu unterbinden, ist das ein Verfahren in der Taxidermie?«

»Nein, wir sezieren die Tiere nicht, wir ziehen ihnen

die Haut ab, das ist ein großer Unterschied. Die Brust wird auf der ganzen Länge aufgeschnitten, wobei man achtgeben muss, nicht durch die Bauchdecke zu stechen, dann nimmt man die Haut ab, so als zöge man eine Socke von einem Fuß. Sofern man kein Modell verwendet, behält man das Skelett. Alle Organe, Fleisch und Blut wandern in den Mülleimer. Noch Fragen?«

Die Polizisten schüttelten den Kopf.

»Und jetzt gehen wir in die Werkstatt, wenn Sie mögen …«

Léon ließ eine Hand über seine behaarten Mitbewohner gleiten, eine Art Liebkosung *post mortem*, dann schob er einen Vorhang zur Seite und enthüllte die fensterlose Werkstatt, eine Kombination aus Sauberkeit und Modernismus, erdrückend in ihrer Monochromie. Boden und Wände weiß gefliest, ein ganzes Arsenal von Werkzeugen, vom Präzisionsinstrument bis hin zu Standard-Heimwerker-Meißeln oder Feilen. Kurz gesagt, genug, um das Auge eines Kolibris zu operieren oder das Schienbein eines Mammuts zu zermahlen. Die Ausdünstungen der Chemikalien, der ranzige Geruch toter Häute, die geöffneten Brüste von Tieren, gespannt wie der Stoff einer Stickerei, brachten die Organe der Polizisten in Aufruhr.

Mit einem metallenen Kamm bürstete Nestors unerschütterlicher Klon den blutigen Skalp von etwas, das einmal ein Vierfüßer gewesen sein musste und nun auf zwei Dimensionen reduziert war.

»Man bürstet ihn besser vor dem metallorganischen Bad«, leierte er mechanisch herunter »um möglichst viel Schmutz zu entfernen. Eine Menge unbedeutender Details, die zur Katastrophe führen, wenn man sie nicht beachtet …«

Der Kapitän richtete seinen Blick angeekelt auf die

Korbflaschen, die in einem Schrank hinter einer Glasscheibe standen.

»Können bestimmte Substanzen, die Sie verwenden, die Haut beschädigen, genauer gesagt die Hände?«

»Natürlich! Wasserstoffperoxid, Ameisensäure oder Isocyanat sind stark ätzend. Wir spielen mit dem Tod, allerdings mit größter Vorsicht. Während der heikelsten Phasen würde kein Taxidermist ohne Handschuhe oder Brille arbeiten. Eine kleiner Spritzer und hopp! Ein Auge ist rausgesprungen!«

Während Raviez sich mit dem Todesengel unterhielt, hing Lucie ihren Gedanken nach. Der Satz, den Van Boost, der Veterinär des Zoos, gesagt hatte, ging ihr nicht mehr aus dem Kopf: »Meiner Meinung nach haben Sie es mit einer schwarzen Witwe zu tun, die die Männchen tötet und die Weibchen so verherrlicht, dass sie sie unsterblich machen will.« Léon war eindeutig gewesen. Egal welchen Geschlechts das Tier war, das Verfahren beim Präparieren blieb in allen Punkten das gleiche, und aus Gründen der Ästhetik mussten die männlichen Anhängsel entfernt werden.

Der Grund für die Auswahl des Mörders, diese Trennung der Geschlechter, war also weder optischer noch praktischer Art, sondern rein moralisch, stand in Zusammenhang mit seiner Vergangenheit, seinen Trieben, dem inneren Rausch, der ihn zum Handeln zwang. War die Verstümmelung Folge seiner Abneigung gegen Männer?

Die Taxidermie auf der einen Seite, die Entführungen auf der anderen. Die erste Entführung war zum Teil durch das Geld motiviert, aber die zweite? In welchem Zustand würden sie die Leiche des zuckerkranken Mädchens auffinden? Mit einem grotesken Lächeln geschmückt? In einem Morgenrock mit rotem Band? Welche Rolle spielten die Puppen in dieser Welt des Todes? Die *Beauty Eaton* ihrer Generation und wahrscheinlich der des Mörders … Wie alt mochte er sein? Fünfundzwanzig, dreißig Jahre?

Lucie beobachtete Léon aus den Augenwinkeln. Ein gewissenhafter, vielfach begabter Mensch, geschickt mit Händen und Verstand. Ein Handwerker des Todes, der in der Lage war, einer Leiche die Organe zu entnehmen, so wie man eine Melone entkernt. Welcher Fehler war dem Mörder beim Hantieren mit den Chemikalien unterlaufen und hatte seine Papillarleisten ausgelöscht? Unter welchen Umständen war dies geschehen? Er stellte sein Tannin selbst her, bearbeitete äußerst schwer zu präparierende Tiere, ein Beweis für seine Erfahrung, sein unermüdliches Vorgehen. Verlor er bisweilen die Kontrolle über sich, wenn er Wutanfälle bekam, unbewusst aus der Wirklichkeit ausbrach?

Zu viele unbekannte Faktoren, zu weit gestreute Spuren, um daraus zuverlässige Schlussfolgerungen ziehen zu können. Ein Gehirn gedanklich zu durchdringen war wie ein chirurgischer Eingriff. Und da befand sich Lucie erst auf der Stufe einer Krankenschwester. Dennoch brodelte es in ihrem Kopf. Es brodelte gewaltig …

Der beißende Geruch einer Zigarette holte sie zurück in die Realität. Sie hatte sich kaum umgedreht, als sie sah, wie eine Gestalt hinter dem Vorhang verschwand, geschickt durch den Wald aus Tieren glitt, um sich dann in der Dunkelheit zu verlieren. Diese seltsame, unsichtbare Frau …

»Kümmern Sie sich nicht um sie«, sagte Léon und hob eine Bürste voller Haare hoch. »Meine Frau ist von allen hier befindlichen Geschöpfen das neugierigste …«

Und er bürstete unermüdlich weiter.

Während die beiden Männer ihr Gespräch fortsetzten,

nutzte Lucie die Gelegenheit, um in die Rumpelkammer zurückzukehren. Zwischen all diesen durchsichtigen Augäpfeln, diesen Dolchen aus Zahnschmelz, die aggressive Mäuler verteidigten, fühlte sie sich unbehaglich. Und doch kam ihr diese Atmosphäre gelegen, schließlich bildete sie den Alltag des Mörders auf perfekte Weise nach und half ihr dabei, sich in seinen Kopf zu versetzen …

Die junge Polizistin schlängelte sich zwischen den herabhängenden Tüchern hindurch, sah sich Geschöpfen gegenüber, die einem Märchen von Charles Perrault entsprungen zu sein schienen. Ein Fuchs mit zerfetzten Lefzen, der Kopf einer Hirschkuh, deren Ohr von einer Kugel zerrissen worden war, ein Hirsch ohne Geweih. Ein Museum des Schreckens, das in die Vorhölle des Vergessens gefallen war, mitten ins Herz der unerforschten Schlupfwinkel der Altstadt. Der Fußboden knarrte, das Echo ihrer Schritte ließ sie erstarren. In einem Eisenbehälter entdeckte sie unversehrte Insekten, gefangen in Blöcken aus durchscheinendem Harz. Spinnen, Wespen, Skarabäen. Sie stellte sich vor, wie in dieser Milchstraße aus unheimlichen Augen und wilden Gerüchen kleine Mädchen festgehalten wurden, von einem Menschen mit von Säure zerfressenen Händen, der mit der Geschicklichkeit eines leidenschaftlichen Chirurgen Tiere enthäutete. Sie sah Éléonore vor sich, wie ihr aufgrund des Insulinmangels die Kräfte schwanden, wie sie langsam in ein irreversibles Koma versank. Welche Rolle spielte sie in der Welt des Mörders? In dieser Welt, in der Männer keinen Platz hatten, diesem Raum, der so verweiblicht war, dass ein erloschenes Gesicht mit den Zügen einer Puppe geschmückt wurde?

Die Puppen … Wofür stehen sie? Denk nach … Denk nach … Sie … sie verlängern die Kindheit, sind Träger von Erinnerungen, ein Querschnitt des Erlebten, Wege zur Vergangenheit hin. Mit seiner Inszenierung hat unser Mörder versucht, diese Vergangenheit wachzurufen, durch sein Ritual, seine in die Tat umgesetzten Hirngespinste will er sie wieder lebendig machen …

Lucie umrundete ein Wildschwein mit schiefem Rüssel, dessen Fell hart war wie verbrannte Erde. Die Dunkelheit wurde immer undurchdringlicher.

»Das sind Abfälle, beschädigte Tiere«, hatte Léon gesagt. Warum ging ihr dieser Satz nicht aus dem Kopf?

»Bist du gefressen worden? Wo steckst du?«, rief der Kapitän. »Wir gehen!«

»Ich … ich komme!«

Als Lucie den Salon durchquerte, bemerkte sie, dass die Weinflasche leer war. Dieses seltsame unsichtbare Wesen hatte sie ausgetrunken, diese in Rauchschwaden gehüllte Frau, die durch die Räume geisterte.

»Hier haben Sie meine Karte«, sagte Léon an Lucie gewandt. »E-Mail, Fax, privates Telefon. Zögern Sie nicht, sich an mich zu wenden, egal zu welcher Tageszeit. Auch nachts. Ich schlafe nie.«

»Wir werden bei Bedarf darauf zurückkommen«, erwiderte die junge Frau und verabschiedete sich.

Die Polizisten liefen durch das dichte Netz der Altstadt-Gassen hinauf in Richtung *Champ de Mars*. In den engen Straßen setzte die Abenddämmerung eine gute Stunde früher ein, dichte Nebelschwaden senkten sich leise von den Dächern hinab und verwandelten das erstarrte Labyrinth in einen wogenden Sumpf. Fehlte nur noch Jack the Ripper …

»Dieser Léon ist eine wahre Goldgrube!«, jubelte der Kapitän und zog an seiner Zigarette. »Du hast es ihm angetan, dir haben wir es zu verdanken, dass er sanft wie ein Lamm war und so kooperativ! Ich sollte dich öfter mitnehmen!«

»Hmmm…«

»Wir wissen jetzt, dass unser Entführer sich seit langem für Taxidermie begeistert. Der Alte hat mir eine Liste mit den wichtigsten Geschäften gegeben, wo man Material bestellen kann, wie Augen, Kiefer aus Harz, Modelle. In der Region gibt es nur vier, die beiden nächsten befinden sich in Lille und Arras. Meist handelt es sich um recht teures Material, das nach Maß angefertigt wird, die Verkäufer haben also die persönlichen Daten der meisten Kunden. Die Schlinge zieht sich langsam zu! Jetzt braucht nur noch einer von ihnen Veterinär zu sein und hopp! Ab in die grüne Minna!«

Lucies Gesicht blieb verschlossen, unempfänglich für die eher guten Neuigkeiten. Die Absätze ihrer schlecht polierten Stiefeletten klapperten monoton auf dem Pflaster.

»Gibt's ein Problem, Henebelle?«

»Ich … ich versuche, den Grund für die Entführungen zu verstehen, besonders im Fall des zuckerkranken Mädchens, da wir jetzt wissen, dass Geld als Motiv ausscheidet. Ich will die einzelnen Komponenten sichtbar machen, indem ich sie in die Welt des Mörders übertrage. Sehen Sie, das Haar in der Kehle, die Fuß- oder Fingerabdrücke, das sind konkrete Elemente, tatsächliche Beweise, die von Maschinen, Experten, der Technologie analysiert werden können. Das nenne ich das *Faktische*. Die Tatsache dagegen, dass der Mörder sich nur für das weibliche Geschlecht zu interessieren scheint, sowohl in Bezug auf die Tiere als auch auf die Menschen, dieses puppenhafte Aussehen, das er der Leiche verpasst hat, der Hang zur Taxidermie, die nach einem Ritual getöteten Männchen, all das kann nur der Verstand begreifen.

Das nenne ich *geistig*. Das *Faktische* lässt sich mit einem Schachcomputer vergleichen, und das Paar *faktisch/geistig* mit einem Schachspieler, der wesentlich gefährlicher ist.«

Raviez fuhr sich mit der Hand durch den Schnurrbart, um die Eiskristalle abzustreifen.

»Für Schnauzbärte gibt es nichts Schlimmeres als dieses nasskalte Wetter, man kommt sich vor wie ein Eisbrecher ... Für mich ist der Schachcomputer überlegen, denn er begeht keinen Fehler und folgt einer unwiderruflichen Logik. Ich spiele die Rolle des Computers, ich stelle mir also einen Mann mittlerer Größe vor, weil er Schuhgröße einundvierzig hat, reiferen Alters, weil er über eine lange Erfahrung in der Taxidermie verfügt. Vierzig, fünfzig Jahre alt. Jemand, der zurückgezogen lebt, menschenscheu, mit einem Blick, in dem sich die Klinge des Skalpells widerspiegelt. Natürlich alleinstehend, keine Kinder. Lebt auf dem Land. Kräftig, weil er einen fünfzig Kilogramm schweren Wolf aus dem Zoo weggetragen hat. Gewissenhaft, organisiert, aber seelisch gestört, wie die verstümmelten Tiere bezeugen. Was sagst du dazu, *Schachspieler*?«

»Erstens, die Puppen stellen wichtige Symbole dar. Sie haben die Kindheit aller Mädchen geprägt, sie rufen Erinnerungen wach, die glücklichen Momente der Kindheit. Die Tatorte, die bestimmte Typen von Mördern inszenieren, sind lediglich der konkrete Ausdruck ihres Unbewussten, all dessen, was sie in Verwirrung stürzt. Anders gesagt, ein als Puppe *verkleidetes* Opfer am Ort eines Mordes zu hinterlassen, kann bedeuten, dass der Mörder – und im Gegensatz zu Ihnen tendiere ich zu einer Frau, aufgrund der verweiblichten Welt des Tatortes und der verstümmelten Männchen – unbewusst versucht, Teile seiner Kindheit wiederaufleben zu lassen.

Warum? Eine kaputte, auseinandergebrochene Familie? Verstorbene Eltern? Schmerzhafte Jugend?

Zweitens, die Taxidermie. Eine Kunst, die man nicht von heute auf morgen lernt, wie unser Mann aus der Altstadt sagt. Demnach hat der Mörder also an den Wallabys, den Wölfen und den Kapuzineraffen nicht seine ersten Versuche gemacht. Hat er an anderen Säugetieren geübt, so wie diese Leute, die Haustiere sammeln? Wahrscheinlich. Katzen, Hunde, die er auf der Straße gefunden, vom Tierschutzverein übernommen hat, wie Léon sagt. Er verstümmelt die Männchen, wendet bei ihnen eine spezielle Methode an, die darin besteht, sie ausbluten zu lassen, den Herzbeutel aufzuschneiden, die Aorta zu unterbinden. Auch das muss er geübt haben. Hat man in den Wäldern rund um Dunkerque, in Mülltonnen oder Müllverwertungsanlagen verstümmelte Tiere gefunden? Woher hat er sein Wissen? Aus anatomischen Werken? Oder nur aus seinem Veterinärstudium? Verfügt er über ein umfangreiches Wissen oder ist er einfach nur begeistert vom Sezieren?

Drittens ...«

»Stopp, Henebelle! Stopp! Lass mich in Ruhe mit deinen endlosen Analysen! Ich hasse Schach!«

»Tut mir leid, Kapitän, aber in meinem Kopf haben sich Abscheulichkeiten festgesetzt, die dort umherwirbeln, bis sich erste Antworten zeigen. Könnten Sie mir Ihre Kopie des Autopsieberichtes leihen? Seit unserem Besuch bei Léon habe ich ein ungefähres Bild im Kopf, und ich versuche, es einzufangen.«

»Wenn dir das hilft, dich besser zu fühlen ... Aber du müsstest dir wirklich mal das Gehirn durchpusten lassen. Du solltest aufhören, im Dunkeln zu leben, mit schwarzer Magie rumzumachen, und öfter mal ausgehen ...«

»Schwarze Magie? Wie haben Sie …«

Der Dicke musste, neugierig, wie er war, in ihren Schubladen herumgeschnüffelt haben, die Puppe, die Kerze und die Haarsträhne entdeckt haben.

»Ich kenne dich nicht sehr gut, Henebelle«, fügte er hinzu, »aber wenn man mit dir zusammen ist, wird man sich bewusst, dass auch im Innern eines Menschen Tag und Nacht existieren …«

Ohne ein Wort drückte Lucie das Buch von Pirogov unter ihrer Jacke fest an sich und wandte sich ab.

25

In weniger als einer Stunde rasten die beiden Polizisten über die schlecht geteerte Straße zum Stadtrand von Dunkerque. Im Norden wirbelten Windräder am Horizont, drehten sich, als ginge es um ihr Leben, waren umgeben von Industriekolossen, die Menschen und Hoffnungen gleichermaßen verzehrten. In diesem schwarzen Winkel Frankreichs wurde man an einem Ende des Fließbandes geboren und starb am anderen, zählte abends beim Einschlafen keine Schäfchen, sondern Autotüren oder Schutzschalter.

Irgendwo zwischen diesen Betongräbern, hinter den Wassertanks auf ihren stählernen Beinen kämpfte ein kleines Mädchen mit dem Tod, während ihr Martyrium auf dem Bildschirm vor Millionen von Fernsehzuschauern ausgebreitet wurde. Was würde sie schneller umbringen? Die heimtückische Krankheit oder die Klinge eines Mörders, der Tiere präparierte? Wer schuf die Guten und die Schlechten, welche schmutzige Hand erzeugte das Böse, und welche Hand bearbeitete es, um die Welt mit den vielen Facetten des Wahnsinns zu verseuchen?

Als sie gerade über eine Landstraße fuhren, hielt Raviez am Straßenrand an, um einen Anruf entgegenzunehmen. Er stieg aus und nahm die Gelegenheit wahr, seine Lungen mit einer weiteren Zigarette zu malträtieren. Im Verlauf des Gesprächs glätteten sich seine Züge, und als er auflegte, strahlte sein Gesicht Zufriedenheit aus.

»Das war Norman! Wir haben sie!«, rief er aus und reckte die Faust. »Clarice Vervaecke, Veterinärin in Merlimont! Seit Monaten bestellt sie in einer Apotheke in der Stadt Tiletamin! ›Na und?‹, wirst du jetzt sagen.«

»Na und? Sie haben doch gerade noch gesagt, dass sich fast alle Veterinäre Tiletamin besorgen.«

»Sie kommt bald vor Gericht und riskiert, ihre Zulassung zu verlieren!«

»Denken Sie, Sie könnten mir diese Geschichte innerhalb von zehn Tagen erklären?«, nörgelte Lucie, ohne ihren Ärger zu verbergen.

»Sie ist letzten Monat bei einer Alkoholkontrolle erwischt worden, auf dem Rückweg von einer Lesbendisko in Belgien. Völlig zugeknallt. Der Blutprobe zufolge hatte sie sich Tiletamin gedrückt.«

»Das erklärt, wieso sie so viel davon bestellt hat. Reicht das, um ihr eine Schuld nachzuweisen?«

»Bevor sie in Polizeigewahrsam genommen wurde, wollten sie ihre Fingerabdrücke nehmen. Ahnst du den Rest?«

»Keine Papillarlinien?«

»Genau! Die Fingerspitzen sind von Chemikalien zerfressen.«

Raviez warf einen Blick in den Rückspiegel und trat aufs Gaspedal.

»Der Kommissar hat vom Staatsanwalt einen Durchsuchungsbefehl erhalten. Ein Team von zehn Männern mit Norman an der Spitze ist bereits auf dem Weg! Mit ein bisschen Glück ... lebt die Kleine noch ... Hoffen wir es, sonst würde es uns das *happy end* verderben ...«

»*Happy end?* Vergessen Sie nicht, dass Mélodie Cunar und ihr Vater tot sind und ein Raser noch immer mit zwei Millionen Euro auf der Flucht ist!«

»Willst du mir eine Moralpredigt halten, Brigadierin?«

Lucie drückte sich stumm in ihren Sitz. Die Nachricht löste einen Sturzbach von Gefühlen bei ihr aus. Fast bedauerte sie, dass die Ermittlungen so plötzlich zu Ende sein sollten.

Die Zeit rann weiter, löste in Éléonores Venen das Gift der verrinnenden Sekunden auf. Merkt man, wie man stirbt, wenn der Sensenmann schon seit vielen Jahren sein scharfes Werkzeug über einem schwenkt?

»Siehst du«, fügte der Kapitän nach einer kurzen Pause hinzu. »die Tatsachen, der Eifer unserer Männer, das allein zählt! Dein psychologisches Gefasel ist nicht besonders hilfreich! Ich fahre noch schnell beim Kommissariat vorbei und bringe dich dann nach Hause. Du kannst das Wochenende nutzen und dich in aller Ruhe um deine Kinder kümmern ...«

»Trotzdem bleibt noch ein unbekannter Faktor, nämlich der oder die Raser ...«

»Ich bin überzeugt, dass unser Verdächtiger alles mit angesehen hat, schließlich befand er sich in der Nähe des Unfallortes. Das Kennzeichen hat er sich gut eingeprägt, und glaub mir, wenn es darum geht, ein ordentliches Verhör zu führen, dann kannst du dich auf den Kommissar verlassen.«

»Rufen Sie mich auf jeden Fall an, um mir zu sagen, wie es ausgegangen ist ...«

Sie fuhren am Hafen entlang, an der Duchesse Anne

vorüber und parkten schließlich hinter dem Kommissariat. Wie aus dem Nichts tauchten Journalisten auf.

»Lass mich reden«, warnte sie der Kapitän, bevor er die Tür öffnete. »Und versuch, keine Flappe zu ziehen, es kann sein, dass wir heute in den Acht-Uhr-Nachrichten sind …«

»Ich werde nur lächeln …«

Vom Fenster ihres kleinen Häuschens in Malo-les-Bains betrachtete Lucie die Düne, die von den letzten Sonnenstrahlen beschienen wurde. Selbst im Norden sind Sonnenuntergänge wundervoll, eine Mischung aus Blau, Orange und Blasslila. Eine leichte Brise wirbelte den Sand auf und trug ihn fort in den schwarzen Ozean.

Die junge Frau fragte sich, was das Team wohl in dem verwunschenen Haus entdecken würde. Jede Menge ausgestopfte Tiere? Auf einen Holzsockel genagelte Kapuzineraffen, verdammt zu künstlicher Ewigkeit? Zerlegte Tiere, deren Organe in Gläsern konserviert wurden? Und die kleine Éléonore? Wie standen die Chancen, sie in dieser von Hass geprägten Umgebung lebend aufzufinden?

Der Autopsiebericht, der im Esszimmer herumlag, brachte ein kleines blindes Mädchen um seine Intimsphäre und sein Recht, in Frieden zu ruhen. Lucie strich mit einer Hand über die glatten Seiten und stellte sich dabei vor, wie die winzigen Lichtkörnchen die Iris von Mélodie Cunar durchquerten, begierig darauf, ihre Farben, die Nuancen, das Pulsieren des Lebens mitzuteilen, wie sie in die Sehnerven eindrangen und wieder kehrtmachten, kurz bevor sie das Gehirn erreicht hatten. Sie dachte an die Zwillinge, ihre großen, mit Himmelsgold besprengten Augen, ihr Erstaunen beim geringsten Funkeln eines Sterns. Sekunde für Sekunde nehmen wir Bilder wahr, die uns erstrahlen lassen, uns mitreißen können und die Fäden unseres Lebens spinnen. Mélodies Dasein war nur ein Brunnen aus Finsternis gewesen, ein dunkler Abgrund. Welche Erinnerung hatte sie an ihren kurzen Aufenthalt auf der Erde, an diesen schönen Planeten, mit seinen Blumen, Ozeanen und Wolken, wenn nicht dieses ungeheuerliche Gefühl von Verständnislosigkeit und Ungerechtigkeit, als sich die beiden kalten Hände um ihren Hals legten?

Voller Verbitterung legte Lucie die Blätter zusammen, nahm die Biographie des russischen Arztes und versteckte sie hinten in einer Schublade, aus der sie einen kleinen Schlüssel hervorholte. Dann ließ sie die Rollläden herunter, zog die doppelten Vorhänge vor, schaltete das Licht und die Leuchtdioden der elektrischen Geräte aus. Es herrschte vollkommene Dunkelheit. Sie tastete sich zu dem Schrank mit den getönten Scheiben, öffnete ihn und ... wagte den Schritt ...

Eine Stunde später, als sie ihre Tränen wieder getrocknet hatte, fuhr sie zum Haus ihrer Eltern.

Nach drei Tagen würde sie ihre Töchter endlich wieder in die Arme schließen können, die Zwillinge mit dem abwechselnden Schlaf.

Vor ihr lag eine lange schlaflose Nacht ...

26

Achtzehn Uhr dreißig. Vigo saß mit unter dem Kinn verschränkten Händen da und betrachtete die gewaltige Masse auf dem Sofa. Mit der Gründlichkeit eines Uhrmachers ging er seinen Plan noch einmal Punkt für Punkt durch, analysierte die einzelnen Phasen, die unbekannten Faktoren, die sein Vorhaben gefährden könnten.

Der Schlüssel für die Eingangstür, den er bei Sylvain entwendet hatte und in einem Supermarkt hatte nachmachen lassen ... Die Schachtel Donormyl ... Ein Paar Latexhandschuhe ... Und die vielen Details, die das Geschick eines Jongleurs erforderten ...

Alles passte perfekt zusammen. Er ging nach hinten in den Garten, um sicherzustellen, dass sein Nachbar, ein sechzigjähriger Witwer, die Rollläden heruntergelassen hatte, dann holte er Sylvains Auto heran.

Von der anderen Seite der Straße konnte es keine Zeugen geben. Die zwei Meter hohen Betonpalisaden hatten weder Augen noch Ohren.

Nachmittags hatte er Nathalie angerufen, die stinksauer auf ihren Mann war, nachdem dieser so überstürzt das Haus verlassen hatte. Vigo hatte ihr mitgeteilt, dass Sylvain auf dem Sofa liege und herumschimpfe, eine Whiskyflasche in der Hand und in einer Verfassung, die an einen Destillierkolben außer Betrieb erinnerte.

Und jetzt wollte der Freund den unwürdigen Ehemann zurückbringen.

Sylvain war unglaublich schwer. Dennoch gelang es Vigo, ihn auf den Beifahrersitz zu heben. Er zog die Latexhandschuhe und eine Mütze an, startete den Motor und verschwand in der Dunkelheit.

In ihm klingelten Alarmglocken, die ihm befahlen, umzukehren, seinen Plan aufzugeben und über Alternativen nachzudenken. Aber der Egoist in ihm forderte eine Entscheidung zwischen einem feuchten Kerker und den Annehmlichkeiten eines süßen Lebens.

Er war fast am Ziel. Er würde keinen Fehler begehen. Intelligent zu sein bedeutete, seine Intelligenz im richtigen Augenblick zu nutzen.

Nach zwei Kilometern bog er in den U-förmigen Hof des kleinen, einsam gelegenen Bauernhauses, verriegelte das Portal und schlug mit dem Ellbogen gegen die Tür, während er Sylvain unter den Achseln festhielt. Nathalie wurde sofort aggressiv und überhäufte ihn mit Vorwürfen.

»Vigo! In was für einer Verfassung bringst du mir Sylvain zurück!«

Dann wandte sie sich an ihren Mann.

»Und du! Lässt dich volllaufen, während deine Frau und deine Tochter den ganzen Nachmittag auf dich warten! Schau dir diesen Schwachkopf an! Voll wie ein irischer Pub!«

»Vergiss es, er hört dich nicht!«, sagte Vigo und verzog das Gesicht, während er seinen Freund ins Haus schleppte. »Er hat meine Whiskyflasche geleert. Hilf mir lieber, ihn ins Bett zu bringen! Sag mal, ich hoffe, du erwartest niemanden mehr? In dieser Verfassung sollte ihn besser keiner sehen!«

»Wen soll ich denn um diese Zeit noch erwarten? Du schuldest mir ein paar Erklärungen!«

»Zuerst ins Bett mit ihm, dann erklär ich dir alles …«

Der ganze Nippes, die Teppiche, all die Flächen, auf denen man Abdrücke hinterließ, verwandelten sich in potentielle Fallen. Plötzlich fühlte Vigo sich verwundbar und schwach. Und wenn er nun neben den Leichen ein Haar verlöre, eine Wimper, eine Kopfschuppe? Wenn er ein entscheidendes Detail vergäße? Bei den heutigen Techniken der Spurensicherung konnte ihm die kleinste falsche Bewegung zum Verhängnis werden.

Sie legten Sylvain hin, atmeten tief durch und gingen ins Wohnzimmer.

Denk an den Schweiß … Bevor du gehst, musst du alles abwischen …

»Ich sterbe vor Durst!«, keuchte Vigo. »Kann ich mir in der Küche einen Saft nehmen?«

Nathalie fuhr sich über die Stirn.

»Beeil dich! Ich warte!«

»Wem hast du etwas erzählt ... von Sylvains überstürztem Aufbruch heute Nachmittag? Du musst sagen, alles sei wieder in Ordnung.«

»Niemandem! Meinst du, ich breite meine familiären Probleme vor aller Welt aus?«

Vigo warf einen Blick auf den Kohleofen. Alles verlief nach Plan, fügte sich perfekt zusammen, fest im Zement des Wahnsinns verankert. Er wurde wieder zuversichtlich und kam mit zwei randvoll gefüllten Gläsern zurück.

Noch kannst du aufhören! Noch kannst du aufhören!

Wozu? Wenn er lebt, bist du erledigt! Du hast sowieso schon einmal getötet. Das lief wie geschmiert, oder? Jetzt weißt du, wie es geht.

Ein Impuls ließ ihn seinen Arm ausstrecken.

»Hier, trink einen Schluck! Dein Mann ist ein schwerer Brocken!«

Sie lehnte ab.

»Glaubst du, mir ist danach zu trinken? Bei euch beiden hätte ich eher Lust zu kotzen! Das einzige Mal, als ich meinen Mann derart besoffen gesehen habe, war zu seinem Junggesellenabschied!«

Über ihre Wangen liefen Tränen.

»Er ist komisch ... in letzter Zeit ... als sei er nicht mehr derselbe. Was hat er dir erzählt?«

Vigo riss sich zusammen. Seine Augen suchten nach einem Halt, einem Rettungsanker, der ihn vom Anblick einer zukünftigen Leiche ablenkte. Er improvisierte:

»Er hat Angst, dass du ihn verlässt ...«

»Aber das ist doch Unsinn!«, erwiderte Nathalie empört und machte eine abwehrende Geste. »Wie kommt er denn darauf?«

»Einem Mann seine Arbeit zu nehmen bedeutet, ihn zu kastrieren. Er fühlt sich ohnmächtig und völlig nutzlos. Ich kenne Sylvain gut genug und kann dir versichern, dass er diese Abhängigkeit nicht mehr erträgt, dass ihn diese ewige Warterei verrückt macht. Heute hat er die Nerven verloren. Kann man ihm deswegen Vorwürfe machen? Glaubst du, es ist leicht, stempeln zu gehen?«

»Nein … natürlich nicht«, gab Nathalie zu. »Aber wir haben uns immer alles erzählt!«

Vigo wischte mit der Fingerspitze eine Träne weg. Eine Träne, die ihm das Herz zerriss. Die Sekunden zogen sich wie Stunden, die Worte strömten zuckersüß aus seinem Mund.

»Du … du musst mit ihm reden«, sagte er vertrauensvoll zu ihr. »Hilf ihm, diese schwere Zeit durchzustehen.«

»Aber … Aber … es ist schon …«

Sie brach in Schluchzen aus. Vigo unterdrückte seine Skrupel, um bloß keinen Rückzieher zu machen.

Die Sache zu Ende bringen …

Er nahm das Glas und hielt es ihr an die Lippen.

»Trink einen Schluck. Danach geht es dir besser …«

Nathalie gehorchte und schluckte den Tod hinunter.

»So …«, murmelte Vigo. »Sehr gut … Ganz sachte … Setz dich aufs Sofa … Wir werden in aller Ruhe miteinander reden …«

Zuerst überkam Nathalie ein Gefühl von Leichtigkeit. Dann wurden Vigos Worte leiser, sie wurde von mächtigen Klauen in einen Brunnen ohne Boden hinabgezogen.

Vigo spürte seinen Herzschlag. In seinen Schläfen rauschte es. Er merkte, wie das Adrenalin ihn durchflutete, seine Muskeln stählte, seinen Verstand neu belebte.

Das Schwierigste blieb noch zu tun. Fehler vermeiden.

Seinem Plan gemäß streifte er Latexhandschuhe über, setzte eine Wollmütze auf, zog den Kragen seiner Windjacke hoch übers Kinn und schloss nacheinander die Fensterläden in der Küche, im Wohnzimmer und in den Schlafzimmern. Er zuckte zusammen, als die kleine Éloïse in ihrem Laufstall zu schreien anfing. Mit ergreifender Unschuld schwenkte sie eine Rassel. Aus jeder Bewegung, jedem Blick sprudelte Leben.

Vigo brach zusammen, den Tränen nahe.

Nein! Das kannst du nicht tun! Unmöglich! Fahr zurück nach Hause! Nicht ein kleines Mädchen ... Mein Gott ...

Er sackte auf den Geschirrschrank, ergriff eine Wodkaflasche und nahm einen großzügigen Schluck. Die Wirkung des Alkohols kannte er bestens. Zuerst überkam ihn ein Gefühl von Wärme, dann verschwanden die Hemmungen. Seine Gefühle würden abstumpfen, ohne dass seine Wachsamkeit nachließ.

Nach fünf Minuten – den fünf längsten Minuten seines Lebens – wurde die Wirkung schwächer und belebte den Hinrichtungsprozess aufs Neue.

Nächster Punkt in seinem Plan ... Das Donormyl ... Er legte die angebrochene Schachtel Schlaftabletten in das Arzneischränkchen im Badezimmer. Man bekam sie ohne Rezept, eine Spur, der sie nicht nachgehen würden.

Perfekt ... Perfekt ... Mach es so, als wolltest du dich selber schnappen ... Auf diese Weise wirst du keinen Fehler begehen ...

Schreie drangen durch das Haus. Éloïse brüllte. Wie konnten so kleine Lungen eine solche Kraft hervorbringen?

Himmel Herrgott! Die übersteigerte Empfindsamkeit von Babys! Man könnte meinen, dass sie ... es spürt!

Vigo stürzte sich auf die Wodkaflasche. Nur ein winziger Schluck, mehr kam nicht in Frage, er konnte nicht riskieren, dass seine Nerven abstumpften. Sein Leben hing von seiner Wachsamkeit ab.

Nicht das Baby, nicht das Baby, nicht das Baby …

Die unerbittliche Maschinerie in seinem Kopf setzte sich erneut in Bewegung. Los geht's!

Nun kam die Anordnung der Leichen an die Reihe, der springende Punkt an einem Tatort. »Dort spiegelt sich das Gesicht eines unvorsichtigen Mörders wider«, sagte sein Bruder immer. Er schminkte Nathalie mit einem milchgetränkten Wattebausch ab, den er in einen Mülleimer warf, trug sie zum Bett, zog ihr die Kleider aus und einen Pyjama an. Sie fast nackt zu sehen löste in ihm nicht das geringste Begehren aus. Wer bekam schon einen Ständer beim Anblick von beinahe erkaltetem Fleisch?

Die gleiche Prozedur bei Sylvain. Schuhe, Pullover, Hemd, Hose, zuletzt die Unterhose. Er legte die Körper auf ganz natürliche Weise hin – Nathalie mit angewinkelten Beinen auf die Seite, Sylvain auf den Rücken – und bedeckte sie dann mit dem Leichentuch aus Federn. Wieder ertönten Schreie. Ein entsetzliches Gebrüll. Er stürzte zu Éloïse hin, packte sie und stieß sie derart heftig in ihr Gitterbett, dass er ihr fast den Schädel zertrümmert hätte wie ein zorniges Kind seine Puppe.

»Halt die Klappe!«

Du hast es fast geschafft. Verlier jetzt nicht die Nerven. Schau mal! Sie hat schon ihren Schlafanzug an! Das Schicksal meint es doch noch gut mit dir … Lass es laufen …

Er atmete heftig. Geriet gehörig ins Schwitzen. Und wenn jetzt das Telefon klingelte? Und wenn jemand an die Tür klopfte? Und wenn ein Spaziergänger gesehen hätte, wie er in den Hof gefahren war?

Er ließ die Atmosphäre des Elternschlafzimmers ein letztes Mal auf sich einwirken, suchte mit den Augen jeden Winkel ab, stellte sich die Haltung der Polizisten vor, wenn sie die Leichen entdeckten. Hatte er auch nichts vergessen? Das Paar im Schlafanzug im Bett, die Frau abgeschminkt, die Kleider gefaltet auf den Stühlen …

Dieses furchtbare Geschrei!

Letzter Punkt. Der entscheidende. Der Clou seiner List.

Das Kohlenmonoxid … Ein geruchloses, unsichtbares, heimtückisches Gas … mit tödlicher Umarmung. Das Grubengas der Kohleöfen.

Sechstausend Opfer jährlich. Ganze Familien. Drei, vier, fünf Kinder. Der reinste Horror.

Vigo näherte sich dem stählernen Monster. Die Eierkohlen entzündeten sich ohne ein Knistern, verschlangen die Flammen, um sich in ein glühendes Magma zu verwandeln. Die Schmieden der Hölle bereiteten sich auf die Verbrennung der Seelen vor.

Mit schweißnasser Stirn zog Vigo vorsichtig das um das Abluftrohr gewickelte Klebeband ab, nur so weit, bis der tiefe Riss sichtbar wurde.

Es war leichtsinnig von ihnen, einen Ofen in einem so schlechten Zustand zu benutzen! Früher oder später musste ein solches Unglück passieren! Man repariert ein Abluftrohr nicht mit Klebeband!

Er beruhigte sein Gewissen. Ja, die Gefahr hatte immer über ihnen geschwebt. Vigo lenkte das Schicksal nur in eine andere Richtung, so wie er es mit der Croissanttüte auf den Stufen der Grand' Place getan hatte …

Ohne großen Kraftaufwand zog er an beiden Enden des Rohrs, verbreiterte den Spalt noch ein wenig. Alles schien ganz natürlich zu sein. Der Ausfall des Heizkessels im falschen Moment … Die eisigen Temperaturen draußen, die sie zwangen, den Kohleofen zu benutzen. Das Klebeband, das sich durch die Hitze gelöst hatte, mit den Fingerabdrücken von Sylvain oder Nathalie darauf ... Und sogar die Mutter, die vor der Gefahr gewarnt hatte!

Das geruchlose Gift verteilte sich in der Luft. In ein paar Stunden wäre das Gas bis in die Schlafzimmer gedrungen. In der blasslila Morgendämmerung wäre alles vorbei ...

Das Geschrei des Kindes, das aus der Tiefe des Hauses drang, wurde immer lauter.

Vigo hielt sich die Ohren zu und verzog den Mund. Hinter der beschlagenen Scheibe des Kohleofens flogen unermüdlich Funken, ahnten die Luftzufuhr. Sie beschleunigten den Prozess des Todes.

Das ... Das ist der Preis für dein Überleben! Du hattest keine andere Wahl!

Ohne zu zögern, spülte Vigo die beiden Saftgläser und räumte sie in den Küchenschrank. Er wischte mit einem Scheuerlappen über den Boden, horchte ein letztes Mal, ob aus den Zimmern ein Geräusch drang, und hielt den verzweifelten Schreien stand. Er taumelte und hätte sich beinah übergeben.

Nicht das Baby, nicht das Baby, nicht das Baby ...

Den Ort zu verlassen erwies sich als schwieriger als vorgesehen. Dieses schreckliche Gefühl, etwas vergessen zu haben ... Er legte den gestohlenen Schlüssel zurück in das Kästchen neben der Tür, schlich zum Eingang und benutzte den nachgemachten Schlüssel, um abzuschließen.

Unter dem gleißenden Blick der Sterne verschluckten ihn die Felder mit dem gefrorenen Boden.

Tschüs, mein Freund ...

Wieder zu Hause angekommen, wäre er beinahe ohnmächtig auf das Sofa gesackt. Er trocknete vom vielen Weinen ganz aus, bat die Gottheit, die ihn bestimmt gerne anhörte, um Verzeihung. Der Nichtgläubige, der betet, wenn es ihm gerade passt ... Und heute passte es ihm verdammt gut.

Wie sollte er eines Tages sein ruhiges Gewissen wiederfinden? Wieso musste er das Recht auf Glück mit diesem blutroten Umweg bezahlen?

Kurz vor dem moralischen Zusammenbruch zog er sich um und nahm die Autobahn A 21, mit dem Ziel nach nirgendwo ...

Morgen würden die Feuerwehrleute wieder einmal drei Opfer mit Kohlenmonoxidvergiftung finden. Bei dem Zustand des Kohleofens und der Aussage der Mutter läge der Fall so eindeutig, dass es nicht zu einem Gerichtsverfahren käme.

Am Tag nach Weihnachten erklärte sich Vigo zum rechtmäßigen Erben von zwei Millionen Euro, auf Kosten dreier Menschenleben, darunter ein Kind am Anfang seines Daseins ...

27

Der nackte Körper bewegte sich, dass sein Schatten zerriss. Die Nadel suchte nach einer Vene, durchstieß die Hautschicht und spritzte mehrere Milliliter der gelblichen Flüssigkeit in die Bluttentakel.

Tiletamin. Das Gift trug die Bestie empor auf den leichten Schweiß eines künstlichen Vergnügens, vertrieb die Illusion der Kälte und linderte die Schrecken der Welt. Hier in dieser kontrollierten Dunkelheit fühlte sie sich wohl, in Sicherheit, weit weg von den Dämonen, die ihren Alltag vergifteten. Wenn der Augenblick gekommen wäre, würde sie sich um ihre hübschen kleinen Mäuler kümmern. Auf ihre Weise.

Sie drehte den Radiorecorder laut, verstärkte die Bässe, um das fette Kreischen der E-Gitarre hervorzuheben. Sie stieß den Kopf immer wieder nach vorne, schleuderte die schwarze Masse ihrer Haare ins Gesicht und bis zu ihren Brustwarzen. Angestachelt von der Hitze in ihren Organen und dem Rausch der Droge bog sie sich nach hinten und vollführte Beckenbewegungen, die eine unsichtbare Gestalt einladen sollten, in sie einzudringen, sie durchzurütteln, emporzuheben. Sie trank eine Flasche Bier leer und stieß einen Schrei aus.

An diesem Abend schwebte sie mehr noch als in den Nächten zuvor auf dem Gipfel der Glückseligkeit. Dieses hypnotisierende Bild, dieses auf ihrer Netzhaut eingravierte Gesicht nahm Dimensionen von Wahnsinn an. Diese hellen Haare, die saphirblauen, geheimnisvollen Augen stimmten ausgezeichnet mit dem Foto überein, das sie vor Augen hatte. Dieses Foto, das sie wieder und wieder streichelte.

Ihre eindringlichsten Gebete hatten Gestalt angenommen.

Durch die Polizistin würde die Bestie endlich zu neuem Leben erwachen.

Waren ihre Bitten endlich erhört worden? Bot man ihr nun ihren Teil vom Glück? Die Möglichkeit, die Vergangenheit zurückzuholen und den Zorn, der in ihr wütete, zum Schweigen zu bringen? Ein solcher Schicksalsschlag, eine so unglaubliche Verkettung von Umständen konnten nur ein von Gott gesandtes Zeichen sein, das sie ermutigen sollte.

Sie atmete tief ein, hielt mit der linken Faust ein Kruzifix umklammert, dann tauchte sie die rechte Hand in eine Wanne mit fast reinem Wasserstoffperoxid und zog einen makellos weißen Schädel hervor, ein Gesicht aus Kalzium, gesäubert von seinen organischen Abfällen. Die Chemikalien brannten an ihren Fingern, der Schmerz war so beißend, dass der Stock zwischen ihren Zähnen beinah gebrochen wäre. Viele Meter unter der Erde tief stöhnte die Bestie markerschütternd.

Sie erlegte sich diese kontrollierte, notwendige Strafe immer wieder auf, damit ihre seelischen Narben sich nicht schlossen, damit die Bruchstücke ihrer Vergangenheit mit jedem Herzschlag die Gegenwart erschütterten und ihr in Erinnerung riefen, wie sehr ihre Mutter und sie gelitten hatten.

Nachdem sie eine selbst hergestellte Creme auf ihre schmerzenden Finger aufgetragen hatte, lehnte sie sich an eine mit Häuten bespannte Wand und ruhte sich aus, dabei heftete sie ihren Blick auf die grauen und blonden Mähnen, die an einem Metallständer hingen. Perücken, unter denen sie ihre echten Haare verbarg, wenn sie an die Oberfläche aufstieg, in diese Welt der Einkaufswagen, der Hupen, des Kohlendioxids. Ein Mittel, zusammen mit den altmodischen Klamotten, den Männerschuhen und den Latexmasken, um sich unter diejenigen einzureihen, die man lieber nicht anspricht, eine Abschottung gegen die verstohlenen Blicke der widerlichen Männer.

Als der Schmerz etwas nachgelassen hatte, legte die Bestie den Schädel schroff auf eine Tischplatte, neben durchsichtige Gläser, in denen sich Augen aus böhmischem Bleikristall befanden, Kiefer aus Harz und Berge von Knochen. Zu ihren Füßen, auf den bläulichen Flammen eines Gaskochers, mazerierte eine widerliche Mischung aus Fleisch, Eingeweiden und Bändern, schwamm an der Oberfläche einer trüben Flüssigkeit, in deren Tiefe sich ein Skelett verbarg. Der Gestank des Natriumhydroxids vermischte sich mit den Ausdünstungen des Leders, der toten Häute, die ihren teuflischen Duft verströmten. Das Zusammenspiel der Gerüche, die Alchimie dieses Gemischs bewirkte, dass sie einen Muskel nach dem anderen anspannte, sich erneut in ihre Arbeit vertiefte.

Dort, wo jeder andere sich hätte übergeben müssen, empfand sie höchste Lust …

Nachdem sie mehrere Schichten Harz um die Augenhöhlen gelegt hatte, trank sie gierig ein paar Schluck Bier und begann, sich zu den aggressiven Gitarrenriffs, die aus den Lautsprecherboxen dröhnten, zu drehen, wirbelte mit weit geöffneten Armen, die Handflächen nach oben gerichtet, immer schneller herum, bis ihr Gehirn schließlich versagte und sie zu Boden fiel. Sie rollte ihren von Brandwunden gesprenkelten Körper in den Kiefernrinden, bedeckte Oberkörper, Brüste und Becken damit und fasste sich stöhnend an ihre Scham.

Man hätte meinen können, in dieser Lagerhalle mitten im Industriegebiet hätte der Urknall stattgefunden. Zuerst der Misserfolg, die steigende Wut, gefolgt von einer übermächtigen Lust, Leben zu zerstören. Dann dieses unglaubliche Vergnügen, genau wie damals als Kind, wenn sie kleine Tiere tötete. Plötzlich war dann diese Idee aufgetaucht, als sei sie aus der Zauberlampe eines zu lang eingesperrten Geistes hervorgesprudelt.

Tote, die Tote zurückbringen würden.

Nun musste die Idee sich bewähren, in die Tat umgesetzt werden mit Hilfe dieses Mädchens, das sie rein zufällig auf der Straße aufgegriffen hatte. Zuerst an wegwerfbarem Material üben, bevor sie das Meisterstück in Angriff nahm, diese Polizistin, die auf den Geleisen ihres Schicksals aufgetaucht war.

Damit ihre irrsinnigsten Wünsche durch die Wunderkraft ihrer zerfressenen Hände sublimiert wurden.

Die Bestie umrundete Behälter, in denen sich Wachs in den Farben Preußisch-, Indigo- und Aschblau befand. Sie ging zu dem Tanninbad und beobachtete minutenlang den Teppich aus Haut, der in dem dreckigen Saft plätscherte …

Die Droge vertrieb die Nebelschlangen aus ihrem Kopf und legte ihre verrücktesten Einfälle, ihre zweifelhaftesten Wünsche offen. Sie betrachtete den Käfig, in dem noch der Geist des kleinen blinden Mädchens schwebte, diese stabilen Gitterstäbe, diese Gier des Metalls, Fleisch einzusperren. Warum sollte sie diesem einsamen Stahl nicht einen neuen Bewohner bieten? Warum sollte sie diese Polizistin nicht sofort entführen? Nicht, um sich auf der Stelle mit ihr zu beschäftigen, sondern um sie in der Vitrine aufzubewahren, unten in den Tiefen der Erde. Sie lebendig zu besitzen, genau zu beobachten, mit dem Blick zu sezieren …

Was für eine geniale Idee! Warum nur hatte es all die Jahre gedauert, bis ihre Fantasie, ihr künstlerischer Elan nun endlich hervorbrach?

Plötzlich richteten sich all ihre Sinne auf das kleine Glöckchen, das mit einem Nylonfaden verbunden war. Jemand hatte das Sicherheitssystem ausgelöst, das rund um das Haus herum installiert war. Die Bestie schaltete das Gerät aus und spitzte die Ohren. Nichts mehr … Vielleicht ein Tier … Ein Wildschwein, eine Hirschkuh?

Im Dunkeln ergriff sie ihr Skalpell, das noch mit Leben beschmutzt war. Das scharfe Werkzeug fiel ihr aus der Hand, als ihr Hund anfing zu bellen und nicht mehr aufhören wollte. Sie geriet in Panik, die Wirkung der Droge ließ nach und brachte sie zurück in die grausame Realität.

Man hatte sie bereits gefunden. Wie war es möglich, dass …

Nackt schlüpfte sie in eine lange Pelzjacke, ergriff einen mit Ameisensäure gefüllten Zerstäuber und verbarg sich hinter einer Kellertür. Bereit, die Dämonen der Hölle, die es wagten, bei ihr einzudringen, zu vernichten.

Aus der noch tieferen Dunkelheit hinter ihr stiegen Klagelaute empor.

Die Bestie schwor, sie bei der erstbesten Gelegenheit zum Schweigen zu bringen …

28

Pierre Norman rollte den Rand seiner Mütze hoch. Vor jedem Einsatz stieg seine Körpertemperatur an. Im Auf und Ab der kriminalpolizeilichen Ermittlungen fieberte der Leutnant mit dem feuerroten Haarschopf diesem letzten Moment entgegen, diesem letzten Sturz in die schwindelerregende Tiefe.

Er drückte sich eng an die Fassade eines einstöckigen Neubaus, der hinter einer Kurve am Rand eines Kiefernwaldes stand. Ein einsam gelegenes Haus, geschlossene Fensterläden, der ideale Ort, um sich okkulten Tätigkeiten zu widmen. Auf der anderen Seite der Tür bellte lautstark ein Hund.

»Bist du bereit?«, fragte Leutnant Colin in einer Wolke aus kondensierter Atemluft.

»Kein Problem. Wir können loslegen …«

»Und Sie, Sie sollten den Hund nicht verfehlen …«

Norman machte ein Handzeichen. Ein Sturmbock rammte die Tür ein und gab unter dem Getöse von krachendem Holz den Blick ins Innere frei. Ein Betäubungspfeil traf den Dobermann in die Brust, so dass dieser seine Fangzähne kaum in den Polymole-Overall des Hundeführers schlagen konnte. Sechs Männer drangen paarweise in das Haus ein, mit gezückter Beretta, unterstützt von Taschenlampen, und sicherten den Raum. Als jemand das Licht einschaltete, wurde der Raum größer, zeigte seine vielen verborgenen Winkel. Die Polizisten rückten systematisch von Zimmer zu Zimmer vor, mit zugeschnürter Kehle und glänzender Stirn.

»In den Zimmern ist nichts!«, flüsterte eine Stimme.

»Die Küche ist leer!«, bemerkte eine andere.

Norman interessierte sich besonders für die Einrichtung des Wohnzimmers. Ausstattung, Stil, Architektur. Nichts Besonderes. Unnütze Nippesfiguren, ein Kamin mit verkohlten Holzscheiten, weißgestrichene Wände voller Fresken, die geometrische Motive darstellten. Bilderrahmen, Poster, kein einziges Foto. Der Polizist hatte erwartet, ein Museum des Grauens vorzufinden, ein Grab für ausgestopfte Tiere, einen Friedhof erstarrter Mäuler ... Am Telefon hatte ihm Kapitän Raviez von der Vorliebe des Mörders für Taxidermie erzählt. Wo versteckte die Veterinärin ihre Trophäen? Und vor allen Dingen: In welcher Ecke hielt sie das zuckerkranke Mädchen gefangen? Wie viel Zeit blieb noch?

Sie ist hier! Unter meinen Füßen!

Norman näherte sich einer Tür im hinteren Teil des Wohnzimmers und öffnete sie vorsichtig. Er spürte einen Kitzel am Gaumen, als sich tiefe Dunkelheit vor ihm auftat. Er wandte sich an Colin:

»Ein Keller! Ich gehe runter!«

Colin packte ihn an der Schulter, während er schon in die Finsternis eintauchte.

»Ein Keller? Vielleicht hält sie die Kleine dort unten versteckt ... Ich komme mit ...«

»Nicht nötig, es scheint dort unten sehr eng zu sein, wir behindern uns nur gegenseitig ... Hol den Architekten aus dem Auto.«

Der rote Wuschelkopf des Polizisten wurde von den schrägen Betonmauern verschluckt, die ins Innere des Hauses hinabführten. Eine schwache Glühbirne warf verschwommene Schatten auf die Wände. Im Lichtkegel seiner Lampe ging Norman vorwärts, mit gezückter Waffe, seine Hand war vor Anspannung ganz schwer. Sein Zeigefinger wand sich um den Abzug, mit der Zunge fuhr er sich nervös über die Lippen. Unten schraubte sich die Treppe nach links; nach und nach gewann die Dunkelheit Überhand.

Bleib ruhig ... Atme tief durch ... Du hast die Situation unter Kontrolle ...

Über seinem Kopf hörte er Schritte. Wahrscheinlich seine Kollegen ... Die Stufen führten ihn zu einer Art langgestreckter Schleusenkammer, an deren Ende sich eine halbgeöffnete Tür befand.

Das Herz der mörderischen Maschinerie.

Der einsame Reiter passte seine Schritte dem langsamen Rhythmus seines Atems an. Er ging um verstaubte Gläser herum, in denen sich eine schwärzliche Substanz befand, näherte sich dicht an die Wand gedrückt dem Türspalt. Sein Herz pochte heftig, er pumpte sein Gehirn mit Sauerstoff voll und steigerte sein Reaktionsvermögen um das Zehnfache. Seine geweiteten Pupillen verliehen ihm das Aussehen eines auf der Lauer liegenden Raubtiers, eine Wildkatze, die ihre Krallen eingezogen hatte, doch bereit war zuzuschlagen.

»Kommen Sie heraus! Hier ist die Polizei!«

Kein Geräusch. Nichts.

Und wenn sie dort hinter der Tür steht, bereit, dir den Schädel zu durchsieben? Du dringst in ihr Gebiet ein. Geh zurück und hol dir Verstärkung und eine bessere Lampe!

Sein Raubtierinstinkt war stärker als die Alarmsignale.

Mit angehaltenem Atem rannte er an der Wand entlang und stürmte in gebückter Haltung in den Keller, wobei er den Raum mit Waffe und Lampe zerteilte. Der goldene Lichtstrahl blieb an leblosen Formen hängen. Metallenes Funkeln, der Schimmer von glänzendem Leder. Norman kniff die Augen zusammen, als weigere sich sein Verstand, die Informationsfetzen, die zu ihm durchdrangen, aufzunehmen.

Er tastete die Wand ab und fand einen Schalter. Der Raum flammte auf, tauchte den Polizisten in grelles Licht. Als sich die zwei großen weißen Kreise vor seiner Netzhaut aufgelöst hatten, traute er seinen Augen kaum.

Die Hölle … Er hatte den Fuß in die Hölle gesetzt …

Der Raum war voller sadomasochistischer Instrumente, Folterwerkzeuge, die an das geheime Refugium eines mittelalterlichen Henkers erinnerten. Folterkreuze, Streckbänke, Käfige wie für riesige Vögel. Auf mit schwarzem Vinyl bezogenen Verkaufsständern lagen Peitschen, Reitgerten, Ledermasken. Handschellen, alle möglichen Fesseln und Ketten schimmerten bläulich, daneben Schraubstöcke, Kisten mit Nägeln und eine Zwölf-Volt-Batterie, deren Zweck man nur erahnen konnte.

Norman stürzte in den Raum, warf die Werkbänke und Käfige um, riss die Nylonbehänge herunter und rief dabei laut Éléonores Namen.

»Éléonore! Hier ist die Polizei! Wir sind hier, um dir zu helfen! Antworte! Antworte doch!«

Er rief die Mauern an, diese seelenlosen undurchdringlichen Gebilde, schlug mit der Faust dagegen, bis er sich an den stummen Wänden die Gelenke aufgeschürft hatte. Wie viel Zeit blieb noch?

Colin und der Architekt waren ihm gefolgt.

»Um Himmels willen!«, rief Colin aus und blickte verstört. »Keine Spur von Éléonore?«

Norman verneinte.

»Sie muss hier irgendwo sein! Noch … noch ist Zeit, sie zu retten! Sie sagten, ihr blieben noch fünfzig Stunden ohne Medikamente! Wie lange noch? Helfen Sie mir suchen! Wir haben keine Sekunde zu verlieren!«

Der Architekt legte ihm eine Hand auf die Schulter.

»Lassen Sie mich meinen Job machen. Ich garantiere Ihnen, wenn es in dieser Rumpelkammer ein verborgenes Zimmer gibt, so werde ich es finden …«

Der Mann begann damit, den Raum zu inspizieren, fuhr mit einem Detektor über die Wände, der eine Flut unverständlicher Ziffern anzeigte.

»Das Haus ist leer«, bemerkte Colin, an Norman gewandt. »Kein Auto in der Garage. Ihre Kleiderschränke sind noch voll und sehen aufgeräumt aus, was auf den ersten Blick gegen einen überstürzten Aufbruch spricht.«

Norman ballte die Fäuste, seine Lippen waren nur noch ein schmaler Strich.

»Wir müssen sie so schnell wie möglich ergreifen! Wir … dürfen nicht so kurz vor dem Ziel scheitern! Das Kind! Wir müssen das Kind retten! Welches Schicksal hat Clarice Vervaecke diesem Mädchen zugedacht?«

»Wenn ich mir das Material hier ansehe, so möchte ich ihr nicht in die Hände fallen«, erwiderte Colin. »Stell dir vor, wie sie den ganzen Tag lang Tiere ausstopft, mit den Körpern herumhantiert …«

»Gibt es Spuren von ausgestopften Tieren?«

»Keine einzige. Sie muss noch ein anderes Versteck haben. Verdammt, anders ist es nicht möglich!«

Norman wandte sich an den Architekten.

»Und?«

»Nichts. Keine verborgenen Zimmer, keine Hohlräume. Die Wände sind aus Beton, in einem Stück gegossen, vollkommen glatt. Die Kleine befindet sich nicht in diesem Keller.«

Norman trat aus dem Schatten.

»Wir gehen wieder hoch! Wir müssen noch einmal alles von Grund auf absuchen, auch den Garten und die Umgebung! Es ... Wir müssen sie finden! Mein Handyakku ist leer, Colin, sag dem Kommissar Bescheid, dass wir nichts erreicht haben. Er soll seine Suchmaschinerie in Gang setzen und uns eine zusätzliche Mannschaft schicken! Und neben der Straße soll ein Zivilfahrzeug stehen, in dreihundert Metern Entfernung vom Haus! Wenn diese Hexe hier aufkreuzt, schnappen wir sie uns!«

Die drei Männer stürmten zurück ins Erdgeschoss. Ein Hauptbrigadier rief Norman.

»Leutnant! Kommen Sie mal. Ich ... Im Schlafzimmer lag das hier ... in einer Schachtel unter dem Bett ...«

»Was denn? Was denn!«

»Ich kann es Ihnen nicht erklären. Kommen Sie ...«

Norman ging hinter ihm her, stopfte dabei seine Mütze in die Tasche und öffnete den Reißverschluss seiner Jacke.

»Sagen ... Sagen Sie mir nicht, dass ...«, stammelte er.

»Nein, es ist nicht die Leiche des Mädchens.«

»Was dann? Ihr abgetrennter Kopf? Ein Organ? Abgeschnittene Finger?«

Im Kopf des Leutnants war die Euphorie des Augenblicks dem Horror vor dem Misserfolg gewichen. Der Polizist fühlte sich ohnmächtig, unnütz, wie der Zuschauer einer Katastrophe. Vielleicht befand sich das Mädchen hundert Meter von hier, zwei Kilometer entfernt oder am anderen Ende der Region. Wie sollte er das wissen? Und dazu die Schlinge der verrinnenden Minuten, die sich unerbittlich um ihre Kehle zog.

Das Raubtier war noch in Freiheit, versteckte sich irgendwo in einem Wald, oben in einem Hochhaus oder inmitten einer anonymen Menschenmenge. An was für einem verkommenen Ort hielt sie das Mädchen gefangen? Was für grausamen Spielchen widmete sich Clarice Vervaecke in ihrem verfluchten Kellergeschoss? Wie viele Frauen, Männer, Kinder waren schon unter das Joch ihrer Folterwerkzeuge und ihrer ungeheuerlichen Wahnvorstellungen geraten?

Wie viele Kinder ...

Sie erreichten das Schlafzimmer.

»Dort, wir haben sie auf das Bett gelegt«, sagte der Hauptbrigadier geistesabwesend.

Norman blickte langsam auf. Die Welt brach zusammen.

»Mein Gott! Die ist ja ... abscheulich ...«

Auf der Bettdecke lag eine missgestaltete Puppe, deren Schädel übersät war von dichtstehenden schwarzen Härchen, die Gesichtshaut überzogen von einem Flechtwerk aus Nähten. Keine Augen, nur dunkle Höhlen, eingefallene Wangen, ein Mund ohne Lippen, es war widerwärtig.

Und auf der Brust, zu einer Schleife gebunden, das rote Band. Das Symbol der *Beauty Eaton.*

Der Leutnant beugte sich über das Bett und fuhr mit der Hand über das bräunliche Gesicht.

»Wir ... Sch...«

Die Worte blieben ihm im Halse stecken. Seine Finger betasteten das Gesicht, hartnäckig wie der Saugrüssel einer Fliege, die ein Stück Zucker untersucht.

Die Struktur. Die Zartheit. Der Geruch. Er täuschte sich nicht ...

»Das ist echte Haut! Und ...«

Seine Fingernägel gruben sich in den bizarren Hals und enthüllten ein Gewirr aus Venen und Sehnen.

»… Großer Gott!«

»Sie … sollten es nicht berühren«, wagte sein Kollege einzuwenden.

Norman ergriff die Puppe, riss die Stofflappen des rechten Ärmels auseinander und erblickte darunter ein Stückwerk aus Haut, das mit Seidenfäden zusammengenäht war. Gepackt von einer unbändigen Wut, mit zusammengebissenen Zähnen brach er den Körper buchstäblich entzwei.

Das Schlimmste verbarg sich im Inneren.

Netze aus Arterien und Venen, gefüllt mit rotem und blauem Wachs, ein Herz, eine Leber, hart wie ein Stein, ein winziger Brustkorb, eine Ansammlung kleiner Knochen, Schienbeine, Ellen, Oberschenkelknochen … Ein vollständiges Skelett.

Mit offenem Mund blieb Norman auf dem Boden knien. In der Hand hielt er ein kleines Etikett, das am Schritt der Puppe befestigt gewesen war.

Darauf stand mit wasserfester Tinte ein Satz geschrieben.

»Wir haben noch mehr!«, rief ein Polizist aus dem angrenzenden Zimmer. »In Kisten, auf einem Schrank! So etwas habe ich in meinem ganzen Leben noch nicht gesehen!«

Doch das, was Norman auf dem Stück Nylon gelesen hatte, ließ seine Muskeln erstarren, machte es ihm unmöglich, aufzustehen …

29

Mit der Leichtigkeit eines Athleten kletterte Clarice Vervaecke, die Veterinärin, über das Portal zu dem kleinen Bauernhaus von Sylvain Coutteure.

Durch das morgendliche Joggen am Strand von Merlimont hatte sie ihren Körper genauso gestählt wie ihren Geist, mit Härte und Disziplin. Mit ihren dreißig Jahren konnte sie zwanzig Kilometer weit laufen und so lange ficken, dass ihre Spielpartner sie schließlich anflehten, sie möge aufhören. Ihre Ausdauer war deren Strafe.

Männer bezwang sie kiloweise. Sie traf die Typen in Sadomaso-Bars, Nachtclubs oder auf Gothic-Partys, von denen es in Belgien nur so wimmelt. Allesamt liebten sie Unterwerfung und Peitsche, waren bereit, sich ihrer grausamen Süße hinzugeben, ihre Seele zu verkaufen, um den Reiz ihrer Leiden zu verlängern. Rechtsanwälte, Mathematiklehrer, leitende Angestellte und sogar Polizisten folgten einander unter die Spanngurte ihrer Arbeitstische.

Folglich war es für sie ein Kinderspiel, den Namen eines Fahrzeughalters mit Hilfe des Kennzeichens herauszubekommen. Und in dieser Nacht beabsichtigte die Frau mit dem kahlrasierten Schädel und der kräftigen Muskulatur, ihre zwei Millionen Euro wiederzuerlangen, wenn nötig um den Preis des Blutes …

Die Bestie verschloss die Tür zu den Kellern mit einem Vorhängeschloss und ging dann hoch ins Badezimmer. Sie steckte ihre mit dreckigem Rot befleckte Schürze in die Waschmaschine und spritzte sich etwas Wasser ins Gesicht, noch ganz benommen von den schweren Gerüchen und Lederausdünstungen, die sich in ihrer Kleidung festgesetzt hatten. In den letzten Tagen war sie von dem großen Chaos in ihrem Kopf ganz paranoid geworden. Seltsame Bilder quälten sie, wie riesige Augen, die sich hinter den Fenstern drängten, gesichtslose Beobachter,

Phantome ohne Hände. Eben, als ihr Hund bellte, hatte sie gedacht, jemand wolle bei ihr eindringen und sie hinaus in die Dunkelheit zerren, dabei waren es doch nur wilde Tiere gewesen, die von den Fleischgerüchen angezogen wurden.

Die Müdigkeit übermannte sie wie eine große Welle, die ihre Erregung immer wieder unterdrückte. Doch sie musste arbeiten gehen, eintauchen in das geschäftige Treiben, so wie jeden Tag, Woche für Woche. Für einen Hungerlohn, mit dem sie so gerade überleben konnte und der ihr die Luft zum Atmen ließ. Die Bestie hatte es satt, wie Abschaum behandelt zu werden, nichts wert zu sein. Wenigstens würde das Geld, das Clarice zurückholen wollte, ihr Schutz bieten vor dieser modernen Sklaverei, die sie so verabscheute.

Vom Hinterhof aus brach Clarice Vervaecke die geschlossenen Läden eines Fensters auf, klebte eine dreifache Schicht Klebeband auf die Scheibe und schlug mit dem Griff ihrer Smith & Wesson behutsam dagegen. Das Glas zerbrach, fiel jedoch nicht zu Boden. In das Haus einzusteigen war daraufhin das reinste Vergnügen.

Das rötliche Licht des Kohleofens ersparte es ihr, die Lampe einzuschalten. Clarice Vervaecke ging quer durch das Zimmer und wandte sich einer großen offen stehenden Tür zu.

Ihr Blick blieb an dem völlig reglosen Körper eines Babys hängen. Das zerbrechliche Püppchen schlief mit ausgebreiteten Armen in seinem Gitterbett, die Händchen zu Fäusten geballt, die linke Wange auf die Matratze gedrückt. Nicht ein leises Pfeifen drang durch die leicht geöffneten Lippen, die erstarrte Brust versuchte nicht mehr, sich mit Leben zu füllen. Die Frau vermied es, sich allzu viele Fragen zu stellen. Sie fuhr mit dem Lauf ihres Revolvers über die Bettkante und ging dann in das angrenzende Zimmer.

Sie näherte sich dem Ehebett von rechts, wo der Mann, ein ziemlicher Brocken, schlief. Auch hier drückende Stille; die Veterinärin beugte sich vor, um einen Hauch von Atem wahrzunehmen. Plötzlich beschlich sie ein seltsames, unerklärliches Gefühl. Diese schreckliche Ruhe …

Ein langer Augenblick verging, in dem sie sich fragte, wie sie ihr Geld zurückbekommen sollte. Das Haus mit den zahlreichen Nebengebäuden durchsuchen oder Gewalt anwenden?

Fackel nicht lange herum! Mach schnell!

Die Frau mit dem Körper eines Militärs richtete die Waffe auf Sylvain Coutteures Schläfe und klopfte ihm mit der anderen Hand auf die Wange. Das Ausbleiben einer Reaktion machte sie nervös. Sie verstärkte die Wucht ihrer Schläge.

Noch immer nichts …

Die Bestie befürchtete, Clarice dermaßen erschreckt zu haben, dass ihre Liebe gefährdet war. Nie zuvor hatten sie sich so heftig und aggressiv gestritten. Sie waren sehr schnell handgreiflich geworden. Beinah hätte sich die Kehle der Veterinärin unter der Klinge eines Skalpells geöffnet. Das war zweifellos zu viel gewesen …

Wie konnten zwei Frauen, die durch das Fleisch miteinander verbunden waren, die einander derart ausgeliefert waren, dass sie sich dieselben Verletzungen zufügten, sich innerhalb weniger Stunden so hassen? Wieso wollte Clarice seit dem Tod des blinden Mädchens nicht mehr mit ihr reden? Warum behandelte sie sie wie eine Wahnsinnige, wie eine Geisteskranke? Mit welchem Recht sprach sie so mit ihr, diese Verrückte, die den widerlichen Männern den Schweiß ableckte, ihnen heißes Wachs auf den Oberkörper tropfte oder Elektroden auf den Schwanz legte?

Rasend vor Wut und weil es ihr nicht gelang, den Mann aufzuwecken, hob Vervaecke die Daunendecke hoch, holte mit dem Revolver aus und schlug ihm mit dem Kolben in die linke Seite. Es krachte und dann schrie Sylvain vor Schmerz auf. Er rollte nach links, fiel zu Boden. Die Veterinärin drückte sich an die Wand, bereit zu schießen.

»Ich bin hergekommen, um mein Geld zu holen! Du wirst mir jetzt sagen, wo du es versteckt hast, du Dreckskerl! Rede! Rede oder ich knall dich ab!«

Die Kanone wanderte zwischen dem Mann und seiner Frau hin und her, ein unnötiger Schwenker, denn die Schöne bewegte sich nicht mehr auf ihrem Kopfkissen. Vervaecke fiel das reglose Baby wieder ein, diese ungewöhnliche Stille. An welchen verfluchten Ort war sie jetzt schon wieder geraten?

Sylvain kauerte mit angezogenen Beinen auf dem Boden, die Arme weit von sich gestreckt. Es schien ihm, als kehre er aus einem weit entfernten Universum zurück, aus einem Kältebad, in dem sein Gehirn viele Jahrhunderte lang eingesperrt war. Er konnte sich nicht daran erinnern, ins Bett gegangen zu sein. Welcher Tag war heute? Warum hatte er diesen Whiskygeschmack im Mund und diese Kopfschmerzen, die einen Toten hätten erwecken können? Wo kam diese Verrückte her, die ihm ins Ohr brüllte?

Als es plötzlich hell im Zimmer wurde, explodierte seine Iris. Vervaecke hatte das Licht eingeschaltet.

»Aber ... Was ...«

»Die Knete! Die zwei Millionen Euro! Mach voran! Ich habe nicht ewig Zeit!«

Keuchend zog sich Sylvain auf die Bettkante hoch. Sein Kopf drehte sich, ihm war speiübel. Sein Blick blieb am Körper seiner Frau hängen, der weiß war wie ein Leichentuch, starr wie eine Mumie, trotz des grellen Lichts und der lauten Stimmen. Nathalie hatte einen leichten Schlaf, warum reagierte sie nicht? Sylvain spürte, wie die Angst ihm neuen Antrieb gab. Er stürzte zu seiner Frau hin und schüttelte sie verzweifelt. Immer weiter. Bis er begriff, dass er eine Marionnette ohne Fäden in den Händen hielt, die zwar noch warm war, doch schon weit weg.

Kein Pulsschlag mehr.

Aus seinem Inneren drang ein heiserer Ton, der Klagelaut eines sterbenden Tieres. Vervaecke wich drei Schritte zurück, erschrocken über den unerwarteten Anblick, ein Umschwung der Situation, wie er sonst nur in den Tragödien Racines vorkommt. Auf wie viele Abscheulichkeiten würde sie noch treffen, bevor sie ihre Beute wiedererlangte? Was sollten all diese Leichen, die seit drei Tagen ihren Weg pflasterten? Sie wollte reden, Befehle geben, doch ein letzter Funken Menschlichkeit ließ sie schweigen. In ihren feuchten Handflächen erwärmte sich das Metall des Revolvers. Sie griff fester zu, wischte sich den Schweiß von der Stirn und rief:

»Ich ... ich weiß nicht, was mit deiner Frau passiert ist, aber du gibst mir jetzt mein Geld, und dann verschwinde ich, okay? Zwing mich nicht, etwas zu tun, das ich nicht wiedergutmachen kann ... Los, hoch mit dir!«

Sylvain konnte seine Tränen nicht mehr zurückhalten. Er drückte seine Frau an seine Brust.

»W… was … ist … pas…siert? Wa…rum? Warum!«

Vervaecke fühlte sich plötzlich leichter. Die Gedanken vor ihrem Gehirn lichteten sich, als seien sie durch eine halluzinogene Substanz gefiltert worden. Ein Trip wie auf Tiletamin, jedoch ungleich sanfter. Ohne dass sie es merkte, vergiftete das Kohlenmonoxid sie. Sie drohte:

»Ich zähle jetzt bis drei! Wenn du dich bis dahin nicht bewegt hast, schieße ich! Denk an dein Baby!«

Sylvain erstarrte, dann stürzte er aus dem Bett, die Hände nach oben gerichtet.

»Ich gebe Ihnen alles, was Sie wollen! Lassen Sie mich nur nach der Kleinen sehen! Ich flehe Sie an!«

»Dieses Vergnügen wirst du anschließend haben. Zuerst das Geld.«

»Das Geld ist draußen vergraben, dreihundert Meter von hier! Bitte!«

Sie warf ihm die Kleider ins Gesicht.

»Los, zieh das an, wir gehen raus. Mach es mir nicht noch schwerer …«

»Zuerst meine Tochter!«

»Okay … Bei der kleinsten verdächtigen Bewegung knall' ich dich ab.«

Sylvain zog seine Hose an, streifte ein T-Shirt und einen Pullover über und rannte dann wie in Trance in das Kinderzimmer. Ihm schossen flüchtige Bilder durch den Kopf, schwarze Anzüge, Kirchenbänke, das unerbittliche Gejammer der Orgel. Und der Speichel, der auf seiner Zunge zusammenlief, die gesträubten Haare, die Gänsehaut. Bereitete sich sein Körper schon auf etwas vor, das sein Verstand erst noch entdecken würde?

Als sich seine flache Hand auf ihre Brust legte, betete er, flehte Gott an, bot sein Leben jedem, der es haben wollte. Er wartete darauf, den Herzschlag zu fühlen, dieses so winzige Blinzeln des menschlichen Daseins.

Ein Pochen für das Leben ... Ein Pochen für die Hoffnung ...

Vervaecke zog sich in eine dunkle Ecke zurück, ließ ihn erneut schreien, sich völlig verausgaben. Ihr Kopf begann sich zu drehen. All diese Ereignisse ... Ein Albtraum ... Eine teuflische Spirale ... Sie wollte doch nur ihr Geld wiederholen, ohne große Schäden anzurichten, ohne Tote zurückzulassen ... Es war missglückt ...

Sie haben Cunars Leiche zu zweit in den Kofferraum gehievt. Einer gab die Befehle, der zweite führte sie aus, hatte die andere erzählt. *Und wenn ...*

»Weißt du was«, sagte sie, »ich glaube, dein Kumpel hat versucht, euch zu töten, dich und deine Familie, ohne Unterschied. Ein mieser kleiner Dreckskerl ...«

Sylvain saß zusammengesunken in einer Ecke, mit seiner Tochter im Arm. Die Krämpfe, die durch seine Brust zuckten, hörten mit einem Mal auf. Vervaecke erzitterte, als der Mann sich plötzlich in ein blutrünstiges Raubtier verwandelte. In seinen Augen blitzte Hass auf.

Dennoch legte er die Kleine mit unendlicher Zärtlichkeit auf die Matratze, deckte sie instinktiv zu, flüsterte ihr zärtliche Worte ins Ohr und drehte sich dann um.

»Ich ... Ich würde gerne etwas überprüfen ... Der Kohleofen ...«

Ohne ein Wort zu sagen, bewegte die Frau ihre Kanone und befahl ihm so, vor ihr herzugehen. Sylvain inspizierte das Abluftrohr. Das Klebeband war etwas gelöst, der Spalt vergrößert ...

Vigo Nowak hatte seinen Tod geplant, hatte weder seine Frau noch sein Kind verschont. Ein Baby ... Er hatte ein unschuldiges Baby getötet ...

Die Bestie schob dem Rottweiler ein schönes Stück Fleisch zwischen die Fangzähne. Die Hündin verschlang ihr Essen, das zart war und von ungewöhnlichem Geschmack, mit einem Bissen und stellte sich dann neben der Eingangstür auf. Die Frau mit der grauen Perücke legte das Ätherfläschchen vor sich auf den Tisch, schnitt behutsam Baumwollstückchen ab, die sie mit größter Sorgfalt übereinanderlegte. Diese Handgriffe, diese Vorbereitungen verschafften ihr ein unermessliches Vergnügen. Oft ist es schöner, von einer Sache zu träumen, als sie zu besitzen.

Sie steckte das Material in ihre Taschen, war in Gedanken bereits bei dem Augenblick, wenn die Substanz die geistigen Fähigkeiten der Polizistin langsam außer Kraft setzen würde. Zuerst würde sie sich wehren. Umso besser. Die Bestie liebte den Kampf, darum war ihr auch der Körperkontakt lieber als der Gebrauch der Betäubungspistole. Zu spüren, wie ihre Macht wuchs, wie die Herzen vor Erregung heftiger schlugen … Dann würde der Kopf der Polizistin nach hinten kippen. Einmal, zweimal, ein drittes Mal. Danach würden ihre Augenlider sich sehr langsam senken, bis hin zur völligen Abschaltung …

Um sich hier, im Innern des Wahnsinns, wieder zu öffnen …

30

Victor Nowak saß völlig erledigt vor einem Spielautomaten und hing trüben Gedanken nach. Er hatte seine Hand in einem Eimer voller Jetons mit dem Aufdruck »Casino de Saint-Amand-les-Eaux« und zählte die Leichen, diese Schicksale, die ein unglaublicher Zufall in einem Windpark hinweggerafft hatte. Man sagt, wenn man eine unendlich große Anzahl voneinander abhängiger Ereignisse zusammenzählt, dann kann der Flug eines Schmetterlings in Japan einen Orkan in den Vereinigten Staaten auslösen. In Grande-Synthe hatte die Entlassung zweier ganz gewöhnlicher Typen sechs Monate zuvor den Tod von mindestens fünf Menschen nach sich gezogen. Einer lag im Sumpf, mit einem Schilfrohr in der Kehle. Ein anderer wurde in einer Lagerhalle ermordet. Und eine ganze Familie war an Kohlenmonoxidvergiftung gestorben. Dazu kam vielleicht noch das zuckerkranke Mädchen. Ein Gemetzel, das einem Serienkiller alle Ehre gemacht hätte. War er nicht zu einem geworden?

Nach der Schlagwetterexplosion von 1906 in Courrières waren in sechshundert Metern Tiefe tausendzweihundert Menschen umgekommen, einige wurden von der Explosion zerfetzt, die meisten waren erstickt. Eines der schlimmsten Grubenunglücke im 20. Jahrhundert. Nach über vierzig Tagen waren ein Dutzend Bergarbeiter aus dem Loch gekrochen. Lebendige Tote, die dort unten eingeschlossen waren und sich ihren Weg durch die Dunkelheit ertasteten, sich mit den Fingernägeln durch das Geröll gruben, durch die zertrümmerten Balken, die verstreuten Leichen. Um zu überleben, so erzählt man sich, hätten sie die umherliegenden Trinkflaschen geleert und mehrfach in das tote Fleisch ihrer Kameraden gebissen.

Arme, Beine, roh und verwesend ... Sie hatten ihre Brüder verschlungen. Die Toten hatten die Lebenden am Leben erhalten, ihre Überreste waren zu etwas nütze gewesen. Vigo sagte sich, dass er im Grunde genommen nur diese mutigen Kumpel nachgeahmt hatte. Auf seine Art.

Die Coutteures hatten nicht gelitten. Sie waren zu Hause in der angenehmen Wärme des Kohleofens eingeschlafen, so wie jeden Abend. Mit dem Unterschied, dass sie nicht wieder aufwachen würden. Alle drei waren ohne großes Leid in gastlichere Gefilde getragen worden. Konnte man auf sanftere Art befördert werden?

Vigo hatte sie nicht getötet. Er hatte ihnen ein allzu hartes Leben erspart. Ja, so war es. Er hatte ihnen viel erspart …

Was wäre denn sonst passiert? Der Mörder hätte Sylvain gefunden und ihn aufgesucht, um sein Eigentum zurückzufordern. Und dann? War es etwa denkbar, dass er Zeugen verschonte, nachdem er ein unschuldiges Mädchen erwürgt hatte? Nein, er hätte sie beide abgeknallt. Peng! Eine Kugel in den Kopf! Und zurückgeblieben wären eine Witwe und ein Kind ohne Vater.

So hatte er wenigstens die Situation sauber geklärt …

Der Ingenieur warf ein paar Jetons in die Schlitze der einarmigen Banditen. Er drückte verbissen auf die Knöpfe. Es kam nichts. Nur spöttische Jokergesichter, blöde Früchte, belanglose Symbole. Um ihn herum gewannen alle. Kleine Summen zwar, doch die Glöckchen bimmelten in einem fort hinter den Rauchschleiern, die blinkenden Lichter ließen die abgestumpften Blicke aufflammen.

Hatte der Große Manitu beschlossen, die Verbindungen zu kappen? Vigo zitterte. Sein Unbehagen wuchs. Nicht wegen möglicher Fehler, die er am Tatort begangen hatte. Nein, sein Gefühl ging weit darüber hinaus. Durch eine glückliche Fügung war er zu dem Geld gekommen, aber wer sagte ihm, dass es ihm nicht ein schäbiger Zufall wieder nahm? Wie sollte er gegen diese gewaltige Woge ankämpfen, die die Schicksale durcheinanderwirbelte?

Man fordert das Glück nicht heraus. Es kommt über einen … Und es geht wieder, wenn es ihm passt, und hin-

terlässt dann ein großes Loch, in das sich widerwärtige Dämonen einschleichen können …

Vigo fühlte sich unwohl, es ging ihm elend. Der Zigarettenrauch brannte in seinen Augen, das unablässige elektronische Gedudel brummte in den Ohren. Der Raum verschwamm zu weichen Wellen, teilte sich in bunte, schlecht gestapelte Würfel. Die Augen und Münder der Spieler verschmolzen zu verbrannten Masken. Der Mann mit dem pechschwarzen Haar floh zu den Toiletten, kurz davor, sich zu übergeben, und schloss sich dort minutenlang ein. Langsam wurde ihm wohler, ein warmes und angenehmes Gefühl durchflutete ihn. Der innere Sturm legte sich und ließ ein unbewegtes Meer zurück. Vor seinem inneren Auge erschienen Möwen am Horizont. Körper mit Federn voller Teer, mit krummen Schnäbeln, die Schreie ausstießen wie ein Baby.

Das Schluchzen eines Säuglings hallte ununterbrochen in seinem Schädel wider. Vigo schlug den Kopf gegen die Wand, aber es half nichts. Die Bildfetzen in seinem Hirn nahmen nur an Intensität zu, mischten sich mit dem fernen Klicken der Metalljetons, die aus den stumpfsinnigen Maschinen rollten.

Mit einem Mal begriff Vigo, dass das Gefängnis, in dem er das Ende seiner Tage verbringen würde, sich nicht draußen befand, sondern in ihm drin war, in seinem Kopf …

31

Seit vier Monaten bestanden Lucies Nächte nur noch aus Milch, dem Sterilisator für die Fläschchen, der ständigen Befriedigung von zwei kleinen gefräßigen Mündern und dem zornigen Weinen.

Bevor sie wieder anfing zu arbeiten, hatte sie ihren Biorhythmus den Wach- und Ruhezeiten der Zwillinge angepasst. Doch jetzt schienen ihre einzigen Momente der Erholung am fernen Horizont eines wunderbaren Landes zu liegen. In einer Welt aus Träumen und Illusionen.

Ihr Verstand stolperte über die gestochen scharfen Zeilen des Obduktionsberichts von Mélodie Cunar, dem Mädchen mit dieser seltenen Krankheit, die einen Menschen unter zehn Millionen befiel. Irgend so eine septosowieso Dysplasie, eine heimtückische Krankheit, die einem Kind von Geburt an seinen schönsten Sinn raubte: das Sehvermögen.

Selbst wenn ein Teil der Ermittlungen mit der Festnahme der Veterinärin endete, so wollte die Polizeibrigadierin doch begreifen, warum diese Unzufriedenheit an ihr nagte, dieses unterschwellige Gefühl, das sie schon bei Léon gespürt hatte. Die Lösung nur anzureißen genügte ihr nicht. Sie aus dem Mund eines anderen zu vernehmen noch weniger. Die Jagd musste beendet werden!

Nachdem Lucie einen dicken Wälzer voll widerlicher Beschreibungen verschlungen hatte, gestand sie sich eine Pause zu und schaltete den Fläschchenwärmer ein. Ihre Uhr zeigte zweiundzwanzig Uhr an, und Kapitän Raviez hatte noch immer nicht angerufen, um sie über den Ausgang zu informieren. Norman ging nicht an sein Handy.

Natürlich. Du bedeutest ihnen schon nichts mehr. Was hast du dir denn eingebildet, Brigadierin?

Hatten die Mannschaften das zuckerkranke Mädchen lebend gefunden? Hatte Vervaecke das Kennzeichen verraten, mit dem sie die Raser identifizieren konnten? Was war das für ein Monster in Menschengestalt, diese Veterinärin, die Kinder tötete und Tiere ausstopfte? Was für ein schwarzer Funke hatte sich in ihr entzündet, dass sie eines Tages die verbotene Schwelle überschritt? Die gleiche Schwelle, deren Schwingungen auch Lucie vernahm ... Eine Schwelle, die man so leicht übertreten konnte ...

Die junge Frau unterdrückte einen Schauder.

Wenn die Sache erst einmal erledigt war, würde sie, die Polizistin am unteren Ende der Hierarchie, wieder in der Versenkung verschwinden, in diesem Alltagstrott, wie ihn die Masse der unbedeutenden Menschen durchlebte. Die Polizeipräfekten und die anderen Dienstgrade mit den vielen Abzeichen dagegen würden die Lorbeeren einheimsen. Wann ergäbe sich für sie wieder die Gelegenheit zu einer Ermittlung dieser Tragweite? Würde sie noch einmal diese einzigartigen Gefühle erleben, die sie mitrissen und an die gefährliche Front eines mörderischen Hirns trugen?

Die junge Mutter nahm eines der Babys aus dem Laufstall, setzte sich aufs Sofa, dämpfte das Licht der Halogenlampe und drückte das Kind an sich. Die gierigen kleinen Lippen fanden den Sauger und tranken in hastigen Schlucken.

So klein, so zart, so verletzlich. Gott beschütze euch vor der Welt und ihren verdammten Seelen ...

Vor ihr, hinter dem großen Glasfenster, erstreckte sich die Düne bis zum Himmel, beschienen vom Gold des Mondes, bedeckt vom wogenden Gras, das leise rauschte wie lauter Orgeln aus Chlorophyll. Im Sommer waren die Wellen mit ihrem fernen Grollen ein Fest für die Sinne, vertrieben die düsteren Gedanken mit ihrer hoch aufschäumenden Gischt. Im Winter jedoch waren sie nur Jammern und Eintönigkeit.

Lucie blätterte weiter im Obduktionsbericht, der grausamer war als jeder Thriller. Nicht nötig, King oder

Grangé zur Hand zu nehmen. Hier war nichts erfunden. Echtes Blut, sezierte Organe, ein mit der elektrischen Säge abgetrennter Schädel, ein weißes Tuch, aufgeschlitzt vom Kinn bis zur Schamgegend. Konnte man sich etwas Schrecklicheres vorstellen?

Lucie dachte an die langen Stunden zurück, als sie im Kabelfernsehen live übertragene Obduktionen verfolgt hatte ... An den Vater, den sie früher auf die Jagd begleitete, weil es ihr Vergnügen machte, die blutverschmierten Kaninchen zu sehen ... An ihr düsteres Geheimnis in dem Schrank mit den Milchglasscheiben ...

Warum diese Suche nach dem Bösen? Dieser gefährliche Weg? Was spielte sich in ihrem Kopf ab, das sie nicht verstand?

Die Polizistin seufzte, riss sich aus ihren Gedanken los und konzentrierte sich wieder auf ihre Papiere. Die vielen Striemen und winzigen oberflächlichen Narben, vor allem auf dem Kopf von Mélodie Cunar, zeigten, wie verbissen Vervaecke ihr die Haare gebürstet hatte. Die unterschiedlichen Stufen der Vernarbung deuteten darüber hinaus darauf hin, dass sie es wiederholt getan hatte.

An jedem Tag ihrer Gefangenschaft warst du bei diesem blinden Mädchen und hast dich um ihre Haare gekümmert. Du hast sie gebürstet, wieder und wieder. Krankhaft ...

Mütter bürsten ihren Töchtern die Haare, die Töchter ihren Puppen, aus Liebe. Was bedeutete diese emotionale Geste bei einer Mörderin? Identifizierte sie tatsächlich ein Kind mit einer Puppe? Versuchte sie, sich ihre Welt der Kindheit neu zu erschaffen, ein verblasstes Stück ihrer Erinnerungen zurückzuholen?

Der Gerichtsmediziner behauptet, sie habe ihr die Kehle zugedrückt, doch ohne Anwendung von Gewalt.

»Mit äußerster Sorgfalt«, war auf dem Papier zu lesen. Die Spuren der Erdrosselung waren beinah nicht zu erkennen, die inneren Gefäße kaum beschädigt. Hier war keine Verbissenheit festzustellen, nur eiskalte Beherrschung ... Sie bürstet die Haare mit Gewalt und tötet ganz sanft ... Logisch wäre eher das Gegenteil gewesen. Genau! Du darfst nicht mit Logik argumentieren. Der Mörder ist seinen Trieben gefolgt, sein Handeln bildet seine Denkweise ab, die sich von deiner unterscheidet. Mach es genauso ...

Versetz dich an seine Stelle ... Tauch noch einmal ein in diese Welt der ausgestopften und verstümmelten Tiere ... Wölfe, Affen, Kängurus ... Warum tötet Vervaecke die Männchen? Warum lässt sie ihnen das Blut aus, schneidet das Herz auf, unterbindet die Aorta? Ist dies die Tat von jemandem, der sich für das Sezieren begeistert oder eher von einem verbissenen Taxidermisten?

Lucie blinzelte, ihre Augen brannten immer mehr. Sie schaute geistesabwesend hinaus. Verschwommen sah sie die Sichel des Mondes, die braune Masse des Sandes und oben an der Spitze einen ungewöhnlichen Fortsatz. Eine dünne Gestalt, ein Totempfahl aus Kleidern, die im Wind flatterten.

Der ausgestreckte Finger zeigte in ihre Richtung.

Lucie fuhr sich mit der Hand über das Gesicht und erblickte, als sie erneut hinschaute, nur ein erstarrtes Bild. Sie stürzte ans Fenster, das Baby an die Brust gepresst. Sie drückte die Nase an die Scheibe und suchte mit den Augen die Umgebung ab. Die wilden Gräser der Dünen, die schwärzlichen Wege, die stillen Gipfel. Spielte ihr der Verstand einen Streich? Litten ihre Reaktionen bereits unter dem Schlafmangel?

Jetzt fängst du schon an zu halluzinieren, armes Ding.

In welchem Zustand wird man dich nach zwei oder drei weiteren schlaflosen Nächten vorfinden?

Nachdem Clara ihr Bäuerchen gemacht hatte, legte Lucie das Kind in den Laufstall und kümmerte sich um Juliette. Nach dem Füttern würde sie die Windeln wechseln und die Kleinen in den Schlaf wiegen. Die eine schlief ein, die andere würde schreien, bis sie die Schwester wieder aufgeweckt hätte. Dann ginge alles wieder von vorne los. Der wunderbare Zyklus des Lebens …

Eingelullt vom regelmäßigen Rhythmus des Saugens und der Dunkelheit, betrat Lucie in Gedanken Léons Höhle, seinen versteinerten Wald aus Tieren. Sie stellte sich die verunstalteten Mäuler vor, die aufgerissene Brust, die zertrümmerten Pfoten. Die Insekten, die in einem massiven Harzblock feststeckten. Sie dachte an die Kälte, die ihre Glieder wie eine lähmende Glasur verhärtet hatte. »Das sind Abfälle.« Ein Taxidermist versuchte, den Tod zu überdecken, die Wesen mit Hilfe seiner chemischen Versuche und der Zauberkraft seiner Hände wieder zum Leben zu erwecken. »Die beschädigten Tiere sind nur schwer zu bearbeiten. Meistens kann man nichts mit ihnen anfangen. Sie werden zu Abfällen …«

Die beschädigten … Tiere … werden … zu … Abfällen …

Die beschädigten Tiere werden zu Abfällen!

Sie hatte es. Der Schlüssel zum Rätsel.

Unvorstellbar …

Sie hoffte inständig, dass sie sich täuschte.

Ein knallendes Geräusch draußen ließ Juliette zusammenzucken und beschleunigte den Puls der Mutter. Mit zitternden Beinen schlich Lucie mit dem Kind im Arm zur Eingangstür. Ihre Schläfen pochten, ihre Entdeckung hatte sie derart aus dem Gleichgewicht gebracht, dass sie all ihre Selbstsicherheit als Polizistin verloren hatte. In diesem einsam gelegenen Haus am Fuße der riesigen Sanddünen fühlte sie sich plötzlich verletzbar.

Hör auf mit dem Blödsinn! Mitten in der Nacht einen gerichtsmedizinischen Bericht zu lesen zeugt wirklich nicht von Intelligenz!

Sie drückte ihr Baby an sich, küsste es auf Hals und Ohr, murmelte einen Kinderreim, um die Stille zu durchbrechen. Sie blickte durch den Türspion. Die Linse zeichnete ein kugelförmiges Bild, eine Welt aus Glas, in der sich lediglich eine Reihe von Bäumen und ein leerer Weg krümmten. Ihr Ohr zuckte, suchte nach Anzeichen einer Bewegung. Vergeblich.

Siehst du? Noch ein Nachbar, der spät heimkommt und sein Auto hier in der Nähe geparkt hat.

In dem Moment, als sie am wenigsten damit rechnete, ging ein dunkler Schatten durch ihr Blickfeld. Lucie wich drei Schritte zurück, stieß sich den Hinterkopf an der Wand. Das Fläschchen fiel ihr aus der Hand und rollte zu Boden. Juliette suchte den Sauger, bekam nur Luft zu schnappen und begann zu schreien. Lucie legte sie in den Laufstall zu ihrer Schwester, rannte in die Küche und riss ihre Beretta an sich.

Sie entsicherte sie.

Du … Du … Verdammt! Was ist los?

Das Bild, das von der Fensterscheibe zurückgeworfen wurde, ließ sie zusammenzucken. Zu spät. Eine Waffe war auf sie gerichtet.

Es war nur ihr Spiegelbild. Sie ignorierte das Babygeschrei, drückte sich an die Eingangstür, presste das Ohr an die Holzwand. Draußen knirschte der Kies unter dem regelmäßigen Hin und Her von Schritten. Jemand versuchte, ins Haus einzudringen.

Lucie hatte Schwierigkeiten, ihre Gedanken zu ordnen. Alles geriet durcheinander. Schweiß, feuchte Hände. Eindeutige Anzeichen für ihr inneres Chaos.

Sie drehte den Türknauf, geräuschlos. In drei Sekunden wäre alles vorbei …

Eins … Zwei … Drei …

32

»Warum haben Sie das kleine Mädchen getötet?«, stöhnte Sylvain Coutteure und starrte auf den Revolverlauf. »Sie war doch blind!«

»Halt die Klappe und geh weiter, Idiot!«, befahl ihm Vervaecke.

Die todbringende Mündung einer Smith & Wesson trieb Sylvain durch die Gewölbe aus Dornensträuchern, das Gestrüpp aus aggressiven Ästen. Sein Kopf war nur noch ein Gemisch aus Hass, Schmerz und dem Wunsch zu sterben. Bilderfetzen zogen vor seinem inneren Auge vorbei. Die noch warme Leiche seines Babys, der reglose Körper, das Gas. Wenn man bedenkt, dass er in aller Ruhe dort oben hinter dem ätherischen Lächeln der Sterne hätte schweben können, um mit den Fingern über die Haare seiner Prinzessinnen zu streichen.

Sobald dieses Martyrium zu Ende wäre, würde er zu ihnen stoßen.

Er blickte traurig zu den Zwillingshügeln aus Schiefer empor, die dort in der Dunkelheit lagen, zu diesen offen daliegenden Eingeweiden der Erde, den ewigen Zeugen einer schmerzvollen Vergangenheit. Aus dem zerstörten Land drang noch immer der Geruch der Zechenhäuser, das Räuspern der Staublungen, der schwärzliche Auswurf.

»Ihre Knete ist noch da!«, knurrte Sylvain, während er sich auf den Boden kniete. »Ich hatte vier kleine Kieselsteine auf die Stelle gelegt, sie sind nicht bewegt worden ... Ich hoffe, dieses verdammte Geld bringt Ihnen genauso viel Unglück wie mir.«

»Du hältst die Klappe und machst dich an die Arbeit! Um den Rest kümmere ich mich!«

Die Spitzhacke stieß auf den gefrorenen Boden nieder. Von rasender Wut gepackt, bewegte Sylvain das Werkzeug, als wollte er die widerspenstige Oberfläche ins Jenseits befördern. Er stellte sich vor, Vigo Nowak liege dort vor ihm, die Brust in Fetzen gerissen. Seine Kräfte wuchsen ins Unermessliche.

»Ich ... schaffe ... es nicht«, keuchte er. »Es ... ist ... zu hart ...«

»Wir haben Zeit ... Schau, du hast schon die Oberfläche durchstoßen. Atme durch und mach weiter ... Du wirst sehen, das hilft beim Abnehmen.«

Vervaecke blieb wachsam, während sie an einen kümmerlichen Baumstamm gelehnt dastand. Sie wechselte regelmäßig die Hand, mit der sie die Waffe hielt, ihre Finger wurden ganz taub und fingen an zu schmerzen. Wie sollte sie den Mut finden, einen Mann kaltblütig zu erschießen? Sie liebte es, die Männer fertigzumachen, unter dem Einfluss des Tiletamins über sie zu herrschen, sie zum Kriechen zu bringen. Aber nur im Rahmen ihrer sexuellen Fantasien, ihrer Spielchen mit dem Strick im dafür ausgestatteten Keller. Sie mochte das Verkommene, die düstere Seite der Welt und ihre Verbote. Aber Mörder ... mit dieser Welt hatte sie nichts zu schaffen.

Wie war es möglich, dass ihre Geliebte sich in ein blutrünstiges Monster verwandelt hatte, in eine Psychopathin, die einer amerikanischen Serie würdig war? Zu stehlen, den ganzen Tag lang Tieren die Haut abzuziehen und sie auszustopfen, sich in diese feuchten und nach Mazeration stinkenden Höhlen zu verkriechen, all das hatte mit Sicherheit ihren Verstand benebelt. Wenn man zu oft mit dem Bösen in Berührung kommt, wird man am Ende selbst ein Teil davon.

Vervaecke sagte sich, dass sie sich selbst um die Lösegeldübergabe hätte kümmern sollen, um die Kleine danach freizulassen, so wie sie es anfangs ausgemacht hatten. Doch vorsichtig, wie sie war, wollte sie sich lieber in Sicherheit bringen, für den Fall, dass Cunar die Polizei benachrichtigte. Für ihren fehlenden Mumm zahlte sie jetzt tausendfach …

Wenn sie das Geld erst einmal hätte, würde sie verschwinden, in Richtung Sonne und blaues Meer. Mit ihren Beziehungen würde sie schon einen Weg finden, das Geld außer Landes zu schaffen.

Abhauen, ja … Aber wie sollte sie einen Typen, dessen Leben zerstört war, daran hindern, die Bullen zu verständigen? Frau mit kahlrasiertem Schädel, um die dreißig, von militärischem Aussehen. Bald schon würden Kopien mit ihrem Konterfei die Schaufenster von ganz Frankreich und Navarra zieren.

Sie hatte keine andere Wahl. Von den zweitausend Arten der Gottesanbeterin, die auf diesem Planeten leben, gibt es nur eine einzige – eine chinesische Art –, die ihr Männchen nach dem Liebesakt nicht verschlingt. Stattdessen wird sie selbst manchmal enthauptet. Ausnahmen sollte man besser vermeiden …

»Warum … tun Sie das?«, fragte Sylvain. »Warum … haben Sie … das Mädchen getötet … Was haben Sie … mit dem zuckerkranken Kind … gemacht? Was soll … dieser Horror?«

»Halt den Mund und grab weiter! Ich sag's dir nicht noch mal!«

»Elendes ... Miststück!«

Sylvain schleuderte die Hacke mit voller Kraft auf sie. Das Werkzeug pfiff durch die Luft und verfehlte den kahlrasierten Kopf nur knapp, bevor es gegen ein Stück Baumrinde krachte. Er warf sich mit seinen hundert Kilo auf die Frau mit der Pistole, doch im selben Moment traf ihn der Absatz eines Springerstiefels unterm Kinn. Er wich zurück, trat in einen Teppich aus Dornen. Tausend Nadelstiche schmerzten in seinem Gesicht. Vervaecke packte ihn am Kragen und drückte ihn mit dem Fuß auf der Schläfe zu Boden.

»Verdammter Idiot«, knirschte sie. »Von deiner Sorte habe ich schon Dutzende niedergestreckt! Du wirst jetzt die Hacke wieder in die Hand nehmen und weitergraben! Wenn du das noch einmal machst, töte ich dich, allerdings nicht mit einer Kugel! Glaub mir, wenn es darum geht, Schweine wie dich leiden zu lassen, bin ich unübertroffen!«

Sylvain stand auf, ließ seine Kiefer knacken, ergriff sein Werkzeug wieder und setzte, beunruhigt über sein weiteres Schicksal, die Arbeit fort. Normalerweise nahmen Leute, die mitten in der Nacht von einer Waffe bedroht die Erde aufwühlen, ein böses Ende. Er wollte zwar sterben, jedoch nicht auf diese Weise ...

Nachdem der gefrorene Boden einmal durchstoßen war, gab sich die Erde widerstandslos dem scharfkantigen Stahl hin. Das Ende nahte.

Der zum Tode Verurteilte beugte sich vor, entfernte die letzten Brocken Erde, die das unheilvolle Geld noch verbargen.

»Wir ... haben ... es fast ...«

Er legte die Oberseite, dann den Griff des Koffers frei und zog schließlich den Schlüssel zum Vorhängeschloss aus seiner Tasche.

Mit geschmeidigen Schritten kam Vervaecke näher, die Kanone in der Hand, bereit, den Griff auf den Schädel krachen zu lassen.

Schlag fest zu ... Wenn du fest und an der richtigen Stelle triffst, reicht ein einziger Schlag ...

Noch in der Hocke öffnete Sylvain den Koffer, als er hörte, wie hinter ihm ein Ast zerbrach. Er hob den Kopf und sah nur noch einen metallenen Blitz auf sich zurasen ...

33

Lucie hielt den Atem an. Ihre Beretta war auf einen Hinterkopf gerichtet. Der vor ihr stehende Körper erstarrte. Der Kopf drehte sich langsam zu ihr um.

Ihr Herz drohte stillzustehen.

»Norman? Aber ... Aber was machst du denn hier?«

Mit einem Wechselschritt sprang der Leutnant aus dem tödlichen Feld.

»Netter Empfang ... Ich ... ich weiß, dass du spät zu Bett gehst, deshalb habe ich einen kleinen Umweg gemacht, um dich auf den neuesten Stand zu bringen. Doch dann, im letzten Moment, als ich die Kleinen weinen hörte ... ich weiß nicht ... ich wollte dich nicht mehr damit belästigen ...«

»Jedenfalls hast du mir einen schönen Schrecken eingejagt! Einen Moment lang habe ich gedacht, dass ... Nein, das ist blödsinnig. Los, komm rein!«

»Wie es scheint, warst du mit Raviez zusammen in den Zwanzig-Uhr-Nachrichten?«

»Meine erste Rolle als Statistin.«

»Trotzdem! Von Millionen Leuten gesehen zu werden, das ist doch großartig!«

»Vergiss nicht, dass sich darunter auch drei oder vier Mörder, an die hundert Sadisten und Tausende von Perversen befinden ...« Sie biss sich auf die Faust. »Also! Habt ihr sie geschnappt? Und die kleine Éléonore? Sag mir, dass sie noch lebt! Ich konnte niemanden erreichen!«

Er betrat die Wohnküche.

»Deine Töchter scheinen nicht sonderlich erfreut darüber zu sein, mich zu sehen ...«

Lucie lächelte kraftlos, beinah traurig. Normans Gesicht drückte Besorgnis aus.

»Ich habe Juliette mitten bei der Mahlzeit unterbrochen«, antwortete sie. »Das hat der Kleinen nicht besonders gefallen ...«

Sie wies durch das große Fenster auf die Düne.

»Sag mal ... Bist du über die Düne gekommen?«

»Soll das ein Witz sein? Ich habe am Ende der Straße geparkt. Bei dieser Saukälte hält man sich besser nicht allzu lange im Freien auf. Warum fragst du?«

»Ach, nichts ... Meine Müdigkeit scheint mir einen Streich zu spielen. Nimm Platz in meiner dunklen Höhle ... Mir ist gedämpftes Licht lieber ... Mit ein bisschen Glück schlafen die beiden Schreihälse endlich ein.«

Die Mutter legte Clara auf Normans Knie und steckte Juliette das Fläschchen in den Mund.

»Wenn sie die Wärme eines Körpers spüren, beruhigen sie sich immer«, erklärte Lucie. »Sie haben dann das Gefühl, sich wieder im Mutterleib zu befinden. Und jetzt erzähl bitte!«

Norman strich mit dem Handrücken über die aprikosenfarbene Wange des Kindes. Seine Bewegungen hatten etwas Beruhigendes und passten so gar nicht zu seinem angespannten Gesichtsausdruck.

»Die Entführer haben zu zweit agiert«, erklärte er

nach einem Moment der Stille. »Vervaecke und noch jemand. Ein Mann, eine Frau, wir wissen es nicht. In jedem Fall jemand, der extrem gestört ist ...«

»Machst du Witze?«

Der Leutnant schüttelte den Kopf.

»Keinesfalls. Vervaecke ist nicht aufzufinden. Wir haben alles abgesucht, das Haus, den Garten, und bislang nichts gefunden. Keine ausgestopften Tiere, kein verborgenes Zimmer. Ihr Keller ist so eine Art Sadomaso-*Backroom*, voller Gerten, Handschellen, Folterkreuze und allem, was die perfekte kleine Domina sonst noch so braucht.«

»Woher weißt du, dass sie zu zweit sind?«

Der Leutnant zeigte ihr ein Nylonetikett.

»Für dich, mein Schatz«, entzifferte Lucie. »Jetzt kapiere ich überhaupt nichts mehr. Erklär mir das! Und spiel bitte kein makabres Bilderrätsel mit mir.«

»Ich habe das Etikett von einer Art Puppe abgerissen, die unter Vervaeckes Bett versteckt war. Ein Monster, verziert mit einem roten Band ...«

»Dem roten Band der *Beauty Eaton*?«

Norman verzog das Gesicht.

»Das, was ich in den Händen gehalten habe, hatte nichts mit einer Puppe für Kinder zu tun. Das Skelett bestand aus lauter kleinen Knochen. Das Innere war angefüllt mit ... getrockneten Venen, mit angemalten Organen. Und ihr Gesicht ... dieses widerliche Gesicht, der ganze Körper waren aus Haut angefertigt ... aus echter Haut! Abscheulich!«

Er schaltete eine Digitalkamera ein.

»Es ist der reinste Albtraum. Auf dem Schrank standen noch weitere Kisten mit Dutzenden von Monstern. Eins scheußlicher als das andere.«

Lucie legte die Hand auf die Brust ihres Babys. In

seinem kaum zu spürenden Atem suchte sie nach etwas, das ihr Sicherheit gab. Sie betrachtete aufmerksam die Fotos auf dem Display, zoomte die Knochen näher heran, die organischen Kraken in den schillernden Farben. Die Organe aus Wachs, das erstarrte Netz der Adern.

Plötzlich hielt sie inne.

Das war's! Sie hatte die Verbindung hergestellt.

Die berühmten Tierpräparate von Fragonard.

34

Die Anspannung in dem kleinen Haus war spürbar, sie zerrte an den Nerven. Lucie setzte Juliette in den Laufstall und schaltete den Fernseher ein, an den ein Computer angeschlossen war. Millionen von Pixeln erschienen auf der Benutzeroberfläche des Internet-Browsers, während sie eine Infrarot-Tastatur hervorzog.

»Lucie! Was treibst du?«

Mit der Tastatur auf den Knien gab Lucie Suchbegriffe bei Google ein. Während sie surfte, fragte sie:

»Die Plastiken von Fragonard, Velasco, die Plastination von Professor von Hagens, sagt dir das was?«

»Von Hagens ... von Hagens ... Dieser Spinner, der öffentlich Autopsien vornimmt?«

Lucie überflog die Einträge im Internet, eilte von Website zu Website. Sie murmelte:

»Der, der aus dem Sezieren eine Fernseh-Show und ein riesiges Spektakel macht. Er ist ab und zu im Kabelfernsehen zu sehen, dort kann man seine Arbeit live verfolgen.«

»Schaust du dir so etwas Abscheuliches wirklich an?«

»Regelmäßig ... Sieh mich nicht so an! Der menschliche Körper hat von jeher etwas Faszinierendes. In der Renaissance wurden öffentlich Sektionen vorgeführt, diese Darbietungen zogen enorme Massen an. Die Leute, sogar Kinder, kamen verkleidet, als gingen sie zu einer Feier. Das ist heute ähnlich, nur fortschrittlicher.«

»Da habe ich auf einer Feier aber schon lustigere Sachen erlebt.«

Lucie wandte den Blick nicht mehr vom Bildschirm. Die Internetrecherche war ihr Spezialgebiet. Ein Schatz von nie versiegenden Reichtümern, der das Allerschlimmste barg, das Undenkbare, das Unglaubliche. Die elektronische Verbreitung des Bösen.

»Was weißt du von Taxidermie?«, fragte sie.

»Hmm ... Die Kunst, Tiere zu präparieren. Man lässt ihnen das Blut aus, entnimmt die Organe, gerbt das Fell, um es vor Verwesung zu schützen, und stopft den Körper mit Stroh aus. Korrekt?«

»Beinahe, nur dass man für die großen Tiere eher Modelle verwendet, auf die man das gegerbte Fell zieht. Aber egal. Auf jeden Fall entnimmt man den Tieren, wie du sagst, die Organe. Léon hat mir die Methode erläutert. Man entfernt das Lymphsystem, die Gallenwege, die Harnleiter, die Milch- und Speichelgänge. Das war jedoch nicht der Fall bei dieser Puppe, die du in Stücke gerissen hast, bei diesem ... Monster mit den lackierten Organen, den mit Wachs gefüllten Venen. Wir haben es nicht mit einem einfachen Taxidermisten zu tun, sondern eher mit einem Taxidermisten, der zugleich Anatom ist. Ein Fachmann, der nicht nur versucht, das äußere Aussehen zu bewahren, indem er die Haut gerbt und auf das Knochengerüst zieht, sondern der auch einen Teil des Organismus erhalten möchte. Das Ergebnis bei der Puppe ist ekelerregend, Lichtjahre von den Techniken Fragonards oder von Hagens' entfernt. Aber unser Mörder versucht, sich zu vervollkommnen. Deshalb stiehlt er Tiere, immer drei oder vier auf einmal. Er übt sich …«

Norman stützte den Kopf in die Hände.

»Erzähl mir von dieser Sache mit den präparierten Leichen. Wer ist dieser Fragonard?«

»Honoré Fragonard, ein Cousin des Malers Jean-Honoré Fragonard. Ein Anatom aus dem 18. Jahrhundert, der die sogenannten *Écorchés* hergestellt hat. Er zog Leichen die Haut ab, sezierte sie systematisch, Organ für Organ, und konservierte sie mit Hilfe von Chemikalien, die er ihnen bis in die kleinsten Blutgefäße spritzte. Danach stellte er diese Wesen ohne Haut in bestimmten Posen auf, indem er ihre Muskeln mit Fäden, Nadeln, Kartons spannte. Mit einer ungeheuren Akribie fügte er dann, Haar für Haar, Augenbrauen und Wimpern hinzu. Er machte aus ihnen Kunstwerke, die noch immer ausgestellt sind – in einem Museum in Alford, bei Paris, das nach ihm benannt ist.«

»Wie ekelhaft!«

»Warum? Weil er offen darstellt, was der Verstand nicht zuzugeben wagt? Wir kennen den Tod nur von anderen, aus den Medien oder Büchern. Unser eigener Tod macht uns Angst, so sehr, dass wir versuchen, ihn mit allen möglichen Tricks zu verdrängen: Make-up, Cremes, Lifting, Silikon. Fragonard dagegen macht keine Umschweife. Er konfrontiert uns mit unserer tatsächlichen Natur, mit dem, was wir tief im Innern sind: Wesen aus Fleisch und Blut. Das äußere Erscheinungsbild ist nur ein Täuschungsmanöver, ein trügerischer Schein, hinter dem sich Schmerz, Krankheit, Tod verbergen. Soweit ich weiß, hat die Schönheitschirurgie noch niemals Krebs oder Geschwüre behandelt. Der Anatom entfernt mit seiner Arbeit diese äußere Hülle. Ich weiß nicht, was daran ekelhaft sein soll!«

»Jedem seine Meinung.«

Lucie hatte eine Website über die Écorchés gefunden. Fotos füllten den Bildschirm. Reihenweise tanzende Föten. Ein Mann, vom Schädel bis zur Scham entzweigeschnitten. Der Längsschnitt durch ein Verdauungssystem, zwischen Glasscheiben gepresst. Dann Monster mit acht Pfoten, Zyklopen, menschliche Sirenen, Reproduktionen eiternder Wunden. Babyskelette in verschiedenen Stellungen, die den vergänglichen Charakter des Lebens hervorheben sollten.

Die unerforschbaren Abgründe eines genialen Gehirns.

»Da haben wir es!«, rief Lucie aus. »Schau mal! Anatomische Zeichnungen von Leonardo da Vinci und Michelangelo, die ihre Auffassung von den Écorchés zeigen!«

»Hör auf, mit solcher Begeisterung darüber zu reden! Das macht mich wahnsinnig! Man könnte meinen, du findest das schön!«

Ein Klick ...

»Und dort! *Der Mann mit dem Unterkiefer!* Eines der komplexesten Werke von Fragonard!«

Mit verzogenem Mund und abwesendem Blick hielt der riesige Écorché in bedrohlicher Weise den Unterkiefer eines Esels in der Hand. Sein stark geröteter Penis war obszön nach vorne gestreckt; seine verdrehten Ohren, die absichtlich eingedrückte Nase zeigten ein furchtbares fleischloses Gesicht. Durch diese organische Transparenz hindurch, in diesem Gewirr aus Arterien und Venen, irgendwo zwischen Magen und Darm, verbarg sich der Tod und durchbohrte, sezierte den Menschen.

Lucie klickte einen weiteren Link an. Nun tauchten Erklärungen auf.

»Hier steht alles! Hör dir …«

Normans Handy vibrierte.

»Entschuldige mich kurz …«

Er verschwand in der Küche und kam mit angespannter Miene zurück.

»Neuigkeiten?«

»Der Veterinär hat bei einigen Puppen die Knochen analysiert sowie die Organe und die Härchen, aus denen das Kopfhaar gefertigt war. Bei der, die ich zerrissen habe, handelt es sich um Überreste von Katzen, eine europäische Art. Dem Skelett zufolge ein Tier mittleren Alters, vier bis acht Jahre alt. Der restliche Müll stammt wohl, so wie es aussieht, ebenfalls von Katzen. Mir wären Kapuzineraffen oder Wallabys lieber gewesen. Dann hätten wir wenigstens eine gewisse Logik im Verlauf der Ermittlungen festgestellt.«

»Mir ist die Katze lieber«, erwiderte Lucie, die Augen auf den Bildschirm geheftet. »Gut, hör zu, was hier über Fragonard steht! Mit meinem Buch über Pirogov lag ich völlig daneben!«

»Wer ist das?«

»Vergiss es … Also … ›Wie wir wissen, wählte Fragonard seine menschlichen oder tierischen Objekte sorgfältig aus. Er tauchte den Körper drei bis acht Stunden lang in heißes Wasser, um ihn weich zu machen. Dann schnitt er die äußeren iliakalen und axillaren Arterien auf und entfernte das Blut aus dem Körper …‹«

»Wie bei den Tieren im Zoo?«

»Ganz genau … ›Anschließend konnte der Präparator die eigentliche Injektion vornehmen. Der Körper wurde wieder erwärmt, dann eine Thorakotomie durchgeführt, indem einige Rippenknorpel durchtrennt wurden. Nachdem er den Herzbeutel aufgeschnitten hatte, unterband er die Aorta an ihrem Abgang und öffnete den Bogen, so dass er ein biegsames Rohr einführen konnte, durch das die verschiedenen Mischungen eingespritzt wurden. Diese Wachsmischungen waren so gefärbt, wie es heute noch üblich ist: die Arterien zinnoberrot, die Venen preußisch-, indigo- oder aschblau ...‹.«

Als Clara eine Rassel schwenkte, zuckten die beiden Polizisten zusammen. Lucie warf den Kopf nach hinten und blickte zur Decke empor.

»Das ist ja noch schlimmer, als ich befürchtet hatte. Pierre, wir haben es mit einem teuflischen Monster zu tun, einem Wesen, das zu Grausamkeiten fähig ist, die ein gesunder Verstand sich nicht ausmalen kann ...«

Norman ergriff das winzige Händchen des Babys. Clara nahm die Welt mit einem Blick voller Unschuld auf, mit einer Intensität, dass eine beliebige Wand oder ein einfacher Bilderrahmen durch ihre Augen betrachtet eine ungeahnte Schönheit annahmen. Wie konnten so kleine Wesen sich zu den schlimmsten Verbrechern entwickeln?

»Erklär mir das, Lucie ...«

Die Mama verschlang einen Schokoladenriegel, ihre Augen leuchteten, angefacht von ihren Entdeckungen. Norman, ein abgebrühter Polizeileutnant, erzitterte bei der Vorstellung an all die Gräuel, die die Bilder in ihm hervorriefen. Wie konnte die Frau neben ihm, die Mutter zweier neugeborener Babys, so gleichgültig bleiben, ihrer Stimme eine solche Festigkeit verleihen?

Man könnte meinen, sie findet Vergnügen daran ...

»Erinnerst du dich an die Spuren von Erdrosselung, die am Hals des Kindes gefunden wurden?«, fragte Lucie. »So schwach, dass sie kaum zu erkennen waren?«

»Ja. Der Obduktionsbericht sprach von wenigen, beinah nicht vorhandenen Gefäßverletzungen. Der Gerichtsmediziner bestand auf dieser Tatsache.«

»Heute Nachmittag waren der Kapitän und ich in der Werkstatt eines Taxidermisten. Wir haben eine Art Speicher durchquert, wo der Besitzer, ein gewisser Léon, die sogenannten Abfälle aufbewahrte, das heißt beschädigte Tiere. Ich glaube, der Mörder, also Clarice Vervaecke oder aber ihr mörderischer Klon, hat unbewusst darauf geachtet, die kleine Cunar nicht zu ›beschädigen‹, als er sie umbrachte.«

»Aber aus welchem Grund?«

»Weil der Taxidermist das Stück, an dem er arbeitet, nicht kaputtmachen will!«

Pierre Norman wurde leichenblass.

»Aber ... Willst du damit sagen ...«

»Während unseres Besuchs hat Léon in einem fort, fast schon verbissen, ein Fell gebürstet, um es vor dem Gerben zu reinigen, den Staub, die Insekten, den Dreck zu entfernen. Und was finden wir im Obduktionsbericht?«

»Striemen einer Bürste auf dem Kopf des Opfers ... Fast bis aufs Blut ...«

»Genau. Manchmal wird unser Verhalten vom Unbewussten gelenkt, ohne dass wir dies merken. Vielleicht hat unser Mörder dem Mädchen die Haare gebürstet, so wie er es normalerweise mit seinen Tieren macht, und in dem Moment, als er ihr den Hals zudrückte, hatte der Taxidermist in ihm den Reflex, das Opfer nicht zu *beschädigen*. Vielleicht erlaubt es ihm sein Talent, Handlungen, die er als wichtig erachtet, zu wiederholen, ohne dass er begreift, weshalb er dies tut. Langsam und im Laufe der Zeit geschehen diese Handlungen mechanisch, und daraus entsteht dann eine Neurose oder Psychose ... Was meinst du, welche Analogie zwischen den ausgestopften Tieren, den Écorchés und den Puppen besteht?«

Clara, die sich an die Brust des Polizisten mit dem feuerroten Haar schmiegte, wurde ruhiger. Ihre Augenlider senkten sich langsam.

»Das ewige Leben oder die fortdauernde Jugend?«, sagte Norman leise. »Sie altern nicht mehr?«

»Sie stehen für den Sieg über sich selbst und die verrinnende Zeit! Die Puppen lassen die Vergangenheit, Teile der Kindheit wiederaufleben. Die ausgestopften Tiere fangen den Augenblick ein und verherrlichen ihn, überwinden die Naturgesetze. Die Écorchés dagegen drücken eine bestimmte Form von Leid aus, indem sie die Gegenwart stillstehen lassen. Hinter ihrer Schönheit verbergen sich Tod und Schmerz. Ich glaube, unser Mörder versucht, ein Ereignis aus seinem Leben wachzurufen, es zurückzuholen und einzufangen. Wenn das erste Opfer während seiner Gefangenschaft einen genauen Plan oder eine Menge geisteskranke Wahnvorstellungen in ihm hat reifen lassen, dann will er diese vielleicht mit Hilfe des zweiten möglichen Opfers, Éléonore Leclerc, verwirklichen …«

»Jetzt sag mir nicht …«

»Vielleicht wird er versuchen, ihr die Haut abzuziehen und sie zu präparieren! Schlimmer noch als von Hagens und Fragonard zusammen, denn sie haben sich nur um den inneren Aspekt des Körpers gekümmert. Unser Mörder dagegen gerbt und konserviert die Haut. Er bezieht seine Écorchés, um sie … lebendiger zu machen …«

35

Schmerzverkrümmt rollte Sylvain Coutteure auf den Boden, während Clarice Vervaecke den Lichtstrahl ihrer Taschenlampe über den Inhalt des Hartschalenkoffers gleiten ließ.

Eine Sinnestäuschung.

Zeitungen. Ein Stapel alter Ausgaben von *La Voix du Nord*. Das weiße Papier, das dort anstelle des grünen Papiers lag, löste eine Reihe biochemischer Reaktionen aus, die damit endeten, dass eine Waffe auf eine Schläfe gerichtet wurde.

»Was hast du mit dem Geld gemacht? Und hör auf, wie ein Schwein am Spieß zu schreien. Hör auf oder ich jag' dir eine Kugel in den Kopf!«

Sylvain biss in den Kragen seines Pullovers, so sehr schmerzte seine zertrümmerte Schulter.

»Er ... Er hat ... mich reingelegt! Ich wollte ... Harrr ... die Kohle vergraben ... Bevor wir hier ankamen ... hat er mir das Geld noch einmal ... Harrr ... in seinem Kofferraum gezeigt ... Dort herrschte heilloses Durcheinander ... Kabel, Planen, Decken ... Ich bin ... sicher, dass er einen zweiten Koffer versteckt hatte ... Wir sind losgegangen ... Ich zuerst ... Und ... Harrr ... dabei ... hat er sie vertauscht ...«

Vervaecke stürzte sich auf ihn, hielt ihm die Hand vor den Mund und verpasste ihm mit dem Revolver noch einen Schlag auf seinen ramponierten Muskel. Sylvains Kopf prallte auf den Boden, seine Lippen wurden weiß vor Schaum.

»Bring mich zu ihm!«, befahl sie. »Los, steh auf, Fettsack!«

In ihrem herrischen Tonfall schwang eine Spur von Angst mit. Doch für einen Rückzieher war es nun zu spät: Die Karten lagen auf dem Tisch. Mit der Spitze ihrer Springerstiefel trat sie auf Sylvain ein, traf sein linkes Schulterblatt, die Rippen, die Waden.

Nun ging es besser ...

Sie musste lernen zu hassen, ihrem Zorn freien Lauf zu lassen, damit dieser Mann für sie zu einem Gegenstand wurde, den man nach Gebrauch wegwarf, eine menschliche Boje, die sie an ihr Ziel führte.

Sylvain schleppte sich mühsam zu den schlafenden Bergbausiedlungen, vorbei an den Halden elf und neunzehn. Auf dem Weg überquerte er eine stillgelegte Brücke und schlug dahinter einen Schotterweg ein, der an einem verrosteten Fördergerüst vorbeiführte. Er blutete an der rechten Schläfe, an den Wangen, unter seiner Kleidung bildeten sich blaue Flecken. Sein Körper und sein Geist waren eine einzige Wunde. Doch jede zerstörte Zelle, jedes verbrannte Neuron setzte ein winziges Quäntchen Energie frei, das den gärenden Hass und die unbändige Lust zu töten weiter anfachte.

Im orangefarbenen Lichthof der Straßenlaternen lief das seltsame Paar die Sträßchen zwischen den alten Gebäuden der Bergbaugesellschaft hinauf. Nicht eine Menschenseele. Eine Atmosphäre wie zu Allerheiligen.

Sylvain ging an einer Palisade entlang und bog leicht humpelnd in einen Weg ein. Unter dem Druck des Revolvers gelangte er zur hinteren Terrasse, hob einen Blumenkasten hoch und ergriff einen Schlüssel.

»Ich werde Ihnen die Arbeit erleichtern«, murmelte er und warf das Metallstück auf den Boden.

»Gut!«, sagte Vervaecke. »Heb ihn auf und öffne die Tür, ohne Lärm zu machen.«

»Es ist niemand da ... Das Auto steht nicht vor dem Haus ...«

Vervaecke ballte die Faust.

»Ich hoffe für dich, dass er wiederkommt.« Sie starrte auf die Uhr. »Ich warte bis zum Morgengrauen. Danach leg ich dich um ...«

Mit einem Fußtritt in den Rücken stieß sie ihn ins Haus. Letzten Endes findet man schnell Gefallen an der Gewalt. Sylvain schlug mit dem Gesicht auf die Fliesen.

»Während wir hier warten, fängst du schon mal an zu suchen, du Scheißkerl!«

36

Unschuldig und nichts ahnend saßen die Zwillinge in ihrem Laufstall und lallten vor sich hin. Lucies Entdeckungen hatten Norman bis in die Grundfesten seines Wesens erschüttert. Vor seinem inneren Auge zogen Bilder vorbei: Écorchés, denen man die Identität geraubt hatte, Leichen, denen man ihr Recht auf ewige Ruhe genommen und die man in einer empörenden Nacktheit ausgestellt hatte. Der Leutnant stellte sich vor, wie der Mörder das zuckerkranke Mädchen skalpierte, ihr mit der Akribie eines Chirurgen das Gesicht zerschnitt. Wie er ihr dann die Haut abzog, das Blut durch die iliakalen Arterien ausließ, anschließend die Organe anmalte, die Venen mit Wachs füllte und die Haut über dem mit Chemikalien gebleichten Skelett wieder zusammennähte.

Konnte ein menschliches Gehirn zu einem solchen Wahnsinn imstande sein?

Lucie kam mit einem Stück Pizza in der Hand aus der Küche. Jetzt essen … Genauso gut könnte man auf einem Friedhof picknicken.

»Lucie … Schmeiß das weg … Ich muss raus, eine rauchen …«

Mit einer Decke über den Schultern und der Pizza in der Hand begleitete die junge Frau ihn zur Eingangstreppe. Schon beinahe zwanghaft in ihre Nachforschungen vertieft, fragte sie ihn:

»Hast du außer diesen Puppen noch andere Sachen bei Vervaecke gefunden, die etwas mit Taxidermie zu tun hatten? Skalpelle, Seziermesser, Chemikalien? Ausgestopfte Tiere?«

Norman zog ein paarmal heftig an seiner Zigarette, die Finger waren steif vor Kälte. Er zuckte zusammen, als in der Dunkelheit ein Zweig knackte.

»Nein ... Das habe ich dir bereits gesagt.«

»Was weiß man über diese Frau?«

Der Leutnant blickte sich suchend um. Da war niemand. Seltsam, er hätte schwören können ...

»Nicht viel bislang. Keine Nachbarn. Die Männer untersuchen ihre Telefonrechnungen, ihre Bankkonten, den Computer, kurz ihr elektronisch dokumentiertes Leben. Auch ihre Familie wird befragt. In der Hoffnung, dass uns diese Entdeckungen zu ihrer Komplizin führen. Ihre Erscheinung? Kahlköpfig, muskulös, von militärischem Aussehen.«

Lucie schmiegte sich in ihre Wolldecke. Die Kälte biss mit der Kraft des Nordens zu, bedeckte die Nadeln der Föhren mit einer Eisschicht.

»Betrachten wir die Tatsachen noch einmal von Anfang an, in chronologischer Reihenfolge«, sagte sie mit klappernden Zähnen. »Vor über acht Monaten, im April 2003, verschwinden Wallabys aus dem Zoo von Maubeuge, hundertfünfzig Kilometer von hier entfernt. Vor vier Monaten ist es ein Wolf aus dem Zoo von Lille und letzten Monat vier Kapuzineraffen. Immer Weibchen. Den Männchen wird über die iliakale Arterie das Blut ausgelassen und die Aorta unterbunden, nach einem Verfahren, das die Anatomen in der Renaissance anwandten, um Leichen die Haut abzuziehen.«

»Warum wird diese Technik bei Tieren angewandt, wenn der Mörder ihnen nicht die Haut abzieht, sondern sie bloß liegenlässt? Warum bringt er die schlafenden

Tiere nicht einfach mit dem Messer um? Und warum tötet er sie überhaupt?«

Lucie kuschelte sich in ihren wollenen Umhang.

»Weil er nicht um des Tötens willen tötet, sondern um innere Zornesausbrüche zu lindern, und zwar mit Hilfe eines Rituals. Ein Serienmörder oder Psychopath kann seine Intelligenz nutzen, um die Spuren an einem Tatort zu verfälschen oder die Polizei in die Irre zu führen. Zwei Dinge jedoch kann er nicht ändern, und das sind die Grundlagen, die sein Handeln bestimmen: den *modus operandi* und seine Handschrift. Aber ... führen wir die Analyse fort ... Léon zufolge sind diese Tiere sehr schwer zu präparieren, sie erfordern vielfältige Fähigkeiten, über die nur ein erfahrener Taxidermist verfügt. Unser Mörder muss Fortschritte gemacht haben. Deshalb ist es mir lieber, dass er diese grauenhaften Puppen auf der Basis von Katzen hergestellt hat.«

»Ich verstehe. Er hat seine ersten Erfahrungen mit Rohmaterial gesammelt, das wesentlich gebräuchlicher und leichter zu beschaffen ist.«

»Genau! Katzen oder Hunde, die er auf der Straße aufgesammelt hat oder die ihm von Vervaecke beschafft wurden. Léon sprach auch vom Tierschutzverein, dieser Spur sollte man ebenfalls nachgehen. Kurzum, die Puppen sind nicht erst gestern angefertigt worden. Folglich kennen Vervaecke und ihr Doppelgänger sich schon seit geraumer Zeit, und sie haben beide eine Vorliebe für ... Wie soll ich sagen ...«

»Eine Vorliebe für das Absonderliche ...«

»Ja. Vielleicht finden wir eine Spur, wenn wir Vervaeckes Nachtleben unter die Lupe nehmen. Nachtclubs, Sadomaso-Bars, Partnertausch ...«

»Das läuft. Aber es braucht seine Zeit.«

»Zeit, die wir leider nicht mehr haben ... Machen

wir weiter. Letzte Woche Mittwoch sollte eine einfache Lösegeldübergabe stattfinden, wie aus den Briefen an die Eltern hervorgeht, doch sie endet in einem Blutbad. Einer der Entführer tötet – mit ›Feingefühl‹ würde ich sagen – ein kleines Mädchen, das für ihn nichts Menschliches mehr hat, ein Kind, das aufgrund seiner puppenhaften Aufmachung, seiner Gesichtszüge und seiner Reinheit Erinnerungen in ihm wachruft, Erinnerungen an glückliche oder schmerzhafte Zeiten, die er nun zurückholen will …«

Lucie verschlang das kalte Stück Pizza und leckte sich die Finger ab, dann fuhr sie fort:

»Hmmm … Mit einem Schlag wird das Geld zweitrangig, vielleicht sogar bedeutungslos. Vorrangig wird jetzt die Verwirklichung seiner Wahnvorstellungen, das Ziel eines ganzen Lebens. Deshalb verschwindet am darauffolgenden Tag ein zweites Mädchen. Und diesmal geht es nicht um Lösegeld … Das Präparieren der Tiere, die Verstümmelungen haben einen Sinn. Sie spiegelten einen tief verborgenden Schmerz wider, waren das Bedürfnis, mit Hilfe des Skalpells etwas zum Ausdruck zu bringen. Und nun setzt der Künstler seine ganze Energie frei. Er übt nicht mehr an Tieren, sondern geht zum nächsten Stadium über. Und wenn man weder zu Leichenschauhäusern noch zu medizinischen Instituten Zugang hat, was macht man dann?«

»Man bedient sich dort, wo es in Hülle und Fülle vorhanden ist. Man greift es zufällig auf der Straße auf …«

Norman biss sich auf die Unterlippe, tippte mit dem Finger ans Kinn. Mit dieser Geste sah er aus wie ein Comicheld, wie die Comicfigur Tim ohne Haartolle.

»Warum sucht er sich Kinder aus?«

»Ich habe keine Ahnung. Vielleicht sind sie leichter zu überreden und zu entführen? Ich würde meinen Gedankengang gerne zu Ende führen, wenn du nichts dagegen hast …«

»Bitte …«

»Heute erfahren wir, dass es sich um ein Paar handelt. Eine Veterinärin mit Hang zum Sadomasochismus sowie eine zweite Person, ihr Liebhaber oder ihre Liebhaberin. Eher Liebhaberin würde ich sagen, weil sie die Männer derart hasst, dass sie sie verstümmelt … Im Zuge einer Straßenkontrolle wird Vervaecke erwischt und droht ihre Zulassung zu verlieren, weil in ihrem Blut Tiletamin nachgewiesen wird. Daraufhin hat sie die Idee, ein blindes Kind zu entführen, dessen Eltern Millionen besitzen, in einer Stadt, die im Winter wie ausgestorben ist, Le Touquet. Eine auf den ersten Blick leichte Aufgabe. Die Veterinärin weiht ihren Komplizen, den Anatom-Taxidermisten, in ihre Pläne ein. Beide Personen sind einander tief verbunden und reißen sich gegenseitig immer tiefer in ihren Wahn. Vervaecke besorgt Tiletamin für die Tierdiebstähle, akzeptiert so grauenhafte Geschenke wie die Puppen, von denen du mir erzählt hast, und im Gegenzug hilft ihr der oder die andere bei der Entführung des Kindes …«

»Das passt zusammen, aber …«

Lucie hob einen Finger.

»Jetzt zu den Orten. Vervaecke wohnt einige Kilometer von Le Touquet entfernt, ihr Komplize muss in der Umgebung von Dunkerque leben. Das Wissen um die leerstehende Lagerhalle, das Verschicken der anonymen Briefe, die Entführung des zweiten Opfers, das alles sind handfeste Beweise. Er oder sie lebt nicht in der Stadt, eher auf dem Land. Ein einsam gelegenes Haus, das es ermöglicht, in aller Ruhe zu handeln und, warum nicht, einen lebendigen Wolf zu halten, Kapuzineraffen, verängstigte Mädchen. Mit viel Platz, da die ausgestopften Tiere dort gelagert werden … Wir haben es also mit einem vollkommen atypischen Paar zu tun, einem Mörder, der die Männer hasst, und einer Sadomasochistin mit perversen Vorlieben … Weißt du, dieses Monster mit den echten Eingeweiden, das du in der Hand gehalten hast, stellt nur die Spitze des Eisbergs dar, ein winziges Stück all der Abscheulichkeiten, zu denen diese kranken Hirne noch fähig sind …«

Völlig durchfroren schlüpfte Norman zurück ins Haus.

»Ich verstehe dich nicht, Lucie. Wie schaffst du es, solch eine Ruhe zu bewahren, so gleichgültig von diesen entsetzlichen Dingen zu reden?«

»Ich weiß es nicht … Manchmal empfinde ich Abscheu und fühle mich trotzdem auch irgendwie angezogen. Weißt du, schon als Kind habe ich zugeschaut, wie mein Vater Kaninchen getötet hat, und das hat mich … hat mich …«

»Fasziniert?«, wagte Norman zu fragen.

»Ja …«

Der rothaarige Polizist seufzte und betrachtete dann eingehend die Wohnzimmereinrichtung. Die schwach leuchtenden Glühbirnen, die Bilderrahmen in den dunklen Farben, die unförmigen afrikanischen Figuren mit den riesigen Bäuchen und den knorrigen Beinen. Und diese unendlich vielen Videokassetten, die sich auf einem Schrank mit getönten Scheiben stapelten. Auf dem Kommissariat machte Lucie den Eindruck einer soliden Frau, die fast durchschaubar, vielleicht ein wenig schüchtern war. Lichtjahre von der Frau entfernt, die nun vor ihm stand. Ihre verborgene Seite. Ja … Die verborgene Seite …

Er blickte ihr in die Augen.

»Deine Analyse scheint logisch zu sein, aber eine Sache

begreife ich nicht. Dir zufolge ist Vervaecke kein Taxidermist und hat demnach Mélodie Cunar weder gefangen gehalten noch getötet. Dennoch haben ihre Finger keine Papillarlinien, genauso wie die am Tatort gefundenen Spuren. Wenn sie nicht die Mörderin ist, wie erklären sich dann ihre fehlenden Fingerabdrücke um das Opfer herum?«

Lucie setzte sich auf den Wohnzimmertisch und ließ die Beine baumeln.

»Dafür habe ich keine eindeutige Erklärung ... Vervaecke streift durch die Sadomaso-Szene, vielleicht nimmt sie, bedingt durch ihre seltsamen Vorlieben, an Vorstellungen zur Taxidermie und Enthäutungen teil? Ein gewisses Vergnügen am Umgang mit leblosen Körpern? Ohne spezielle Vorsichtsmaßnahmen verletzt man sich beim Hantieren mit den gefährlichen Chemikalien oder Werkzeugen schnell einen Finger oder ein Auge.«

Norman nickte. Er deutete auf den Fernseher.

»Wie du auf den Digitalfotos gesehen hast, waren die Puppen, die wir bei Vervaecke gefunden haben, ekelerregender als sämtliche Écorchés. Diese leeren Augenhöhlen, die nach Leder stinkende Haut, die Tierhaare anstelle von Kopfhaar, die missgestalteten Gliedmaßen ... Ich will mir nicht ausdenken, was diese Experimente mit ... einem Menschen ergeben ... Das macht keinen Sinn ... Überhaupt keinen Sinn ...«

»Diese Kreationen, die du als widerwärtig bezeichnest, sind lediglich Ausdruck einer inneren Störung. Frag einen Verrückten, ob er verrückt ist, er wird es verneinen. Unser Mörder hat sein eigenes Wertesystem, seine ganz persönliche Vorstellung von Gut und Böse. Wer sagt dir, dass diese scheußlichen Puppen in seinen Augen nicht etwas von absoluter Schönheit darstellen? Jeffrey Lionel Dahmer, der Kannibale von Milwaukee, hat die Organe von etwa fünfzehn Personen aufgegessen und die Überreste über seinem Kamin aufgehängt, weil er sie als Jagdtrophäen ansah. Er fand das ›prächtig und aufwertend‹. Und vergiss nicht, dass die Katzenskelette darauf hinweisen, dass der Mörder damals erst ganz am Anfang stand, während er sich seit ein paar Monaten, mit den Tieren aus dem Zoo, an die schwierigsten Präparationen wagt. Wer sagt dir, dass er nicht inzwischen ein wahres Genie in der Kunst des Häutens geworden ist? Durch Übung, Hartnäckigkeit, weiterführende Lektüre gelangt man immer ans Ziel …«

Norman fasste sich an den Kopf.

»Dieses düstere Universum ist mir wirklich unheimlich … Darüber könnte man beinah die Raser vergessen, die sich die zwei Millionen Euro unter den Nagel gerissen haben.«

»Gibt's was Neues von unseren Sprayern? Was macht die Liste mit den entlassenen Beschäftigen?«

»Ist immer noch bei Vignys. Ich bin von dort in aller Eile aufgebrochen, weil der Einsatz bei Vervaecke bevorstand. Ich hole sie morgen früh ab.«

Norman hatte sich neben Lucie auf die Tischkante gesetzt und damit die Gefühle der jungen Mutter in Wallung gebracht. In diesem angespannten Augenblick, weit nach Mitternacht, verspürte sie ein unbändiges Verlangen danach, mit jemandem zu schlafen. In etwa so, wie wenn jemand bei einer Beerdigung in schallendes Gelächter ausbricht. Man sagt, um die dreißig erreicht das sexuelle Verlangen seinen Höhepunkt. Das würde erklären, warum ihr alle Organe wehtaten, sie innerlich quälten wie Stachel aus Fleisch.

»Weißt du, ich liebe kleine Kinder«, vertraute ihr Norman mit sanfter Stimme an. »Ich glaube, dass sie, wenn sie auf die Welt kommen, alle gleich sind, mit einem reinen Gewissen. An zahlreichen Stellen der Bibel steht, dass Babys ohne Sünde geboren werden. Es sind die Eltern, die aus ihnen Monster machen. Wie oft mussten wir schon bei Familien einschreiten, wenn die Väter, manchmal auch die Mütter, ihre Kinder mit Fußtritten ins Gesicht traktierten? Diese kleinen Wesen wollen doch nur ein Lächeln von uns, die Wärme einer Hand spüren. Und was geben wir ihnen? Unsere Ängste, unseren Hass, unsere Wut. So werden sie zum Spiegel unser eigenen Sorgen.«

»Willst du sagen, dass wir für ihre Laster verantwortlich sind? Dass sie unsere Fehler übernehmen?«

»Natürlich. Sieh mal, meine Nichte Sophie ist vier Jahre alt. Eines Tages sehe ich, wie sie mit einer Spinne im Garten spielt. Das winzige Insekt klettert auf ihren Arm, und die Kleine lacht, wie nur Kinder es können. Ihre Bewegungen sind flink und behutsam, sie begreift bereits die Kräfteverhältnisse und die Zerbrechlichkeit des Lebens. Plötzlich kommt ihre Mutter dazu und fängt völlig hysterisch an zu schreien. Sophie macht den Mund weit auf, aus ihren aufgerissenen Augen spricht Unverständnis. ›Was ist los? Warum schreit Mama so? Ist dieses kleine Tier daran schuld?‹ Daraufhin schnappt sich die Mutter ein Handtuch, schlägt auf Sophies Arm, um die Spinne zu vertreiben, und zerquetscht sie schließlich mit einer unglaublichen Wut. Sie erklärt ihrer Tochter, dass sie nie wieder eine Spinne anfassen darf, dass Spinnen böse sind, gefährlich und man vor ihnen Angst haben muss. Man muss vor ihnen Angst haben, so ist das: Ich fürchte mich vor Spinnen, also musst du dich ebenfalls vor ihnen fürchten! Seitdem fängt Sophie immer an zu weinen, sobald sie eine Ameise, einen Skarabäus oder eine Spinne sieht ...«

Er nahm Lucies Hand.

»Pass auf deine Töchter auf, pass gut auf sie auf.«

Lucie lauschte seinen Worten, die sie ins Herz trafen. Ab und zu antwortete sie, belebte das Gespräch neu, damit der Augenblick andauerte. So vergingen zwei Stunden, in denen sie über alles und nichts redeten, weit weg von den Ermittlungen und deren Folgen. Ihre Augen waren verquollen, wurden immer schwerer vor Müdigkeit, je weiter die Nacht fortschritt. Das weiche Sofa verführte zu größerer Vertrautheit, dazu, einander näherzukommen. Ihre vielsagenden, manchmal verlegenen Blicke begegneten sich. Dann wieder zeigten die Augen einen Ausdruck von Traurigkeit, wenn sie sich an den Anlass für ihre Zusammenkunft erinnerten.

Das unvermeidliche Geschrei unterbrach ihr Gespräch. Lucie wurde ärgerlich und sprang vom Sofa auf. Sie wandte sich zur Küchenzeile.

»Essen! Drei Uhr morgens, und die beiden Damen haben Hunger! Darin sind sie wirklich spitze! Aber was das Schlafen angeht …«

»Sei ihnen nicht böse. Jedes Baby hat furchtbare Angst davor, dass seine Mutter es verlässt. Geh schnell zu ihnen!«

Norman schob sich hinter Lucie, die Jacke über der Schulter.

»Ich lass dich allein. In vier Stunden fange ich an zu arbeiten, und ich muss noch bis Calais fahren …«

Lucies Stimme wurde ganz sanft.

»Weißt du, du kannst in meinem Zimmer schlafen. Dort liegen noch Sachen von Paul herum, auch sein elektrischer Rasierer. Ich setze mich sowieso ins Wohnzimmer zu den Kleinen. Sie schlafen erst um sechs oder sieben Uhr ein. Keine Minute früher …«

Der Leutnant lehnte sich an die Tür.

»Ich möchte nicht …«

»Sei doch kein Idiot! Sonst verbringst du mehr Zeit

auf der Straße als im Bett. Das ist doch Blödsinn, hin- und wieder zurückzufahren, wo du bereits an Ort und Stelle bist. Im Badezimmer findest du Waschzeug.«

»Danke für die Einladung ... Unter der Bedingung, dass ich mich revanchieren darf ...«

»Halt mich einfach auf dem Laufenden, wie sich die Situation morgen entwickelt. Ich werde auf meinem Handy erreichbar sein ...«

»Hast du nicht vor, dich auszuruhen?«

Lucie dachte an die vielen Tiere, die in Léons dunkler Vorhölle ausgestellt waren. An die Puppen, die aus abgezogener Haut und einem Katzenskelett bestanden. Und an den verschwundenen Hund der Cunars.

»Ich habe noch etwas zu erledigen«, log sie. »Siesta mache ich später ...«

»Sag ... Ich wollte nur wissen ... Was ist in diesem Schrank dort? Ich habe eben, als du die Pizza aufgetaut hast, versucht hineinzuschauen. Man ... kann hinter den undurchsichtigen Scheiben eine runde Form erkennen, wie ... Ehrlich gesagt, ich habe keine Ahnung ...«

Lucie ließ sich schlaff aufs Sofa fallen und betrachtete die Narben, die quer über ihre Lebenslinien verliefen. Sie seufzte.

»Seit meiner Kindheit suche ich Antworten auf gewisse Fragen. Der Inhalt dieses Schrankes, bestimmte Dinge in diesen Schubladen tragen Tag für Tag ein bisschen dazu bei, eine Antwort zu finden. Es tut mir leid, aber das behalte ich für mich. Noch ist niemand bereit, meine Geheimnisse zu verstehen ...«

Am Ende des Weges, der im Zickzack durch die Dünen führte, verschwand die Bestie im Nebel der Morgendämmerung. In ihrem Haar, an den Nasenlöchern und auf den Lippen hatten sich Eiskristalle gebildet. Sie hätte ihre Betäubungspistole mitnehmen sollen, um auf den rothaarigen Bullen zu schießen und sich dann um die Frau zu kümmern. Aber sich mit zwei Polizisten anzulegen, während sie nur einen äthergetränkten Lappen dabeihatte, war zu gewagt.

Sie erreichte ihr Auto, das in dreihundert Metern Entfernung am Damm geparkt war, drehte die Heizung voll auf und fuhr mit klappernden Zähnen los.

Ein tiefes Verlangen hatte sie erfasst und ihren leidenschaftlichsten Wahnvorstellungen neuen Antrieb gegeben. Sie dachte an ihre Experimente: die Erfolge, die zahlreichen Misserfolge. Die Methode musste noch mit menschlichem Material ausgefeilt werden. Die Haut riss zu schnell ein oder ging kaputt. Vielleicht weil Kinder empfindlicher sind, ihre Körper noch eine große Veränderung durchmachen.

Jetzt brauchte sie neuen Rohstoff, dieses Material, das für jeden Schöpfer unentbehrlich ist.

Sie schaute auf die Uhr. Fünf Uhr morgens. Wo sollte sie zuschlagen?

Zwei Stunden lang fuhr sie kreuz und quer durch die Hauptverkehrsstraßen von Dunkerque, neben ihr auf dem Beifahrersitz lag eine Straßenkarte. Der Tag brach an, die Zweibeiner steckten die Nasen aus ihren Höhlen. Sie taten ihr leid. Dazu verurteilt, ihren Gleisen zu folgen. Derart mechanisiert, dass sie mit der Regelmäßigkeit einer Schweizer Uhr aufstanden und schlafen gingen. Sich von aufgewärmten Gerichten ernährten. Wen würde sie von seiner täglichen Bürde befreien?

Mehrmals glaubte sie, ein Opfer gefunden zu haben. Doch da zu viele Unbekannte vorbeigingen, sah sie davon ab. Sie war zwar in Eile, doch nicht unvorsichtig.

Der Motor lief warm, die Bestie kochte, das Skalpell zuckte in ihrer Hand. Sollte sie unverrichteter Dinge zurückkehren? Kam nicht in Frage! Sie musste Fortschritte machen. Sie durchbohrte die Passanten mit finsteren Blicken, voller Verachtung für diese amphibischen Wesen, die die Ausdünstungen der Auspuffe einatmeten.

Sollen sie in der Hölle schmoren! Alle, einer nach dem anderen!

Sie fuhr durch schmalere, nicht so belebte Straßen. Das bedeutete längere Wartezeit, doch auch ein geringeres Risiko.

Der Zufall trieb ein Opfer in ihr Netz. Eine hübsche junge Frau, frisch und unbefangen.

Caroline Boidin. Zweiunddreißig Jahre alt. Im sechsten Monat schwanger. Verschwunden, als sie einer alten Frau den Weg zum Krankenhaus erklärte ...

37

Der Kies knirschte unter seinen Schuhen, als Vigo Nowak den Weg zu seinem Haus in der Zechensiedlung einschlug. Nach seiner Schlappe im Kasino von Saint-Armand hatte er die Nacht in einer Diskothek im belgischen Tournai beendet. Das Vibrieren der Bässe, die Rauchschwaden, das Dröhnen der Technoklänge hatten seine Kopfschmerzen noch verstärkt. Um sechs Uhr morgens schien es ihm, als durchlebe er das Drama, wie in einem endlosen Film, wieder und wieder: Nathalies zusammengekrümmter Körper auf dem Bett; das schreiende Baby, dessen Kopf zwischen den Gitterstäben hervorschaute; das tödliche Gas.

Die Vergangenheit griff in die Gegenwart über, drang vor in die Zukunft. *No future.*

Wie lange würde er die Attacken seines Gehirns noch ertragen? Tage? Wochen? Monate? Seine Droge. Er brauchte seine Droge. Das grüne Opium, das in seinem Joch steckte. Die Musik der Geldscheine. Die samtige Beschaffenheit der vielen Nullen.

Er drehte den Schlüssel in der Eingangstür, öffnete, machte Licht.

Seine Knie wurden weich, als er dem Unmöglichen ins Auge blickte.

Sylvain Coutteure saß in einem Sessel, die Hände auf den Armlehnen, die Beine lässig gespreizt. Lebendig. Seine Augen blitzten unheilvoll auf, über sein Gesicht breiteten sich langsam Züge von Wahnsinn aus. Er lächelte unter Tränen, als er Vigo begrüßte:

»Hallo, mein Freund ...«

Bevor dieser irgendetwas begreifen oder reagieren konnte, vernahm er einen Luftzug, ein flüchtiges Geräusch, und spürte dann an der linken Schläfe den Lauf einer Kanone.

»Keine Bewegung, Dreckskerl! Willkommen in der Hölle!«

Ein gewaltiger Schlag zwischen die Schulterblätter. Ein Stoß gegen die Tischkante. Er spürte gellenden Schmerz. Dann vernahm er ein scheußliches Lachen. Sylvain stieß all seine Wut heraus, ein ekliges Gemisch aus unverständlichen Phrasen, aufschäumendem Hass, unkontrollierten Zuckungen. Er befand sich mitten in einer psychiatrischen Anstalt. Das Pandämonium hatte die Türen zu seiner höllischen Stadt wieder aufgemacht.

Vigo stand auf, stützte sich an eine Wand und schleppte sich in eine Ecke, wo er zu Boden glitt.

»Wer ... wer sind Sie?«

Vervaecke ließ die Rollläden hinab, schob den Riegel vor. Sie trug Wollhandschuhe. Sie würde keine Fingerabdrücke hinterlassen, im Übrigen auch keine Haare. Der Vorteil, kahlköpfig zu sein. Ihr Auto stand ein Stück vom Bauernhaus entfernt an einer Straße. Wenn sie ihre Arbeit erledigt hatte, würde sie es holen, sich mit den richtigen Personen in Verbindung setzen, ihre Flucht vorbereiten. Mexiko, Brasilien, Zentralamerika, eine riesige Auswahl. Man würde sie nicht finden. Verrückt, was man mit zwei Millionen Euro alles machen konnte.

»Du hast auf dich warten lassen, du Arschloch! Sieh dir an, in was für einem Zustand sich dein Freund befindet, ein Geisteskranker im Delirium! Du hast das Geld gut versteckt! Glückwunsch! Aber jetzt hast du genau zehn Sekunden, um mir zu sagen, wo es sich befindet!«

Vigo hatte die Knie an den Oberkörper gepresst, hockte in Fötusstellung da. Die Frau vor ihm hatte Ähnlichkeit mit einem Leuchtturm aus Granit. Stämmig, mit der eckigen Visage eines Pitbulls. Typ männermordendes Weib.

Sie hat die Fensterläden geschlossen, trägt Handschuhe. Wenn sie die Beute erst einmal hat, wird sie uns töten und unsere sterblichen Überreste den Ratten zum Fraß vorwerfen!

Der Ingenieur warf einen niederschmetternden Blick auf den lebendigen Toten. Sylvain bleckte die Zähne, seine Augen waren zwei scharfe Bajonette, seine Fäuste zwei Abrissbirnen. Er hatte alles begriffen ... Die Schlafmittel ... Das Kohlenmonoxid ... Aber wie hatte er das Gas überlebt?

Oder war etwa ... Diese Mörderin war rechtzeitig bei ihm aufgetaucht, hatte ihn geweckt und gezwungen, mit ihr zur Berghalde zu gehen, dort einen mit Zeitungen gefüllten Koffer auszugraben, und seinen Hass so aufs Äußerste geschürt.

Hatten Nathalie und das Baby überlebt? Wahrscheinlich nicht.

Und jetzt ... Die Schlinge zog sich zu, wand sich um seinen Hals und drohte, ihn zu ersticken. Dieses verfluchte Geld würde schon bald andere blutgetränkte Taschen finden.

Er, Vigo Nowak, würde neben zwei Millionen Euro sterben ...

Der Informatiker stützte sich mit den Händen ab und erhob sich mühsam wie ein alter Mann. Die Kräfte hatten ihn verlassen, nur der Bogen aus Nerven hielt die zerbrechliche Membran seines Körpers noch zusammen. Fiebrig machte er drei Schritte nach vorn, bemerkte die Spannung, unter der Sylvain stand. Zehntausend Volt Verbitterung, Lust, ihn zu zerquetschen.

»Danach habe ich die Erlaubnis, einen kleinen Moment mit dir allein zu verbringen«, stieß der große Mann hervor und rieb sich die Hände. »Unsere Unterhaltung wird nicht lange dauern, keine Sorge ...«

Vigo spürte, wie sein Leben zerrann, die Angst durch seine Venen strömte. Er wandte sich an die Veterinärin.

»Das ist also Ihr Plan! Er tötet mich, und gleich im Anschluss liquidieren Sie ihn? Um einen Racheakt vorzutäuschen? Ich ... ich kann Ihnen die gesamte Beute geben! Die zwei Millionen Euro! Warum sollten Sie uns umbringen? Ich werde niemandem erzählen ...«

Vervaecke streckte den Arm aus und zielte genauer.

»Du wirst der Polizei nichts erzählen, natürlich nicht ... Halt's Maul und mach voran! Die Kohle!«

Vigo erblickte ein paar Zähne.

»Sie werden es niemals finden! Töten Sie mich und es ist vorbei, das schöne Leben! Ich will eine Abmachung! Halbe, halbe!«

Vervaecke trat ihm mit der Schuhsohle zwischen die

Beine. Vigo ging in die Knie, er hatte Schaum vor dem Mund. Er fiel flach zu Boden. Sylvain applaudierte.

»Dein Kumpel hat mir freundlicherweise beschrieben, wo deine Eltern wohnen«, fügte Vervaecke hinzu. »Es scheint so, dass man durch die Hintertür dort reinkommt, mit einem Schlüssel, der unter einem Blumenkasten versteckt ist! Man könnte meinen, es liegt in den Genen! Wenn du nicht mit mir zusammenarbeiten willst, könnte ich ihnen meine Klinge zu schmecken geben, noch bevor der Tag anbricht.«

»Das nimmst du mir doch nicht übel, Bruderherz?«, sagte Sylvain mit einer Miene falschen Mitleids. »Ich musste das Anrecht auf deinen Tod verhandeln! Ich bin bereit zu gehen, meiner Familie zu folgen, die du umgebracht hast. Diese nette Frau wird mir Donormyl geben, sagt dir das was? Eine ganze Schachtel, ich werde nicht leiden ... Ganz im Gegensatz zu dir ... Du hast alles verloren, Bruderherz! Weißt du, es gibt ein afghanisches Sprichwort, das besagt: ›Selbst wenn du alle Schwalben tötest, so kehrt der Frühling doch zurück.‹ Dieses Geld war nicht für dich bestimmt, was für hinterhältige Methoden du auch anwendest, um es zu behalten!«

»Ich ... wollte ... das alles doch nicht ...«, stammelte Vigo. »Ich wollte ... niemandem ... etwas Böses antun ...«

»Natürlich«, bemerkte die Veterinärin. »Los, bring mich artig zur Schatzhöhle ...«

Vigo hatte Schwierigkeiten aufzustehen. Ihm tat alles weh. Er hatte das Gefühl, dass zwischen seinen Beinen nur noch blutiger Brei war.

»Folgen Sie mir ...«

Sylvain erhob sich mühsam von seinem Sessel, er hatte die Fäuste geballt.

»Nicht jetzt«, flüsterte ihm Vervaecke ins Ohr. »Mach

keine Dummheiten, in ein paar Minuten hast du ihn für dich allein. Und du gehst voran und keine Tricks! Ich habe einen nervösen Finger!«

»Wir müssen hinten rausgehen«, erklärte Vigo. »Die Beute ist im alten Kohlelager.«

»Dort haben wir bereits nachgesehen«, erwiderte Vervaecke.

»Auch in der dicken, mit Kohle gefüllten Kanne?«

»Dort passt kein Koffer rein!«, geiferte Sylvain. »Halt uns doch nicht für bescheuert!«

»Ein Koffer nicht. Aber Geldscheine. Habt ihr euch denn gar nicht gefragt, warum ich Kohlebriketts habe, obwohl ich gar keinen Ofen besitze?«

Vervaecke verfluchte sich innerlich. Diese ganze Warterei, diese immer größere Anzahl von Opfern, dabei lag das Geld vor ihren Augen.

Vigo schob eine massive Holztür auf, betrat den fensterlosen Schuppen und zog an einer kleinen Kette, woraufhin eine schmutzige Glühbirne anging. Von der Decke hingen Spinnweben herab, die Ziegelsteine zerbröckelten, angefressen von Feuchtigkeit, geborsten vom Frost. Hinten lag Schrott herum, geplatzte Fahrradreifen, ein Rasenmäher mit Benzinkanister. Links eine leere Kohlengrube, ein mit einem Lappen zugestopftes Lüftungsrohr. Und die Zinnkanne, die überquoll von Briketts.

Mit einer Bewegung ihrer Kanone bedeutete Vervaecke Sylvain, sich an eine Wand zu setzen. Sie ging in den hinteren Teil, von wo aus sie beide Männer im Blickfeld hatte.

»Los! Zeig mir die Knete! Keine falsche Bewegung! Wenn du deine Flossen von der Kanne nimmst, dann …«

»Schießen Sie. Ich weiß …«

Vigo nahm mehrere Schichten Briketts aus der Öffnung der Kanne. In seiner hohlen Hand knisterten Geldscheine. Er warf die Bündel auf den Boden, der bewaffneten Frau zu Füßen.

»Hier, Ihr Geld! Es ist alles da!«

Vervaecke zog einen Müllbeutel aus ihrer Tasche.

»Mach den voll!«

Vigo kam der Aufforderung nach und verlor dabei mit jedem Geldbündel, das er aus der Hand gab, an Substanz. Vor drei Tagen noch hatte er Weihnachtsgeschenke eingekauft, abends mit der Playstation gespielt, tagsüber nach Arbeit gesucht. Ein beinah mustergültiger Staatsbürger – abgesehen von dem Mist, den er baute –, ein untadeliger Filius, ein gemächliches Leben. Heute zählte er die Toten schon nicht mehr, gleich würde ihn ein Wahnsinniger kaltmachen, und eine geisteskranke Mörderin hatte die Waffe auf ihn gerichtet. Ein schöner Albtraum.

Er beugte sich über den Behälter, tat so, als sammle er die letzten Geldscheine zusammen. Als er sich umdrehte, zuckte ein metallischer Blitz durch den Raum. Ein Pfeifen war zu hören, wie von einem reißenden Tau.

Der Dolch, der unten in der Kanne versteckt war, traf Vervaecke genau in die Brust. Mit dem Griff. Pech gehabt …

Durch den Schlag und vor lauter Überraschung ließ die Veterinärin ihre Pistole los. Vigo stürzte sich auf die tödliche Waffe. Zu spät. Sylvain zielte bereits mitten auf seine Stirn.

Vervaecke tauchte auf, die Krallen nach vorne gestreckt. Sylvain schleuderte Vigo in ihre Richtung und bewegte sich schwankend durch den Raum.

»Keine Bewegung! Keine einzige Bewegung oder ich schieße in den Haufen!«

Der Schweiß vermischte sich mit den getrockneten

Tränen und verwandelte sein Gesicht in eine Salzwüste. Sein rechter Zeigefinger umklammerte den Abzug. Seine Knochen zitterten, sein Körper bebte. Gleich würde der Tod hervorsprudeln. Alle drei nacheinander. Die Mörderin, der Verräter, er selbst als letzter. Eine Sache von zwei Sekunden. Dann wäre das Martyrium zu Ende.

Auf seiner Netzhaut blitzte etwas hell auf wie eine Sichel.

Vigo senkte flehentlich die Augenlider …

»Schieß nicht!«, schrie Vervaecke mit letzter Kraft. »Das zuckerkranke Mädchen! Keiner außer mir weiß, wo sie eingesperrt ist! Wenn du mich tötest, wird sie an Insulinmangel sterben!«

Sylvains Nerven lagen blank. Der Revolver schwankte in seiner Hand, beschrieb unmögliche Kurven. Beim kleinsten falschen Molekül würde er den Tod speien. Unwiderruflich.

»Denk nach!«, fuhr Vervaecke fort, während sie die Hände nach vorn streckte, die Finger spreizte. »Du kannst jemanden retten, ein Kind seinen Eltern zurückgeben! Zieh dieses Mädchen nicht mit in deinen mörderischen Wahnsinn hinein!«

»Wer … sagt mir, dass sie … nicht … tot ist?«

»Ich bin Veterinärin, ich habe Insulinbestände für Tiere mit Diabetes! Sie braucht alle zwölf Stunden welches, das lässt uns nicht mehr viel Zeit! Wir müssen schnell handeln!«

Unfähig zu denken, die Situation zu beurteilen, richtete Sylvain die Feuerwaffe auf Vigo, befahl ihm, sich auf den Boden zu legen und trat ihm mit dem Schuhabsatz auf die linke Wange.

»Lass deine Fresse unten, Hurensohn! Hättest du das gemacht? Das Mädchen gerettet?«

Vigo atmete laut, sein Gesicht lag im Staub.

»Schieß nicht ... Ich flehe dich an ...«

»Antworte, Arschloch!«

»Natürlich, Sylvain ... Ja ... Ich hätte alles für sie getan. Retten wir sie!«

»Du hast recht, ich werde nicht schießen ...«

Der Geruch war urplötzlich da, erfüllte die Kloake mit bleiernem Gestank. Vervaecke sank in einer Ecke zu Boden, fassungslos angesichts der Wahnsinnstat des bewaffneten Mannes.

Überall war Benzin. An den Wänden. Auf dem Boden. An dem Sack mit den Geldbündeln.

Sylvain befahl Vervaecke, nach draußen zu gehen.

»Ich bitte dich, Sylvain! Nein!«

Ein Riegel wurde vorgeschoben. Schläge prasselten gegen das Holz. Gedämpfte Schreie. Das Benzin rann unter der Tür durch.

»Das Geld!«, flehte Vervaecke. »Geh hinein und hol das Geld! Die Knete, verflucht noch mal!«

»Bald wirst du dich nicht mehr so aufspielen, du Arschloch!«, brummte Sylvain.

Keine Antwort. Stille. Vielleicht ein letztes Gebet. Der Stein eines Feuerzeugs ließ eine Flamme emporschlagen. Ein Blitz zuckte über den Boden, stürzte unheilvoll unter der Tür hindurch.

Im ersten Schein, der die Zwillingshalden aus Schiefer erhellte, rief Sylvain:

»Dieses Geld wird niemanden mehr töten ...«

Er zwang Vervaecke, vor ihm herzugehen.

»Wir laufen zu Fuß, und zwar zuerst bei mir zu Hause vorbei, ich will meine Frau und meine Tochter ein letztes Mal küssen ... Danach werden wir dieses Mädchen retten ... Und ich hoffe für dich, dass sie noch lebt ...«

38

Die Zwillinge waren im frühen Morgengrauen in den ersehnten und erquickenden Schlaf gefallen. Die Dünen im Süden formten sanfte Konturen, während sie sich mühsam vom nächtlichen Hintergrund lösten. In dem kleinen Haus herrschte vollkommene Ruhe.

Lucie schlief nicht, Netzhaut und Geist waren auf das Internet gerichtet. Die Teratologie, die Lehre von den Fehlbildungen ... Angeborene Anomalien ... Hydrocephalus, Wasserkopf ... Die Sirenomelie, eine Krankheit, bei der Kinder mit verwachsenen Beinen auf die Welt kommen ... Doppelte Missbildungen, wenn sie wie ein L, ein H oder ein Y zusammengewachsen sind ...

Fragonards makabre Untersuchungsgegenstände ...

Der Anatom hatte sie in eine Welt ohne jede Moral gezogen, wo es weder Glaube noch Gesetz gab. Ein Ort der Verbote, die jeder Logik spotteten. Ein Museum der Mutanten, in dem Écorchés, mit Totenmasken bedeckte Leichen und Menschen, die mit Hilfe unterschiedlicher Schnitte zerteilt worden waren, einen seltsamen Totentanz vollführten. Es kam noch schlimmer. In einem Werk, der *Anatomia Magistri Nicolai Physici*, wurden mit der Präzision eines Chirurgen verschiedene Sezierverfahren beschrieben, die man in der Antike an lebendigen Menschen angewandt hatte. Zum Tode Verurteilte wurden auf Tische geschnürt und möglichst lange am Leben erhalten, während man ihnen zunächst die Gliedmaßen abtrennte, bis man schließlich zu den inneren Organen vordrang. Ein unermessliches Leiden, dem einige »Privilegierte« beiwohnen durften. Die Geschichte birgt furchtbare Geheimnisse ...

Im Laufe der durchwachten Stunden hatte sich Lucie in die Welt der Taxidermie eingeloggt, sich mit blutiger Wissenschaft vollgesogen. Bilder von Vierfüßern, denen man das Fell abgezogen hatte, von weit aufgerissenen Kiefern, zuckenden Organen. In der Ruchlosigkeit des Internets war sie auf düstere Websites gestoßen, die ganze Sammlungen ausgestopfter Katzen in Jagdstellung zeigten, Fotos von Dobermännern, Bulldoggen, Bassets, die echter aussahen als in natura, mit Glasaugen und Mäulern aus Harz. Von anonymer Hand ins Netz gestellt, zeugten diese Bilder vom Wahnsinn ihrer Urheber, der Gier danach, zu sezieren, Fleisch zu zerschneiden, Unsterblichkeit zu erlangen. Serienmorde an Tieren …

Ihre Lektüre bestätigte Léons Aussagen. Die Taxidermie, das Enthäuten lernte man nicht von heute auf morgen, es erforderte lange Jahre der Übung und entsprechendes Rohmaterial. Fragonard hatte seine Technik an über zweitausend Tieren perfektioniert, bevor er zu frischen Leichen aus dem Schauhaus überging. Ein Präparator nahm sich niemals sofort ein großes Säugetier oder eine zu komplexe Skelettstruktur vor. Er ließ sich vom alltäglichen Gegenstand, dem leicht zu beschaffenden Objekt inspirieren.

Jedes Fachgebiet verlangt Übung. Angehende Chirurgen nähen immer wieder Schweinebäuche zusammen, bevor sie sich an menschliches Gewebe wagen. Mörder wie Ralph Raymond Andrews, Ed Gein oder Jeffrey Dahmer hatten zunächst Tiere verstümmelt, um sich vorzubereiten. Der Jugendliche Francis Heaulme hatte Tiere, die er bei seinen krankhaften Spaziergängen aufgegriffen hatte, lebendig begraben … Der Mörder von Mélodie Cunar hatte notgedrungen den gleichen Weg eingeschlagen, um diese grässlichen Puppen herzustellen und Fortschritte zu machen.

Immer wieder Tiere.

Wo hatte der Mörder sich sein Rohmaterial beschafft, die Katzen, denen er das Fell abzog, um sie dann in

Monster zu verwandeln? Auf der Straße? Nein. Die aggressiven Katzen sind zu schwer einzufangen, sie haben einen hoch ausgebildeten Fluchtinstinkt. Tierheime schienen eine gute Fährte zu sein.

Sie ging in die Küche. Öffnete den Wandschrank. Schokoladentafeln ohne Ende, gestapelt zu einem Turm der Schleckerei.

Zu viel ist zu viel … Du musst wirklich damit aufhören … Morgen … Versprochen …

Sie legte sich ein Stück auf die Zunge und berauschte sich an der zartschmelzenden Droge. Der Geschmack des Kakaos ließ ihre Sinne erbeben. Sie schloss die Augen. Ein papillarer Orgasmus …

Nachdem sie die Kleinen ins Bett gebracht hatte, wandten sich ihre Gedanken dem rothaarigen Polizisten zu, seinem anziehenden Blick, seiner Sensibilität. Sie auf dem Sofa, er in ihrem Bett, dazwischen nur eine Holzwand. Zwei Körper, die danach schrien, sich zu vereinigen, doch durch die Barriere ihres Gewissens getrennt waren. Fände diese Geschichte, die noch nicht einmal angefangen hatte, eine Fortsetzung? Lucies Verlangen unterdrückte ihre Gefühle. Zuerst die körperliche Liebe, danach die wahre Liebe.

Sie kehrte zurück zu ihrer Tastatur, aktivierte die Suchmaschine, rief eine Liste aller Tierschutzvereine des Nordens auf.

Als sie gerade anfangen wollte zu lesen, wurde sie von Schritten aufgeschreckt. Sie konnte den Browser gerade noch hinter einem anderen Fenster verstecken, als Norman leise neben sie trat, in einen viel zu großen Morgenmantel gehüllt.

Nachdem er unauffällig gegähnt hatte, fragte er:

»Sind die Kleinen endlich eingeschlafen?«

»Ja, genau. Soll ich dir einen Kaffee machen?«

»Gerne ... Ich hätte besser nicht gedöst, ich bin völlig erledigt. Diese Écorchés, all diese widerwärtigen Entdeckungen haben mir keine Ruhe gelassen. Ich musste vor allem an die kleine Éléonore denken. Es ist jetzt über fünfzig Stunden her ... Wenn der Mörder sie noch nicht umgebracht hat, so wird es ihre Krankheit bald tun ...«

Er stützte sich auf die Armlehne und fügte hinzu:

»Wie schaffst du es, eine ganze Nacht durchzuhalten, ohne ein Auge zuzumachen?«

»Streichhölzer zwischen die Lider, das funktioniert bestens!«

Norman unterdrückte ein Lächeln und wies auf den Bildschirm.

»Du hörst also nie auf ... Noch mehr interessante Entdeckungen?«

»Nicht wirklich. Ich habe mich bloß persönlich weitergebildet. Noch ein paar weitere dunkle Seiten zum Katalog der Morbiditäten ...«

Lucie ging zur Küchenzeile und stellte die Kaffeemaschine an.

»Es ... es hat mir gutgetan, heute Nacht mit dir zu reden«, gestand sie ihm und stieß einen Seufzer aus. »Deine Anwesenheit hat mir gezeigt, wie schädlich die Einsamkeit ist. Sie umschlingt dich mit ihrem Netz, ohne dass du dir dessen bewusst wirst.«

Norman knüllte den Gürtel seines Morgenmantels zusammen, wie ein Kind, das sich unwohl fühlt. Er brauchte Zeit, um die Worte über seine Lippen zu bringen.

»Das sollten wir bald einmal wiederholen, wenn die ganze Sache vorbei ist. Wenn es nicht so sehr um ... unsere Arbeit geht und der Anlass nicht so ... düster ist ...«

»Eher mit Bier und Pizza bei einem guten Fußballspiel?

Das finde ich gut! Wir könnten noch ein paar Kollegen einladen!«

»Nein, nein … Ich wollte sagen …«

»Ich habe verstanden«, sagte Lucie lächelnd. »Ich hab nur Spaß gemacht. Weißt du, bald ist Silvester, und ich habe keine großen Pläne, abgesehen von intensivem Babysitten. Hast du etwas vor?«

»Abgesehen von Bier und Pizza? Ich weiß nicht! Wir … wir könnten eine Party veranstalten, zu viert, mit deinen Töchtern? Drei Frauen für einen Mann, traumhaft!«

»Nun! Geben Sie sich bloß keinen Illusionen hin, lieber Freund. Das wird kein reines Vergnügen. Die beiden Fräulein beanspruchen sehr viel Aufmerksamkeit und ebenso viel Geduld! Das reicht für den ganzen Silvesterabend!«

Nun war es ausgesprochen. Lucie wusste nicht, auf welches Terrain sie sich begab. Eine Sache zwischen zwei Polizisten, beide mit sehr festem Charakter, konnte nur ein heftiges Unwetter nach sich ziehen. Aber gab es nicht nach einem Gewitter den schönsten Regenbogen?

»Was steht denn heute auf dem Programm?«, erkundigte sich die junge Mutter, während der Leutnant sich im Badezimmer einschloss.

»Das Labor mit der Analyse der Puppen, die Liste von Vignys, die Jagd auf Vervaecke. Hoffen wir, dass uns unsere Ermittlungen, eine Telefonnummer, eine Adresse zu ihrer teuflischen Partnerin führen. Raviez hat ein paar Männer instruiert, damit sie die Eigentümer der Geschäfte befragen, die sich auf Taxidermie spezialisiert haben, und uns Listen mit möglichen Verdächtigen liefern, Präparatoren, die auf dem Land in der Nähe von Dunkerque wohnen. Die Apotheken in der Umgebung werden weiterhin wegen des Insulins überwacht, man kann nie wissen … Wir halten die Puzzleteile in Händen, sie müssen nur zusammengesetzt werden.«

»Hoffen wir, dass das schnell geschieht …«, murmelte Lucie und setzte sich vor den Bildschirm. »Im Internet gibt es virtuelle Läden, bei denen man Material für Taxidermie bestellen kann!«, bemerkte sie. »Ich habe dir die Liste ausgedruckt! Das sollte auch überprüft werden!«

»Okay, Chef!«

Mit einem Mausklick öffnete Lucie die Seite, die für sie von Interesse war. Die Liste mit den Tierschutzvereinen in der Region erschien auf dem Bildschirm.

Bailleul, Caudry, Condé sur L'Escaut. Seite zwei … Douai, Hazebrouck, La Sentinelle. Lucie überflog die restlichen Städtenamen mit wachsender Enttäuschung. Sie hatte erwartet, auf dieser alphabetisch geordneten Liste näher gelegene Ort zu finden, Städte wie Dunkerque oder Gravelines. Es dauerte eine Ewigkeit, bis sich alle Seiten aufgebaut hatten. Lucie erinnerte sich an die Episode mit dem Faxgerät in Raviez' Büro.

Jetzt geht das schon wieder los … Scheißcomputer …

Weitere Städte tauchten auf. Lille, Maubeuge, Merville, Marcq-en-Baroeul und noch viele andere. Die meisten befanden sich in einem Radius von achtzig Kilometern um Dunkerque. Seltsamerweise lag keine in der näheren Umgebung. Der Mörder konnte sich seine Tiere überall besorgt haben. Oder er hatte sich überhaupt keine besorgt.

Lucie ballte die Fäuste, ihre Hoffnungen schwanden. Sie hatte geglaubt, die Denkweise *ihres* Mörders verstanden zu haben, indem sie seine früheren Machenschaften, seine »Jugendsünden« entschlüsselt hatte. Doch es war zu viel Intuition im Spiel, zu viele Unbekannte verwischten die Spur, machten sie unbrauchbar. »Keine Tatsachen«, wie Raviez sagte. »Nur Tatsachen zählen.«

Letztendlich würde der Schachcomputer den Menschen schlagen.

Zu ihrer Überraschung küsste Norman sie auf die Wange und murmelte, während er in der Eingangshalle verschwand:

»Ich ruf dich so bald wie möglich an.«

»Pass auf dich auf …«

Die Wärme des Kusses löste Erregung in Lucie aus. Die Berührung mit der männlichen Haut, so flüchtig sie auch war, brachte das Fass zum Überlaufen …

Du verblüffst mich! Nach über sechs Monaten! In dir drin muss es aussehen wie Schleifpapier!

Sie reckte sich, lockerte ihre verspannten Muskeln, indem sie die Schulterblätter kreisen ließ. Durch das große Fenster sah sie, wie die Gischt sich zu dichten grauen Wolken zusammenballte. Eine andere Nacht stand bevor, die des endlosen Winters, der die Dünen in einem Ausdruck von Wut erstarren ließ. Lucie gestand sich eine letzte Suche zu, bevor sie den Computer ausschalten wollte. Sie klickte auf den letzten Link der Website der Tierschutzvereine, um sich wieder an einem neuen Ausgangspunkt zu befinden.

Diesmal wurde sie von einer zuschlagenden Tür überrascht.

»Ohne meine Autoschlüssel komme ich nicht weit!«, erklärte Norman und ging rasch zum Wohnzimmertisch.

Er schielte auf die Seite, die gerade erschien.

»Tierschutzverein in Petite-Synthe? Was … Was hat das zu bedeuten? Was verbirgst du vor mir?«

Petite-Synthe … Zehn Kilometer von hier.

»Nichts … Gar nichts …«, antwortete sie gedehnt. »Aber … Du wirst du zu spät kommen! Man könnte meinen … du kennst … Kapitän Raviez noch nicht!«

Norman blieb neben der Bank stehen. Lucie schien mit ihren Gedanken woanders zu sein. Ihre Blicke wanderten umher, fanden keinen Halt. Der Leutnant sah sich die Adressen dieser Tierheime an. Er dachte an die Katzenskelette, die Präparationen zu Übungszwecken, von denen sie gesprochen hatte. Die Welt der Taxidermie, die Diebstähle in den Zoos ...

Sie verbeißt sich da in etwas, sie versucht, sich in den Mörder hineinzuversetzen, sein Handeln bis zum Ursprung zurückzuverfolgen ...

Er hätte das Verhör fortgesetzt, doch das Klingeln seines Handys unterbrach ihn. Er verschwand im anbrechenden Tag, ohne sich noch einmal umzudrehen.

Lucie lag auf ihrer Bank und atmete tief ein.

Ein Tierschutzverein ... In Petite-Synthe ... Die Partnerstadt von Grande-Synthe, diesem verfluchten Ort, wo alles angefangen hatte ...

39

Dieselben weißen Linien, dieselben grünen Schilder, vom Lichtkegel der Scheinwerfer aus der Dunkelheit gerissen. Dahinter Städte aus rotem Ziegelstein, in die Erde gerammt, eingezwängt im Nebel wie in einem Schraubstock. Armentières. Hazebrouck. Bray-Dunes. Dieselbe Total-Tankstelle, mit ihrem Einsiedler, der sich in der Einsamkeit der A 25 mit dem Ellbogen aufstützte. Eine Strecke, die er Hunderte Male abgefahren hatte. Der Hinweg zur Arbeit, der Zukunft, dem Gehalt. Der Rückweg zu einer liebevollen Frau, einem schönen Bauernhaus, einem Baby mit seinem Hunger nach Leben. Eine Autobahn, die an beiden Enden die Früchte seines Lebens trug.

Eine Asphaltstraße, die heute nirgendwohin führte. Eine Sackgasse …

Sylvain Coutteure wurde von inneren Stimmen gequält. Bald wäre das alles vorbei. Für immer. Aber zuvor hatte er noch einen letzten Auftrag zu erledigen.

Vervaecke, die hinter dem Steuer saß, wandte den Blick nicht von der Straße. Trotz ihrer harten Züge, dem fehlenden Haar, den von Chemikalien zerfressenen Händen bewahrte ihr Blick einen Hauch von Reinheit, einen letzten Rest Menschlichkeit, der daran erinnerte, dass auch sie einmal ein Kind gewesen war, ein Bewusstsein ohne Makel. Nun repräsentierte sie die Ikone des Bösen.

Am Stadtrand von Dunkerque bog der Wagen ab in Richtung Grande-Synthe, durchquerte die Stadt, fuhr über eine Landstraße. Zwanzig Kilometer flaches Land. Am Rande der Straße tauchten immer mehr Bunker auf, die wie makabre Tramper aussahen, in alle Ewigkeit erstarrt. Gräben. Anonyme Friedhöfe. Spuren einer verbrannten Vergangenheit.

Dann hob sich in der Dunkelheit ein schwarzer Koloss ab, ein kriechendes Ungetüm. Die Stadt Eperlecques, die von Bombenangriffen verwüstet worden war. Ihr gigantischer Bunker. Ihr riesiger Wald.

Angst ergriff Sylvain. Er dachte an die Kindesentführer, die Vergewaltiger, diese grausamen Alchimisten, die fähig waren, Leben in Blut zu verwandeln. Er würde seine Tochter nicht mehr aufwachsen sehen, nicht mehr erleben, wie sie zum ersten Mal »Papa« sagte. Keine Frau mehr. Keine Enkel. Schicksale, die nacheinander auf dem Altar der Hölle geopfert worden waren.

»Wir sind gleich da …«, sagte die Frau schließlich mit einem tiefen Atemzug.

»Bete, dass die Kleine noch lebt …«

Er würde das Kind befreien, die Mörderin aufs Kommissariat bringen und dann auf der Eingangstreppe Selbstmord begehen. Nicht besonders elegant, aber effizient. Eine Kugel in den Kopf. So machten sie es oft im Fernsehen. Kurz und schmerzlos …

Ein ganzes Universum brannte in Vervaecke nieder. Sie hörte noch den spöttischen Atem der Flammen, den Ruf der Geldscheine, die sich glutrot färbten. Das ganze Vermögen, all ihre Träume lösten sich in nichts auf, weil dieser Idiot glaubte, er könnte das Spiel gewinnen. Oh! Er würde zahlen, die tiefe Bedeutung des Wortes Leiden begreifen. Sie würde die andere bitten, sein Martyrium möglichst lange hinzuziehen. Im Mittelalter konnte ein Henker dem Verurteilten den Bauch aufschlitzen und ihm mit einem Messinghaken acht Meter Darm entnehmen, während der Betroffene weiterlebte. Es gibt kurze Minuten und lange Minuten. Diese würden besonders lang werden.

Das Auto fuhr über eine Brücke und verschwand dann unter kahlen Bäumen. Der Asphalt wurde rissig, verwandelte sich in einen Weg voller Krater und vereister Pfützen. Die Eichen streckten ihre schweren Äste zu einem dichten Netz aus, als wollten sie kein Tageslicht mehr hindurchlassen.

»Wie viele Kilometer noch?«, erkundigte sich Sylvain.

»Keine zwei mehr.«

»Fahr langsam und mach die Scheinwerfer aus. Sobald das Haus in Sichtweite ist, hältst du an …«

»Glaubst du, wir könnten unbemerkt dort ankommen? Vergebliche Mühe, du Idiot, mein Hund hat schon Alarm geschlagen …«

Sie lachte hämisch.

»Aber ich handle allein, ohne Komplizen. Du hast nichts zu befürchten …«

»Drecksstück! Du hast mir nichts von dem Hund gesagt!«

»Du hast nicht danach gefragt ...«

Neben einem zerfallenen Bunker und einem wackligen Schuppen tauchte im Licht der Scheinwerfer das Haus des Horrors auf. Ein mehrstöckiges Gebäude, von Efeu überwuchert. Die Ranken bedeckten die Mauern, hoben die Dachziegel an, kratzten am spitzen Giebel, ganz so als hätte die grüne Masse sich von selbst aufgerichtet, wie ein dem Wasser entstiegenes Monster aus Algen. Ringsumher konnte man die vielen Bäume erahnen, die Wache hielten. Der Wald atmete aus einer einzigen Lunge. Der langsame und eisige Hauch des Todes ...

Sylvain stieg vorsichtig aus dem Auto. Das knirschende Eis unter seinen Sohlen versetzte seine Sinne in Alarmbereitschaft. Er dachte an den Wald in *Blair Witch Project*, an die jungen Leute, die dort umherirren und den Weg nicht mehr finden, bis ihre Leichen schließlich den schwärzlichen Humus nähren. Diese Erde betrat er nun. Verwesende Organismen, pflanzlicher Unrat, Gerippe von Soldaten. Ein Welt aus sterblichen Überresten, in der ein kleines zuckerkrankes Mädchen dahinvegetierte.

Er musterte das Haus. Kein Licht. Kein Auto. Es sah nicht nach einer Falle aus. Aber er war auf der Hut, bereit, beim geringsten Anzeichen von Gefahr zu töten.

Unter dem Druck des Revolvers setzte Vervaecke, die in ihrer Jacke fast verschwand, einen Fuß auf den Boden. Nur ihr Kopf ragte hell aus dem hochgeschlagenen Kragen hervor.

Hinter der Eingangstür bewegte sich eine Ansammlung von Muskeln und Fangzähnen.

»Folg mir«, sagte sie.

»Warte!«, erwiderte Sylvain und richtete den Lichtstrahl auf die dichtbelaubten Horden. »Wo ist die Kleine?«

»Da drin, in einem Keller …«

»Herrgott!«

Er hob seine Waffe.

»Beim kleinsten falschen Schritt töte ich dich. Wenn außer der Kleinen noch jemand da ist, schieße ich. Mach die Tür auf, ganz langsam …«

»Zu Befehl …«

Sie liefen zwischen Drahtgittern und rostigen Gerüsten hindurch. Sylvain verfing sich mit dem Fuß in einem Tau und wäre beinah gestürzt. Vervaecke lachte höhnisch auf und ging dann weiter, die Hände in den Taschen vor der Kälte geschützt. Sie steckte einen Schlüssel ins Schloss.

Als eine Schnauze mit gefletschten Zähnen in der Türöffnung auftauchte, feuerte Sylvain einen Schuss ab.

Letztendlich hörte man nur ein kurzes Bellen.

Vervaecke drückte sich an die Außenmauer.

»Du hast den Hund getötet! Du bist doch krank!«

»Wer ist hier krank? Los, gehen wir hinein. Lass deine Hände oben und bring mich zu dem Mädchen.«

»Kann ich Licht machen?«

Das gleißende Licht gab den Blick auf das blutverschmierte Gesicht des Rottweilers frei. Durch eine langgestreckte Halle gelangten sie in das angrenzende Zimmer, wo der Horror eines seiner zahlreichen Gesichter enthüllte. Die Wände waren übersät mit Tierköpfen, abgetrennten Oberkörpern, gegerbten Häuten. Frischlinge, Wildschweine, Pfaue, Hirsche. Glänzende Geweihe, aufgerissene Mäuler, weit geöffnete Schnäbel. Auf dem Kamin häuften sich weiße Schädel mit Glasaugen und falschem Gebiss. In einer Ecke lagen alte Puppen. Unzählige.

Sylvain stützte sich schwankend auf einen Sessel.

»Aber … Was für ein Dämon bist du? Was soll … dieser ganze Horror?«

»Willst du die Kleine sehen?«

Sie wies auf eine schwere Tür, die im Halbdunkel lag.

»Dann müssen wir dort hinuntergehen. Und halt dich fest. Unten ist es schlimmer, viel schlimmer. Wir begeben uns in die verbotenen Tiefen der menschlichen Seele. Weißt du, dieses Haus ist beinahe fünfzig Jahre alt. Meine Großeltern haben es gebaut, darunter liegt ein kilometerlanges Gewirr aus Kellern und Gängen, Spuren des Zweiten Weltkriegs ... Manchmal hört man noch die Geister dort unten stöhnen.«

»Hör auf ... mit dem Schwachsinn ...«

Eine Glühbirne erlöste eine Wendeltreppe von der Dunkelheit. Sylvain verkrampfte sich. Wie sollte er dort unten ankommen, ohne vor Angst zu sterben? Wenn das zuckerkranke Mädchen noch lebte, so musste sie in dieser Hölle völlig verrückt geworden sein.

»Geh ... voraus ... Ich ... folge dir ...«

Kaum hatte er die Tür durchschritten, als etwas seine rechte Wange verbrannte. Er ließ die Waffe los, fasste sich mit beiden Händen ans Gesicht. Er konnte die abgelöste Haut fühlen.

Er stürzte zu Boden.

»Dieser verdammte Idiot hat unser Geld verbrannt!«, murrte Vervaecke und drückte ihre Geliebte an sich. »Ich wusste, dass der Alarm dich warnen würde ... Du hast ihn nicht getötet, hoffe ich?«

Die Bestie wies auf den Zerstäuber.

»Ameisensäure. Gut, um ihn hübsch zuzurichten, aber er wird überleben ...«

Voller Verbitterung drückte die Bestie sie an sich.

»Er ... Er hat meine Hündin getötet!«

»Ein Grund mehr, ihm eine Sonderbehandlung zukommen zu lassen.«

»Ich dachte, du wolltest mich nicht wiedersehen ...

Ich habe mich getäuscht, oder? Sag mir, dass ich mich getäuscht habe!«

»Natürlich, mein Schatz. Wir fangen wieder ganz von vorne an, aber vorher kümmerst du dich um ihn …«

Aus dem Abgrund stieg ein flehentliches Jammern empor. Ein fernes Röcheln, das von seinem eigenen Echo übertönt wurde.

Vervaecke wich zurück, blickte sie misstrauisch an.

»Herrgott noch mal! Du hast wieder angefangen!«

Die Bestie packte sie an der Jacke.

»Nein! Nein! Es ist nur … eine arme Frau! Ich …«

Eine gewaltige Ohrfeige traf sie.

»Lass mich los, du bist ja wahnsinnig!«, befahl Vervaecke. »Was glaubst du, wie oft du den Bullen noch entkommen kannst? Das sind keine Tiere! Du hast kein Recht, so etwas zu tun!«

»Aber … Du hast mich gebeten … mich um ihn zu kümmern!«

»Das ist nicht dasselbe! Er hat versucht, mich zu töten! Er hat das Geld absichtlich verbrannt, er kennt mein Gesicht und kann mich identifizieren! Du machst das, um … um … Du … Du widerst mich an! Ich will dich nie wiedersehen!«

Mit einer Schulterbewegung befreite sich die Veterinärin aus der Umklammerung. Sie musste schnellstens ins Ausland fliehen, bevor alles in Aufruhr geriet.

»Nein! Geh nicht!«, flehte die Bestie. »Lass mich nicht allein! Ich liebe dich!«

Ohne sich noch einmal umzudrehen, rannte die Veterinärin ins Wohnzimmer, stieg über die Leiche des Hundes hinweg und öffnete die Haustür.

Ihre Hand ergriff die Klinke genau in dem Moment, als ihr Körper, von Krämpfen geschüttelt, zu Boden sackte.

Von dem Skalpell, das ihren Nacken durchbohrte, war nur noch der Griff sichtbar.

»Das ... das wollte ich nicht ...«, weinte die Bestie. »Aber ... dein Gesicht ist nicht zerstört, es lässt sich alles wieder in Ordnung bringen. Wir werden uns wiedersehen ... Für alle Ewigkeit ...«

Tränenüberströmt ging die Bestie rückwärts zu den Katakomben, trat über den auf der Treppe liegenden Körper und verschwand mit Vervaeckes warmem Körper auf dem Arm in ihrer Höhle.

Zuerst würde sie der Bitte ihrer ewigen Liebe nachkommen: den Mann, der das Geld verbrannt hatte, leiden zu lassen. Dann käme die Zeit, sie wieder zum Leben zu erwecken.

Doch zunächst musste sie arbeiten gehen, ihre magere Kost verdienen, so wie jeden Tag. Sie stieg hinauf, zog ihre Jacke über und verschwand im Morgengrauen ...

40

Petite-Synthe. Lucie ließ der Verantwortlichen des Tierschutzvereins keine Zeit, ihre Büroräume aufzusuchen.

»Bitte!«

Die Frau drehte sich um. Um die vierzig, strohiges Haar, Ringe wie Säcke unter den Augen. Auch sie litt unter Schlafmangel.

»Wir ... wir machen erst um acht Uhr auf, Madame. Es ist ... zwanzig nach sieben ... Die Veterinäre sind noch nicht da. Ein Notfall?«

»Ein dringender Notfall! Ich muss Ihnen ein paar Fragen stellen. Darf ich hereinkommen?«

Christiane Corneille gähnte unverhohlen.

»Ähm … Ich bin es nicht gewohnt, dass jemand so früh morgens hier auftaucht … Aber … Folgen Sie mir …«

Sie schloss die Tür, durchquerte einen widerlich riechenden Raum und erklärte, während sie eine kleine Küche betrat:

»Die Heizung ist gerade erst angesprungen, ich rate Ihnen, es mir gleichzutun und die Handschuhe anzubehalten. Möchten Sie einen Kaffee, um sich aufzuwärmen?«

»Nein danke. Ich habe es sehr eilig.«

»Ich ebenfalls, um ehrlich zu sein. Also höre ich Ihnen einfach zu …«

»Danke … Gab es in den letzten Monaten Klagen, weil Tiere verschwunden sind? Insbesondere Katzen.«

»Ver… verschwundene Katzen? Das kommt regelmäßig vor. Wir sind für die Leute oft so etwas wie der letzte Rettungsanker, an den sie sich klammern, bevor sie ihre Hoffnungen begraben müssen. In den meisten Fällen wurden die betreffenden Tiere überfahren und von der Straßenmeisterei eingesammelt. Man kann also nicht wirklich von Verschwinden sprechen, eher von einer natürlichen Auslese, die nun einmal auftritt, wenn ein Fahrzeug von mehreren Tonnen bei voller Geschwindigkeit auf einen drei Kilogramm schweren Körper trifft.«

»Ich werde meine Frage anders formulieren. Hat man Ihnen von Fällen berichtet, bei denen Tiere auf unerklärliche Weise verschwunden sind? Diebstähle zum Beispiel oder Entführungen?«

Die Frau zuckte mit der Schulter. Sie trug Motorradkleidung. Springerstiefel, ein Tuch um den Hals und Hose, Handschuhe und Jacke aus Leder.

»Woran denken Sie? Dass jemand eine Katze stiehlt und den Besitzern eine Lösegeldforderung schickt? Wissen Sie, die Leute geraten sehr schnell in Panik, sie informieren uns, wenn ihr Tier verschwindet, geben uns eine Beschreibung oder eine eintätowierte Nummer. Wenn uns Tiere zurückgebracht werden, überprüfen wir die Angaben. Was sollen wir sonst machen?«

Die Spur bröckelte bereits. Lucie ließ nicht locker.

»Wie adoptiert man ein Tier?«

Die Frau warf einen Blick durch das Rollo. Seltsamerweise zog sie es nicht hoch. Draußen waren ein oder zwei Schatten zu sehen.

»Nichts einfacher als das. Sie legen eine Meldebescheinigung vor, füllen einen Vertrag aus, in dem Sie die künftigen Lebensbedingungen Ihres Gefährten beschreiben. Ein kleiner Scheck über einunddreißig Euro, wenn das Tier älter ist als sechs Jahre, sonst siebenundachtzig Euro, für Impfungen und Tätowierung. Dann gehört es Ihnen.«

Lucie spulte ihre Fragenliste weiter ab, mit der sie die Tat bis zum Ursprung zurückverfolgen wollte. Sie setzte auf Rot. Und wenn die Kugel auf Schwarz rollte?

»Gibt es Leute, die sich regelmäßig um eine Adoption bemühen? Bekannte Gesichter?«

Die Frau kniff die Augen zusammen.

»Was für eine Untersuchung führen Sie durch? Sind Sie Polizistin?«

Dieses Mal hatte die Brigadierin in Zivil die Antwort vorbereitet.

»Ich bin privat hier. Ich bin an einem Netz von Schwarzhändlern aus Dunkerque dran. Die Tiere werden an illegale Labors für Vivisektion weiterverkauft. Die Tierschutzvereine wären eine Möglichkeit, sich problemlos und günstig einzudecken …«

Corneille füllte ihre Tasse mit einer schwärzlichen Substanz und ging in das Büro nebenan.

»Leute, die sich regelmäßig um eine Adoption bemühen? Katzen- oder Hundeliebhaber? Ich kenne einige, aber … hier drin befinden sich sämtliche Informationen, wenn Sie wollen …«

Lucie beugte sich über den Bildschirm.

»Zeigen Sie es mir!«

»Hoppla! Warten Sie! Dieser Computer ist noch aus der Steinzeit. Was erwarten Sie? Die Computerprogramme entwickeln sich weiter, unsere Rechner jedoch leider nicht, es fehlt uns an Geld. Sie müssen mindestens fünf Minuten warten, bis die Kiste hochgefahren ist.« Sie wies auf den Warteraum. »Erlauben Sie? Ich muss ein wichtiges Telefonat führen …«

Lucie nickte und setzte sich auf einen wackligen Stuhl, wie man ihn nur noch in alten Klassenzimmern findet. Der Raum war sauber, die Fliesen geputzt, doch in der Luft hing ein ekelhafter Geruch.

Die Brigadierin fuhr sich mit der Hand übers Gesicht. Der Schlaf fiel in Windeseile über sie her. Welcher Wahn trieb sie dazu, ihre freien Tage so zu vergeuden? Sie hatte ihre Mutter um sieben Uhr morgens gebeten, auf die Kleinen aufzupassen, unter dem Vorwand eines dringenden Einsatzes. Ihr Kopf war randvoll mit entsetzlichen Bildern von zerrissenen Körpern, und jetzt saß sie bei einem Tierschutzverein in einer Ecke herum und wartete auf das Unmögliche.

Das Unmögliche? Nein … Alles passte zusammen … Die entführten Tiere … Die sorgfältig unterbundenen Aorten der Kapuzineraffen … Die verstümmelten Männchen … Die hervorragenden Kenntnisse in der Taxidermie … Das Üben an den Katzen … Und wie durch Zufall befand sich ein Tierschutzverein in der Nähe des Ortes, wo der erste Mord geschehen war. Immer wieder kamen Tiere vor, es war zu offensichtlich. Der Mörder hatte erst vor kurzem Gefallen am Hantieren mit menschlichem

Material gefunden. Seitdem Mélodie Cunar diesen Wahnsinn ausgelöst hatte ... Aber vorher ... Vorher hatte es nur ... Tiere gegeben ... um ihn zufriedenzustellen ... Zweitausend ... Tiere ... brauchte Fragonard ... Er ... woll...

»Madame? Hallo? *Madame?*« Von weit her vernahm sie eine Stimme.

Lucie zuckte unwillkürlich zusammen. Verdrehte die Augen. Sie erhob sich mühsam von ihrem Stuhl, ihr Mund stand offen.

»Ich ... Was? Ja, entschuldigen Sie bitte ... Wie ... Wie spät ist es?«

»Sagen Sie einmal! Passiert Ihnen das oft, mit offenen Augen zu schlafen? Unruhige Nacht gehabt?«

»Eine heikle Angelegenheit«, erwiderte Lucie. »Also, wie lautet der Urteilsspruch?«

»Ich habe Ihre Zahlen mit allen Einzelheiten! Zweiundsechzig Personen haben mehr als ein Tier adoptiert. Einundzwanzig mehr als drei. Vier Personen heben sich von der restlichen Masse ab, sie scheinen die reinste Arche Noah zu besitzen!«

Ihre Müdigkeit war mit einem Mal verflogen.

»Erzählen Sie mir alles!«

Corneille grinste hämisch und ließ sich absichtlich Zeit, um sie zu reizen.

»Die Daten warten auf dem Bildschirm auf Sie ...«

Lucie eilte in das Zimmer nebenan, wo sie Krankenhausgerüche wie Betadin, Dakin, Äther wahrzunehmen glaubte.

»Hoppla! Sachte, sachte, junge Frau! Hier ist die erste unserer vier Kandidatinnen ... Fernande Dutour. Eine Rentnerin, sie hat dreizehn schwarze Katzen adoptiert. Vielleicht eine Hexe, wer weiß?«

Lucie nahm die Informationen mit fotografischem

Auge auf. Die Frau wohnte in einem Kaff südlich von Dunkerque. Ihr Alter, zweiundsiebzig Jahre, war ein Ausschlusskriterium.

Mit der Spitze ihres Handschuhs drückte Corneille die »Enter«-Taste. Es erschienen weitere Namen. Aus dem Datengemisch stachen nur die Namen alter Frauen heraus, die mindestens sechzig Jahre alt waren. Das Profil des Mörders, das sie erstellt hatte, sah ein Alter zwischen fünfundzwanzig und fünfzig Jahren vor. Es musste jemand sein, der kräftig genug war, einen Wolf auf der Schulter wegzutragen, jemand mit geschickten Fingern, ohne Arthrose, die imstande waren, die winzigen Aorten zu unterbinden. Und jemand, dessen Körper und Psyche Vervaeckes sexuelle Begierde befriedigen konnten.

All diese Unstimmigkeiten raubten ihr den Mut.

»Sind Sie sicher, dass es sonst niemanden gibt?«

»Der Computer irrt sich nicht, sämtliche Adoptionen sind gespeichert. Wenn Sie wollen, können wir bei den Kunden nachsehen, die drei Tiere adoptiert haben.«

»Nein, nicht nötig.«

Lucie blickte ihrer Gesprächspartnerin fest in die Augen.

»Wie überprüfen Sie das Alter der Kandidaten?«

»Seltsame Frage ... Wir überprüfen es nicht. Es handelt sich lediglich um ein Kriterium für den Computer, weiter nichts. Weshalb sollte jemand ein falsches Alter angeben? Und außerdem, wenn ein Vierzigjähriger uns erzählt, er wäre siebzig Jahre alt, läuft er Gefahr, dass wir ihn nicht ernst nehmen. Ich kenne diese vier Kundinnen, sie kommen oder kamen regelmäßig hierher. Ich versichere Ihnen, dass man ihnen ihr Alter ansieht.«

Lucie ließ sich nicht beirren. Die vier Frauen wohnten auf dem Land in der Nähe von Dunkerque. Versorgten sie ein Kind oder einen jüngeren Ehemann, der sich für

Taxidermie begeisterte? Versteckten sie sich hinter dem Alter, um über jeden Verdacht erhaben zu sein?

»Überprüfen Sie bisweilen, was mit den adoptierten Tieren geschieht?«

Corneille zog Lucie mit Blicken aus, betrachtete ihren Körper ungeniert von oben bis unten. Weibliche Eifersucht oder steckte etwas anderes dahinter? Lucie fühlte sich unwohl. Der Geruch nach Medikamenten in dem Raum wurde stärker.

»Hmm ... Nein. In den Verträgen steht, dass die Adoptiveltern den Besuch eines Kontrolleurs vom Tierschutzverein zuzulassen hätten. Das ist reines Geschwätz. Wir haben andere Sorgen.«

Lucie beugte sich über den Computer und tippte mit dem Finger auf den Bildschirm.

»Ist es möglich, dass ich mir die Liste mit den Tieren anschaue, die von diesen Frauen adoptiert worden sind, um ihr Geschlecht und die Rasse zu erfahren?«

Corneille stellte sich hinter sie, hatte dabei eine Hand tief in der Tasche ihrer Weste vergraben.

»Natürlich. Schauen Sie auf den Bildschirm, Sie müssen nur ...«

Eine Tür schlug zu. Auf der Schwelle erschien eine Frau mit einem böse zugerichteten Hund auf dem Arm. Seine Schnauze war plattgewalzt. Der Mensch jammerte lauter als das Tier.

»Er ist von einem Auto überfahren worden!«, heulte sie.

Corneille nahm ein Taschentuch und putzte sich die Nase.

»Ich komme, Madame!«

Sie wandte sich an Lucie.

»Ich lasse Sie hier herumschnüffeln. Drücken Sie F1, wenn Sie Hilfe benötigen. Dort steht, wie Sie vorgehen müssen, um mit der Datenbank zu arbeiten. Stöbern Sie bitte nicht in meinen Ordnern herum. Meinen Sie, das wird gehen?«

»Das bin ich gewohnt«, antwortete Lucie lächelnd.

Corneille zog ihre Handschuhe aus, streifte einen Kittel über und verschwand mit einem leisen Rascheln von Baumwolle.

Lucie machte sich an die Arbeit. Sie fand schnell heraus, wie sie die Liste der adoptierten Tiere anschauen konnte. Über jeden Fall war eine ausführliche Datei angelegt worden. Name, Herkunft, Alter, Rasse, Geschlecht, Gewicht, Farbe, gefolgt von Impfungen und medizinischen Eingriffen.

Dutour, die Frau mit den dreizehn schwarzen Katzen, hatte nur Männchen adoptiert. Das widersprach der Logik des Mörders, der nur die Weibchen verherrlichte. Viviane Delahaie dagegen interessierte sich für die unterschiedlichsten Hunde. Alle Rassen, jedes Alter, gleichgültig welchen Geschlechts. Keine weitere Betreuung. Hatte 2002 das letzte Tier übernommen. Ohne große Überzeugung notierte Lucie Namen und Adresse in ihr Heft.

Sie wechselte zum nächsten Datensatz. Renée Lafargue. Dreiundsechzig Jahre alt. Hatte achtzehn Tiere adoptiert. Zuerst zwölf Katzen, dann sechs Hunde. Wie war es möglich, dass diese Tiere, die einander nicht ausstehen können, in so großer Zahl zusammenlebten? Lucies Herz schlug immer heftiger, je weiter sie die Liste durchging. Es waren nur Weibchen adoptiert worden. Abgesehen vom Alter der Kandidatin stimmte alles.

Mist!

Sie schlug sich an die Stirn. Die meisten Tiere waren über mehrere Jahre hinweg tierärztlich betreut worden. Impfungen und Eingriffe waren verzeichnet. Dass sie getötet wurden, war damit ausgeschlossen.

Die Brigadierin rief den letzten Ordner auf. Eine Frau, die sich nur für Vögel interessierte. Kanarienvögel, Unzertrennliche, Sittiche …

Die Spur löste sich auf, ihre Träume von Ruhm schwanden dahin.

Das ist nicht möglich, es muss hier drin sein!

War es denkbar, dass die Ordner gefälscht worden waren? Dass diese Renée Lafargue mit ihren Hündinnen und Katzen in Wirklichkeit die Mörderin war?

Hör auf. Das ist doch völlig blödsinnig.

Sie ging die Ordner erneut in allen Einzelheiten durch, suchte krampfhaft nach einem Detail, nach Elementen, die in Richtung der Ermittlungen wiesen, auf die Logik des Mörders hindeuteten. Ein Datensatz folgte auf den anderen. Alter, Rassen, Gewichte, Farben …

Die Namen, die Viviane Delahaie den neun Hunden gegeben hatte, lenkten Lucies Aufmerksamkeit auf sich. Sie stellte fest, dass die Siebzigjährige sich bei der Namensgebung von der antiken Mythologie hatte inspirieren lassen. Sisyphos, Asklepios, Lykaon hießen die Männchen. Stheno, Skylla, Euryale, Okypete, Kelaino die Weibchen.

Sie hätte die Datei beinah schon geschlossen, doch ein Wort hallte in ihrem Kopf wider.

Unsterbliche.

Skylla … ein Ungeheuer, das die Seefahrer verschlang, die an ihrem Felsen vorübersegelten. Stheno und Euryale … wenn ihr Gedächtnis sie nicht trügte, zwei der drei Gorgonen mit Schlangenhaaren, die alle Männer, die es wagten, sie anzublicken, in Stein verwandelten.

Unsterbliche, die sich den Männern gegenüber besonders grausam verhielten. Unsterbliche, wie zufällig … Lucie stützte den Kopf in ihre Hände und schloss die Augen.

Die meisten Psychopathen bringen ihre Gefühle in ihrem Alltag offen zum Ausdruck, durch ganz harmlose Taten oder Verhaltensweisen. Otis Toole und Peter Kurten waren vom Feuer fasziniert, einem starken Symbol für Zerstörung. Jeffrey Dahmer ging sehr gerne mit seinem Vater angeln, nur wegen des Vergnügens, den Fischen den Bauch aufzuschlitzen ... Und wenn sich hinter den Hundenamen eine Botschaft verbarg? Ein subtiles Mittel, sich über die Leute lustig zu machen, indem man sagt: »Ich zeige euch offen, was ich mit diesen Tieren machen werde, und ihr seht nichts?« Und wenn diese Liste seine »Jugendsünde« war, die sein wahres Wesen verriet?

Leider waren ihre Kenntnisse in Mythologie zu dürftig, um ihre Theorie zu untermauern. Sie suchte im Internet nach einem Zusammenhang, fand jedoch keinen.

Verdammt! Verdammt noch mal!

Die Notlösung, ihr Zauberhandy. Sie rief ihre Mutter an, erfand eine völlig unglaubwürdige Geschichte und bat sie dann, in ihrer Enzyklopädie etwas nachzuschlagen.

Die Antworten trafen ein. Wie Fallbeine.

Okypete und Kelaino, grauenhafte Ungeheuer, Harpyien, die die Sterblichen quälten und ihre Kinder entführten. Unsterbliche.

Thelxiope, eine Sirene mit ihrem betörenden Gesang. Unsterblich.

Asklepios, Sohn des Apollon und der Koronis. Sterblich.

Lykaon, König von Arkadien, den Zeus vom Blitz erschlagen ließ, weil er ein Kind getötet hatte. Sterblich.

Sisyphos, dazu verdammt, einen Felsblock, der immer wieder hinabrollte, einen steilen Hang hinaufzuwälzen. Sterblich.

»Danke, Mama!«

Sterbliche Hunde, unsterbliche Hündinnen. Man verstümmelt die Männchen, die Weibchen werden präpariert.

Lucie kritzelte »Danke« auf einen Zettel, den sie auf der Tastatur liegenließ, und verschwand. Im Auto schlug sie mit zitternden Händen ihr Heft auf. Viviane Delahaie ... Der einzige stimmige Punkt in ihren Schlussfolgerungen, das Auge des Zyklons. Und doch sprach alles gegen das von ihr aufgestellte Profil. Delahaies Alter, das Vermengen der Geschlechter, die tierärztliche Betreuung, das Fehlen von Katzen, an denen der Mörder seine ersten Erfahrungen gesammelt hatte.

Aber sie musste es überprüfen. Im schlimmsten Fall würde sie eine Stunde verlieren ...

An einer roten Ampel betrachtete sie lange ihre Handflächen mit den Lebenslinien ...

Und wenn es wahr wäre?

Sie zitterte.

Sie verließ Petite-Synthe und verschwand in Richtung der Stadt mit den riesigen Bunkern.

Und dem tiefen Wald ...

41

Ihr Bauch bewegte sich. Einmal. Ein zweites Mal, an derselben Stelle, direkt unter dem Nabel. Das kleine Wesen, das Caroline Boidin bewohnte, spielte in seiner flüssigen Welt.

Die schwangere Frau lag vollkommen nackt auf einem Teppich aus Kiefernrinde. Die festen Stricke um ihre Gliedmaßen gruben sich wie ein glühendes Netz in ihr Fleisch und machten, abgesehen von einfachem

Kriechen, jede Fortbewegung unmöglich. Doch die in die Haut schneidenden Fesseln waren geradezu sanft im Vergleich zu der beißenden Kälte. Ihr Körper schöpfte aus geheimen Quellen Energie, um die inneren Heizkörper zu versorgen und die Temperatur in der Plazenta beständig zu halten. Die geringste Schwankung konnte für das Baby tödlich sein.

Die werdende Mutter stützte sich auf ihre Ellbogen und setzte sich dann unter größter Anstrengung auf. Die Rinden, die sich in ihr Fleisch bohrten, reizten ihre Schmerzrezeptoren. Sie war den Tränen nahe und kurz davor, zusammenzubrechen.

Zum ersten Mal, seit sie aufgewacht war, bebten ihre Nasenflügel. Unter den Ledergestank mischte sich der Geruch einer parfümierten Creme. Woher kam er? Sie roch an ihren Schultern, ihren Brüsten, fuhr mit der Zunge über die Stellen des Körpers, die sie erreichen konnte. Man hatte sie mit pflanzlichen Ölen eingesprüht, wie für eine Opferung. Sie wollte den Gedanken nicht zu Ende führen und richtete ihre Aufmerksamkeit auf den dicken Mann, der in der Mitte des Kellerraumes lag.

»Monsieur ... Monsieur! Wachen Sie auf ... Ich ... bitte Sie ... Hilfe ... Bitte ...«

Sie flüsterte, aus Angst, den Dämon mit dem Skalpell zu alarmieren. Der nackte Mann reagierte nicht. Die alte Frau mit den übermenschlichen Kräften hatte ihn auf einen Metalltisch geschnürt. Rings um diesen Tisch liefen Rinnen aus Zink, die in eine Wanne mündeten. Wozu konnten diese Abflussrinnen gut sein?

Damit die körperlichen Ausscheidungen abfließen können ... Urin, Blut!

Nein! Hör auf zu denken, ich bitte dich!

Trotz ihrer zahlreichen Schürfwunden gelang es Caroline, sich aufzurichten und so gerade das Gleichgewicht zu halten. Mit zusammengebundenen Füßen hüpfte sie in Richtung Tisch. Nicht weit. Die ungleichmäßigen Wellen auf dem Meer aus Rinde ließen ihre Knöchel einknicken und warfen sie zu Boden. Sie fiel auf ihren Bauch. Diesmal war der Schmerz seelischer Natur.

Das Baby! Nein!

Sie drehte sich auf den Rücken, starrte auf die Wölbung und hoffte auf ein leichtes Pochen, das Kribbeln eines Fußtritts.

Nichts.

Erbarmen ...

Es ... Es ist nur, weil es ... sich nicht mehr bewegen will ... Es hat genug gestrampelt ... Gleich fängt es ... wieder an ... Ganz bestimmt ... Oh, mein Baby!

Sie verdrängte all die Fragen und Ängste, die ihren Verstand benebelten und sie unfähig machten, zu handeln. Sie musste versuchen zu fliehen. Im Stehen hatte sie flüchtig einen ganzen Haufen glitzernder Werkzeuge gesehen. Klingen, Dutzende Klingen, eingefasst in Hefte aus Elfenbein. Und Hammer, Zangen, Meißel. Die teuflische Werkstatt einer Geistesgestörten. Ihr Blick fiel auf einen Buchdeckel, der direkt vor ihrer Nase lag. Ein verschimmelter Umschlag, zerfressenes Papier.

Anatomia Magistri Nicolai Physici, *ein Lehrbuch der Anatomie ... Wozu ... konnte das gut sein? Um ... Hör auf! Hör auf zu denken! Mit den Klingen, die du eben gesehen hast, kannst du deine Fesseln durchschneiden!*

Mit den Zehenspitzen schob sie möglichst viele Kiefernrinden beiseite, kroch zu der mit Tierhäuten bespannten Wand, zog die Beine an den Bauch und hievte sich empor.

Ihre Kehle schnürte sich zusammen, ihre Muskeln pumpten sich mit Säure voll und verbrauchten all ihren

Willen, ihre Kraft, über sich hinauszuwachsen. Als sie sich aufgerichtet hatte, hüpfte sie über die freigeräumte Fläche und erreichte schließlich den Tisch, auf dem sie sich abstützte. Ein unerträglicher Anblick bot sich ihr. Sie schloss die Augen, atmete tief ein, weigerte sich, das Szenario des Schreckens, das sich vor ihr auftat, aufzunehmen.

So … Atme tief durch … Ganz sachte … Du brauchst deine Augen nur zur Orientierung … Schau nicht zu genau hin …

Die Frau richtete ihre Aufmerksamkeit auf den festgeschnürten Mann.

Wie ein Tier … Man hat ihn festgebunden wie ein Tier …

»Monsieur … Monsieur …«

Ein Gesicht kann sich auflösen, dafür war der Mann das offenkundige Beispiel. Seine rechte Seite war mit glänzenden Schwellungen übersät, aus den Poren seiner Wange floss eine weißliche Flüssigkeit. Ein makabres Massaker an menschlichem Fleisch.

Der rechte Schenkel lag offen. Die Fleischschichten, die in einer Zange steckten, ließen einen blutigen Spalt sehen. Man konnte den Oberschenkelknochen erkennen, daran hing ein Nerv, der von fünf Nadeln durchbohrt war.

Caroline fühlte, wie sie ohnmächtig wurde. Sie fiel mit dem Kinn voran auf den Tisch, ihre Hände waren auf dem Rücken gefesselt. Die Schmerzen einer solchen Folter mussten unerträglich sein.

Sie legte ein Ohr auf die Brust des Mannes, neben ein Medaillon mit dem Foto einer sehr hübschen Frau.

Das Herz schlug noch. Man wollte ihn sezieren … bei lebendigem Leib …

Diesmal geriet die werdende Mutter in Panik. Ihr

Atem ging schneller, der Mund trocknete aus. Ihr ganzer Körper schrie nach Flucht. Die Stricke schnitten noch tiefer in ihr Fleisch, als sie ihren Widerstand spürte.

Trotz der Fesseln ergriff sie den Arm des Mannes und kniff ihn mit aller Kraft.

»Wachen Sie auf, bitte!«

Sylvain Coutteure konnte nur ein Auge öffnen. Die Schwellungen um seine rechte Augenhöhle verhinderten jede Bewegung des Lids. Ein brauner Fleck breitete sich über seiner Augenbraue aus.

»Was … geschieht … mit mir?«, stammelte er. »Das brennt!«

»Pst! Seien Sie still! Sie könnte wiederkommen! Wir … Wir müssen hier raus!«

Sylvain ballte die Fäuste, spannte die Zehen an, wollte die Spanngurte zerreißen. Der freiliegende Nerv erfüllte seine Funktion. Der Bogen des Schmerzes, der sich von dem offenen Schenkel bis zum Rückenmark erstreckte, ließ seine Augen hervortreten.

Zwei weiße Augäpfel auf einem Gesicht voller Krater.

Seine Lippen bedeckten sich mit Schaum. Krämpfe kündigten sich an, der Tod streckte seine feinen Tentakel aus. Seine Organe gerieten in Panik, seine Hormone spielten verrückt. Fieber, Krämpfe, Schweißausbrüche. Als der Anfall vorüber war, hob er den Kopf leicht an und blickte auf sein Bein.

»Mein Gott … Was hat sie mit mir gemacht …«

Er klapperte mit den Zähnen. Sein Fleisch bebte, sein Körper klapperte, so sehr zitterte er.

»Beruhigen Sie sich …«, sprach Caroline ihm besänftigend zu … »Hören Sie, ich …«

»Das zuckerkranke Mädchen … Wo ist sie …«

»Das … das … das zuckerkranke Mädchen? Das aus

dem Fernsehen? Wollen Sie etwa sagen, dass ... das diese alte Frau ist, die ... die das Kind in der Lagerhalle ermordet hat und die ... die das andere Mädchen gefangenhält?«

Sylvain wandte ihr sein halbes Gesicht zu.

»Es sind zwei ... Zwei Geisteskranke ...«

Sein Gesicht verzog sich zu einer schmerzverzerrten Maske.

»Helfen Sie mir zu sterben ... Ich bitte Sie ... Halten Sie Ihre Hände vor meinen Mund ... Ich werde versuchen ... die Knoten zu lösen ... Und versprechen Sie mir ... dass Sie mir eins der Skalpelle geben ...«

»Das kann ich nicht machen! Wir werden es schaffen!«

»Ich will es nicht schaffen ... Meine Frau und meine Tochter sind tot. Versprechen Sie ...«

Unter Tränen sprach Caroline langsam die Silben:

»Ver...spro...chen...«

Sylvains Zähne machten sich am Nylon zu schaffen. Seine Unterlippe platzte auf. Ein Stück seiner Wange riss ein. Er schrie.

Als in dem Kegel aus Dunkelheit plötzlich eine Tür quietschte, erstarrten sie vor Schreck.

»Wie ich sehe, langweilen Sie sich nicht«, maunzte eine Stimme.

Der Schatten erstreckte sich bis zur Wand, dann tauchte ein Gesicht auf. Weißes Alabaster in einem Loch der Finsternis.

Die beiden Gefangenen trauten ihren Augen nicht ...

Es war nicht zu fassen ...

42

Es war von Anfang offensichtlich gewesen. Seit den ersten Ermittlungen hätten sie auf Vigo Nowak stoßen können. Wenn sie die brillante Idee gehabt hätten, sich früher für die Liste mit den Entlassungen zu interessieren, die Vignys Industries ihnen zur Verfügung gestellt hatte.

Pierre Norman tobte. Aus den Erkenntnissen, die man am Unfallort gewonnen hatte, ließ sich schließen, dass der Raser größte Aufmerksamkeit darauf verwandt hatte, die Spuren zu beseitigen, die ihm gefährlich werden konnten. Das aufgewischte Blut, die im Kofferraum weggeschaffte Leiche und, besonders bezeichnend, das Aufsammeln der Scheinwerferscherben. Diese Handlung sagte zweifellos am meisten aus über seine Persönlichkeit, seinen Willen, Dinge zu Ende zu führen, und seine Kenntnisse über die Fähigkeiten der Polizei, unsichtbare Spuren auszuwerten. Sie vermuteten auch, dass der gleiche Täter sein altes Unternehmen vollgesprüht hatte und sein Name folglich auf einer Liste mit etwa hundert Beschäftigten stand.

Als Pierre Norman selbst diese Liste überflogen hatte, war er auf einen Familiennamen gestoßen, der ihn ganz durcheinanderbrachte. Nowak. Fünf Buchstaben, identisch mit denen, die oben auf dem Gutachten zu den Bremsspuren auftauchten. Der Leutnant hatte rasch herausgefunden, dass Vigo Nowak, einer der entlassenen Mitarbeiter von Vignys, der Bruder von Stanislas Nowak war, einem Experten der Spurensicherung …

Als der Polizist das Bergbaurevier erreichte, blickte er auf den noch dunklen Horizont. Lauter runde Schieferrücken ragten aus dem Nebel, der sich im Norden überall herabsenkte, wie ein Fluch. Hohle Adern schlängelten sich unter den Häusern hindurch. Über den Löchern in neunhundert Metern Tiefe spielten Kinder. Eine Welt aus Stein, errichtet über einem Brunnen aus Dunkelheit.

Auf dem Weg hatte Norman kein einziges Wort an die beiden Kollegen gerichtet, die ihn begleiteten. Er dachte an die Schicksale, die durch ein blutiges Band für immer vereinigt waren. Die Leben, die wie eine Kerzenflamme erloschen, das Böse, das Böses erzeugte und sich von seinen Siegen über die schwachen Seelen nährte.

Als er das Rot der Feuerwehrautos und die Blaulichter sah, waren seine wirren Gedanken verflogen. Eilig parkte er vor Nowaks Haus und ging, gefolgt von seinen zwei Begleitern, zu der Gruppe Uniformierter. Keine Feuerspritzen, weder Flammen noch Rauch. Nur die Kälte einer Bergarbeitersiedlung. Gesichter, aus denen Verständnislosigkeit sprach. Morgendliche Schaulustige.

Norman stellte sich dem Kapitän des Kommissariats von Lens vor, erklärte, warum er hier war. Es ging um einen Gelddiebstahl.

Austausch von Formalitäten. Der Mann erläuterte ihm die Situation in breitestem Akzent.

»Die Feuerwehr wurde um sechs Uhr dreißig von einem Mann verständigt, der gerade zur Arbeit aufbrach. Hinter dem Haus stieg Rauch empor. Als sie hier ankamen, war das Feuer schon erloschen. Ein Kohleschuppen ist teilweise niedergebrannt. Es gab dort kein Holz, abgesehen von der Tür, ein paar Brettern … Sonst nur Papier, Plastik. Der Dachstuhl bestand aus Metall, das Dach aus Ziegeln, die Wände aus Backsteinen. Keine Isolierung, nichts. Das Feuer ist also schnell wieder ausgegangen, ohne große Schäden anzurichten … Nun, fast keine …«

Er bedeutete Norman, ihm zu folgen.

»Drinnen haben wir eine verkohlte Leiche gefunden. Nicht besonders schön anzusehen … Den ersten Analysen der Spezialisten zufolge wurde er mit einer leicht entflammbaren Flüssigkeit eingesprüht. Mit Benzin oder Öl …«

Norman schlug mit der Faust in die linke Hand.

»Haben Sie eine Idee, um wen es sich handeln könnte?«

»Auf einem Gliederarmband am Handgelenk steht der Name Vigo. Eine Halskette wurde von Nowaks Eltern wiedererkannt. Das Labor wird die Identität noch formal anhand des Gebisses oder der DNA bestätigen.«

Der Leutnant trat gegen den Kies. Nowak war von einem allzu gierigen Komplizen angeschmiert worden. Oder handelte es sich um ein Missverständnis, einen Racheakt?

Er wies auf das angrenzende Haus.

»Der Nachbar hat nichts gehört?«

»Es ist niemand da, die Rollläden sind heruntergelassen, kein Auto. Er ist wahrscheinlich zu seiner Familie in den Urlaub gefahren.«

»Und die anderen Nachbarn?«

»Alles alte Leute. Ein wenig schwerhörig, wenn Sie verstehen, was ich meine …«

»Das da ist Nowaks Wagen?«

»Ja.«

»Wo befindet sich die Leiche?«

»Im Schuppen. Ich empfehle Ihnen nicht … Er wird in einer Stunde ins Institut nach Lille gebracht. Üble Angelegenheit, nicht wahr?«

Die Ermittlungen liefen auseinander wie ein reißender Fluss. Der Leutnant atmete tief durch, zog dann die Liste mit den Angestellten von Vignys hervor und markierte den Namen Sylvain Coutteure. Der einzige Entlassene, der auch in dieser Welt aus Schiefer wohnte.

»Können Sie mir sagen, wo sich diese Adresse befindet?«

Der Kapitän zog seine Handschuhe aus und setzte die Brille auf. Seine Augen wären beinah übergequollen.

»Machen Sie Scherze oder was?«

»Was ist los?«

»Die Mutter Coutteure schaut jeden Morgen in dem kleinen Bauernhaus vorbei. Sie hat vor einer Stunde angerufen. Sylvain Coutteures Frau und Tochter sind gestorben. Kohlenmonoxidvergiftung. Was ihn betrifft … spurlos verschwunden …«

Norman schüttelte den Kopf. Lange Zeit … Die Stimmen drangen nur bruchstückhaft zu ihm durch.

An seinem rechten Bein vibrierte etwas. Ein Anruf … Er nahm sein Handy aus der Tasche und hielt es ans Ohr.

»Ich höre!«

Der Polizist aus Lens beobachtete ihn aus den Augenwinkeln. Zum ersten Mal in seinem Leben sah er, wie sich die Züge eines Menschen verzerrten.

Als Norman wieder auflegte, war er durch nichts mehr von einem lebendigen Toten zu unterscheiden …

43

Das Flechtwerk aus Ästen wurde immer dichter, bis es den sich langsam erhellenden Himmel mit einem undurchdringlichen Vorhang verhüllte. Lucie umkrallte das Lenkrad fester als notwendig. Schon seit ihrer frühesten Kindheit erinnerten die knorrigen Stämme alter Bäume sie an Masken mit aufgerissenen Mündern, an Wesen, die in der Rinde gefangen waren, wie diese Insekten, die in Bernsteinblöcken feststeckten. Die hartnäckigen und unauslöschlichen Ängste eines kleinen Mädchens. Woran man sieht, dass man sehr wohl in Gedanken mit den schlimmsten Mördern verkehren kann und beim Anblick eines dummen Stücks Rinde vor Angst vergeht.

Heute nahm sie es mit ihren verborgenen Dämonen auf, kehrte zum Ursprung zurück und machte Jagd auf das Böse in seiner primitivsten Gestalt.

Das flammende Wesen am Eingang zur Finsternis erwartete sie.

Ich wünschte, das würde noch Jahrhunderte dauern. Es ist so aufregend.

Du bist verrückt! Du bist da, um das Böse zu vernichten, nicht um es zu bestärken!

Die Leuchtdiode ihres Handys leuchtete rot auf. Kein Netz mehr. Der dicke Ring aus Bäumen wurde immer enger.

Alle Voraussetzungen sind erfüllt! Du überprüfst nur, ob die Tiere dort sind, und verschwindest gleich wieder …

Der rissige Asphalt ging in einen schmalen, kurvenreichen Weg über. Mitten im Nichts stand ein Auto mit dem Kennzeichen zweiundsechzig. Lucie trat auf die Bremse, spähte durch die dichten Baumreihen. Sie wagte es nicht, das Fenster herunterzukurbeln.

Was hat ein Auto aus dem Pas-de-Calais zu dieser Uhrzeit an diesem verlorenen Ort zu suchen?

Sie konnte sich nicht entschließen, die Tür zu öffnen und die hartnäckigen Geister des Morgengrauens zu stören.

Niemals! Lieber sterben als hier aussteigen!

Sie fuhr langsam weiter, redete sich ein, dass es sich um Jäger handelte.

Wer sollte in dieser Dunkelheit jagen?

Der unebene Waldweg endete vor einem Haus, das von verschlungenen Pflanzen überwuchert war. Lucie unterdrückte einen Schauder.

Nein … Du bist verrückt, dass du hierher gekommen bist! Noch dazu vergeblich! Fahr zurück!

Sie holte tief Luft, steckte ihre geladene Beretta in die Innentasche ihrer Jacke, zog den Reißverschluss bis oben hin zu und streifte ihre Handschuhe über. Als sie die Tür öffnete, wurde ihre Haut von der Kälte der bewaldeten Tiefen gepackt.

Nachdem sie im Slalom zwischen Bergen von Sperrgut, spitzen Holzsplittern, über den Boden gespannten Seilen hindurchgelaufen war, presste sie ihr Ohr an die Tür. Kein Hundegebell. Die Stille lebloser Dinge.

Sie klopfte. Noch einmal. Und noch einmal …

Da ist niemand! Oder diese alte Schachtel ist taub!

Lucie trat ein paar Schritte zurück. Das Holz ächzte, aus dem unsichtbaren Inneren drang ein Knarren. Darüber senkten sich langsam Nebelschwaden.

Der kleine Däumling. The Evil Dead. Blair Witch Project. Deliverance. Der Wald als Ort aller möglichen Gemetzel.

Los! Reiß dich … zusammen … Du jagst dir … so gerne … selber Angst ein … Wollen wir doch mal sehen … was du … drauf hast!

Zitternd wie Espenlaub ging sie die Fassade entlang bis zu einem Fenster. Mit abgeschirmten Augen schaute sie hinein, doch ihr neugieriger Blick nahm nur Verschwommenes wahr. Sie bedauerte, dass sie keine Taschenlampe mitgenommen hatte, und sah genauer hin. Von der Wand hoben sich unförmige Flecken ab. Ungleichmäßig, voluminös. Trotz ihrer Bemühungen wahrten diese seltsamen Körper ihr Geheimnis. Voller Verzweiflung stieß sie leicht gegen das alte Holz, ließ die

Scheiben vibrieren, in der Hoffnung, dass vielleicht ein nicht richtig vorgeschobener Riegel im Innern nachgab. Vergeblich.

Die junge Frau ging um das Gebäude herum, klopfte gegen jedes Fenster, hielt sich dabei mit einer Hand am Efeu fest. Ihre Stiefeletten versanken in vereisten Furchen, traten auf vermoderte Blätter, krankes Geäst. In Gedanken summte sie leise vor sich hin, um die tiefe Stille zu durchbrechen.

Eins zwei – Polizei, drei vier – Offizier, fünf sechs – alte Hex …

Super, dieser Reim, wirklich angemessen!

Als Lucie wieder an ihrem Ausgangspunkt angekommen war, blieb sie stehen. Bei den Schlägen gegen die Scheiben hätten die Hunde unruhig werden müssen. Warum machte das Haus einen so unbewohnten Eindruck? Der Koloss aus Ziegelstein atmete nicht mehr. Die Alte musste mit ihrer behaarten Horde weggezogen sein, an einen leichter zugänglichen Ort.

Oder aber sie ist tot! Und wenn niemand Bescheid wusste? Stell dir das vor! Ihre Leiche verwest drinnen, die Tiere verschlingen sich gegenseitig, um nicht zu verhungern! Es gibt kein Telefon hier. Gerade einmal Strom. Wenn überhaupt …

Lucie kaute an ihren Handschuhen. Was sollte sie tun? Wieder abhauen, noch etwas warten? Doch warten worauf? Sie schob mit dem Fuß etwas Erde beiseite und legte einen runden Stein frei, den sie aufhob. Sie wog das Wurfgeschoss in der Hand.

Und päng! Warum sollte sie nicht ein Fenster einschmeißen?

Sie drehte sich um die eigene Achse, bekam keine Luft mehr unter diesen Tentakeln aus Rinde, die sich über ihrem Kopf zusammendrängten. Selbst wenn das schwarze

Auge des Waldes sie beobachtete, konnte sie niemand überraschen. Sie würde eine kleine Runde durch das Innere machen und dann verschwinden. Wenn sie nicht vorher an einem Herzanfall starb.

Ja, aber was ist, wenn sie schläft? Wenn sie taub ist und dich plötzlich im Haus entdeckt?

Sie ballte die Faust, doch im letzten Moment gab sie auf. Unter dieser Mauer aus Efeu wohnte niemand mehr. Vergebliche Mühe. Ihre Enttäuschung machte sich in wüsten Schimpfwörtern Luft.

Sie kehrte um, setzte sich ans Steuer, schaltete die Scheinwerfer an.

Aber klar doch! Benutz die Scheinwerfer, um hineinzuschauen! Wie blöd von mir!

Der Klang einer Stimme ließ sie erstarren. Ein wenig Honig mit dem Klang von Granit.

»Was wollen Sie?«

Lucie rang nach Luft. In den Lichtkegeln stand eine Perle wie aus einem Hochglanzmagazin. Mindestens ein Meter achtzig, stattliche Erscheinung, braunes Haar, zum Knoten gebunden, strenge keltische Züge, umrahmt von orientalischer Sanftheit. Trotz alledem breite Schultern. Wahrscheinlich zitternde Muskeln. Die Raubkatze trug einen Pullover im indischen Stil mit zu langen Ärmeln und eine dicke Cordhose.

»Ich ... Ent... Entschuldigen Sie«, stammelte Lucie. »Ich wollte gerade wieder fahren ...«

»Es ist ein bisschen früh, um die Leute zu belästigen, meinen Sie nicht? Ich war in meinem Zimmer und habe mich nur schnell angezogen ...«

Lucie räusperte sich.

»Ich wollte eigentlich Viviane Delahaie treffen. Kennen Sie sie?«

Die Brigadierin schätzte sie auf fünfundzwanzig, höchstens dreißig Jahre. Eine merkwürdige Furcht beschlich sie. Das komische Gefühl, diesem Blick, diesen Augen mit dem geheimnisvollen Schleier bereits irgendwo begegnet zu sein. In einem Supermarkt? In Malo? Wo genau?

»Meine Mutter ist letztes Jahr gestorben. Seitdem kümmere ich mich allein um dieses Haus ... Bitte, die Scheinwerfer! Sie leuchten mir voll ins Gesicht!«

Lucie beugte sich in den Wagen und kam wieder näher.

»Das tut mir leid ... Ich ... arbeite ... für den Tierschutzverein in Petite-Synthe. Wir führen eine Untersuchung durch, darüber, was aus den adoptierten Tieren geworden ist. Ihre Mutter hatte neun Hunde aufgenommen ... Was ist nach ihrem Tod aus ihnen geworden?«

Die Frau mit der Iris einer ägyptischen Katze trat einen Schritt zurück.

»Kann ich Ihren Ausweis sehen?«

Sie zeigte das Lächeln eines Hollywood-Stars.

»War nur ein Scherz. Kommen Sie herein, ich werde es Ihnen erklären!«

Sie ist wirklich beeindruckend, dachte Lucie.

Die Polizistin ging über die Türschwelle, wo ein Bogen Efeu mit seinen feuchten Fortsätzen nach ihr griff. Die Tür schloss sich mit einem angemessenen Quietschen und sperrte Lucie in einer langgestreckten, fensterlosen Halle ein.

»Seit gestern haben wir keinen Strom mehr«, entschuldigte sich die Frau. »Als meine Mutter noch lebte, hatten wir jeden Winter ein Anrecht darauf. Heute soll ein Elektriker vorbeikommen. Bleiben Sie hier, ich hole einen Leuchter, okay? Hier wird es erst sehr spät hell. Im Übrigen machen wir selbst im Sommer manchmal das Licht an.«

»In Ordnung ...«

Die Frau verschwand in einer dunklen Öffnung. Lucie zog ihre Handschuhe aus und sofort wieder an. Die alten Ziegelsteine strahlten Kälte aus. Auch eine Heizung gab es nicht. Wie konnte man in einem solchen Gefrierschrank wohnen? Sie war keineswegs beruhigt. Alles stimmte mit den Ermittlungen überein. Das große Haus, die Abgeschiedenheit, die abwesenden neun Hunde. Und jetzt sogar das Alter, die Gestalt der Besitzerin. Groß, kräftig. Hinterhältig genug, um Vervaecke zu zähmen.

Nicht zu vergessen der Pullover mit den zu langen Ärmeln, der ihre Hände verbarg.

Der Polizistin kamen Zweifel, sie fühlte sich immer schwächer. Sie tastete sich an der linken Wand der Halle entlang, neugierig geworden durch die Umrisse, die sie flüchtig durch das Fenster erspäht hatte. Sie musste es überprüfen. War es möglich, dass ...

Ihre Finger fühlten eine Öffnung, durch die sie in ein riesiges Zimmer mit zwei Fenstern gelangte. Hinten, wo der Tag gegen die Dunkelheit ankämpfte, glaubte sie den riesigen Umriss eines Kamins zu erkennen. An der Wand zeichneten sich undefinierbare Formen ab.

Lass es nicht wahr sein ...

Sie bewegte sich seitwärts an der Wand entlang, bis sie unter dem ersten vorspringenden Gebilde stand, und hob die Hand.

Haare. Ein Rüssel. Eckzähne. Der abgetrennte Kopf eines Wildschweins.

Ihr Atem ging schneller. Sie eilte zu den anderen verschwommen sichtbaren Konturen. Hirsche, Hirschkühe, Füchse! Überall Köpfe, erstarrte Oberkörper. Und da vorne, auf dem Sims des schlafenden Kamins! Schädel in allen Größen! Abgeschnittene Pfoten, abgetrennte Hufe! Und Puppen! Echte *Helen Kish* oder *Beauty Eaton*!

Die Polizistin verlor ihre Beherrschung, sie geriet in

Panik. Sie raste in die Mitte des Zimmers, während sie den Reißverschluss ihres Parkas öffnete.

Sie stieß mit dem Knie gegen einen niedrigen Tisch, erstarrte vor Schmerz.

Ein heftiger Schlag traf sie ins Gesicht. Fünf Fleischwülste drückten ihr einen Wattebausch unter die Nase, während sich eine Schlange fest entschlossen um ihren Hals wand.

»Keine Bewegung, meine Kleine«, murmelte die Stimme. »Ich wollte zu dir kommen, und nun bist du zu mir gekommen. Kann man sich einen besseren Wink des Schicksals wünschen?«

Lucie hielt die Luft an, trat wie wild um sich. Gegenstände flogen umher, Schreie ertönten. Ihre Bewegungen wurden unkontrolliert. Vergessen die Griffe der Selbstverteidigung, die man ihr im Kursus beigebracht hatte. Aus ihrem Körper brach nur rohe Gewalt hervor, instinktive Gesten der Abwehr. Sie kratzte mit den Fingernägeln, knurrte wie ein Tier. Ihre Kiefer stießen auf den Arm des Feindes und schlossen sich wie ein Klappenventil. Die Frau schrie auf und lockerte ihren Griff. Ein Stoß mit dem Ellbogen in den Solarplexus zwang sie zu Boden.

»Ver…damm…te … Hu…re!«

Lucie stürzte, griff in ihre Jacke. Die Tasche war leer. Von wahnsinniger Angst ergriffen, kroch sie im Halbkreis über den Boden. Sie keuchte vor Verzweiflung. Ein haltloser Körper. Ein Boot ohne Ruder. Nachdem sie mehrmals ins Leere gefasst hatte, berührten ihre Finger endlich den Kolben der Beretta.

»Keine Bewegung!«, schrie sie.

Man hörte das Geräusch von Schritten. Ein Luftzug. Am anderen Ende des Raumes schlug eine Tür zu.

Lucie rieb sich die Stirn. Die Übelkeit hervorrufenden

Dämpfe des Äthers benebelten ihren Verstand, stumpften ihre Sinne ab. Sie stützte sich auf den Tisch, stand schwankend da. Ihre Augen gewöhnten sich an die Dunkelheit, erblickten nun auch die zuvor verborgenden Bereiche. Die braunen Gesichter der Tiere zeigten immer mehr Einzelheiten, die Kiefer fanden das Weiß ihres Zahnschmelzes wieder.

Mit gezückter Waffe trat sie der Finsternis entgegen, näherte sich der Tür hinten im Raum, durch die ihre Angreiferin verschwunden war. Mit den Zähnen zog sie ihre Handschuhe aus. Ihre rechte Hand hielt den Revolvergriff fest umklammert.

Sie musste schnell handeln! Was sollte sie tun? Dabei war die Situation klar. Die Welt des Lichts zu erreichen war unmöglich. Das Telefon funktionierte nicht.

Es gab zwei Möglichkeiten. Die eine war vernünftig. Fliehen, zurückfahren, ein Netz finden und Verstärkung holen. Die Regeln befolgen, die sie auf der Polizeischule gelernt hatte.

Oder aber handeln. Es mit dem Monster aufnehmen. Die Waffe auf etwas anderes richten als auf Zielscheiben aus Pappe. Den wahren Beruf des Polizisten streifen.

Nein … Das kannst du nicht … Dazu bist du nicht in der Lage …

Ganz im Gegenteil! Das bist du, Lucie! Dafür lebst du! Du wirst dein Ziel erreichen! Führ die Sache zu Ende!

Wahnwitzige Bilder stürmten auf sie ein. Das Lächeln der Zwillinge. Normans roter Haarschopf. Ihre Eltern in einer Hollywoodschaukel. Insulinspritzen. Venen, Aorten. Zuckende Herzen.

Tu es für deine Töchter! Wer beschützt sie vor solchen Monstern, wenn du es nicht tust?

Und wer beschützt sie, wenn du stirbst?

Sie schlug mit der Faust gegen die Wand.

Los!

Der Instinkt des Raubtiers setzte sich gegen den der Mutter durch und stürzte sie hinab in den feuchten Schlund einer Wendeltreppe. Sie tauchte ein in die Finsternis der Seele. Ihrer eigenen Seele …

Die Bestie sprang aus der Dunkelheit hervor und fiel über sie her, doch diesmal konnte Lucie nicht reagieren. Das Böse schlug zu.

44

Lucie unterdrückte einen Schrei. Ein Tierchen mit sechs Beinen, ein vom harten Winter gestähltes Ungetüm sprang auf ihr linkes Ohr, glitt auf ihre Schulter und verschwand dann in einem Spalt. Mit zitternder Hand ertastete die Polizistin einen Schalter, den sie reflexartig drückte. Ein dunkler, nicht besonders reizvoller Schleier ergoss sich von dem Ziegelsteingewölbe. Der Strom funktionierte einwandfrei.

Was sollte sie nun tun? Hinuntergehen … die Frau in die Enge treiben … Sie im günstigsten Fall zwingen, sich zu ergeben … Und im schlimmsten Fall …

Die ganze Bandbreite der Unschlüssigkeit … Sie schwankte … Aufgeben … Zurück ans Licht … Aus der Tiefe des Abgrunds stiegen Töne empor. Keine Töne. Ein furchtbares Jammern. Das lange und durchdringende Stöhnen einer weiblichen Stimme.

Mein Gott! Die kleine Éléonore! Ist es möglich, dass …

Lucie lehnte sich an eine Wand, war wie gelähmt. Sie versuchte, ruhig zu atmen. Oben oder unten? Licht oder Schatten? Leben oder Tod?

Sie beschloss hinabzusteigen.

Sie hatte soeben die harte Hirnhaut des Mörders durchstoßen, eine der dünnsten Membranen um das Gehirn, und näherte sich nun auf gefährliche Weise der Spinnenhaut, einer Membran, die noch dünner war, noch näher an der Wahrheit ...

Wie... Wie viele Stufen bist du schon hinuntergegangen? Zwanzig? Dreißig?

Unmöglich zu sagen, woher das Jammern kam, die verwirrenden Echos störten ihren inneren Radar. Während die Treppe ihre steinernen Stufen weiter in die Tiefen des Gehirns bohrte, bog Lucie in einen schlecht beleuchteten Gang ein ...

Die Spinnenhaut.

Die Polizistin war auf der Hut, fühlte sich dem Gestein verbunden, während sie leise vordrang. Die Techniken für den Einsatz in einer Gefahrenzone fielen ihr wieder ein. Zuerst die unübersichtlichen Bereiche absuchen. Das Umfeld beim Vorrücken sichern. Die möglichen Ein- und Ausgänge im Auge behalten. Sie stieß in den ersten Keller vor.

Staub. Undurchdringliche Spinnweben. Schimmelpilz. Ein Empfang für die Verdammten.

Im Hintergrund surrten zwei Gefrierschränke, die an elektrischen Kabeln hingen. Rote Leuchtdioden signalisierten, dass die Geräte auf höchster Stufe liefen. Lucie schlängelte sich zwischen den Metallwürfeln hindurch. Sie öffnete den ersten, der innen von einem Lämpchen erleuchtet wurde.

Sie erblickte den Tod.

In diesem abgeschiedenen Raum lagen die versteinerten Schnauzen mehrerer Wallabys. Eingepackte Katzen, steif wie Ochsenziemer. Ein zweigeteilter Yorkshire ohne Hinterteil, der klägliche Überrest der berühmten

Claquette. Lucie musste all ihre innere Härte aufbieten, um nicht ins Taumeln zu geraten. Der zweite Sarg aus Eis barg noch Schlimmeres.

Einen Menschen.

Eine kahlköpfige Frau, zusammengekauert in Fötusstellung. Durchscheinende Pupillen, eisiger Blick, neben dem Rückenmark ein purpurner Punkt. Der tödliche Kuss einer Klinge.

Norman hatte von einer kahlköpfigen Frau gesprochen. Vervaecke, die Veterinärin, lag nun eingezwängt in einer Welt aus Eisbergen. Die teuflische Liebhaberin war auf eine Stärkere gestoßen. Sie war eine zukünftige Écorchée.

Aus den unterirdischen Eingeweiden drang lauteres Gejammer. Lucie schüttelte den Kopf, fasste sich wieder und konzentrierte sich, noch ganz außer Atem, auf die Eingangstür.

Himmel Herrgott! Du … Du hättest überrascht werden können … Du darfst dich nicht … von deinen Gefühlen … überwältigen lassen …

Weitermachen, koste es was es wolle. Das Kind aus den Klauen des Monsters befreien.

Vor ihr lag ein geradliniger Stollen, seine abscheuliche Öffnung, die vielen verschlossenen Türen. Wie viele Leichen, dahingeraffte Menschenleben häuften sich in diesen vermodernden Zellen?

Das … Das kann nicht sein … Du bist in der Hölle …

Lucie kehrte um. Überzeugt, dass das Jammern von weiter hinten kam, aus einem anderen Kellergeschoss. Sie musste tiefer hinabsteigen, weiter in den Schädel vordringen.

Richtung weiche Hirnhaut, dieser Membran, die das Gehirn umhüllt. Durchblutet wird …

Die Kälte wurde noch beißender, die Dunkelheit undurchdringlicher. Rote, sehr schwache Glühbirnen, wie in U-Booten. Auf dem Boden lagen Kiefernrinden, wie aufgehäufte Blutkörperchen. Ein halbrunder Tunnel. Und der Geruch von Leder.

Hier also … hast du … die kleine Mélodie Cunar gefangen gehalten … Mein Gott …

Lucie versuchte herauszufinden, woher die Stimme kam. Aber das Jammern hatte aufgehört. Es herrschte vollkommene Stille.

Bitte! Hilf mir, mich zu orientieren!

Plötzlich, hinter einer Tür, das Kratzen von Fingernägeln. Der Gestank von Urin. Lucie trat auf die Schichten aus Rinde, ihre Stimmbänder hatten Mühe, zu schwingen.

»Éléo…nore! Ich … bin hier … um dir … zu helfen!«

O Gott! Gott, beschütze mich!

Keine Antwort. Verstummt vor Schreck. In was für einem Zustand würde sie den kleinen Körper des Mädchens finden? Wie konnte jemand den psychischen Schock einer Entführung, der Gefangenschaft ertragen?

In Schulterhöhe befand sich ein vorgeschobener Riegel. Als Lucie ihn öffnete, erfüllte das rote Licht der Glühbirnen den Raum. Zitternde Haut, zusammengedrängte versteckte Körper. Dann leuchteten Augen auf. Münder öffneten sich. Klauen wurden gereckt.

Explodierende Wut.

Unmengen von Härchen zerschnitten ihr das Gesicht. Ihre Haut riss auf, sie schmeckte Kupfer auf der Zunge. Sie warf sich zu Boden, mit dem Gesicht zuerst, der Nase in den Rindenstückchen. Sie schrie ebenfalls. Die Affen verschwanden im Gang, den Schwanz zwischen den Pfoten. Kapuzineraffen, nur Haut und Knochen.

Lucie nahm ihren Herzschlag nicht mehr wahr. Sie stand auf, wischte sich Stirn und Wangen mit der gefütterten Innenseite ihrer Jacke ab. Ihre Oberlippe blutete.

In dem leeren Raum befanden sich Berge von Exkrementen. Verschimmeltes Brot, schwarzer Salat, Abfälle. Diesmal konnte sie ihren Magen nicht beherrschen. Sie musste sich übergeben.

In den unerforschten Tiefen des Tunnels erreichten die Ausdünstungen des Leders ihren Höhepunkt. Die letzte Tür. Lucie konnte sich nicht entschließen, sie zu öffnen, als das Stöhnen sie erneut zur Treppe zog. Sie eilte die dunkle Öffnung hinab. Dutzende von Metern unter der Oberfläche stieß der steinerne Bohrer auf graue Substanz.

Sie erreichte den hintersten Winkel des Denkbaren. Blutend und völlig verwirrt. Verloren. Von panischer Angst erfasst. Kurz davor, zu ersticken.

Das Gehirn. Reaktor des Wahnsinns. Prozessor des Bösen.

Spinnweben überzogen die Wände wie komplexe Netze aus Neuronen. Schwarzlichtlampen ließen ihre hellen Kleider erstrahlen. Die gelben Streifen an ihrer Jacke fingen an zu leuchten. Sie zog ihren Parka aus, damit sie keine bewegliche Zielscheibe abgab, doch ihr blasslila Wollpullover glühte hell auf, als wollte er sagen: »Wenn Sie mich töten wollen, zielen Sie auf den dicken leuchtenden Fleck.« Sie zog ihn ebenfalls aus. Blieb zum Glück noch das schwarze Damart-Unterhemd. Eine warme Mauer, die sie fast unsichtbar machte. Aber nicht unverwundbar.

Zwei Keller waren zu erforschen.

Das Großhirn, Sitz der Gedanken und des Bewusstseins.

Das Kleinhirn, Wiege der unterbewussten Handlungen.

Lucie fuhr sich mit der Hand über das Gesicht. Ihre Handfläche wurde purpurrot. Die Schnittwunden, besonders die über dem linken Auge, waren tief. Der Wahnsinn lauerte, hockte auf ihrer Seele.

Die … die Kleine muss hinter einer dieser Türen sein … Selbst … Selbst wenn die braunhaarige Frau flieht, sie … wird nicht weit kommen … Die Kollegen werden sie finden … Rette die Kleine … Das hat Vorrang …

Unter dem Türbogen zum ersten Keller, der von einem elektrischen Heizkörper gewärmt wurde, blieb Lucie wie erstarrt stehen. Sie war unfähig weiterzugehen. Der Anblick forderte ihren Verstand heraus …

Das Kleinhirn …

Auf dem Boden, der mit hellblauem Teppich bedeckt war, wachte eine Armee von Écorchés. In zerrissenen Brüsten steckten Kilometer von Venen. Es gab Körperhaltungen von Angriff, Rückzug, die Inszenierung bösartiger Kämpfe. In einer Ecke, am Ast eines künstlichen Gummibaums, hing ein Kapuzineraffe, dem man das Fell abgezogen hatte. Vor dem Baum, die Schnauze zum Himmel gereckt, eine präparierte Wölfin mit silbergrauem glänzendem Fell. In einer anderen Ecke ein durchsichtiger Hund ohne Organe, von dem nur das Skelett, die blauen Venen und roten Arterien übrig geblieben waren. In seinem Maul der Skalp eines Zwergkängurus, dessen Fleisch unter der Vorderpfote des Hundes lag. An der künstlichen Decke, die mit funkelnden Sternen geschmückt und mit einer Mondsichel verziert war, hingen Vögel, die von der Klinge des Skalpells mitten im Flug angehalten worden waren. Ihre Flügel waren ausgebreitet. Großartig.

Lucie vergaß zu atmen. Dieses Totenzimmer mit seiner undefinierbaren Schönheit übte eine gewaltige Macht auf sie aus. In diesem Raum enthüllte der Horror seine ganze Gewalt. Das Bild forderte die Logik der Träume heraus, die Vehemenz eines Albtraums.

Die Inkarnation des schönsten Wahnsinns.

Lucie kam wieder zu sich. Wieso war sie auf den Knien? Mühsam schöpfte sie wieder Atem, wandte sich dem Ausgang zu und bemerkte dabei eine Vertiefung, in der ein Bett stand, beleuchtet von einer Lampe mit überwiegend violetten Farbtönen. Zerknitterte Bettlaken, ein zerdrücktes Kopfkissen. Das Nest eines Kindes, umgeben von Dutzenden alter Puppen, die dort mit weit geöffneten Augen, ruhigem Lächeln Wache hielten. So hübsch und unheimlich zugleich. Ringsumher auf dem Boden lagen Fliegen, Hunderte von Fliegen, mit dem Hinterleib auf eine Nadel gespießt. Ein morbider Schwarm von Saugrüsseln und bläulichen Augen. Daneben ein Nachttisch voll mit Fotos und Rahmen. Lucie bahnte sich vorsichtig einen Weg durch die Armee der Insekten, vergaß dabei, den Ausgang zu überwachen. Wahnsinnige Mächte durchdrangen sie. Sie befand sich im Gehirn des Mörders …

Die Fotos, die sie erblickte, gaben ihr den Rest. Sie ließ sich auf die Matratze fallen, auf die Betttücher, die nach den Haaren eines kleinen Mädchens rochen, nach verblasstem Parfüm, vergessenem Kaugummi. Ihr Geist wurde empfänglich für die geheimen Drogen ihrer Erinnerungen.

Ko… Komm wieder zu dir! Du … musst … das Mädchen …

Alles drehte sich. Ihre Herzschläge setzten aus, die Lungenbläschen zogen sich zusammen. Lucie stand auf, schwankte, ordnete ihre Gedanken. Ihre Glieder zitterten, ihre Hände schwollen an vor Schweiß. Sie fühlte sich leer wie eine sezierte Leiche, die durch Pirogovs Hände gegangen war, schleppte sich mühsam durch die Tür, suchte Halt an den Wänden. Die eisige Luft im Gang brachte sie wieder in Schwung, spannte all ihre Kräfte an.

Wieder war das Gejammer zu hören. Dort, hinter dieser Tür! Ein schreckliches Miauen. Diesmal war sie richtig. Haarscharf vom Wahnsinn entfernt. Kurz vor der Katastrophe.

Aber das war nicht die Stimme eines kleinen Mädchens. Zu alt. Zu rau. Als sie die Tür mit der Schuhsohle aufstieß, blickte sie in eine von Feuchtigkeit verwüstete Höhle.

Das Großhirn.

Mitten auf dem dreckigen, von Ziegelsteinbrocken übersäten Boden lag eine blonde Frau, nackt, mit verbundenen Augen, die Knöchel gefesselt, die Hände auf dem Rücken.

Das letzte Opfer der Bestie

Diese Nacht ... Sie muss diese Nacht entführt worden sein! Auf dem Kommissariat muss die Hölle los sein ...

Lucie trat in den Raum, spähte dabei in die toten Winkel, lehnte die Tür an, näherte sich der Gefangenen rückwärts, mit Blick auf den Eingang. Sie witterte die Falle, das Maul des Wolfes. Die Frau konnte nur ein Köder sein, ein Mittel, sie in die Katakomben zu locken.

»Ich ... Ich bin von der Polizei«, murmelte sie. »Wir verschwinden von hier ...«

Keine Antwort, dann zuckten die Lippen.

»Ma... Machen Sie schnell, ich bitte Sie ... Sie wird zurückkommen ...«

Lucie ging in die Hocke, legte die Waffe neben die Füße, in Reichweite von einem Reflex. Sie zog an der Binde, enthüllte die Augen.

Die Augen einer ägyptischen Katze.

Sie begriff zu spät. Blitzschnell riss die Frau ihre Hände hinter dem Rücken hervor, warf Lucie mit einem Kopfstoß zu Boden, ergriff die Beretta. Die Frau mit dem braunen Haarknoten nahm ihre Perücke ab, befreite sich von den falschen Fesseln um ihre Knöchel. Ihr Körper richtete sich auf. Sie zielte auf die Polizistin, hielt ihr die Kanone an die Schläfe.

»Wenn du den kleinen Finger bewegst oder falsch atmest, wird dein Schädel zerplatzen! Jetzt spielst du dich nicht mehr so auf wie auf dem Kommissariat, was?«

»Auf ... Auf dem Komm...«

Der Nachtdienst. Der Dienstschalter. Wem war sie dort begegnet? Alkoholikern und ... Sie erinnerte sich. Die Putzfrau. Die Tonnen von Make-up, das strohige Haar, die groben Züge, die ihre Identität verbergen sollten, das widerliche Parfum, das den Ledergeruch überdeckte. Blieben nur diese Augen ...

»Ich sehe, es fällt dir wieder ein ... Lustig, nicht wahr? Man jagt das Tier, dabei weidet es mitten in eurem kaputten Getriebe.«

Mit der Kanonenspitze zwang sie Lucie, den Kopf zu heben. Ihre Wangen glühten.

»Idiotin! Was hast du mit deinem Gesicht gemacht? Du blutest ja! Das darf nicht wahr sein!«

Die stählerne Mündung schlug gegen Lucies Augenbraue und warf sie zurück in den Staub. Eine Blutspur legte sich über das Muster ihrer Wunden. In dem dröhnenden Schmerz sah sie das Lächeln ihrer Zwillinge, ihren Drang nach blauem Himmel, die Gier nach Zukunft.

Delahaie bewegte die Waffe wild hin und her.

»Du ... du hast alles verpfuscht! Du bist nicht mehr brauchbar! Du hast dir mit Absicht das Gesicht kaputtgemacht!«

»Nein … Nein … Das … waren … die Affen …«

Lucie fand nur mühsam Worte. Ihre Schläfen pochten, ihr Kopf wollte platzen. Sie ballte die Fäuste, umfasste eine ordentliche Handvoll Staub.

Es … Ich muss ihr … das hier … ins Gesicht schmeißen … Ich … will nicht sterben! Nicht auf diese Weise!

Ein paar heftige Schläge mit dem Kolben zerschmetterten ihre Handknochen. Handwurzel, Mittelfuß, Fingerglieder. Ein Bersten von Kalzium. Die Polizistin rollte an die Wand. Sie war einer Ohnmacht nahe.

»Hör auf zu jammern! Ihr jammert immer alle rum! Wenn man bei uns zu Hause rumheulte, gab's eine Tracht Prügel! Willst du das? Eine Tracht Prügel?«

Rasend wie ein wild gewordener Stier lief sie hin und her.

»Ihr seid schuld, dass Clarice gestorben ist! Ihr, die Bullen, die Journalisten! Ihr habt ihr … Angst gemacht, ihr habt mich als Monster hingestellt!«

Die Waffe zitterte zwischen ihren verbrannten Fingern. Sie brüllte. An ihrem Blick erkannte Lucie, dass es keinen Ausweg gab. Einer dieser Romane, die ein böses Ende nehmen. Ohne Sonnenuntergang.

Mit dem Rücken an der Wand schloss die Mutter der Zwillinge die Augen und ließ sich von Bildern davontragen. Die Sanftheit des Fütterns. Die Wärme von Liebkosungen. Gärten voller Rosen.

Gott beschütze euch vor den Schrecken dieser Welt, meine Mädchen … Eure Mama liebt euch …

»Diesmal gibt es kein Erbarmen! Ihr werdet alle in der Hölle schmoren!«

Delahaie zielte auf Lucies Kopf, aus nicht einmal zehn Zentimetern Entfernung.

Aus dem hintersten Winkel des Großhirns brach der Tod hervor.

Zuerst das Blut. Dann das Herz, das stehenbleibt. Für immer.

Das Böse zieht das Böse nach sich. So musste es enden …

45

Es regnet. Mitten im Winter. Wasserfäden, schneidend wie Dolche, von so durchdringender Kälte, dass kein Kleidungsstück Schutz bietet.

Heute wird ein Polizist beerdigt. Der Mensch, der in Ausübung seines Dienstes gestorben ist, gebietet stillen Respekt. Keiner der anwesenden Offiziere, Brigadiere, Verkehrspolizisten wagt es, den Blick abzuwenden. Alle starren auf die Fahne, die sich herabsenkt.

Die meisten von ihnen kennen das Opfer nicht.

Pierre Norman weint. Seine Tränen vermischen sich mit dem schwarzen Band seiner Erinnerungen und gemahnen ihn daran, dass das Leben nur ein Staubkorn ist, ein Bläschen des Lebens im Ozean der Welt. Die Guten sterben, die Bösen vermehren sich. So ist es nun einmal. Man macht sich nur Illusionen, wenn man denkt, dass das, worauf man hinarbeitet, eines Tages von Nutzen sein wird …

Eine Frau kommt langsam näher, in der Ferne, zwischen den grauen und weißen Gräbern. Sie bleibt einen Moment im Hintergrund, am Fuß eines Bergahorns, entscheidet dann, sich dem Trauerzug anzuschließen.

Der Regen wird immer stärker.

In ihrer schwarzen Uniform schlüpft sie unter den Regenschirm des Leutnants und schmiegt sich an ihn. Neben ihm fühlt sie sich wohl. Sie weiß, dass dies auf Gegenseitigkeit beruht.

»Er war ein guter Polizist«, flüstert sie ihm ins Ohr. »Alle mochten ihn. Die Schuldigen werden ihr Leben lang büßen ...«

Pierre Norman schaut sie an, ohne zu antworten. In seinen Augen kann die Frau wütende Glut sehen, sein Schweigen zeugt von grenzenloser Bitternis. So ist Pierre, völlig in sich gekehrt. Nach außen hin ungerührt, innerlich tief getroffen. Ein Polizist eben ...

»Colin ist so weit gegangen, seine Familie für seinen Beruf zu opfern«, sagt er schließlich betrübt. »Er ... Er ... Wie soll ich sagen? Er war so ... überzeugt! Ein dummer Einsatz wegen einer Schlägerei ... und dann geht das so aus ...«

Pierre ist sehr sensibel. Lucie ergreift seine Hand und drückt sie.

»Der Tod schlägt nicht immer da zu, wo man ihn erwartet ...«

Sie ermessen in diesem Moment die ganze Tragweite dieser Worte. Colin, der nach einem ganz alltäglichen Einsatz, wie sie zehnmal am Tag vorkommen, nach Hause zurückkehren wollte und nun nie wiederkommen wird. Lucie, die sich schon tot sah, als sie die Beretta an der Schläfe spürte, Sekunden bevor Pierre das Feuer eröffnete und Viviane Delahaie erschoss ...

So viele zerstörte Schicksale ...

Lucie hebt das Kinn. Sie reißt sich zusammen, um nicht zu weinen. Colin ... Letztendlich verdankt sie ihm ihr Leben. Er hatte Pierre angerufen, als dieser mit Vigo Nowaks verkohlter Leiche beschäftigt war, um ihm mitzuteilen, dass Vervaecke früher im Tierschutzverein von Petite-Synthe gearbeitet hatte. Wegen dieses Telefonanrufs hatte Pierre sich an die Adressen erinnert, die er flüchtig auf Lucies Bildschirm gesehen hatte, und war der Spur nachgegangen. Petite-Synthe ... Corneille, die Veterinärin … Die Datei über Delahaie, die sie offen auf dem Computer zurückgelassen hatte … Eperlecques … Dann die düsteren Keller … Alles war so schnell gegangen.

Clara und Juliette sitzen artig in ihrem Laufstall und spielen mit ihren Rasseln. Sieben Monate nach der Geburt schlafen die beiden Kleinen allmählich durch. Jedenfalls beinahe … Die ersten Zähne kommen durch und setzen ihnen zu. Dann muss man wieder aufstehen und sie trösten, bis der Schlaf sie überwältigt. Pierre ist darin sehr begabt.

Die Mutter betrachtet die Lebenslinie auf ihrer rechten Hand, diese Furche, die wie die Klinge einer Sense über ihre Handfläche verläuft.

»Sag, was meinst du, wie wohl die Lebenslinie von Viviane Delahaie aussieht?«

Pierre Norman schließt langsam die Augen und seufzt.

»Jetzt also die Lebenslinien … Die Sache ist seit fast drei Wochen beendet, und du machst jeden Tag damit weiter. Hör auf … Bitte …«

Lucie hört ihm nicht einmal zu, sondern spricht mit sich selbst und fährt mit dem Zeigefinger über ihre Hand.

»Sie war bestimmt an ganz vielen Stellen durchbrochen … So viel Unglück … Wie sollte sie nicht …«

»Lucie! Bitte!«

Pierre steht auf und nimmt einen dicken Ordner vom Wohnzimmertisch.

»Ich will das hier nicht mehr sehen, OKAY? Diese Geschichte ist *be-en-det*!«

Verärgert wirft er den dicken Wälzer vor sich hin.

Blätter fliegen umher. Dabei bemerkt Norman ein Heft, das aus einem schlecht geschlossenen Umschlag herausragt, eins von denen, wie Lucie sie in ihren Schubladen aufbewahrt. Er nimmt es, blättert darin.

»Lass dieses Heft liegen!«

Pierre geht ein Stück beiseite und fängt laut an zu lesen.

»Mit achtzehn Jahren holt sich Viviane Delahaie ihre Erbschaft, investiert in das Haus mitten im Wald, verbrennt alles, was mit ihrem Vater zu tun hat. Fotos, Papiere, persönliche Gegenstände. Viviane ...«

Er wirft ihr einen vernichtenden Blick zu.

»Was ist das? Reicht dir etwa nicht, was passiert ist?«

»Pierre, ich bitte dich ... diese Schriftstücke gehören nur mir.«

»Wie der ganze Rest hier, was? Ist es das?«

Norman zieht die Augenbrauen hoch und liest weiter:

»Viviane schreibt sich an der medizinischen Fakultät ein, widersetzt sich dort der Autorität ihrer Professoren, zumeist Männer. Trotz ihrer natürlichen Begabung für die medizinische Tätigkeit wird sie von der Universität verwiesen. Daraufhin schlägt sie sich mit Gelegenheitsjobs durch, wird Putzfrau in verschiedenen Unternehmen im Industriegebiet und sogar im Kommissariat von Dunkerque, wo sie nur dem Morgengrauen begegnet ...«

Pierre blättert um. Die Schrift ist zittrig, doch sehr großzügig.

»Eine ideale Situation für jemanden, der den Blick der Männer auf seinem wunderschönen Körper nicht mehr erträgt. Sie lernt auch, sich älter zu machen, sich unter Masken zu verstecken, unter Latexhäuten, Perücken, die sie selbst anfertigt. Damals beginnt sie damit, Tiere zu präparieren. Tag und Nacht. Sie hat das Bedürfnis, Tiere zu konservieren, sie den Angriffen der Zeit zu entziehen. Dann, als sie die kleine Cunar erstickt, wird ihr bewusst, dass es nicht viel anders ist, einen Menschen zu töten als ein Tier, und …«

Pierre hört auf zu lesen und schüttelt verärgert den Kopf. Sie hat Seiten über Seiten gefüllt. An einigen Stellen finden sich Zeitungsartikel, zusammengefaltet und auf das Papier geklebt. »Janine Delahaie mitten im Wald von Ehemann ermordet« oder »Das Martyrium des kleinen Mädchens, das zusammen mit der Leiche ihrer Mutter eingesperrt war«.

»Warum hast du das alles aufgeschrieben?«, fragt Pierre mit harter Stimme. »Was hat das für einen Sinn?«

Lucie versucht, ihm das Heft abzunehmen, aber er hindert sie daran.

»Warum, Lucie? Warum?«

»Nun weil … Weil ich es wissen wollte! Diese Frau verstehen wollte!«

Norman zuckt mit der Schulter.

»Diese Frau verstehen? Verdammt, Lucie! Ich habe sie umgelegt, Herrgott noch mal! Und beinahe hätte sie das Gleiche mit dir gemacht! Da gibt es nichts zu verstehen!«

Sein sonst so blasses Gesicht färbt sich rot. Auf den Seiten stehen noch andere krankhafte Wörter: »Herz … Nieren … Leichen … Arterien … Tod … Fragonard …« Seine Augen heften sich plötzlich auf einen Satz, der unten auf der Seite in Großbuchstaben steht: »DIE TOTENKAMMER«.

»Die Totenkammer …«, wiederholt er. »Die Totenkammer …«

Er lässt das Heft zu Boden fallen und setzt sich verzweifelt aufs Sofa. Lucie eilt neben ihn.

»Ja, Pierre … Die Totenkammer. Dieses geheizte Zimmer in den Kellern war Ausdruck all ihrer Ängste und Freuden aus der Kindheit. Der heulende Wolf, vor dem alle Kinder Angst haben. Die Fliegen, die sie umschwirrten, als ihre Mutter tot neben ihr lag. Dann friedlichere Bilder, die Puppen im Bett, die beruhigende Welt der kleinen Tiere, die so sanftmütig aussehen. Kapuzineraffen, Kängurus. Was für eine außerordentliche Symbolik! Ihr Kopf war erfüllt von Leid und Hass, so wie die eisigen Keller und Gänge. Inmitten dieser dantesken Umgebung dann dieses winzige, sehr warme Zimmer, der letzte Rest von Menschlichkeit, der ihr noch verblieben war … Die Totenkammer …«

Pierre kann es nicht fassen. Von einem auf den anderen Tag erscheint ihm Lucie verändert. Er fragt sich, ob er sie jemals verstehen wird.

»Sei mir nicht böse«, flüstert sie ihm ins Ohr. »Ich musste bis ans Ende dieser Geschichte vordringen. Ich werde dieses Heft in eine Schublade räumen und nie wieder anfassen.«

Pierre deutet auf ein dickes obskures Werk.

»Ich wünschte, du würdest dieses Buch ebenfalls verschwinden lassen …«

Lucie steht auf, bläst über den Deckel der *Anatomia Magistri Nicolai Physici* und legt es auf ein Regalbrett, über dem Schrank mit den getönten Scheiben.

»Trotzdem gab es auch etwas Positives bei der ganzen Sache«, sagt Lucie, in dem Bedürfnis, etwas wiedergutzumachen. »Die schwangere Frau, dieser Sylvain Coutteure, die wir ihren Klauen entreißen konnten …«

»Etwas Positives, ja … Ich erinnere dich daran, dass sie den Typen tot aufgefunden haben, noch bevor sie im Krankenhaus ankamen, Selbstmord mit einem Skalpell! All diese Toten nur wegen Geld …«

Lucie legt Clara auf Pierres Knie und drückt Juliette an ihre Brust.

Der Leutnant dreht sich um zu den im Licht flimmernden Dünen. Die Wärme des Kindes besänftigt seine Wut. Über den Bergen erscheint ein leuchtendes Abendrot, das Richtung England zieht.

»Bringen wir die beiden Hübschen ins Bett?«, fragt er und neigt den Kopf. »Vergessen wir die ganze Sache einfach und nehmen uns einen kurzen Augenblick nur für uns beide …«

»Zuerst, Pierre, werde ich dir die ungewöhnlichste Geschichte erzählen, die du je gehört hast. Etwas, das deine Weltanschauung endgültig verändern könnte. Ich wollte seit dem Tod von Delahaie mit dir darüber sprechen, aber … ich war noch nicht bereit … Und du vielleicht auch nicht …«

Pierre blinzelt langsam. Sein Herz schlägt ein wenig schneller.

»Ich höre dir zu … Aber … lass das Morbide beiseite, OKAY?«

Lucie nickt.

»Als ich klein war, sind meine Eltern und ich ständig zu meinen Großeltern zu Besuch gefahren. Jeden Samstag, jeden Sonntag, zweiundfünfzig Wochen im Jahr. Die Väter saßen bei einer Partie Belote, die Mütter unterhielten sich, und wir, die Cousins und Cousinen, spielten im Hof hinter dem Haus … Mein Großvater hatte uns ausdrücklich verboten, nach hinten in den Garten zu gehen, wo er seine heiligen Gemüsebeete hatte. Diejenigen von uns, die sich dorthin wagten, erhielten eine gewaltige Tracht Prügel, deshalb sage ich dir lieber gleich, dass wir die Ecke mieden! Doch eines Nachmittags riskierten wir es. Einer meiner Cousins hielt Wache, während der Rest der Truppe über einen langen, mit Scherben gespickten Betonweg vordrang. Mein Großvater hasste Katzen, es ist grausam, aber er freute sich wie ein blutrünstiger Krieger, wenn sich eine Katze in seinen Fallen die Pfoten zerschnitt. Kurz, wir rückten vorsichtig über dieses Feld aus Glas vor, als plötzlich ein Vogel aufflog und mich aus dem Gleichgewicht brachte. Ich fiel hin und krach! Meine rechte Handfläche verfing sich in einer Scherbe. Nichts wirklich Schlimmes, es musste nicht genäht werden, aber schau, die Narbe ist noch zu sehen, hier, über einem Drittel meiner Lebenslinie. Siehst du sie?«

Norman verzog das Gesicht und nickte.

»Drei Tage später, am Strand von Fort Mahon, liefen mein Bruder und ich um die Wette ans Wasser! Wir stürmen los Richtung Meer und da, bums, bleibe ich mit dem Fuß in einem Sandhügel hängen, ich falle hin und eine Muschel bohrt sich in meine andere Handfläche, die linke. Noch eine Schnittwunde …«

»Zeig mir deine Handflächen«, bittet Pierre.

Lucie hält ihre Hände nebeneinander, breitet langsam die Finger aus. Der Leutnant reißt die Augen auf.

»Das ist … das ist wirklich verblüffend! An der gleichen Stelle!«

»Ich dachte immer, es hätte sich um einen reinen Zufall gehandelt. Weißt du, wie alt ich war? Ich war zwölf. Meine erste Narbe stammt vom zwölften August 1987, die zweite vom fünfzehnten August.«

Pierre steht abrupt auf, mit Clara auf dem Arm. Sein Puls geht schneller, sein Herz schlägt wild.

»Das … das ist nicht dein Ernst, Lucie! Du willst mich auf den Arm nehmen!«

»Frag meine Eltern. Ja, Pierre, diese Narben sind in meine Hände geritzt worden, als Viviane Delahaies Mutter gestorben ist. Beinah auf den Tag genau.«

»Das ist Zufall … Reiner Zufall!«

»Mein Schicksal hat einen anderen Lauf genommen, während Delahaie neben der Leiche ihrer Mutter lag. Damals wurde die Zukunft dieses Kindes verändert, sie wurde von Wut gepackt und … Das hat auch mein Schicksal beeinflusst! Es stand geschrieben, dass wir eines Tages aufeinandertreffen würden! Eine Schnittwunde über einem Drittel meiner Lebenslinie …«

Pierre reagiert nicht, er ist völlig erledigt. Lucie drückt seine Hand.

»Wenn man diesen Narben Glauben schenkt, hätte ich sterben sollen! Du hast den Lauf des Schicksals in eine andere Richtung gelenkt! Es scheint, als hätten wir alle einen Schutzengel. Ich glaube, dass ich meinen gefunden habe …«

Langsam senkt Lucie den Kopf und blickt auf den Schrank mit den getönten Scheiben. Mit sanfter Stimme fügt sie hinzu:

»Ich weiß, dass ich eines Tages auf all meine Fragen eine Antwort bekommen werde …«

Epilog

Am Horizont die Karpaten, ihr Perlmuttweiß, das von den letzten Sonnenstrahlen des Januar beschienen wird. Ihre mächtigen Ausläufer erstrecken sich in einer milchigen Spur bis zu den fernen Ländern des Ostens, den Gegenden der Vampire und düsterer Märchen. Auf einem Gipfel stehend saugt ein Pole die endlose Klarheit in sich auf und schnallt dann seine Skier an. Er fährt im Slalom bis nach Zakopane, geht die Hauptstraße des Dorfes entlang, wo sich eine Reihe kleiner Läden mit Touristennepp findet. Man bekommt dort alles. Riesige Schachspiele, russische Puppen, billigen Alkohol, Batterien, preiswerte Videokassetten … Der Krake des Kapitalismus klopft an alle Türen.

Der Mann hält an, um im hinteren Teil einer alten Holzhütte einen Glühwein zu trinken.

»*Dobry wieczór!*«, begrüßt ihn der Kellner.

»*Dobry wieczór …*«

Touristen drängen sich um eine Gruppe Zigeuner, die Geige spielen. Franzosen, Flamen, die nach einer vierundzwanzigstündigen Busfahrt hier angekommen sind. Sehen nicht gerade munter aus, die Typen. Haben sich mit Sprit oder genauer gesagt mit Zywiec volllaufen lassen. Alkoholtourismus. Die Stimmung heizt sich auf, der junge Mann beobachtet sie aus einer Ecke. Es stinkt nach Schweiß, nicht jedoch nach Zigaretten. Offizielles Rauchverbot. Alles entzündet sich so schnell, hier wie anderswo …

Vigo Nowak geht mit den Skiern über der Schulter wieder über den verschneiten Weg zu dem Hotel, wo er seit einem Monat wohnt. Heute Abend wird er Zakopane verlassen, in Richtung Krakauer Stadtrand, wo er unter der Hand eine Wohnung mieten will, so lange, bis er einen Zufluchtsort in wärmeren Gefilden vorbereitet hat. Er weiß noch nicht, wie er das Geld aus Polen rausbringen wird, aber hier kann man alles kaufen, auch One-way-Flugtickets. Er wird schon ein Mittel finden.

Das Land, seine Eltern, sein Bruder fehlen ihm. Er wird sie wohl nie mehr wiedersehen, außer in seinen Erinnerungen. Ihre Post, ihre Telefongespräche werden mit Sicherheit überwacht. Aufgrund des Gebisses, der Altersbestimmung der Knochen haben die Bullen wahrscheinlich bemerkt, dass die im Kohleschuppen entdeckte Leiche nicht seine war.

Vom ersten Stock einer Hütte lässt ein schwarzgekleidetes Kind Schneebälle hinabfallen, die auf dem Bürgersteig zerplatzen. Vigo flucht, weicht von seinem Weg ab und erreicht gerade noch rechtzeitig den gegenüberliegenden Bürgersteig, als ein Auto mit voller Geschwindigkeit heranrast. Die jungen Polen fahren immer sehr schnell, ob mit oder ohne Glatteis. Bloß um aufzufallen.

Arschloch! denkt er, mehr an den Jungen gerichtet als an den Fahrer. *Deinetwegen wäre ich beinahe …* Er erinnert sich an die Episode mit der Croissanttüte auf den Stufen vor dem Sitz der *Voix du Nord*. Diese Fähigkeit, den Lauf des Schicksals zu verändern, besitzen wir alle.

Wütend hebt er die Faust zu dem Fenster, doch es ist bereits wieder geschlossen und der Junge verschwunden. Er zuckt mit der Schulter und blickt zum Himmel.

Mir kann nichts passieren, verstehst du das? Du hast mir dieses Geld geschenkt und versucht, es mir wieder zu nehmen, aber über mein Schicksal bestimme ich!

Seit der Episode mit dem Kohleschuppen hatte er sich wieder mit der Vorstellung angefreundet, dass sein Schutzengel ihn nie mehr verlassen würde. Als Sylvain an jenem Morgen das Benzin ausgeschüttet und die Tür verriegelt hatte, war Vigo mit dem Geld in die Kohlengrube gesprungen, hatte das Loch mit einer Blechplatte bedeckt und war – dank eines Lüftungsrohrs im hinteren Teil – dem Erstickungstod knapp entkommen. Da es kein Holz gab, war das Feuer schnell wieder ausgegangen.

Sein blöder Nachbar dagegen hatte für seine Neugier gezahlt. Er hatte ihn bewusstlos geschlagen und mit den etwa fünfzig Litern Öl übergossen, die er im Keller aufbewahrte, um dann ein wahres Feuerwerk zu entzünden. Damit die Bullen eine Leiche fanden und sich beruhigten, bis er es mit dem Wagen des Alten bis nach Polen geschafft hatte.

Zum Glück – aber kann man da noch von Glück reden? – war er an der Grenze nicht kontrolliert worden.

Wie diese Geschichte mit all den Verrückten wohl ausgegangen ist? Er weiß es nicht, und es ist ihm egal. Nur seine Zukunft zählt. Auf ihn wartet ein Leben in Saus und Braus …

Hinter ihm ertönt Gewieher. Schon wieder ein Pferd, das durchgeht. Diese robusten Vierfüßer ziehen Tag und Nacht Schlitten voller Touristen, und selbst wenn sie von Müdigkeit überwältigt werden, zwingt die Peitsche sie weiter. Ganz normal, wenn von Zeit zu Zeit bei ihnen die Sicherung durchbrennt. Wir sind nun mal alle nur Menschen, sogar die Tiere …

Abgesehen davon, dass dieses hier eher gereizt wirkt. In Panik und völlig verschreckt steigt es hoch, wiehert und trifft mit seinen Hinterbeinen den Schlitten. Zwei Männer versuchen es einzufangen, mit der Peitsche in der Hand und Wodka im Magen. Das Pferd verlässt die Straße, biegt ab und läuft auf den breiten Bürgersteig zu, den Vigo gerade entlanggeht.

Scheiße!

Vigo lässt seine Skier fallen und springt zur Seite in einen Schneehaufen. Dort hat er nichts zu befürchten. Das Pferd rast keuchend weiter. Der Schlitten wirft Mülleimer um, gerät ins Wanken, prallt gegen eine Betonkante. Die Lederriemen reißen, durch den Schwung wird das Gefährt mit den scharfen Kufen direkt auf Vigo geschleudert.

Das letzte Bild, das er wahrnimmt, ist das Lächeln des schwarzgekleideten Kindes, das sich wieder zum Fenster hinausbeugt. Er erkennt weder seine Augen noch die Haare, noch die Gesichtszüge. Nur das Lächeln, strahlend weiß.

Danksagung

Mein Dank geht zuallerst an das wunderbare Team des Verlags *Le Passage*, dessen Motivation und Engagement beispielhaft für mich sind.

An Yann, der sich über alle Maßen eingesetzt hat.

Dieses Buch wäre ohne die wertvolle Hilfe zweier Personen nicht zustande gekommen.

Roseline, die über die Jahre hinweg meine Feder in die richtige Richtung gelenkt hat. Für ihre Geduld, für ihr Taktgefühl und ihre Liebe zum Schreiben bin ich ihr unendlich dankbar.

Dank auch an David James für seine konstruktive Kritik und seinen unglaublichen Blick. Möge der Wind ihn über seine Träume hinaustragen.

Alan Glynn

Stoff

Thriller

Deutsche Erstausgabe

ISBN 978-3-548-26634-3
www.ullstein-buchverlage.de

Was wäre, wenn es eine Droge gäbe, die mentale Fähigkeiten, Auffassungsgabe und persönliche Ausstrahlung ins Unermessliche steigert? Eine Art Viagra fürs Gehirn? Eddie Spinola, der sich eben noch als mittelmäßig erfolgreicher Texter in New York durchschlug, ist plötzlich im Besitz einer solchen Substanz. Nun führt er das Leben, von dem er immer nur träumen konnte: Er ist reich, sexy, berühmt. Doch die Droge hat Nebenwirkungen. Und alle, die sie genommen haben, sind tot oder liegen im Sterben ...

»Schnell, clever und grauenerregend.« *Telegraph*

UB379

Nelson DeMille

Nachtflug

Roman

ISBN 978-3-548-26645-9
www.ullstein-buchverlage.de

17. Juni 1996: Vor der Küste von Long Island explodiert ein Flugzeug der TWA. An Bord befinden sich 230 Menschen auf dem Weg nach Paris. Alle finden den Tod. In einer offiziellen Verlautbarung wird ein technischer Defekt für den Absturz verantwortlich gemacht. Doch daran wollen John Corey und Kate Mayfield vom FBI nicht glauben ...

»Eine reale Tragödie liefert DeMille die Vorlage für einen seiner besten Plots.« *Kirkus Reviews*

»Niemand schreibt derart packende, gut recherchierte Thriller wie DeMille.« *Gala*

UB403

ullstein

Iris Johansen

Der Mädchensammler

Ein Eve-Duncan-Roman

ISBN 978-3-548-26630-5
www.ullstein-buchverlage.de

Eve Duncan rekonstruiert für die Polizei von Atlanta die Gesichter von Toten. Bei einer Mordserie an Frauen, die alle völlig entstellt aufgefunden wurden, macht sie eine entsetzliche Entdeckung: Jede der Toten ähnelt ihrer Adoptivtochter Jane. Hat es der grausame Täter auch auf Jane abgesehen? Die Ermittlungen der Polizei führen bald auf eine deutliche Spur. Da fasst Jane gegen Eves Widerstand einen waghalsigen Plan: Sie will sich als Köder zur Verfügung stellen, um den Mörder zu fassen.

»Fesselnde Lektüre mit der Garantie auf nachhaltigen Thrill!« *dpa*